Elogios para Frederick Forsyth y El intruso

"Este hombre ha tenido una vida sorprendente. Más original que la ficción".
—*The Washington Post*

"Espectacular".
—*The Wall Street Journal*

"El señor Forsyth es inteligente. Muy inteligente y enormemente entretenido".
—*Daily Telegraph* (London)

"Forsyth es un magnífico narrador".
—*Daily Mail* (London)

"Si existen unas memorias que hay que leer este año, estas son las de Forsyth. Se leen como una novela protagonizada por James Bond".
—*The Irish Independent*

"Forsyth insiste en que este libro no es una autobiografía, así que diré que es uno de los más emocionantes y gratificantes recuentos vitales, relatado casi de modo cronológico y escrito por el propio autor, de cuantos he leído".
—*The Sunday Times* (London)

Frederick Forsyth

EL INTRUSO

Frederick Forsyth, expiloto de la RAF y periodista de investigación, modernizó el género del thriller cuando publicó *Chacal*, una novela que combina a la perfección la documentación periodística con un estilo narrativo ágil y rápido. Vive en Buckinghamshire, Inglaterra.

www.frederickforsyth.co.uk

FREDERICK FORSYTH

EL INTRUSO

Mi vida en clave de intriga

Traducción de

Eduardo Iriarte

VINTAGE ESPAÑOL

Una división de Penguin Random House LLC

Nueva York

PRIMERA EDICIÓN VINTAGE ESPAÑOL EN TAPA BLANDA, JULIO 2017

Publicado en coedición con Penguin Random House Grupo Editorial, S.A., Barcelona, y en los Estados Unidos de América por Vintage Español, una división de Penguin Random House LLC, Nueva York, y distribuido en Canadá por Random House Canada, una división de Penguin Random House Canada Limited, Toronto. Originalmente publicado en inglés en EE.UU. como *The Outsider: My Life in Intrigue* por G.P. Putnam's Sons, un sello de Penguin Random House LLC, Nueva York, en 2015. Esta traducción fue originalmente publicada en España por Penguin Random House Grupo Editorial, S. A., Barcelona.

Información de catalogación de publicaciones disponible en la Biblioteca del Congreso de los Estados Unidos.

Vintage Español ISBN en tapa blanda: 978-0-525-43364-4

Para venta exclusiva en EE.UU., Canadá, Puerto Rico y Filipinas.

www.vintageespanol.com

Impreso en los Estados Unidos de América
10 9 8 7 6 5 4 3 2 1

Para mis hijos,
Stuart y Shane,
con la esperanza de haber sido un BUEN *padre*

Índice

Prefacio

Todos nos equivocamos, pero desencadenar la Tercera Guerra Mundial habría supuesto un error considerable. Hoy por hoy, sigo manteniendo que no fue del todo culpa mía. Pero me estoy adelantando a los acontecimientos.

En el transcurso de mi vida, he escapado por los pelos de la ira de un traficante de armas en Hamburgo, he sido ametrallado por un MiG durante la guerra civil nigeriana y he aterrizado en Guinea-Bisáu durante un sangriento golpe de Estado. Me detuvo la Stasi, me agasajaron los israelíes, el IRA precipitó mi traslado repentino de Irlanda a Inglaterra, a lo que también contribuyó una atractiva agente de la policía secreta checa... (bueno, su intervención fue algo más íntima). Y eso solo para empezar.

Todo eso lo vi desde dentro. Pero, aun así, siempre me sentí como un intruso.

A decir verdad, nunca tuve la menor intención de ser escritor. Los largos períodos de soledad fueron al principio una circunstancia, luego una preferencia y al final una necesidad.

Al fin y al cabo, los escritores son criaturas raras, y más si intentan ganarse la vida escribiendo. Hay razones para ello.

La primera es que un escritor vive la mitad del tiempo en el interior de su cabeza. En ese diminuto espacio, mundos enteros se crean o se destruyen, es probable que ambas cosas. Cobran vida personas que trabajan, aman, luchan, mueren y se ven sustituidas. Las tramas se conciben, se desarrollan, se corrigen y dan fruto o se frustran. Es un mundo muy distinto del que tiene lugar al otro lado de la ventana. A los niños se les reprende cuando sueñan despiertos; para un escritor, es indispensable.

El resultado es una necesidad de largos períodos de paz y tranquilidad, a menudo en completo silencio (sin ni siquiera música suave), lo que hace de la soledad una necesidad absoluta, la primera de las razones que subyacen tras nuestra rareza.

Si piensas en ello, junto con la profesión de farero, casi desaparecida, la escritura es el único trabajo que debe abordarse en soledad. Otras profesiones permiten tener compañía. El capitán de una línea aérea cuenta con su tripulación; el actor, con el resto del reparto; el soldado, con sus compañeros, y el oficinista, con sus colegas reunidos en torno a la fuente de agua refrigerada. Solo el escritor cierra la puerta, desconecta el teléfono, baja las persianas y se retira a solas, a un mundo privado. El ser humano es un animal gregario y lo ha sido desde los tiempos de los cazadores y los recolectores. El ermitaño es poco común, singular y a veces raro.

De vez en cuando se ve a un escritor por ahí: bebiendo, comiendo, de fiesta; mostrándose afable, sociable, incluso feliz. Cuidado, eso es solo la mitad de él. La otra mitad del escritor permanece distante, observándolo, tomando notas. Esa es la segunda razón de su rareza: el distanciamiento compulsivo.

Detrás de su máscara, el escritor siempre está al acecho; no puede evitarlo. Observa y analiza el entorno, toma notas mentales, almacena detalles de la conversación y el comportamiento a su alrededor para usarlos más adelante. Los actores hacen lo mismo por las mismas razones, para usarlos más adelante. Pero el escritor solo cuenta con las palabras, más rigurosas que el plató o el escenario, donde hay colores, movimientos, gestos, expresiones faciales, accesorios y música.

La necesidad absoluta de largos períodos de soledad y el distanciamiento permanente de lo que Malraux denominó «la condición humana» explican por qué un escritor no puede acabar de encajar nunca. Formar parte de algo implica hacer revelaciones sobre uno mismo, mostrar conformidad, obedecer. Pero un escritor tiene que ser una persona solitaria y, por tanto, un intruso permanente.

De niño, yo estaba obsesionado con los aviones y no quería otra cosa que ser piloto. Pero incluso entonces, no deseaba formar parte de una tripulación. Yo quería pilotar monoplazas, lo que probablemente era una señal de advertencia, si alguien se hubiera fijado en ella. Aunque nadie lo hizo.

Tres factores contribuyeron a mi posterior aprecio del silencio en un mundo cada vez más ruidoso y de la soledad donde el mundo moderno exige abrirse paso a codazos entre la multitud. Para empezar, fui el primogénito y seguí siendo hijo único, y estos siempre son un poco distintos. Mis padres podrían haber tenido más hijos, pero estalló la guerra en 1939 y para cuando terminó ya era demasiado tarde para mi madre.

Así que pasé gran parte de mi primera infancia solo. Un niño a solas en su cuarto puede inventarse sus propios juegos y tener la seguridad de que se desarrollan según sus reglas y llegan a la conclusión que él desea. Se acostumbra a ganar según sus propias condiciones. Así surge la preferencia por la soledad.

El segundo factor de mi aislamiento lo ocasionó la Segunda Guerra Mundial en sí. Mi ciudad, Ashford, se hallaba muy cerca de la costa y del canal de la Mancha. En la otra orilla, a treinta y tres kilómetros escasos, estaba la Francia ocupada por los nazis. Durante algún tiempo, la poderosa Wehrmacht esperó al otro lado de esa franja de aguas grises la oportunidad de cruzarla e invadir, conquistar y ocupar Gran Bretaña. Los bombarderos de la Luftwaffe pasaban zumbando por el cielo para atacar Londres o, por temor a los cazas de la RAF (siglas en inglés de las Fuerzas Aéreas Británicas) que los aguardaban, daban media vuelta y lanzaban su carga en cualquier parte desde allí hasta Kent. Otros bombardeos tenían como objetivo destruir el gran nudo ferroviario de Ashford, a apenas quinientos metros de la casa de mi familia.

Como resultado de ello, durante la mayor parte de la guerra, muchos niños de Ashford fueron evacuados a casas de acogida lejos de allí. Salvo por una breve salida durante el verano de 1940, yo pasé toda la guerra en Ashford y, de todos modos, no tenía con quien jugar. Tampoco me importaba. Este no es un relato en plan pobrecito de mí. El silencio y la soledad no se convirtieron en un azote, sino en mis queridos y viejos amigos.

El tercer factor fue el colegio privado (me refiero, claro, a un internado) al que me enviaron a los trece años. En la actualidad, la escuela de Tonbridge es una academia excelente, de trato humano, pero por aquel entonces tenía reputación de severa. La casa a la que fui asignado, Parkside, era la más brutal de todas, con una filosofía interna basada en el acoso y la vara.

Ante algo así, un chico no tiene más que tres opciones: capitular y convertirse en un pelota servil, plantar cara o replegarse al interior de un carapacho mental como una tortuga en su caparazón. Se puede sobrevivir, solo que no se disfruta. Yo sobreviví.

Recuerdo el concierto de despedida de diciembre de 1955, cuando los que se iban tenían que ponerse en pie y cantar «Carmen Tonbridgiensis», la canción de Tonbridge. Una de las frases dice «he sido expulsado del jardín, me espera el camino polvoriento». Fingí cantar sin emitir sonido alguno, consciente de que el «jardín» había sido una cárcel monástica donde no había recibido ningún cariño y «el camino polvoriento» era una carretera amplia y soleada que me llevaría hacia una gran diversión y muchas aventuras.

Entonces ¿por qué, con el tiempo, me hice escritor? Fue pura chiripa. Yo no quería escribir, sino viajar por el mundo. Quería verlo todo, desde las nieves del Ártico hasta las arenas del Sahara, de las junglas de Asia a las llanuras de África. Como no tenía ahorros propios, opté por el trabajo que pensé que me permitiría hacerlo.

Cuando yo era adolescente mi padre leía el *Daily Express*, por entonces un periódico de gran formato propiedad de lord Beaverbrook y dirigido por Arthur Christiansen. Los dos se enorgullecían enormemente de su cobertura internacional. A la hora del desayuno, me ponía al lado de mi padre y me fijaba en los titulares y en los sitios desde donde estaban firmadas y fechadas las noticias. Singapur, Beirut, Moscú. ¿Dónde se hallaban esos lugares? ¿Cómo eran?

Mi padre, tan paciente y alentador como siempre, me llevaba al atlas familiar y me los señalaba. Luego a la *Enciclopedia Collins*, de veinticuatro volúmenes, que describía las ciudades, los países y a la gente que vivía allí. Y juré que un día los vería todos. Me convertiría en corresponsal en el extranjero. Y eso hice, y los vi.

Pero no se trataba de escribir, se trataba de viajar. No fue hasta los treinta y un años, de regreso de una guerra africana, y para variar sin blanca, sin trabajo ni posibilidad de encontrarlo, cuando se me ocurrió la idea de escribir una novela para saldar mis deudas. Era una idea descabellada.

Hay varias maneras de ganar dinero rápido pero, en una lista general, escribir una novela queda muy por debajo de robar un banco. El caso es que yo no lo sabía y supongo que debí de acertar en algo. Mi editor me dijo, para gran sorpresa mía, que parecía capaz de contar una historia. Y eso he hecho durante los últimos cuarenta y cinco años, sin dejar de viajar, ya no para informar de acontecimientos en el extranjero, sino con objeto de documentarme para la siguiente novela. Fue entonces cuando mi preferencia por la soledad y el distanciamiento pasaron a ser necesidades absolutas.

A los setenta y seis años, creo que sigo siendo en parte periodista, pues conservo las otras dos cualidades que debe tener un reportero: una curiosidad insaciable y un escepticismo obstinado. Muéstrame a un periodista que no se moleste en descubrir el porqué de algo y se crea lo que le dicen, y te mostraré a un mal reportero.

Un periodista nunca debería unirse a la clase dirigente, por tentadores que sean los halagos. Nuestro trabajo consiste en pedir cuentas al poder, no en asociarnos con él. En un mundo cada vez más obsesionado con los dioses del poder, el dinero y la fama, el periodista y el escritor deben guardar distancia, como un pájaro en una barandilla, observar el mundo, fijarse, sondear, a la gente, comentar cosas pero nunca sumarse. En resumen, deben convertirse en intrusos.

Durante años he soslayado las sugerencias de que escribiera una autobiografía. Y sigo haciéndolo. Esto no es una historia de mi vida y, desde luego, no es una autojustificación. Pero soy consciente de que he estado en muchos sitios y he visto muchas cosas: unas divertidas, otras espantosas, unas conmovedoras, otras aterradoras.

He sido bendecido con una suerte extraordinaria, e inexplicable, en la vida. Más veces de las que puedo contar, he salido de un aprieto o he obtenido ventaja gracias a un golpe de suerte. A diferencia de los quejicas de toda la prensa amarilla dominical, yo tuve unos padres maravillosos y una infancia feliz en los campos de Kent. Me las arreglé para satisfacer mis primeras ambiciones de volar y viajar y, mucho después, la de escribir historias. Esta última me ha granjeado suficiente éxito material para vivir de forma cómoda, que al fin y al cabo es lo que siempre quise.

He estado casado con dos mujeres hermosas, he criado a dos hijos estupendos, y hasta la fecha he disfrutado de fortaleza y buena salud. Por todo ello, siento un profundo agradecimiento, aunque no sé con seguridad hacia qué hado, fortuna o deidad. Quizá debería decidirme. Después de todo, es posible que pronto me reúna con Él.

Entre susurros

Mi padre nació en 1906 en Chatham, Kent, el primogénito de un suboficial de la Marina británica que a menudo se encontraba ausente. A los veinte años salió de la academia de formación del astillero para encontrarse con una economía que creaba un puesto de trabajo por cada diez jóvenes aspirantes. Los otros nueve estaban destinados a la cola del paro.

Había estudiado para ser ingeniero naval, pero se avecinaba la Gran Depresión y nadie quería construir barcos. La amenaza hitleriana no se había materializado y había más buques mercantes de los necesarios para transportar el producto industrial, cada vez menor. Después de cinco años ganándose la vida con poco más que trabajos esporádicos, mi padre siguió el consejo más popular de la época: «Vete a Oriente, joven». Solicitó y obtuvo un puesto para dirigir una plantación de caucho en Malasia.

En la actualidad resultaría raro enviar al otro extremo del mundo a un hombre joven que no habla una palabra de malayo y no conoce Oriente en absoluto para que se encargue de miles de acres de plantación y una ingente mano de obra malaya y china. Pero corrían los días del imperio, cuando semejantes retos eran de lo más normal.

Así pues, hizo las maletas, se despidió de sus padres y se embarcó hacia Singapur. Aprendió malayo, los entresijos de la gestión de una hacienda y de la producción del caucho, y dirigió la propiedad durante cinco años. Todos los días le escribía una carta de amor a la chica con la que había estado «paseando», como llamaban entonces a salir con alguien, y ella le respondía.

El siguiente transatlántico de Inglaterra a Singapur llevaría la remesa de cartas de toda la semana, que llegaban a la hacienda de Johore por río en la barcaza semanal.

La vida era solitaria, aislada, iluminada una vez a la semana por el viaje en moto al sur a través de la jungla, hasta la carretera general, donde cruzaba la calzada elevada y llegaba a Changi para disfrutar de una velada social en el club de hacendados. Su hacienda era una inmensa extensión de gomeros plantados en líneas paralelas y rodeados de jungla, donde habitaban tigres, panteras negras y la muy temida hamadríade o cobra real. No tenía coche porque el camino hasta la carretera principal, unos quince kilómetros a través de la jungla, era un sendero estrecho y sinuoso de grava de laterita roja, de modo que iba en moto.

Luego estaba el poblado en el que vivían los obreros chinos con sus esposas y familias. Y, como en cualquier pueblo, había algún que otro artesano, un carnicero, un panadero, un herrero y demás.

Aguardó cuatro años, hasta que fue evidente que no había futuro en ello. El valor del caucho se había desplomado. Todavía no había empezado el rearme europeo, pero los nuevos productos sintéticos acaparaban cada vez más el mercado. Pidieron a los directores de las plantaciones que se rebajaran el sueldo un veinte por ciento como condición para conservar el puesto. En el caso de los solteros debían elegir entre enviar a buscar a sus prometidas o volver a Inglaterra. Hacia 1935, mi padre estaba dudando entre las dos opciones cuando ocurrió algo.

Una noche su sirviente lo despertó con una petición.

—*Tuan*, está fuera el carpintero del poblado. Le ruega que salga.

Por lo general, la rutina de mi padre consistía en levantarse a las cinco, recorrer la hacienda durante dos horas y luego sentarse en la galería para celebrar la recepción matinal, en la que atendía peticiones y quejas o dirimía disputas. Como madrugaba tanto, se acostaba a las nueve de la noche y la petición se le hizo a las diez. Estaba a punto de decir «Por la mañana» cuando pensó que, si no podía esperar, quizá se tratase de algo grave.

—Que pase —dijo.

El sirviente titubeó.

—No quiere entrar, *tuan*. No es digno.

Mi padre se levantó, abrió la puerta mosquitera y salió a la galería. Fuera, la noche tropical era como cálido terciopelo y los mosquitos, voraces. En un remanso de luz delante de la galería se encontraba el carpintero, un japonés, el único del poblado. Mi padre sabía que tenía esposa e hijo y que no se relacionaban con nadie. El hombre hizo una profunda reverencia.

—Es mi hijo, *tuan*. El niño está muy enfermo. Temo por su vida.

Mi padre pidió unas linternas y fueron al pueblo. El niño tenía unos diez años y sufría fuertes dolores de estómago. Su madre, con semblante angustiado, estaba en cuclillas en un rincón.

Mi padre no era médico, ni siquiera paramédico, pero gracias a un curso obligatorio de primeros auxilios y a un puñado de libros sobre medicina poseía los conocimientos suficientes para reconocer una apendicitis aguda. Reinaba una oscuridad absoluta, era casi medianoche. El hospital de Changi se hallaba a ciento veinte kilómetros de distancia, pero mi padre sabía que si la apendicitis derivaba a una peritonitis, resultaría mortal.

Pidió que le llevaran la moto con el depósito lleno. El carpintero se sirvió de la amplia faja de su esposa, el *obi*, para sujetar al niño al asiento, a la espalda de mi padre, que a continuación se puso en marcha. Me contó que fue un trayecto infernal, pues todos los depredadores acechan por la noche. Tardó casi una hora en llegar a la carretera principal por el sendero lleno de baches y luego fue hacia el sur en busca de la calzada elevada.

Estaba a punto de romper el alba, horas después, cuando entró en el patio del hospital general de Changi, pidiendo a gritos que alguien le ayudara. Apareció el personal de enfermería y se llevaron al niño en camilla. Por suerte, un médico británico salía de su turno de noche pero echó un vistazo al niño y lo trasladó de inmediato al quirófano.

El doctor se reunió con mi padre para almorzar en el comedor y le dijo que había llegado justo a tiempo. El apéndice había estado a punto de reventar con resultados probablemente letales, pero el niño viviría y en esos momentos estaba dormido. Le devolvió el *obi*.

Tras repostar combustible, mi padre regresó a la plantación para tranquilizar a los padres, impasibles pero ojerosos, y ponerse al día con el trabajo atrasado. Quince días después, la barcaza llevó río arriba el paquete del correo, las provisiones habituales y a un niño japonés con una sonrisa tímida y una cicatriz.

Cuatro días más tarde, el carpintero apareció de nuevo, esta vez a la luz del día. Esperaba cerca del bungalow cuando mi padre volvía del almacén de látex para cenar. El hombre mantuvo la cabeza gacha mientras hablaba.

—*Tuan*, mi hijo vivirá. En mi cultura, cuando un hombre debe a otro lo que yo le debo a usted, tiene que ofrecerle lo más valioso que posee. Pero soy pobre y no tengo nada que ofrecerle, salvo una cosa. Consejo. —Entonces levantó la cabeza y miró a mi padre a la cara fijamente—. Váyase de Malasia, *tuan*. Si aprecia su vida, váyase de Malasia.

Hasta el fin de sus días, en 1991, mi padre nunca llegó a saber si esas palabras impulsaron su decisión o tan solo la respaldaron, pero al año siguiente, en 1936, en lugar de enviar en busca de su prometida, dimitió y regresó a casa. Las fuerzas imperiales japonesas invadieron Malasia en 1941. En 1945, de todos sus contemporáneos en los campos no volvió a casa ni uno solo.

La invasión japonesa de Malasia no tuvo nada de espontáneo. Fue planeada de forma meticulosa y las fuerzas imperiales arrasaron la península como una marea incontenible. Las tropas británicas y australianas se precipitaron a subir por la espina dorsal de la colonia para guarnecer puntos de defensa a lo largo de las carreteras principales que iban al sur. Pero los japoneses no llegaron por allí.

De las plantaciones de caucho salieron multitud de agentes durmientes, infiltrados años antes. Los japoneses, montados en centenares de bicicletas, se dirigieron al sur por diminutos senderos desconocidos que atravesaban la jungla, guiados por esos agentes. Otros llegaron por mar, saltaron a la costa y avanzaron hacia el interior guiados por las lámparas parpadeantes colocadas por compatriotas que se conocían la costa y todas las ensenadas.

Los británicos y los australianos se vieron burlados una y otra vez por los japoneses, que aparecían a sus espaldas, y en gran número, siempre guiados por los agentes. Todo acabó en cuestión de días y la fortaleza en principio inexpugnable de Singapur fue tomada por el lado de tierra, pues sus inmensos cañones apuntaban hacia el mar.

Cuando era niño, pero lo bastante mayor para entenderlo, mi padre me contó esa historia y juró que era totalmente cierta y que había ocurrido casi siete años antes de la invasión de diciembre de 1941. Pero nunca tuvo la seguridad de que el carpintero del pueblo fuera uno de esos agentes, solo de que si lo hubieran apresado él también habría muerto.

Así pues, quizá unos susurros de un carpintero agradecido me permitieron venir a este mundo. Desde 1945 se ha culpado a los japoneses de muchas cosas, pero no de esto, ¿verdad?

Un bote grande de talco

La primavera de 1940 no fue una época tranquila en East Kent. Hitler había tomado Europa. Invadió Francia en tres semanas. Habían caído Dinamarca y Noruega; Bélgica, Luxemburgo y Holanda se habían visto engullidas.

El ejército británico, superado en el plano táctico en Francia, había sido expulsado hacia el mar por Dunkerque y Calais, y solo fue rescatado, desprovisto de toda la impedimenta, gracias al milagro de unas pequeñas embarcaciones de bajura pilotadas por civiles que cruzaron a duras penas el canal desde la costa inglesa y, contra todo pronóstico, recogieron a 330.000 soldados de las dunas.

Europa entera se hallaba o bien ocupada por Hitler, que instauró en varios países serviles gobiernos colaboracionistas, o bien refugiada en su neutralidad. Al primer ministro británico lo habían despojado de su cargo y lo había sustituido Winston Churchill, que juró que continuaríamos luchando. Pero ¿con qué? Gran Bretaña seguía completamente aislada y sola.

Todo Kent esperaba la invasión, la famosa operación León Marino, que, el día del Águila, vería al ejército alemán tomar las playas con estruendo para invadir, conquistar y ocupar las islas.

Mi padre ya se había alistado voluntario en el ejército aunque seguía destinado en su Kent natal y viviendo en casa. Mi madre y él decidieron que, si se producía la invasión, no sobrevivirían. Echarían el último litro de gasolina en el viejo Wolseley y, con un trozo de manguera, acabarían con sus vidas. Pero no querían llevarme con ellos. Con mi corona de rizos rubios, los nazis me aceptarían como un niño de buena cepa aria criado en un orfanato. Sin embargo, ¿cómo evacuarme de forma segura?

La solución llegó con una clienta de la boutique de mi madre. Era la directora del instituto Norland, la escuela donde se formaban las famosas niñeras de Norland que habían criado a los hijos de los ricos y los nobles del mundo entero durante décadas. El instituto se encontraba en Hothfield, un pueblo a las afueras de Ashford. Iba a evacuarse a Devon, lejos de allí, al sudoeste. Mi madre se lo planteó a su clienta: ¿me llevarían con ellas?

La directora tenía dudas, pero la subdirectora le sugirió que las alumnas siempre necesitarían niños para practicar, así que ¿por qué no ese mismo? Cerraron el trato. Cuando el tren que llevaba a los miembros del instituto Norland salió de Ashford, yo les acompañaba. Era mayo de 1940: tenía veinte meses.

Es difícil describir en el mundo moderno, o explicar a las nuevas generaciones, la angustia de aquellos padres cuando los evacuados dejaron Ashford, la despedida de madres llorosas y algún que otro padre que pensaban que nunca volverían a verlos. Pero eso es lo que ocurrió en la estación de Ashford.

No recuerdo los cinco meses que pasé en Devon mientras una clase tras otra de niñeras jóvenes y entusiastas experimentaban acostándome, levantándome y cambiándome los pañales sin parar. Fue antes de los cierres de velcro y el relleno absorbente. Por aquel entonces todo eran toallas de felpa e imperdibles.

Por lo visto apenas expulsaba una ventosidad o dejaba escapar unas gotitas me quitaban todo el apaño para ponerme uno limpio. Y entretanto me echaban talco, montones y montones de talco. Debía de tener el trasero más espolvoreado de todo el reino.

Pero los Pocos en sus Spitfire y Hurricane hicieron su trabajo. El 15 de septiembre, Adolf renunció sin más. El inmenso ejército que había en la costa francesa dio media vuelta, echó un último vistazo a los blancos acantilados al otro lado del canal, que después de todo no conquistaría, y se dirigió al este. Hitler estaba preparando la invasión de Rusia para junio de 1941. Las lanchas de desembarco se mecían ociosas en sus amarres delante de Boulougne y Calais.

Habían cancelado la operación León Marino.

Nuestros aviones de reconocimiento fotográfico lo detectaron e informaron al respecto. Inglaterra se había salvado, al menos lo suficiente para seguir pasando apuros. Pero los bombardeos de Londres y del sudeste por parte de la Luftwaffe no cesarían. La mayoría de los niños evacuados permanecerían separados de sus padres, pero al menos tendrían grandes posibilidades de reencontrarse algún día con ellos.

Mis padres habían tenido suficiente. Enviaron a buscarme y volví para pasar el resto de la guerra en la casa de la familia en Elwick Road, Ashford.

No recuerdo nada de esto, ni cuando me fui ni la incesante atención que recibió mi trasero en Devon ni el regreso. Pero algo debió de arraigar en mi subconsciente. Tardé años en dejar de sentirme turbado cada vez que se me acercaba una joven sonriente con un bote grande de talco.

Un sueño infantil

El verano de 1944 trajo dos grandes emociones para un niño de cinco años en East Kent. El zumbido nocturno de los bombarderos alemanes, que dejaban atrás la costa francesa para atacar Londres, cesó cuando las RAF recuperaron el control de los cielos.

Aún no había comenzado el rítmico palpitar de los cohetes V-1 o bombas volantes, los drones sin piloto de Hitler cargados de explosivos. Pero para entonces todos los adultos estaban tensos.

Llevaban mucho tiempo esperando la invasión aliada de la Francia ocupada. Fue entonces cuando llegó el texano y aparcó su tanque en el jardín de mis padres.

A la hora del desayuno no había ningún tanque, pero cuando volví a media tarde del jardín de infancia, me lo encontré allí. El tanque, que resultó ser un Sherman, me pareció inmenso y tremendamente emocionante. Tenía la mitad de las orugas en el jardín de mis padres, había hecho añicos la verja, y la otra mitad, en Elwick Road. Había que explorarlo, y punto.

Me hicieron falta una silla de la cocina y denodados esfuerzos para llegar a la parte superior de la oruga, y luego estaba la torreta, con su formidable cañón. Al llegar a lo alto de la torreta, me encontré la escotilla abierta y me asomé al interior. Una cara me devolvió la mirada; hubo una conversación entre susurros abajo y una cabeza empezó a subir hacia la luz. Cuando una figura alta y desgarbada se separó de la estructura metálica y se elevó por encima de mí, me convencí de que tenía que ser un vaquero. Los había visto en los pases del domingo por la mañana en el cine y todos llevaban sombrero alto. Tenía ante mis ojos a mi primer texano tocado con un Stetson.

Se sentó en la torreta, me miró a los ojos y dijo:

—Hola, chaval.

—Buenas tardes —respondí.

Parecía que hablara por la nariz, como los vaqueros de las películas. Señaló nuestra casa con la cabeza.

—¿Es tu casa? —Asentí—. Bueeeno, dile a tu padre que siento mucho lo de la verja.

Se llevó la mano al bolsillo superior del uniforme, sacó un paquetito, lo desenvolvió y me lo ofreció. Yo no sabía qué era, pero lo acepté, habría sido de mala educación rechazarlo. Sacó otro, se lo metió en la boca y empezó a mascar. Yo hice lo propio. Sabía a menta, pero, a diferencia de los caramelos británicos, no se deshacía para tragarlo. Acababan de darme a conocer el chicle.

Toda la tripulación del tanque estaba convencida de que en apenas unos días formaría parte de la fuerza de invasión que intentaría asaltar el Muro Atlántico de Hitler, en el estrecho de Calais, inmensamente fortificado. Muchos debían de pensar que no regresarían. En realidad, se equivocaban.

Mi texano formaba parte de un inmenso ejército señuelo que los mandos aliados habían apostado en East Kent para engañar al alto mando alemán. En secreto, planeaban lanzar la invasión a través de Normandía, mucho más al sur, con otro ejército que por entonces permanecía agazapado bajo lonas de camuflaje a unos kilómetros de Kent.

Los soldados del ejército señuelo quizá cruzaran el canal más tarde, pero ninguno lo hizo el Día D. Como pensaban que serían la primera oleada de ataque, con terribles bajas, miles de ellos abarrotaban todos los bares de Kent, como si quisieran tomar su último trago en la cantina. Una semana después, por la radio, entonces conocida como «radiorreceptor», una voz solemne anunció que tropas británicas, estadounidenses y canadienses habían desembarcado en masa en cinco playas de Normandía y estaban combatiendo para abrirse paso hacia el interior.

Dos días más tarde, se oyó un estrépito ensordecedor en el jardín delantero y el Sherman se alejó. Mi texano se había marchado. Me había quedado sin chicle. Siguiendo el consejo de mi madre, me arrodillé junto a la cama y recé por que Jesús cuidara de él. Al cabo de un mes, me llevaron a Hawkinge.

Mi padre era comandante del ejército, pero durante los últimos diez años había formado parte del cuerpo voluntario de bomberos de Ashford. Pese a sus protestas, eso lo situaba en «ocupación restringida», lo que significaba que no podían llamarlo a filas para combatir en el extranjero. El país necesitaba a todos los bomberos de los que disponía. Él insistió en trabajar y lo nombraron funcionario de Bienestar: rendía cuentas al Ministerio de Guerra y se encargaba de supervisar las condiciones de vida de todos los soldados con base en East Kent.

No sé cuándo tuvo ocasión de dormir en aquellos cinco años. Mi madre llevaba la peletería de la familia mientras mi padre se pasaba los días vestido de uniforme caqui y las noches de aquí para allá en un camión de bomberos, apagando incendios. A lo que voy es que tenía un coche y una preciada asignación de combustible, sin los cuales no habría podido desempeñar su trabajo diurno. De ahí el viaje por la zona del Weald of Kent para visitar la pista de aterrizaje en un campo de Hawkinge, base de dos escuadrones de Spitfire.

Por aquel entonces, el Spitfire no era solo un avión de combate, era un icono nacional. Sigue siéndolo. Y para todos los niños, los hombres que los pilotaban eran héroes muy superiores a cualquier futbolista o estrella del espectáculo. Mientras mi padre se ocupaba de sus asuntos con el comandante de la base, a mí me dejaron con los pilotos.

Me consintieron mucho, pensando quizá en sus propios hijos o hermanos pequeños que estaban lejos de ellos. Uno me cogió por las axilas, me levantó bien alto y me metió en la carlinga de un Mark 9 Spitfire. Me quedé sentado encima del paracaídas, sobrecogido, mudo de asombro. Olfateé combustible, aceite, cinchas, cuero, sudor y miedo, pues el miedo también tiene aroma. Examiné los mandos, el botón de disparo, los instrumentos; cogí la palanca de control. Miré hacia delante por entre la interminable cubierta que ocultaba el potente motor Rolls-Royce Merlin hasta la hélice de cuatro aspas, tan austera en contraste con el cielo de Kent, de color azul verdoso. Y, a la manera de los niños, hice un juramento infantil.

La mayoría de los críos juran que serán algo cuando se hagan mayores, pero por lo general esa promesa se esfuma y el sueño muere. Yo juré que algún día sería uno de ellos. Luciría el uniforme azul claro con alas en el pecho y pilotaría monoplazas de la RAF. Cuando me sacaron de la carlinga, había decidido lo que iba a hacer. Sería piloto de combate y volaría en un Spitfire.

No imaginaba los años de disuasión por parte de educadores y compañeros, las burlas y la incredulidad. Cuando mi padre conducía su utilitario Wolseley de regreso a Ashford, yo estaba sumido en mis pensamientos. Un mes después cumplí los seis años y el sueño seguía vivo.

Aprender francés

Antes de la guerra, mi padre había sido uno de los pilares del Rotary Club de Ashford. Como tantos hombres se unieron a las fuerzas armadas o se sumaron al esfuerzo bélico, todo quedó suspendido hasta que acabase la guerra. Pero en 1946 se reanudaron las actividades y el año siguiente se puso en marcha un programa de «hermanamiento» con nuestros vecinos recién liberados de Francia. Puesto que Ashford empezaba por A, fue hermanada con Amiens, en Picardía.

Mis padres fueron emparejados con un médico francés, un héroe de la Resistencia, el doctor Colin, y su esposa. Durante toda la ocupación, el médico había seguido a cargo de los cientos de empleados ferroviarios que vivían y trabajaban en el área de clasificación del gran eje de Amiens. Dado que disponía de coche propio y de libertad de movimientos, el doctor Colin había observado muchas cosas útiles para los aliados al otro lado del canal y, a riesgo de ser descubierto y ejecutado, había informado a la Resistencia.

Los Colin vinieron de visita en 1947 y el año siguiente invitaron a mis padres a su casa. Pero la boutique era lo primero y no podían dejar el trabajo, así que fui yo en su lugar, una dinámica que se repetiría los cuatro años siguientes. No solo un fin de semana, sino durante la mayor parte de las vacaciones de verano, de ocho semanas.

Al igual que muchas familias de la burguesía francesa, los Colin tenían una casa de campo lejos de los humos de la ciudad, en lo más profundo de los campos de Corrèze, en el macizo

Central, en medio de Francia. Así pues, en julio de 1948, con nueve años, en pantalones cortos y gorra de colegial, acompañé a mi padre en la aventura de cruzar el canal en transbordador. Solo en la otra orilla, al volver la vista, alcancé a ver vez por primera los inmensos acantilados blancos de Dover que con tanto anhelo había contemplado el ejército alemán ocho años antes. El doctor Colin salió a recibirnos a Calais y, como era debido, abrazó y besó en las mejillas a mi padre, rojo de vergüenza. Luego este me dio unas palmaditas en la cabeza y volvió a subir a bordo del ferry para volver a casa. En aquella época, los hombres de verdad no se daban besos.

El doctor Colin y yo tomamos el ferrocarril a Amiens y entonces vi por primera vez asientos de madera en un vagón de tren. El doctor tenía derecho a un billete en primera clase, pero prefería viajar en tercera, con la gente de clase obrera a la que atendía.

En Amiens volví a encontrarme con madame Colin y sus cuatro hijos, todos ellos en torno a los veinte años. François, que entonces tenía diecisiete años, era el más alocado; la Gestapo lo había detenido varias veces durante la ocupación y era el causante de que su madre tuviera el cabello blanco como la nieve. Ninguno hablaba ni una sola palabra de inglés y, después de tres trimestres en una escuela preparatoria británica, yo solo era capaz de decir *bonjour* y *merci* a duras penas. El lenguaje de signos me salió de manera espontánea, pero me habían dado un libro de gramática para principiantes y empecé a deducir lo que decían. Dos días después, nos fuimos todos a París y Corrèze.

«El extranjero» parecía un lugar muy extraño pero fascinante. Todo era distinto: el idioma, la comida, los gestos, las costumbres y aquellas locomotoras francesas descomunales. Sin embargo, un niño, cuando se trata de aprender, es como el papel secante. Absorbe información. Hoy, sesenta y cinco años después, perplejo ante el nuevo mundo digitalizado y conectado por internet, me maravillan esos niños que apenas han aprendido a andar pero son capaces de hacer veinte cosas con un iPhone, que a mí ya me cuesta siquiera encenderlo.

El doctor Colin no viajaba con nosotros. Había tenido que quedarse en Amiens para atender a sus pacientes. Así que madame y los chicos se trasladaron al sur para pasar las sagradas vacaciones de verano en el campo con un niño inglés, pequeño y un tanto abrumado. Hicimos transbordo en Ussel a una línea secundaria hacia Egletons y de allí fuimos en un renqueante autobús rural hasta el antiguo pueblo de Lamazière-Basse. Fue como retroceder a la Edad Media.

La casa familiar era grande y vieja, y estaba muy deteriorada, con el enlucido medio desconchado, goteras en el tejado y muchas habitaciones, una de las cuales pasó a ser la mía. Los ratones correteaban a placer por encima de mí mientras dormía. La señora que la habitaba era la antigua niñera de la familia, que estaba jubilada pero viviría allí el resto de sus días. Por asombroso que parezca, era inglesa pero llevaba en Francia desde joven.

Mimi Tunc, una verdadera solterona, había pasado muchos años al servicio de la familia Colin y a lo largo de toda la guerra se había hecho pasar por francesa delante de las narices de las autoridades alemanas, eludiendo así el internamiento.

Lamazière-Basse era, como he dicho, muy antiguo y casi medieval. Algunas casas, aunque no muchas, tenían electricidad. En la mayoría se las arreglaban con quinqués. Había uno o dos tractores arcaicos pero no cosechadoras. Las cosechas se recogían a mano con hoces y se trasladaban a casa en carros tirados por bueyes uncidos. Los campesinos se erguían a mediodía en los campos para murmurar el ángelus cual figuras de un cuadro de Millais. Tanto hombres como mujeres llevaban zuecos de madera o *sabots*.

Había una iglesia, a rebosar de mujeres y niños mientras los hombres hablaban de las cosas importantes de la vida en el café al otro lado de la plaza. El cura del pueblo, al que siempre llamaban monsieur l'Abbé, se mostraba amistoso conmigo, aunque un poco distante, convencido de que, en tanto que protestante, estaba trágicamente condenado al infierno. En el *château* de la colina vivía madame de Lamazière, la ancianísima matriarca de las tierras circundantes. Ella no iba a misa; la Iglesia acudía a ella representada por el pobre monsieur l'Abbé, que subía la cuesta sudando bajo el sol estival para celebrar misa en su capilla privada. La jerarquía era sumamente rígida y hasta Dios tenía que reconocer las diferencias.

A medida que mejoraba mi francés, trabé amistad con varios niños del pueblo, para quienes era objeto de enorme curiosidad. El verano de 1948 fue abrasador y el imán que nos atraía a diario era el lago ubicado a un kilómetro y medio del pueblo. Allí, con cañas hechas de juncos, intentábamos atrapar aquellas ranas verdes y grandes, cuyas patas traseras, enharinadas y fritas en mantequilla, constituían una cena excelente.

Las comidas, siempre abundantes, se hacían al aire libre: jamones curados hasta ennegrecer con el humo de la chimenea, *pâtè*, pan crujiente, mantequilla de la mantequera y fruta de los árboles. Me enseñaron a beber vino tinto rebajado con agua, igual que los demás niños, aunque no así las niñas. Fue en el lago, un sofocante día de aquel primer verano, cuando vi morir a Benoit.

Había unos seis chicos haciendo travesuras en el calvero de la orilla cuando, al mediodía, apareció él, a todas luces ebrio. Los chicos del pueblo me susurraron que era Benoit, el borracho del pueblo. Desconcertados y fascinados a un tiempo, lo vimos desnudarse y meterse en el lago. Cantaba muy desafinado. Pensamos que solo iba a refrescarse hasta la cintura. Pero siguió caminando hasta que le llegó el agua al cuello. Luego echó a nadar, pero después de unas torpes brazadas su cabeza desapareció.

Entre los chicos, yo era el que mejor nadaba, así que al cabo de medio minuto me sugirieron que fuera a buscarle. Eso hice. Al llegar al punto donde había desaparecido su cabeza, miré hacia abajo. Sin gafas de bucear (un objeto insólito entonces), alcanzaba a ver muy poco. El agua era de color ámbar y había matas de malas hierbas y algunas azucenas. Incapaz de ver gran cosa, respiré hondo y me sumergí.

A unos tres metros de profundidad, en el fondo, había una masa amorfa y clara tendida boca arriba. Más de cerca, advertí un reguerillo de burbujas que brotaba de su boca. Saltaba a la vista que no estaba bromeando, sino que se ahogaba de verdad. Cuando me di la vuelta para volver a la superficie, una mano me agarró del tobillo izquierdo y me retuvo. Por encima de mi cabeza, vi brillar el sol a través del agua turbia, pero la superficie quedaba a medio metro y aquella mano no me soltaba. Noté que me invadía el pánico, di la vuelta y volví a sumergirme.

Dedo a dedo, retiré la mano agonizante de mi tobillo. Benoit tenía los ojos abiertos y me miraba fijamente mientras los pulmones empezaban a dolerme. Al final, me soltó la pierna y me impulsé con las piernas hacia la superficie. Noté que los dedos intentaban agarrarme de nuevo, pero volví a coger impulso, sentí que mi pie impactaba contra una cara y luego salí propulsado hacia arriba en dirección al sol.

Noté esa maravillosa tromba de aire fresco que reconocerán todos los que bucean a pulmón cuando se alcanza la superficie y empecé a chapotear de regreso a la zona de piedras bajo los árboles donde los niños del pueblo esperaban boquiabiertos. Les conté lo que había visto y uno fue corriendo al pueblo. Sin embargo, transcurrió media hora antes de que aparecieran unos hombres con cuerdas. Uno se quitó los calzoncillos largos y se sumergió. Otros se metieron hasta la cintura, pero no más. El de los calzoncillos largos era el único que sabía nadar. Al final, llegaron hasta el objeto sumergido y sacaron el cadáver, atado por la muñeca al extremo de una cuerda.

De nada hubiera servido intentar reanimarlo, por mucho que alguien hubiera conocido la técnica. Los chicos se reunieron alrededor del cuerpo antes de que los ahuyentaran.

El cadáver estaba abotargado y descolorido, y de la comisura de la boca le caía un hilillo rojo, sangre o vino tinto. Al cabo apareció un carro de bueyes y se llevaron de vuelta al pueblo lo que quedaba del viejo borracho Benoit.

No se siguió ningún procedimiento como una autopsia o una

investigación. Supongo que el alcalde redactó un certificado de defunción y monsieur l'Abbé celebró un entierro en algún lugar del camposanto.

Pasé cuatro felices veranos en Lamazière-Basse y cuando regresé del último, con doce años, podía pasar por un francés entre franceses, una ventaja que más adelante me resultaría sumamente útil en muchas ocasiones.

Aquel verano de 1948 vi un cadáver humano por primera vez. No sería el último. No por unos cincuenta mil.

Aprender alemán

Mi padre era un hombre extraordinario. Había recibido educación formal en la academia de formación del astillero de Chatham, centrada en las matemáticas, y lo que sabía lo había aprendido en buena medida por su cuenta. No era rico ni famoso, ni tenía ningún título. Solo era un tendero de Ashford. Pero poseía una bondad y una humanidad que no pasaban inadvertidas a todos aquellos que lo conocían.

Justo al final de la guerra, como comandante al servicio directo del Ministerio de Guerra, lo llamaron a Londres sin explicación. De hecho, era para la proyección de una película, aunque no estaba protagonizada por Betty Grable. Con un centenar de hombres más, se sentó en una sala del ministerio a oscuras para ver las primeras filmaciones, tomadas por la unidad fotográfica del ejército, de soldados británicos liberando el campo de concentración conocido como Bergen-Belsen. Eso lo marcó de por vida. Mucho después me contó que, tras cinco años de guerra, no había entendido del todo lo que millones de personas y él habían estado esforzándose por derrotar y destruir hasta que vio los horrores de Bergen-Belsen. No sabía que pudiera existir semejante crueldad sobre la faz de la tierra.

Mi madre me dijo que volvió a casa, todavía de uniforme, pero en lugar de cambiarse se pasó dos horas de pie delante de la ventana, mirando fuera, de espaldas a la sala, inmune a sus ruegos de que le dijera qué ocurría. Contemplaba la calle en silencio, sin más. Al final salió de sus reflexiones y fue arriba a cambiarse, diciéndole al pasar: «No quiero volver a encontrarme con ninguno. No quiero que pisen mi casa». Se refería a los alemanes.

Aquello no duró. Más adelante se sosegó, viajó a Alemania, conoció a muchos alemanes y les habló con cortesía. Como muestra del hombre que era, cuando yo tenía trece años, en 1952, decidió enviarme a pasar las vacaciones de verano con una familia alemana. Quería que su único hijo aprendiera alemán, conociera el país y a sus gentes. Cuando mi madre, desconcertada, le preguntó por qué, se limitó a responder: «Porque no debe volver a ocurrir nunca».

Pero, para el verano de 1952, no quería recibir en su casa a un chico alemán de intercambio, aunque había muchas ofertas de ese tipo. Yo iría como invitado corriendo con todos los gastos. Había una Asociación de Amistad Británico-Germana luchando por abrirse camino y creo que el viaje se gestionó a través de ella. La familia escogida tenía una granja en las afueras de Gotinga. Esa vez fui en avión. Mi padre tenía un amigo de su época en el ejército que había seguido con la carrera militar y estaba destinado con el ejército británico del Rin en el campamento de Osnabrück. Fue a despedirme al aeródromo de Northolt, a las afueras de Londres; el avión era un viejo DC Dakota que cruzó Francia y Alemania con un zumbido monótono hasta aterrizar en aquella base británica. El padre Gilligan, un jovial sacerdote irlandés que se había alojado durante un tiempo en nuestra casa de Ashford, estaba allí para recibirme. Me llevó en coche a Gotinga y me dejó con la familia.

Por aquel entonces resultaba muy extraño ser un chico inglés en Alemania. Yo era toda una rareza. Había estudiado tres cursos de alemán en la escuela preparatoria, así que al menos chapurreaba el idioma, a diferencia de lo ocurrido en mi primera visita a Francia, cuatro años antes, cuando apenas sabía una palabra de francés. La familia era muy amable e hizo todo lo posible por que me sintiera como en casa. Fueron cuatro semanas sin incidencias de las que solo recuerdo un encuentro bastante curioso.

Ese año se celebraba un campeonato mundial de vuelo sin motor en un lugar llamado Oerlinghausen. Fuimos todos para pasar el día en familia. El interés de mi anfitrión en el vuelo se derivaba de que había estado en la Luftwaffe durante la guerra, como oficial, pero no como aviador.

La enorme pradera estaba abarrotada de planeadores con distintivos de numerosos clubes, dispersos por todo el campo, a la espera de que les remolcaran para alzar el vuelo. Y había pilotos de renombre en torno a los cuales se arracimaban grupos de admiradores. Había una mujer en particular que sin duda era muy famosa y se había convertido en el centro de atención, aunque yo no tenía ni idea de quién era.

De hecho, se trataba de Hanna Reitsch, piloto de pruebas de la Luftwaffe y aviadora personal de Hitler. Si él sentía predilección por ella, su admiración no era nada en comparación con la adoración que ella le profesaba.

En abril de 1945, cuando el ejército soviético se cernía sobre el corazón sitiado de Berlín, y Hitler, consumido y tembloroso, se lamentaba en su búnker bajo la Cancillería, Hanna Reitsch voló hasta el funesto enclave a los mandos de un Fieseler Storch, un monoplano de tipo ala alta que requería muy poco espacio para aterrizar y despegar. Con asombrosa destreza, logró tomar tierra en un paseo del zoo de Charlottenburg, apagó el motor y caminó bajo el fuego de mortero hasta el búnker.

Puesto que era quien era, le permitieron acceder al último reducto de Hitler, donde este se volaría la tapa de los sesos pocos días después, y la condujeron a su presencia. Allí le rogó al hombre al que tanto admiraba que le dejara rescatarlo en su avión de la trampa mortal de Berlín y llevarlo al Berghof, su residencia fortificada en Berchtesgaden, en el sur de Baviera. Allí, le instó, rodeado por los últimos fanáticos de las SS, podría seguir resistiendo.

Hitler le dio las gracias, pero rehusó. Estaba decidido a morir y a llevar a Alemania entera a la ruina. No eran dignos de él, le explicó, con la notable excepción de Hanna Reitsch.

Un amigo de mi anfitrión, otro veterano de la Luftwaffe, nos ayudó a sumarnos al círculo de admiradores alrededor de aquella as de la aviación. Reitsch sonreía y estrechó la mano a mi anfitrión, a su esposa y a sus hijos adolescentes. Luego se volvió hacia mí y me tendió la mano.

Fue entonces cuando mi anfitrión cometió un error.

—Nuestro joven invitado —dijo—. *Er ist ein Engländer.*

A la piloto se le heló la sonrisa en los labios y retiró la mano. Recuerdo un par de ojos azules candentes y la voz alzada en tono de ira.

—*Ein Engländer?* —graznó, y se fue de allí.

Al parecer, igual que mi padre, ella no lo había olvidado del todo.

De nuevo en Alemania

Al año siguiente, 1953, volví a Alemania. La familia de la granja a las afueras de Gotinga no podía acogerme, así que me alojé con herr Dewald, su mujer y sus hijos. Era un maestro de escuela de Halle, en Westfalia.

Por entonces Alemania seguía pareciendo un país sometido a alguna forma de ocupación, aunque ya se había constituido la República Federal Alemana bajo la cancillería de Konrad Adenauer en 1949. La antigua Alemania, no obstante, se hallaba dividida en Oriental y Occidental, con la capital de la segunda no en Berlín sino en Bonn, una pequeña ciudad del Rin, escogida porque quedaba cerca de la ciudad natal del canciller Adenauer.

La razón de la impresión de que continuaba ocupada era la omnipresencia de las fuerzas de la OTAN, que no estaban allí para ocupar, sino para defender. Era la OTAN la que mantenía a raya al bloque soviético expansionista, que había estado dirigido por el brutal tirano Iósif Stalin hasta su muerte en marzo de aquel año. Westfalia se encontraba en la zona británica, salpicada de bases aéreas y militares británicas. Esta fuerza se conocía simplemente como el ejército británico del Rin y sus vehículos se veían a menudo recorriendo las calles a gran velocidad. La amenaza de invasión desde el este del Telón de Acero se consideraba muy real.

El tercio oriental de Alemania quedaba al otro lado de ese Telón de Acero y formaba parte del imperio soviético. Se conocía como Alemania Oriental o, curiosamente, República Democrática Alemana. Estaba muy lejos de ser democrática, pues se trataba de una dictadura severa con un gobierno comunista nominal dispuesto a cumplir el mandato de los auténticos amos, las veintidós divisiones del ejército soviético y la embajada soviética. Las potencias occidentales solo conservaban, por tratado, un enclave, el Berlín Occidental rodeado, que se encontraba a ciento veinte kilómetros en el interior de Alemania Oriental.

El infausto Muro de Berlín, que reforzaba el aislamiento de Berlín Occidental, no se levantaría hasta 1961 para evitar la constante huida de licenciados de las escuelas politécnicas y las universidades del este a través de Berlín Occidental que iban en busca de una vida mejor en Alemania Occidental. Pero el ambiente imperante de amenaza después del Bloqueo de Berlín de 1948-1949, que estuvo a punto de desencadenar la Tercera Guerra Mundial, suponía que el ejército británico, lejos de ser objeto de resentimiento por parte de los alemanes, era muy apreciado por ellos.

A mi propia manera, yo tenía un uso más práctico como invitado de una familia alemana. Sirviéndome de mi rígido pasaporte azul, podía entrar en la base británica, ir a la tienda *duty-free* y comprar café de verdad, que, tras años de beber sucedáneos amargos, estaba a la altura del oro en polvo.

Llegué a Halle después del descanso de las vacaciones de Pascua de las escuelas británicas pero antes del de las alemanas. Puesto que herr Dewald era maestro y sus hijos seguían en el colegio, pensaron que lo más práctico sería que asistiera a la escuela alemana hasta que empezaran las vacaciones, un par de semanas después. Allí fui objeto de una gran curiosidad, era el primer británico al que veían y me imaginaban con colmillos o, cuando menos, una cola hendida. El alivio mutuo fue considerable al comprobar que todos teníamos más o menos el mismo aspecto. Tanto en casa de los Dewald como en el instituto, mi alemán fue mejorando con rapidez.

Una característica de la sociedad alemana a la que se me introdujo y que de alguna manera me sorprendió fue su veneración por la naturaleza, el campo abierto. Como yo me había criado entre los campos y los bosques de Kent, daba por sentado que la Madre Naturaleza estaba ahí sin más, que no había necesidad de adularla. Pero los alemanes hacían hincapié en las largas caminatas por ella. Los llamaban «Días de Paseo». La escuela entera, dividida por grupos según la edad, se disponía en filas para esas excursiones por el campo. Durante la primera a la que fui, advertí algo extraño.

Mientras que un grupo similar de chicos británicos simplemente habría caminado como una muchedumbre desorganizada, los alemanes ya habían formado de alguna manera en el primer kilómetro una columna, una fila tras otra de a tres. Luego el paseo se transformó poco a poco, con todos los pies subiendo y bajando al unísono, hasta que estábamos marchando.

Enseguida acompañaron la marcha con cánticos, en concreto una canción que sesenta años después todavía recuerdo. Empezaba así: «A quien Dios desea lo mejor lo envía al ancho mundo para ver Sus milagros en las montañas, los bosques y los campos». Todo bueno y saludable.

Al cabo de un rato me fijé en que había un palo en el aire a la cabeza de la columna, tan alto que todos podíamos seguirlo. No había bandera, pero no tardó en aparecer un gorro encima del palo, como una suerte de estandarte.

Ya nos habíamos adentrado en el bosque y marchábamos por un camino arenoso detrás de nuestro líder, cantando a voz en cuello, cuando a lo lejos apareció un jeep que se acercaba a toda velocidad hacia nosotros. Se trataba de un vehículo del ejército británico; alcancé a distinguir la insignia del regimiento en el guardabarros delantero, y era evidente que no iba a parar.

Los niños rompieron filas y se hicieron a un lado de un salto para dejarle paso. Al volante del vehículo, sin capota, iba un cabo pelirrojo y, a su lado, un sargento. Mientras pasaba junto a nosotros, el cabo se asomó y gritó algo con un claro acento del este de Londres. Cuando la parte trasera del vehículo desapareció más adelante y la arena y el polvo se asentaron de nuevo, los niños alemanes se amontonaron con impaciencia a mi alrededor para preguntar:

—Fritz, ¿qué nos ha gritado ese soldado?

Me pareció conveniente ser diplomático.

—Ha dicho: «Feliz Día de Paseo» —les informé.

Se quedaron encantados.

—Ah, Fritz —me dijeron—, qué simpáticos son los soldados británicos.

No tuve ánimo de decirles lo que había gritado en realidad, que fue: «Ya os estáis preparando para la siguiente, ¿no, chicos?».

No hay nada como el humor *cockney*, y a todas luces aún había que alcanzar cierto nivel de reconciliación.

El año siguiente pasé las vacaciones con una familia alemana por tercera vez —de nuevo con los Dewald— y para 1954 podía pasar por alemán en Alemania, lo que también me resultaría sumamente útil cuando, una década después, me enviaron durante un año a Berlín Oriental y, tras dar esquinazo al poli de la secreta que me seguía, solía desaparecer en lo más profundo de Alemania Oriental.

Los idiomas

Hay quien cree que para hablar un idioma extranjero —hablarlo de verdad, no apañárselas con cincuenta palabras, un libro de frases y un montón de gestos— basta con dominar la gramática y el vocabulario. No es así: por lo general, para pasar inadvertido en un idioma extranjero son esenciales tres aspectos más.

Está el acento. Los británicos son espectacularmente ineptos a la hora de imitar acentos extranjeros y no hay nada mejor que empezar pronto y vivir con una familia del país en cuestión, a condición de que la familia no hable casi palabra del idioma del estudiante. Puesto que ahora el inglés es el idioma común prácticamente en el mundo entero, esto cada vez resulta más difícil. Todos quieren practicar su inglés.

Pero después del acento viene el argot. Un lenguaje académico perfecto delata a un hablante de inmediato, porque todo el mundo adereza su lengua materna con expresiones que no aparecen en ningún diccionario ni manual y sencillamente no pueden traducirse palabra por palabra. Ni siquiera nos damos cuenta de la frecuencia con que lo hacemos, pero es constante. Basta con prestar atención en un bar abarrotado o en una mesa animada a la hora de comer y queda claro que en casi todas las frases un hablante utiliza alguna expresión coloquial que nunca enseñarán en ninguna academia de idiomas.

El último aspecto es más difícil incluso de cuantificar o imitar. Todos los idiomas extranjeros y su habla van acompañados de expresiones faciales y gestos de manos que probablemente son exclusivos de ese grupo lingüístico y que los niños aprenden observando a sus padres y maestros.

Así pues, cuando en 1951, a los trece años, fui a la escuela de Tonbridge para intentar conseguir una beca en idiomas modernos, recuerdo al maestro de mayor antigüedad, el señor A. E. Foster (siempre conocido en ausencia de la corrección política como Foster el Rana), sentado con aire un tanto confuso delante de un chico que parloteaba en un francés con expresiones coloquiales y gestos perfectos. Unos días después, el señor Bruce Lockhart, el Flojo, tuvo la misma experiencia en alemán. Obtuve la beca y me transfirieron a la escuela superior en septiembre.

Al cabo de un año, tras haber hincado los codos en latín, historia, geografía y las detestadas matemáticas y ciencias, obtuve las cualificaciones básicas y, a los quince años, las de bachillerato, todas en idiomas.

Pero Tonbridge, pese a los defectos que pudiera tener, era excelente desde el punto de vista académico, y un profesor que había servido en los convoyes árticos a Rusia enseñaba un tercer idioma. Podía escoger entre ruso y español. Opté por el ruso porque sería mucho más difícil que el español, que ya aprendería más adelante.

El verano de 1954 conllevaría lograr las cualificaciones básicas en ruso y mi padre pensó que me iría bien cierto tutelaje durante las vacaciones. De algún modo localizó a un par de princesas rusas que daban clases de ruso y acogían huéspedes de pago en París. La Marina británica utilizaba sus servicios de manera habitual. (Creo que fue un contacto de la Marina quien se las recomendó.) Así que esa primavera me enviaron a pasar tres semanas en su apartamento parisino.

Eran las princesas Dadiani y en realidad eran georgianas, pero se las consideraba pilares de la comunidad de rusos blancos de París. Vivían ajenas por completo al planeta Tierra y estaban encantadoramente chifladas, pero eran muy divertidas.

Su mundo más o menos se había detenido en 1921, cuando el Ejército Rojo derrotó a las fuerzas blancas en la guerra civil, y su padre, el último rey de Georgia, las evacuó y llegaron con solo una maleta llena de joyas a París, donde por aquel entonces había infinidad de refugiados de la aristocracia rusa.

Más de treinta años después, seguían convencidas de que algún día el pueblo de Georgia se alzaría, se quitaría de encima el yugo soviético y les devolvería sus palacios y sus pozos de petróleo. Las joyas les habían durado unos cinco años —economizar no era lo suyo—, de modo que después empezaron a aceptar huéspedes de pago. Tenían un contrato con la Marina Real, que les enviaba guardiamarinas y alféreces de fragata, a los que preferían con mucho porque en la Marina pagaban puntualmente y sus huéspedes tenían buenos modales.

Su piso era frecuentado por condes, duques y algún que otro príncipe, que o bien iban en taxi o bien aparecían como artistas o intérpretes en la ópera. Siempre daba la impresión de que estaban recogiendo después de una fiesta o preparándose para la siguiente.

En Pascua me llevaron a una misa mayor a la catedral ortodoxa rusa, un edificio sumamente impresionante, que fue seguida del padre y la madre de todas las fiestas. Me ofrecieron sin parar las delicias más increíblemente dulces de la Pascua rusa y también vodka, que era como una explosión en la boca del estómago. No tenía nada que ver con lo que se vende en las licorerías modernas. Era denso y viscoso, y había que apurarlo de un solo trago, acompañado del *Hristos Voskrese*, «Cristo ha resucitado».

No recuerdo ninguna clase formal de ruso. Los otros tres jóvenes marinos y yo sencillamente teníamos que aprenderlo escuchando y haciendo preguntas. Pero recuerdo a las princesas con afecto. Aquellas tres semanas me ayudaron a obtener mis cualificaciones básicas de ruso en los exámenes de verano y, años después, a comprender a rusos hablando en Berlín Occidental mientras fingía no entender ni una sola palabra.

Y el año siguiente, en el verano de 1955, que fue una época muy ajetreada, tendría necesidad de su sofá.

Un paso más cerca de las estrellas

Debió de ser un pequeño anuncio en alguna de las revistas de aviación que pasaba tanto tiempo devorando, aunque no recuerdo cuál. Me enteré de un nuevo programa que ofrecían las Fuerzas Aéreas Británicas, el concepto de la beca de vuelo de la RAF. La idea consistía en que si pasabas todas las pruebas, la RAF le costearía las clases al joven aficionado que lo consiguiera para obtener una licencia de piloto privado en el club de vuelo local. Por supuesto, yo me presenté de inmediato. Eso fue en la primavera de 1955.

La RAF no tenía intención de desperdiciar dinero subvencionando a jóvenes con mala vista u otros defectos que les impidieran llegar a pilotar. El objetivo era ayudar a jóvenes dispuestos a contraer el virus de la aviación y más adelante alistarse. Lo primero que llegó a la casa de mis padres en Ashford fue un pequeño sobre de color beis en el que me pedían que me sometiera a una revisión médica exhaustiva en la base de la RAF en Hornchurch, Essex. También contenía un billete de tren.

Si pensaba que las pruebas se reducirían a unos minutos con un estetoscopio en el pecho o unos golpecitos en la rótula, estaba muy equivocado. Las pruebas de Hornchurch consistían en una estancia de cinco días diseñada para hacerte trizas y ver si se detectaba el más mínimo defecto. Llegué con una maletita, me puse unos calzones y un mono, convencido de estar en perfecta forma física, y entonces empezaron.

Durante dos días, no fueron más que pruebas físicas. Uno tras otro, jóvenes aspirantes que, algo mayores que yo, no habían ido a por la beca, sino que intentaban acceder a los cursos de preparación de pilotos, eran enviados a casa decepcionados. Los médicos y los oculistas descubrían daltonismo, falta de visión nocturna, hipermetropía, miopía o algún otro defecto ocular con el que el aspirante había vivido sin sospecharlo siquiera.

Otros tenían una mancha en los pulmones, pies planos, algo mal en alguna parte, algo por debajo del cien por cien. El tercer día se dedicó a reflejos, velocidad de reacción ante emergencias, destreza, coordinación ojo-mano. El cuarto, a los ejercicios de iniciativa. Dos líneas blancas en el suelo de la plaza de armas como representación de una sima. Unos palos, cuerdas y un bidón de gasolina. Consigue que el equipo llegue a salvo al otro lado del abismo.

El último día realizaron entrevistas por la mañana con tiempo suficiente para regresar a casa por la tarde. No dije nada sobre los idiomas por miedo a que me aceptasen pero en la sección de educación o incluso en la de inteligencia. Tres oficiales, dos con alas en el pecho. Muertos de aburrimiento. Muy bien, chaval. ¿Por qué quieres volar?

Por el amor de Dios. ¿Por qué quería perder la virginidad? Porque parecía divertido y tenía dieciséis años y la vida pasaba a toda prisa. Pero nada de bromas, por favor. No delante de un comité de oficiales. Así pues, respuestas serias y la garantía de que estaba loco por volar desde que me habían metido en la carlinga de un Spitfire a los cinco años. Varias cejas arqueadas y una sonrisa divertida. Varias preguntas con trampa sobre cazas modernos, que respondí sin problema porque llevaba años estudiándolos. Sí, señor, estaba en Farnborough el día que John Derry se estampó contra la ladera de la colina a los mandos del prototipo De Havilland 110. Dejaron de sonreír; miradas serias de soslayo, pero aprobatorias. Luego me dieron permiso para retirarme. No puedo saludar; no llevo gorra de piloto. Pero algún día la tendré.

Cinco días después, otro sobre de color beis. Preséntese en la base de la RAF en Kenley para equiparse con un mono de piloto, botas y casco de cuero. Luego comience en el Club de Vuelo Bluebell Hill de Rochester, en junio. Un problema técnico: el curso escolar empieza en mayo. Podía hacerlo, pero necesitaba transporte.

Mi padre acudió al rescate una vez más. Me compró una Douglas Vespa de segunda mano. Era de fabricación británica, con licencia de la compañía italiana Vespa, y era un montón de chatarra. Tenía pedal de arranque y carraspeaba durante cincuenta pedaladas antes de arrancar. Aun así, fue mi primer medio de transporte motorizado. Con una matrícula de conductor en prácticas y una L roja delante y otra detrás, era legal en la carretera. Mi padre me llevó a Bluebell Hill para presentarme y ver en qué avión iba a aprender.

Era un Tiger Moth plateado, un biplano que parecía sacado de la Primera Guerra Mundial, el caballo de tiro estándar de las academias de vuelo por aquel entonces. Tenía la carlinga abierta, con un tubo acústico para comunicarse con el instructor; uno iba con el viento azotándole el pelo, por así decirlo. Maravilloso, embriagador. El único problema era la escuela de Tonbridge. Las autoridades del centro ya habían dejado claro que mi pasión por volar no era más que una locura juvenil. Nunca obtendría su permiso. Así que, en su lugar, me agencié un cobertizo.

Como es natural, no estaba en los terrenos de la escuela. Estaba en la población de Tonbridge, en uno de esos jardines pequeños llamados «parcelas», cedido en alquiler nominal por el municipio a quienes no tenían jardín pero deseaban cultivar hortalizas. El amable jardinero me permitía guardar allí la vespa, fuera de la vista y a cubierto de la lluvia.

De nuevo en Parkside para lo que esperaba fuese mi último trimestre, ya no me quedaban más asignaturas por aprobar, de manera que me dispuse a hacer los exámenes finales para obtener el título de secundaria con derecho a beca, aunque esto último no era más que una vana esperanza. Las becas estatales se concedían según la renta y mi padre podía permitirse pagar las tasas universitarias sin ayuda del Estado, de modo que no me la concederían. Sin embargo, nadie quería verme haraganeando por ahí. De hecho, tenía otro examen en mente: el de la licencia de piloto privado. Pero no lo haría hasta el 26 de agosto, un día después de cumplir los diecisiete años. Aun así, tenía por delante treinta horas de clases de vuelo pagadas esperándome en Rochester y me moría de ganas de que acabara el curso escolar. Así pues, asombré a Parkside al hacerme corredor a campo través.

Hasta entonces había detestado aquellas carreras, por lo general impuestas como castigo por alguna falta leve o disputadas por esos jóvenes fibrosos que parecían insectos palo. Yo seguía siendo bajo y fornido, no empezaría a pegar el estirón hasta el año siguiente. Consideraba el campo a través una auténtica agonía. Sin embargo, de pronto empecé a presentarme voluntario para correr, y no solo la carrera de ocho kilómetros, sino la competición superior, de doce. La única condición que ponía era correr solo.

De esa forma, dos veces a la semana, me ponía un pantalón corto blanco y una camiseta inmaculada, y salía al trote por la verja. Tardaba quince minutos llegar al cobertizo de la parcela, donde me ponía el mono de aviador de lona, las botas y el casco de cuero. De esa guisa, podía pasar en motocicleta por delante de la escuela y tomar la autopista para ir a Bluebell Hill, al club de vuelo.

Después de seis horas de instrucción acompañado, piloté solo y experimenté la embriaguez de volar libre, por encima del sinuoso Medway, contemplando Rochester y su imponente catedral medieval. Allí arriba podía ejecutar toda clase de giros entre las nubes, virar, ascender, descender, quitarme el casco y quedarme solo con las gafas para protegerme los ojos.

En mi imaginación juvenil me hallaba sobre los campos de Flandes, en torno a 1916, en formación con Bishop, Ball, Mannock y McCudden, saludaba con un gesto alegre a los ases franceses Guynemer y Garros, daba caza a los alemanes Von Richthofen, Boelcke e Immelmann. Lo había leído todo sobre ellos, había investigado sus historias, sus victorias y, una tras otra, sus muertes. Para el final del curso escolar había registrado en mi diario de vuelo veintisiete de las treinta horas que tenía permitidas, pues me guardaba tres para las pruebas definitivas a finales de agosto.

Parkside no llegó a resolver el enigma del alumno que corría campo a través. El acoso al a que me veía sometido fue disminuyendo, pues había chicos nuevos a los que intimidar. Los varazos siguieron cayendo. Creo que me las arreglé para recibir setenta y cuatro golpes de caña a lo largo de los tres años y medio que pasé allí, siempre propinados con el cuerpo doblado y la cabeza debajo de una mesa, y protegido únicamente por un fino pijama.

No llegué a desarrollar esas extrañas desviaciones que tan a menudo se atribuyen a los ingleses, sino solo dos cosas en su lugar: la capacidad de soportar el dolor en silencio y el desprecio por la autoridad rigurosa y arbitraria.

El trimestre de verano acabó en julio de 1955. En Bluebell Hill prometieron recibirme de nuevo para las pruebas de vuelo a finales de agosto. Entretanto, uno de los pocos amigos que tenía en Parkside, John Gordon, y yo decidimos ir en autostop desde Newhaven, en la costa de Sussex, cruzando Francia, hasta Ventimiglia, en la frontera italiana, recorriendo toda la Costa Azul. John tenía quince años y yo, dieciséis. Pensamos que sería toda una aventura. Y así fue.

Una larga excursión

Hacer autostop es poco frecuente hoy en día pero en 1955 era habitual para un joven sin dinero. Los hombres de mediana edad recordaban sus años de juventud sin blanca, se compadecían de la figura del arcén con el puño derecho hacia delante, el pulgar levantado, y aminoraban, se detenían y preguntaban al rostro que asomaba por la ventanilla del acompañante adónde iba.

Por lo general, los soldados de uniforme, que volvían a casa de sus padres gracias a un permiso de fin de semana o intentaban regresar como fuera a la base, podían esperar ayuda. La mayoría de los hombres de mediana edad habían hecho lo mismo en su momento. John Gordon y yo, aunque no lo sabíamos, contábamos con una ventaja mayor incluso que el uniforme.

John tenía una tía que vivía en Cooden, cerca de la costa de Sussex y no muy lejos de Newhaven, donde había un ferry a Dieppe. Fuimos a Cooden en la Vespa y su tía nos llevó a Newhaven a la mañana siguiente para que tomáramos el primer ferry. Teníamos dos billetes de ida y vuelta, y un presupuesto muy limitado.

Imaginábamos que dormiríamos en cobertizos, establos e incluso zanjas y comeríamos lo más barato que hubiera, probablemente pan con queso. Llevábamos recias botas de montaña, pantalones cortos de dril color caqui, calcetines hasta las rodillas y camisas de lona. Eso y una mochila. Había tomado la precaución de colgar una bandera del Reino Unido de la mochila. Marcharíamos en fila india conmigo el segundo para que los motoristas que vinieran por detrás la vieran con claridad. Resultó que eso cambiaría la situación.

Habíamos salido hacia media mañana de la terminal de ferry de Dieppe y nos dirigíamos a la carretera que conducía a París cuando un coche viró con brusquedad detrás de nosotros, tocó el claxon y una voz nos preguntó, en francés, claro, adónde íbamos. Contesté en francés y en cuestión de segundos las mochilas estaban en el maletero. John se lanzó al asiento de atrás y yo me acomodé junto al conductor, al tiempo que respondía su pregunta de cómo es que hablaba francés con tanta soltura. Entonces descubrimos el motivo de que nos hubieran recogido tan rápido.

En 1944, solo once años antes de nuestra excursión, los ejércitos aliados salieron de Normandía y procedieron a liberar Francia. Los británicos y los canadienses fueron hacia el norte en dirección a Holanda y Bélgica, atravesando todo el norte de Francia. Cualquiera de más de veinticinco años recordaba con claridad la ocupación alemana y la liberación. Fue la bandera británica lo que surtió efecto.

No había autopistas por aquel entonces, solo la estrecha y sinuosa Route Nationale de siempre, con un carril en cada sentido y, de vez en cuando, uno central y considerablemente letal de adelantamiento, el cual se disputaban unos coches que se aproximaban unos a otros a ciento cincuenta kilómetros por hora. Resultaba alentador que el conductor dejara de mirar de reojo y mantuviera la vista al frente en la carretera. En tres rápidos trayectos, creo que llegamos a París antes que el tren que enlazaba con el ferry.

Una vez en la ciudad, tomamos el *métro* y llegamos sin avisar al piso de las princesas Dadiani. Tan tranquilas, como si fuera normal que hubiera algún autostopista adolescente en su puerta, las encantadoras damas nos recibieron y nos dieron de cenar. A las diez dejé a John en el sofá y volví a adentrarme en la noche.

Había calculado que el trayecto de París a Marsella, al sur, era muy largo y existía un modo, si daba resultado, de que cubriéramos esa distancia en una sola jornada. Todos los días, miles de camiones, vehículos grandes y estruendosos con tráileres que ahora llamaríamos «de gran tonelaje», transportaban fruta y verdura desde el sur subtropical, el Midi, para saciar el estómago de París. Y luego regresaban de vacío.

El gigantesco mercado de productos frescos al que se dirigían estaba en el distrito de Les Halles, trasladado hace mucho a las afueras. Pero entonces quedaba justo en el centro de París, un kilómetro cuadrado de naves y almacenes, fuertemente iluminados y llenos de actividad durante las noches, y sus bares, restaurantes y *bistrôts* eran las guaridas de los trabajadores y los noctámbulos. Empecé a hacer indagaciones y no tuve suerte.

Fui de un café a otro, preguntando con suma amabilidad si algún camionero se dirigía al sur por la mañana. La respuesta fue siempre que no, hasta que los dueños me echaron por no consumir nada. Entonces me dio un toque en el hombro alguien que me había seguido hasta la acera.

Era un trabajador del mercado, pequeño y desaliñado, un argelino, que me dijo que tenía un amigo que era justo lo que buscaba y estaba durmiendo en su pisito, a unos cientos de metros de allí. Tenía que seguirle, él me conduciría. Me lo tragué como un tonto.

Las calles se volvieron más estrechas y sucias, meras callejuelas entre manzanas de casuchas. Al final me llevó por una puerta y subimos un tramo de escaleras. Abrió la puerta de su habitación alquilada y me indicó que pasara. El cochambroso cuartito estaba vacío. Me di la vuelta. Había cerrado la puerta y había echado la llave. Me ofreció una sonrisa en la que faltaba más de un diente e hizo un gesto hacia la mugrienta cama.

Caí en la cuenta de que no tenía mucho sentido pedir ayuda. Estaba claro que no era esa clase de vecindario. Negué con la cabeza. Volvió a señalarme la cama y añadió en francés: «Bájate los pantalones, encima de la cama». Yo me limité a responder: «*Non*». Dejó de sonreír, se bajó la bragueta con torpeza y se sacó el pene. Lo tenía medio erecto. Repitió la orden.

No soy homófobo, solo siento una aversión personal hacia la sodomía. Repetí «*Non*» y añadí: «Me voy». Entonces sacó un cuchillo. Era una navaja que tuvo que abrir con las dos manos. Tenía la hoja curva; supuse que se utilizaba sobre todo para cortar fruta. Pero también para un cuerpo humano.

Por suerte, unos años antes, cuando solía ir de acampada a la campiña de Kent, mi padre me había regalado un cuchillo de caza, con empuñadura de cuerno y veinte centímetros de acero toledano. Era para despellejar y destripar los conejos que abatía con mi rifle de aire comprimido, cortar leña menuda para la hoguera o pelar ramas para hacer un refugio.

Lo llevaba metido en los riñones, por dentro de la cinturilla del pantalón, en horizontal. Hurgué debajo de la camisa. El argelino pensó que me estaba aflojando el cinturón. Cuando apareció el cuchillo de caza, abrió mucho los ojos y se lanzó hacia delante.

Se produjo un forcejeo, bastante breve, a decir verdad. Unos segundos y terminó. Me encontré en el umbral, con la puerta abierta y la mano en el pomo. La navaja del mozo de mercado estaba en el suelo. Él había recibido un largo tajo en el bíceps derecho y estaba montando un buen alboroto; en árabe. No le vi mucho sentido a quedarme a comprobar si tenía amigos en aquella pensión de mala muerte, así que eché a correr escaleras abajo y salí a la callejuela.

El incidente no fue del todo en vano, porque de regreso a la zona iluminada por las farolas me topé con lo que necesitaba, una especie de cementerio de elefantes: una hilera tras otra de camiones que esperaban aparcados a que amaneciera. Los camioneros se ahorraban las dietas de alojamiento haciendo noche en las cabinas. Encontré a uno que se estaba aliviando contra la rueda trasera de su camión y, una vez hubo terminado, me acerqué para exponerle mi problema. Se lo pensó.

—No está permitido —me advirtió—. Normas de la empresa, nada de autostopistas. No puedo jugarme el puesto.

Pero de nuevo me sonrió la suerte. Era de Marsella, que no había llegado a ser ocupada por los alemanes. Su mujer, no obstante, procedía del norte y el padre de esta había formado parte de la Resistencia en Amiens. Estaba en la cárcel, a punto de ser ejecutado, cuando el capitán de grupo Pickard lanzó un ataque sobre la cárcel de Amiens con sus Mosquito. Mediante un bombardeo de precisión, abrieron el bloque de celdas y destruyeron el muro exterior. Su suegro había escapado y seguía vivo.

—Tendréis que permanecer todo el viaje encerrados —dijo—. Si nos descubren, diréis que os escondisteis durante la noche mientras yo dormía. ¿De acuerdo? Vale, venid a las seis.

A las seis todavía estaba oscuro, pero el cementerio ya empezaba a dar señales de vida. Nuestro nuevo amigo hizo un hueco en la parte atrás del tráiler, cerca de la puerta, apilando cajas vacías en primer término para formar un cubículo de unos dos metros y medio por dos metros y medio. Una vez que John y yo nos hubimos agazapado dentro, el camionero cerró las puertas y se montó en la cabina. Hacia las seis y media ya estábamos en marcha.

Las cajas en las que antes había llevado su carga desprendían un olor característico. A melón. A las siete salió el sol en los barrios del sur. Para las ocho ya estábamos en la Route Nationale Uno, en dirección a Marsella, a once horas de allí. Para las nueve empezaba a hacer calor; para las diez aquello era un pequeño horno. Para las once el olor a melón se había convertido en un hedor insoportable. John estaba blanco como el papel y se quejaba de que tenía cada vez más náuseas. Hacia el mediodía, estaba de rodillas intentando arrojar los restos de su cena rusa por la ranura existente entre las puertas y el suelo. El hedor de los melones se mezcló con el de vómito humano en un cóctel que se subía a la cabeza.

No había manera de ponerse en contacto con el camionero, que iba delante, en la cabina. A la una hizo un alto en el camino para repostar combustible y almorzar, pero con otros conductores pululando por allí, no se acercó al tráiler para dejarnos salir. Media hora después, reanudó el trayecto hacia el sur, pero no teníamos ni idea de dónde estábamos y John se encontraba fatal. Había dejado de vomitar y se limitaba a gemir.

Al principio pensó que se iba a morir, luego temió que no lo iba a hacer nunca. Yo tenía la suerte de poseer un estómago bastante fuerte, ya fuese para embarcaciones abiertas en mares embravecidos o viajes por carretera. Y acababa de pasar junio surcando los cielos de Rochester en un Tiger Moth. Nuestra tortura tocó a su fin hacia las seis de la tarde, cuando el camionero se detuvo en un área de descanso junto a la carretera y nos dejó salir.

John se retiró al arcén y se puso la cabeza entre las manos. Yo saqué un mapa de Francia de la mochila y el camionero me indicó dónde estábamos. Al sur de Aviñón pero al norte de Marsella. Le di las gracias efusivamente, nos estrechamos la mano y se fue, imagino que hacia el campo de melones, en busca de un gran cubo de desinfectante.

Pero los jóvenes se recuperan con tal facilidad que en cuestión de media hora ya estábamos otra vez de camino por el arcén. Alrededor de las ocho, cuando empezaba a ponerse el sol, habíamos encontrado una granja con un granero acogedor lleno de paja y heno. A pesar de que teníamos un hambre atroz, nos derrumbamos entre los fardos y dormimos diez horas del tirón.

Al día siguiente, sobre la marcha, con los pulgares en alto para que nos recogieran, descubrimos que la bandera del Reino Unido ya no daba resultado. El Midi nunca había estado ocupado. Formó parte de la Francia de Vichy, famosa por su colaboración entusiasta con los alemanes. Incluso la invasión aliada de agosto de 1944 se vio localmente más como una agresión que como una liberación. No se detenía ningún coche. En Marsella continuamos por la costa y, durante tres semanas, miles de coches, furgonetas y camiones pasaron de largo a toda velocidad.

Vivimos a base de crujientes baguettes y queso barato, haciendo caso omiso de la sed y llenando las cantimploras en las fuentes de los pueblos. No existía la autopista de la Corniche Littorale (donde, de todos modos, habría estado prohibido hacer autostop), solo la carretera de la costa, que pasaba por todos los pueblos y aldeas, así como por las grandes ciudades de Tolón, Niza y Cannes.

Siguiéndola encontramos minúsculas bahías y ensenadas sin

turistas, donde podíamos desnudarnos y sumergir nuestros cuerpos recalentados en aguas frescas y cristalinas. Dormimos en las barracas de los campesinos entre los olivares y, en una ocasión, sobre el mármol frío de un mausoleo, en un cementerio. Vimos la grandeza de Mónaco y Montecarlo, donde todos los coches parecían ser Rolls-Royce y donde muchos años después el príncipe Alberto me recibiría como invitado. Al cabo llegamos a la frontera italiana en Ventimiglia.

Solo para decir que habíamos estado en Italia, la cruzamos y caminamos penosamente hasta San Remo. Entonces se nos acabó el tiempo y el dinero. Teníamos suficiente para dos billetes de tercera clase de regreso a Marsella y, una vez allí, compramos un solo billete a París. Nos pasamos el viaje entero en el servicio. Hasta en tres ocasiones vino un revisor a la puerta y llamó. Todas las veces abrí una ranura, le expliqué en francés que no me encontraba muy bien y me perforó el billete. Todas las veces John permaneció subido al retrete detrás de la puerta, donde no se le veía.

Volvimos a Dieppe haciendo autostop y usamos los billetes de regreso para llegar a Newhaven. No había móviles por aquel entonces, así que nos servimos de una cabina de teléfono y cuatro monedas de un penique para avisar a la tía de John de que habíamos llegado, y luego esperamos a que nos recogiera.

Estábamos muy morenos y duros como piedras. Los dos habíamos crecido un par de centímetros y aun hoy, ancianos ya, nos reímos de algunas tretas que utilizamos entonces. La década de los cincuenta fue una época buena y despreocupada para los adolescentes, antes de las drogas, los quebraderos de cabeza y la corrección política. Desde el punto de vista material teníamos infinitamente menos que los jóvenes de hoy en día, pero creo que éramos más felices.

Hace unos años, un amigo de la misma generación —los adolescentes del servicio militar, la escasez de normas y regulaciones, la burocracia mínima, la comida sencilla pero sana, los buenos modales y los paseos continuos— me comentó: «El caso es que tuvimos lo mejor de lo último y lo último de lo mejor». Y eso lo resume todo en una sola frase.

Pero estábamos a mediados de agosto, y yo me moría por una cosa. Quería mi licencia de piloto privado. Así que el día después de cumplir diecisiete años volví en Vespa al Club de Vuelo de Rochester.

Y desde aquellas vacaciones, John Gordon nunca ha podido ni ver un melón y yo nunca he sentido la necesidad de llevar navaja.

Una venganza absurda

El examen de vuelo fue casi rutinario. Todo lo que incluía lo habían realizado durante la instrucción.

Primero tuve que hacer un ejercicio de navegación mediante triangulación, que incluía un comentario sobre la marcha al instructor en la carlinga delantera, describiéndole lo que hacía y por qué. La tecnología para los ejercicios de navegación en un Tiger Moth era bastante elemental y se servía de dos piezas denominadas «globos oculares».

Llevaba un mapa con la ruta marcada a rotulador, doblado y sujeto al muslo izquierdo mediante gomas elásticas. Para identificar dónde estabas, asomabas la cabeza por el borde de la carlinga y mirabas hacia abajo. La ubicación y la dirección dependían de la identificación de las carreteras principales, las líneas ferroviarias y, sobre todo, los ríos, con sus meandros característicos. Las ciudades y los pueblos se reconocían gracias a castillos, catedrales u otros rasgos evidentes.

Había un miembro del club, ya entrado en años, que era tan miope que acostumbraba descender en vuelo rasante para volar junto a los trenes y leer el cartel de destino que había en el costado del primer vagón. Cabe imaginar la sorpresa de los viajeros al levantar la vista del crucigrama y ver un biplano delante de la ventanilla y a un vejete mirándolos con los ojos entrecerrados. Pero a nadie parecía importarle. Era una época de lo más despreocupada.

Después del examen de navegación volvimos a la sede del club para comer un bocadillo y luego hicimos la hora de competencia general, que incluía las maniobras básicas habituales: ascender, descender, virar, girar por encima del ala, deslizarse de costado y simular varias emergencias. Lo típico era que el instructor apagara el motor de repente y dijera: «Tienes un fallo total del motor. ¿Qué piensas hacer?».

La respuesta consistía en buscar un campo llano, amplio y verde alejado de bosques, árboles grandes y edificios. Una vez escogido el campo de aterrizaje, había que calcular la dirección del viento y la velocidad, y descender planeando detrás de la hélice, que giraba ociosamente, encarar la pista como para un aterrizaje de verdad y aproximarse a la mejor cosecha de cereal de algún agricultor incauto. En el último momento, el instructor volvía a arrancar el motor y el Tiger Moth remontaba el vuelo y seguía su camino.

Nada más aterrizar en Bluebell Hill, me comunicaron que había aprobado y que la licencia era «cosa hecha». La prueba teórica, un examen escrito de dos horas de duración, la había pasado antes de viajar a Francia. Pero reparé en que, de las treinta horas de vuelo que tan generosamente había pagado por anticipado la RAF, aún me quedaban cuarenta y cinco minutos. Los solicité para un último vuelo en solitario y me los concedieron sin darle ninguna importancia. Había otra cosa que quería hacer.

Resultaba fácil encontrar Tonbridge siguiendo el río que la atraviesa, el Medway. Antes de llegar a la población, descendí hacia el poco profundo valle situado entre los campos de juego de la escuela y Hildenborough, por el que tantas veces había fingido ir a correr.

Dejé atrás el valle y me aproximé sobrevolando los dos campos de juego conocidos como Martins y Le Flemings. Creo que iba un par de metros escasos por encima del terreno. Con un rápido ascenso, sorteé la hilera de olmos entre Le Flemings y el primer terreno de juego de críquet a once, el territorio sagrado de la Cima. Tenía delante los edificios de la escuela: la Residencia, donde vivía el director, y la Antigua Escuela Mayor, el enorme paraninfo.

La escuela seguía de vacaciones y por lo tanto no había chicos; si no, a esas horas de una tarde de verano habrían estado jugando al críquet en la Cima. Por una ventana de la residencia asomó una cabeza que miró boquiabierta la hélice, cada vez más cercana. Quizá fuera el director, el reverendo Laurence Waddy, tan amable como inútil, pero nunca se me presentó la ocasión de preguntarlo.

La persona a la que pertenecía esa cara se lanzó al suelo cuando el Tiger Moth pasó por encima del muro de la Antigua Escuela Mayor, casi rozó el tejado, viró hacia el norte, eludió la torre de la capilla por unos palmos y se alejó hacia el despejado cielo azul.

Tras llevar a cabo mi estúpido gesto hacia un lugar que ansiaba abandonar, volví a Rochester con la esperanza de que ningún vecino de Tonbridge de vista aguda se hubiera fijado en mi número de matrícula y me hubiera denunciado, porque entonces mis posibilidades de volar se habrían esfumado.

Las clases darían comienzo un par de semanas después y, para contentar a mi padre, había accedido a cursar el último trimestre del año y dejar el centro en Navidad. Al comienzo del trimestre casi esperaba que me citaran en el despacho del director, pero nadie dijo nada.

Quince días después, llegó del ministerio a la casa de mis padres en Ashford mi licencia de piloto privado. Devolví mi equipo de vuelo a la base de la RAF de Kenley por correo y no volví a volar en un Tiger Moth hasta que me dejaron tomar los mandos de uno a los setenta y seis años en el campo de aviación de Lashenden, en Kent. Y sigue siendo un avioncito estupendo.

Un caballero de Clare

Cuando regresé a Tonbridge a principios de septiembre de 1955, imaginé que me esperaba un trimestre dedicado a pasar el rato. El verano anterior había cumplido el trato que tenía con mi padre, según el cual si aprobaba todos los exámenes que me hicieran, me sacaría de allí. Gracias a mi tremenda buena fortuna, había obtenido las cualificaciones básicas a los catorce años y, a los quince, las de nivel avanzado de bachillerato, unos tres años antes de lo necesario. Que dominara el francés y el alemán, como resultado de la previsión de mis padres, había supuesto una ayuda inestimable.

En el trimestre de verano de 1955, con todavía dieciséis años, había solicitado una beca estatal. Mi padre no quería ser el único tendero de la calle Mayor de Ashford cuyo hijo abandonara los estudios a los dieciséis, de modo que me suplicó que cursara el trimestre de invierno y dejara los estudios a los diecisiete. Accedí, aunque lo que Tonbridge tenía en mente no era precisamente una temporada ociosa.

Mi obsesión con los aviones de combate y las revistas de vuelo no me granjeaba más que malas caras y enseguida me obligaron a asistir a una larga entrevista con un caballero de la Agencia de Colocaciones de las Escuelas Privadas, que vino un día a supervisar a los que abandonaban el centro en invierno. Era un tipo bastante simpático, un poco gordo, y se empeñó en interesarme en «hacer carrera en la City».

Con los ojos chispeantes de entusiasmo, me propuso una entrevista con la petrolera Shell-BP o algún banco importante.

Quizá incluso pudiera acceder a un puesto de corredor de bolsa. No tenía sentido protestar. Fingí entusiasmo, acepté los numerosos folletos de orientación profesional que me ofreció y me escabullí. Pero no había engañado a nadie. Tiraron de los hilos en la trastienda y me concertaron una entrevista en el colegio mayor de Clare, en Cambridge. Con el director, nada menos. Para mis profesores, aquello se acercaba mucho a una visita al Parnaso.

Me proporcionaron un pase ferroviario a Londres y otro de Londres a Cambridge, ida y vuelta. Me puse en camino, crucé Londres en autobús, llegué a la estación de Cambridge, fui andando al colegio mayor de Clare, al abrigo del río Cam, y me presenté a la hora convenida. Llevaba el uniforme escolar pero sin el absurdo canotier de paja, del que me habían autorizado a prescindir. Un conserje me condujo al despacho del director.

La luminaria, sentada a su mesa, estudiaba un expediente. Por lo visto era el mío. Chasqueó la lengua varias veces, levantó la cabeza y sonrió de oreja a oreja.

—Solo dieciséis años —comentó—. Domina dos idiomas, además de hablar ruso. Yo diría que está destinado al Ministerio de Asuntos Exteriores.

No era una pregunta, así que no dije nada. Su sonrisa no flaqueó.

—Bueno, ¿quiere probar suerte en Asuntos Exteriores, joven?

—No, señor director.

—Ah, bueno, no importa. Entonces ¿por qué quiere venir a Clare?

Hay ocasiones en que no tiene sentido disimular y el mejor criterio es la sinceridad más directa. Decidí que aquella era una de esas ocasiones.

—En realidad, señor director, no quiero.

Esta vez la sonrisa sí vaciló. No se vio sustituida por un gesto de ira sino de perplejidad e intriga.

—Entonces ¿qué hace aquí?

—Me han enviado de Tonbridge, señor.

—Sí, eso ya lo veo. —Señaló el expediente de la mesa, que a todas luces me había precedido—. En ese caso, ¿qué quiere hacer cuando deje la escuela?

—Voy a alistarme en las fuerzas aéreas, señor director. Quiero ser piloto de guerra.

Se levantó y rodeó la mesa, con la seráfica sonrisa otra vez en su sitio. Me pasó un brazo por los hombros y me acompañó a la puerta para abrirla.

—Entonces le deseo toda la suerte del mundo. Y gracias.

Lo de desearme suerte era normal, pero...

—¿Por qué me da las gracias, señor director?

—Porque su entrevista, joven, ha sido la más breve y sincera que he mantenido en este despacho.

Volví a la estación, de allí a Londres y luego a Tonbridge. Una semana después, llegó su informe y se cernió sobre mí una nube muy grande y muy negra. La tenacidad, sin embargo, es un rasgo muy británico y desde luego Tonbridge lo poseía. Llamaron a mi padre.

Yo no estuve presente, pero me lo contó después. Eran cuatro: el director de la escuela (a quien yo le había fastidiado el reposo estival), el encargado del internado, el jefe de estudios y el capellán. Me contó que fue como ser convocado ante el Tribunal Supremo. Iban todos con la toga, licenciados por Oxford y Cambridge. El tendero que tenían delante provenía de los astilleros de Chatham, y lo sabían.

El sermón no fue hostil pero sí muy serio. Su hijo, le dijeron, estaba cometiendo un grave error. Tenía unas calificaciones brillantes como resultado de una educación cara; la clase de formación que algún día, después de dos años más en Tonbridge, desembocaría en una beca, posiblemente incluso para especializarse, ya fuera en Oxford o en Cambridge. Una licenciatura de primer orden podría abrirle las puertas de la administración pública. Qué demonios, quizá su hijo pudiera volver como director auxiliar a Tonbridge, algo que sin duda consideraban la cúspide del éxito.

Y con todo eso por delante, el chico albergaba el extraño sueño de convertirse en poco más que un mecánico. Era todo sumamente *infra dignitatem*, por debajo de la dignidad de uno, una expresión en latín que mi padre no había oído en la vida.

En el esnobismo desbocado de aquellos tiempos parecía que el colegio mayor de Dartmouth (la Marina Real) o la Real Academia de Sandhurst (el ejército, un buen regimiento, claro) eran aceptables por los pelos, pero presentarse voluntario para el campamento militar de la RAF era realmente extraño. Mi padre tenía el claro deber de hacer todo lo que estuviera en su mano para disuadir a su hijo de que eludiera esos dos últimos años de secundaria e inexplicablemente rehusara entrar en Cambridge.

Mi padre los escuchó, uno tras otro. Luego habló muy brevemente. Lo que dijo fue: «Caballeros, si mi hijo quiere llegar a ser piloto de guerra británico, tengo intención de ofrecerle todo el apoyo y el aliento de los que sea capaz. Que tengan un buen día».

Luego se marchó de allí, regresó a Ashford y volvió a abrir la tienda. Era un hombre magnífico. En diciembre dejé la escuela, todavía bajo una nube.

Aprender español

Incluso durante las vacaciones de Navidad, mi padre me había dejado claro que con diecisiete años y tres meses no tendría ninguna posibilidad de ingresar en las RAF, ya que la edad permitida eran los dieciocho. Sería aconsejable esperar a tener diecisiete y medio antes de presentarme.

También me dejó claro que no pensaba tolerar que me quedara en casa sin hacer nada. Debía buscar alguna actividad que me ocupase los primeros tres meses de 1956. Analizamos las condiciones de la beca que me habían concedido cinco años antes para asistir a Tonbridge. Fundada por el señor Knightly, fallecido mucho tiempo atrás, la beca Knightly suponía una suma considerable de dinero por adelantado que, invertido de manera juiciosa, debía generar (y así lo hizo) lo suficiente para costear un curso anual. Pero si había beneficios, se ingresarían en una cuenta aparte.

Estos fondos adicionales, con el permiso de la junta escolar, se utilizarían para que el alumno estudiara otro idioma durante el último curso. No se exigía que permaneciera en la escuela para hacerlo. Presenté una solicitud para que me permitieran hacer un curso de español, costeado con los fondos de la beca.

Los miembros de la junta escolar, un tanto confusos porque nunca habían recibido una solicitud semejante, descubrieron que los fondos estaban rebosantes después de años sin tocarlos y había que darles salida. Investigamos un poco más y averiguamos que la Universidad de Granada, en Andalucía, en el sur de España, ofrecía un curso de primavera de tres meses para que los extranjeros estudiaran la lengua y la cultura españolas. La junta aprobó la solicitud y accedió a costear el curso y concederme una asignación semanal de seis libras mientras estuviera lejos de casa. A primeros de enero me fui a España.

En realidad, el curso no se impartía en Granada, sino en Málaga, en la costa. Por aquel entonces la ciudad en rápido crecimiento que es la Málaga moderna no era más que una población costera famosa por dos cosas. Antes de la guerra (la Guerra Civil española, el conflicto que aún corroía el país), el matador Carlos Arruza había lidiado en la plaza de Málaga, con gripe y una fiebre altísima, una corrida tan espectacular que le habían concedido las dos orejas, el rabo y una pezuña del toro muerto, un logro nunca igualado.

Y Pablo Picasso, que seguía vivo y pintando, aunque exiliado en Francia después de oponerse de manera implacable a Franco y pintar el *Guernica*, había nacido allí. Si la ciudad tenía aeropuerto, debía de ser un pequeño campo municipal sin ninguna ruta internacional. Tomé un vuelo a Gibraltar, crucé la frontera a pie, cargado con la maleta, y cogí el viejo y ruinoso autobús de la costa que iba de La Línea a Málaga. En Gibraltar canjeé las libras esterlinas que llevaba por pesetas al asombroso tipo de cambio de doscientas por libra. No sabía lo suficiente para darme cuenta de que, según los estándares españoles, me había convertido en un joven adinerado.

La sucesión actual de poblaciones turísticas de la Costa del Sol entonces no existía. Entre Málaga y La Línea había cuatro pueblecillos de pescadores: Torremolinos, Fuengirola, Marbella y Estepona. La enorme autopista de ahora era una carretera estrecha con un carril en cada sentido, pero como los laterales estaban en muy mal estado, todos los conductores iban por el centro, dando volantazos en el último momento entre bocinazos, gritos y ademanes. Estaba entrando en una nueva cultura, muy distinta y fascinante.

En Málaga me presenté en el campus local de la Universidad de Granada y conocí al director del curso, don Andrés Oliva.

Era realmente culto y un auténtico caballero en el sentido tradicional. Enseguida me enteré de que los cerca de cincuenta alumnos del curso se alojarían en la misma residencia. También me quedó de inmediato claro que, puesto que eran estadounidenses, canadienses, británicos, alemanes, daneses, suecos y demás, todos tendrían un idioma común: el inglés. Y era el que se utilizaría en la residencia. Pero yo no había ido para eso. Quería alojarme con una familia española que no hablara inglés y le planteé la cuestión a don Andrés.

El director lo sopesó con un aire de aprobación discreta pero sorprendida, comentó que nadie lo había solicitado nunca y prometió hacer averiguaciones. Veinticuatro horas después me dijo que había encontrado a una familia dispuesta a acoger a un huésped de pago.

La señora en cuestión era «doña Concha Lamotte, vda. de Morales». Logré descifrar que aquella expresión quería decir «señora Concepción (o Conchita o Concha) Lamotte, viuda del difunto señor Morales». Acabé por saber que había nacido en Francia pero se había casado en los años treinta con el señor Morales, quien había sido ejecutado por los comunistas durante la Guerra Civil, de modo que la viuda había criado sola a sus dos hijos.

No era de extrañar que detestara a los comunistas y adorase al general Franco, que en 1936 había desembarcado con sus tropas marroquíes costa abajo y había desencadenado la Guerra Civil para impedir que la República cayera en manos comunistas. En 1956, Franco, claro está, seguía siendo el dictador de España, a la cabeza de un gobierno de extrema derecha.

Hice de tripas corazón, fui andando de la residencia al piso de los Lamotte, en las inmediaciones del viejo hotel Miramar, y me presenté. Mi alojamiento costaba tres libras a la semana, pero por aquel entonces España era tan sumamente barata que con las tres libras restantes de mi asignación semanal tendría dinero más que de sobra para mis gastos. Dispondría de una habitación propia y comería siempre con la familia.

Los hijos de la señora eran un chico de diecisiete años, como yo, que estaba esperando que lo llamaran a filas, y una chica, dos años mayor y prometida en matrimonio. No hablaban ni una sola palabra de inglés y no habían visto nunca a un británico, y mucho menos a un protestante. Yo no hablaba español, pero tenía un libro de gramática para principiantes y, por suerte, la señora recordaba su lengua materna, el francés, y me ayudaba cuando nos quedábamos completamente atascados.

Málaga seguía siendo una comunidad tranquila, pintoresca y profundamente tradicional. Todas las tardes, las chicas respetables que aún no estaban «comprometidas» paseaban lentamente de punta a punta del paseo bordeado de palmeras, debidamente acompañadas de su madre o alguna tía. Los jóvenes que no estaban comprometidos podían observarlas desde los márgenes. Era un mercado matrimonial de lo más decoroso.

Las chicas llevaban peinetas de marfil, en torno a las cuales envolvían el chal de encaje negro, la mantilla. Los jóvenes llevaban chaquetilla o traje corto y el sombrero de ala ancha negro o gris paloma conocido como «cordobés».

Cuando un joven veía a una chica que le gustaba de verdad, preguntaba por ahí cómo se llamaba. Una vez se enteraba, acudía a su padre, que a continuación indagaba acerca del padre de la joven, y si también era de familia respetable, de buena casa y con una profesión digna, los dos progenitores se reunían para hablar de la posible unión de sus vástagos. Que los jóvenes quedaran para charlar estaba por completo descartado.

El padre de la chica invitaba luego al joven a su casa a merendar. Mientras servían el té, la madre de la joven y posiblemente todo un rebaño de tías, presas de una enorme curiosidad, se sentaban en un lado de la sala, y el chico invitado y su padre, en el otro. Debía de ser una situación muy forzada, con todas las partes fingiendo que aquello no era más que una taza de té entre buenos vecinos.

De hecho, ambas partes estaban calibrando a la otra. El cortejo se llevaba a cabo por medio de miradas. Los jóvenes no llegaban a tocarse. Si las impresiones eran favorables, el padre se lo consultaba a su mujer e invitaban al chico a ir a misa con ellos el domingo siguiente.

Mientras que él la había visto durante el paseo, cuando le había llamado la atención, en el caso de la chica, aquella primera taza de té forzada sería la primera vez que veía a su joven admirador. Su curiosidad debía de ser inmensa. Mi nuevo amigo Miguel Morales me contó todo esto porque había pasado por ello a través de su hermana.

Puesto que la castidad era allí absoluta, tenía que haber alguna válvula de escape, y eran los burdeles, lo cuales abundaban. Lo mejor de la gama eran establecimientos bastante dignos. Era bastante posible que el alcalde y el jefe de policía se tomaran una copa de jerez con la madama del local, que también era un pilar de la comunidad (aunque no se juntaba con las esposas, claro) y hacía donativos a buenas causas como la iglesia y el orfanato, al que sus chicas, si no se andaban con cuidado, bien podían contribuir algún día.

Cuesta imaginar todo esto desde la perspectiva de los sesenta años transcurridos, pero así es como era. El jefe de policía no andaba abrumado por la carga de trabajo, porque los delitos eran muy poco frecuentes y los crímenes violentos, prácticamente inauditos. De vez en cuando había una pelea a navajazos entre los gitanos que vivían en un campamento a las afueras de la ciudad y se ganaban la vida cuidando caballos u ofreciendo espectáculos de flamenco en fiestas privadas o en cafés donde pasaban el sombrero. Y eso era antes de que llegaran los turistas embobados.

Para tener problemas con la policía, el agitador tenía que trabajárselo, pero la oposición política constituía una grave preocupación y la tolerancia policial era nula. No obstante, la gente parecía preferirlo así. A finales de la década de los treinta, cuando los falangistas (fascistas) se habían enfrentado a los comunistas, habían padecido tres años de guerra y crueldad a finales de la década de los treinta, y no querían volver a pasar por ello.

La vida era barata; los precios, mínimos. Por diez pesetas podías tomar un par de copas grandes de jerez del bueno, acompañadas de tapas gratis de sobra como para cenar bien.

El curso escolar constaba de ciento sesenta clases. Yo solo asistí a la primera, en enero, y a la última, a finales de marzo. También me la habría saltado de no ser por que una estudiante extranjera me vio tomándome un copa de amontillado en un café justo la víspera y me preguntó si era el alumno inglés que faltaba. Entonces me advirtió de que al día siguiente era el examen final.

Sin la menor esperanza de aprobarlo, me presenté y me encontré a don Andrés Oliva con una sonrisa sardónica. Me fijé en algo de inmediato. Los estudiantes de la residencia hablaban un español gramaticalmente perfecto pero forzado y con un acento horrible. Yo parloteaba un español callejero con acento andaluz. Don Andrés tuvo que hacer uso de todo su autocontrol para no soltar una carcajada.

El examen resultó ser una sola redacción en español sobre un tema a elegir por el alumno entre las cinco materias de lengua, literatura, cultura, geografía e historia de España. Y ahí tenía un problema. No sabía nada de ninguna de aquellas materias, así que elegí historia.

Pero eso me planteó otro problema. Haciendo memoria de nuestras clases de historia en la escuela, parecía que cada vez que la historia británica y la española coincidían estábamos a la greña, sobre todo en 1588. Fue entonces cuando el rey Felipe II envió a su Armada Invencible por el canal de la Mancha para invadir y someter a los heréticos protestantes ingleses. Francis Drake, el lobo de mar de Devon, que había sido pirata en el Caribe, contribuyó de manera decisiva a la destrucción de la flota española. No era muy diplomático, pero a eso se reducían mis conocimientos sobre historia española. Ojalá hubiera optado por los conquistadores.

Dice la leyenda que cuando las velas de la Armada asomaron por el horizonte, Drake estaba jugando a las bolos en un campo a las afueras de Plymouth conocido como Plymouth Hoe. Se supone que respondió a quienes fueron a avisarle que acabaría la partida antes de enfrentarse a las fuerzas españolas.

Entonces me surgió un tercer problema. En Francia juegan a *boules*, que es prácticamente lo mismo, pero no estaba al tanto de que hubiera nada parecido en España, conque no sabía cómo decir «bolos». Quien corrigiera el examen debió de quedarse perplejo al leer que, cuando apareció la Armada, Francis Drake estaba «jugando con sus bolas».

Sea como sea, aquellos eruditos andaluces tenían que ser de lo más tolerantes, porque cinco días después me otorgaron un diploma en estudios hispánicos. En la inevitable fiesta aderezada con jerez, le comenté a don Andrés que era totalmente inmerecido. Me regaló una sonrisa más bien triste y dijo: «Frederico, este no es un país rico. Necesitamos los honorarios de estos cursos para extranjeros. Así que, cuando vuelvas a casa, haz el favor de decirle a todo el mundo la buena inversión que es este curso».

Y eso hice. Al menos escribí al consejo escolar de Tonbridge y recomendé el curso que ofrecía la universidad de Granada en Málaga como una excelente vía para que los futuros titulares de la beca Knightly perfeccionaran su español. Pero después de la recepción tuve que irme porque habían llegado mis padres, se alojaban en el hotel Marbella Club y querían verme.

Todo se debía a que alguien, un vecino de Ashford, me había visto por casualidad bebiendo jerez, de nuevo a plena luz del día, en la terraza de un café. Me había preguntado qué estaba haciendo y, un poco achispado por el jerez y el sol abrasador, yo se lo había contado. El vecino había vuelto de inmediato al hotel y había telefoneado a Ashford para informar a mis padres, que tomaron el siguiente vuelto a Gibraltar.

No me había pasado bebiendo jerez las 158 clases que me había saltado. Después de mi llegada, en enero, me había dedicado a investigar lo que en realidad me había llevado hasta allí. Los toros.

Durante el último curso de secundaria, me había topado con el clásico de Ernest Hemingway *Muerte en la tarde* y lo había devorado, fascinado por ese espectáculo brutal pero cargado de una testosterona increíble en la arena de una plaza de toros bajo un sol resplandeciente: el enfrentamiento letal de un hombre contra un animal de media tonelada y realmente salvaje. Después de la novela de Hemingway había leído *Sangre y arena*, de Ibáñez, y varios libros más. Y estaba decidido a verlo.

En España, el invierno no es temporada de corridas. Pero en el sur profundo sigue haciendo sol y calor incluso en enero, febrero y marzo, o por lo menos lo hacía entonces. Era la época de las novilladas.

Un toro de lidia apto para una corrida a carta cabal suele rondar los cinco años. Hasta que sale al trote del oscuro corralillo, bajo el graderío de la plaza, para enfrentarse a los veinte últimos minutos de su vida sobre la faz de la tierra, ha llevado una vida idílica, vagando en libertad por grandes fincas con un rebaño de vacas y toda la hierba lozana que sea capaz de comer. No le espera un miserable matadero nada más cumplir el año. Pero es rotundamente poco amistoso.

Cualquier idea de que al toro de lidia hay que provocarlo para que embista es una tontería. Arremete contra todo aquello que no vaya a cuatro patas. Por eso en los cortijos los vaqueros tienen que ir a caballo. Cualquier ser humano a ras de suelo sobre dos piernas es un suicida. Puesto que el toro es miope y tiene una visión monocroma, no embiste contra el rojo, sino contra el capote, que ondea y lo tienta. Cuando lo alcanza y no nota impacto alguno, se da la vuelta y embiste otra vez. Y otra. Si el matador permanece inmóvil junto al capote en sus manos, no tiene por qué sufrir ningún percance. Unos lo logran, otros no, porque esos cuernos enormes son absolutamente letales.

Cuando todavía es un becerro, es probable que lo pongan a prueba, una sola vez y brevemente, para que más adelante no recuerde lo ocurrido. Se trata de comprobar si, al citarlo con el capote, embiste con brío o se aparta. En el segundo caso va directo al matadero. Si embiste, vuelve a la finca para pasar cuatro años más, hasta alcanzar la madurez.

Pero a los tres años se le llama novillo, y en el sur profundo, se celebran corridas en las que solo participan novillos. Son sobre todo para toreros jóvenes que aún no han accedido a las grandes ferias estivales. Esas novilladas eran lo que quería ver yo en Málaga. Es posible que el novillo no sea tan grande como un toro de cinco años, pero sigue siendo una bestia muy peligrosa. Cuando indagué en la famosa plaza de Málaga acerca del programa de primavera, hice un descubrimiento interesante. También había una escuela de tauromaquia. Me apunté de inmediato.

En esencia, me encontraba bajo la tutela de un torero jubilado con una fuerte cojera. Había encajado alguna cornada de más y su cadera no se había recuperado, lo que no le impedía enseñar, porque un matador tampoco tiene que correr mucho.

La escuela se reunía por las mañanas en la arena del ruedo, a los pies del graderío vacío: en torno a media decena de jóvenes aspirantes con esperanzas de llegar a ser cabezas de cartel en las grandes ferias de Granada, Sevilla o Madrid. Un adolescente podía levantar la vista e imaginarse el graderío a rebosar de señoritas extasiadas y oír el fragor del pasodoble y los olés lanzados a voz en cuello para jalear una serie impresionante de capotazos. Don Pepe puso fin a aquellas ensoñaciones y nos dio a conocer los dos trastos de torear: el capote y la muleta.

Empezamos con el capote, un semicírculo pesado de lona, de color magenta por un lado y amarillo por el otro. El sorprendente peso del capote explica que los matadores tengan tanta fuerza en las muñecas. Luego vendría la muleta, una tela más pequeña de un intenso color escarlata, doblada sobre un estoque y una vara de madera, que solo se utiliza en la tercera y última parte de la faena.

Como es natural, no había ningún toro de verdad. Son caros y no los desperdician con aprendices. El artilugio que embestía era una estructura sobre dos ruedas. En la parte anterior de la misma había unos cuernos de verdad de un miura fallecido hacía mucho tiempo, unas temibles astas que medían de más de noventa centímetros, rematadas en sendos pitones afilados que te harían mucho daño si te alcanzaban.

En la parte de atrás del armazón había dos barras largas y la estructura entera recorría el ruedo empujada por dos niños que se sacaban así algún dinero. Al inicio de la embestida mantenían en alto el extremo de aquellos mangos, de manera que las astas quedaran hacia abajo, pues así es como embiste el toro en realidad.

Cuando los cuernos pasaban por debajo del capote, los niños, a la carrera, ejercían presión sobre los mangos, desplazando los cuernos hacia arriba igual que si el toro intentara cornear a su rival para lanzarlo por los aires. Después de varias mañanas, me quedó claro que nunca llegaría a ser torero. Cuando los pitones ascendían hacia los genitales, tendía a hacerme a un lado, lo que provocaba muchas risas.

Se supone que el matador tiene que permanecer quieto del todo, con los pies plantados en el suelo, y mover las caderas como un bailarín de ballet, de modo que los cuernos casi le rocen la tela de los pantalones al ascender. Más adelante, mi padre me aseguró que él habría dado un salto de tres metros. Pero el único paso que daba yo bastaba para ganarme las pullas de los jóvenes españoles y la sonrisa burlona de don Pepe. Hacia el final de mi estancia, terminé las clases pero renuncié a toda esperanza de continuar.

Fue entonces cuando los vecinos de Ashford me vieron en el café y llamaron a mi padre. En cuestión de días, mis padres estaban en el Marbella Club, por aquel entonces un hotelito privado situado en la carretera de Marbella. Mi padre vino a recogerme al piso de la señora Lamotte después de la ceremonia de entrega de diplomas. Me dijo que no le contara nunca a mi madre que había pisado un ruedo. Ya le saldrían canas sin mi colaboración.

Aparte de eso, lo único interesante que ocurrió durante esas diez semanas en la soleada y calurosa primavera de 1956 fue una apasionada aventura con una condesa alemana de treinta y cinco años que solía ir a las clases de tauromaquia y luego me enseñaba muchas cosas que un joven debería saber cuando enfila el agitado camino de la vida.

Tenía la curiosa costumbre de cantar el *Horst Wessel* durante el coito. Por aquella época, yo no sabía lo que era y solo un año después me enteré de que se trataba del himno de marcha nazi. Probablemente eso significaba que había estado implicada en algo sumamente desagradable durante la guerra, lo que explicaría que hubiese emigrado a España, que bajo el mandato de Franco toleraba ese tipo de cosas.

Mis padres pasaron una semana en el Marbella Club y luego nos fuimos todos a Gibraltar para tomar el ferry a Tánger.

Tánger y los comandos

En 1956 Tánger era un lugar extraordinario, mi primera experiencia con África y el mundo del islam. Marruecos había sido colonia francesa hasta hacía poco, pero Tánger se hallaba bajo la administración tripartita de británicos (correos), franceses (policía y juzgados) y españoles (administración general).

Existía un enérgico movimiento independentista llamado Istiqlal que provocaba disturbios por todas partes, pero los tangerinos son famosos por su cortesía y tolerancia, de modo que en Tánger no se produjeron revueltas, al menos mientras estuvimos nosotros allí.

Había un fascinante barrio antiguo, la medina, y un mercado cubierto, el zoco, donde los turistas podían buscar gangas con total seguridad. Recuerdo que no tenían mucho aprecio a los franceses, porque representaban la ley y los castigos, pero cuando nos identificaban como británicos, eran todo sonrisas. Como solo nos ocupábamos del correo, la única señal visible de nuestra presencia eran las pequeñas furgonetas rojas de reparto.

Tánger también era un puerto franco en el que atracaban cargueros con mercancías exentas incluso de los impuestos franceses y españoles. Los cargamentos sustentaban las operaciones de contrabando, que eran considerables. En el muelle había una hilera de lanchas torpederas de la Segunda Guerra Mundial grises y aerodinámicas, excedentes bélicos adquiridos a bajo precio pero capaces de dejar atrás en el agua a las lanchas motoras del servicio aduanero español.

Así pues, todas las tardes, cuando se ponía el sol, soltaban amarras y se dirigían hacia la costa española, cargadas de perfumes, jabón de tocador, medias de seda y, sobre todo, tabaco, principalmente Camel y Lucky Strike, que era de contrabando pero sumamente apreciado y, por lo tanto, caro en España.

Se adentraban en la oscuridad lentamente, con las luces apagadas, los motores emitiendo un rumor sordo, hasta que la primera linterna en la costa indicaba dónde aguardaban las reatas de mulos. Entonces se precipitaban hacia la orilla, donde manos frenéticas descargaban la mercancía antes de que llegara la Guardia Civil, y los mulos se alejaban con pesadez entre los olivares. Las lanchas se apresuraban después a salir de las aguas territoriales españolas y, para el amanecer, llegaban a Tánger a una velocidad lenta, constante.

La tarifa habitual de un marinero de cubierta era de cincuenta libras por viaje, lo que en aquel entonces suponía mucho dinero, conque fui a ver si querían contratarme, pero me rechazaron. No había ninguna vacante. Pese a los veinte años que podían caerte en una cárcel franquista si te atrapaban, esos trabajos estaban muy demandados, y además yo no tenía ninguna experiencia en el mar.

Por lo demás, Tánger era conocida por el suntuoso palacio en el que vivía la heredera de Woolworth, Barbara Hutton. También era un imán para los homosexuales europeos de cierta edad, porque abundaban los chicos marroquíes, bien dispuestos y baratos.

Mis padres hacían de turistas en el hotel El Minzah, pero yo no podía irme a la cama a las diez como ellos, así que me escabullía e iba a explorar los bares y tugurios de la zona del puerto. Fue allí donde conocí a los comandos de la Marina.

Había un buque de guerra británico anclado en el puerto exterior, en lo que se denomina una misión de «acto de presencia». Su intención era difundir la buena voluntad británica a lo largo de la costa de África. Fue en un bar del puerto donde me tropecé con un grupo de marines que estaban teniendo graves problemas para hacerse entender con el personal del bar, que solo hablaba árabe y español.

Intenté ayudarles, y el sargento más veterano me reclutó inmediatamente en calidad de intérprete. Eran todos de Glasgow, creo que de Gallowgate o Gorbals; de alrededor de un metro y medio de alto por lo mismo de ancho.

El problema no estaba entre el inglés y el español. Esa parte era fácil. Estaba entre el inglés e el inglés de Glasgow. No entendía ni una palabra de lo que decían. Al final descubrí a un cabo cuyo acento podía descifrar y el enigma en tres idiomas quedó resuelto. Continuamos de bar en bar mientras agotaban su permiso en tierra y su paga en pintas de cerveza seguidas de whiskies triples.

Otro problema, nada desdeñable en una misión de buena voluntad, era que tendían a dejar cada bar como si allí hubiera estallado una bomba. Lo resolví sugiriéndole que dieran propina al personal. Contrariamente a lo que se rumorea, los de Glasgow no son rácanos. Cuando les expliqué que los tangerinos eran muy pobres, los marines contribuyeron de manera generosa. Aunque advertí a los camareros que el dinero de más era para los gastos de reparación. Sonrisas por doquier.

Todas las mañanas, en torno a las cinco, un taxi me dejaba en la puerta de El Minzah justo a tiempo para descabezar un sueño antes de reunirme con mis padres para desayunar a las ocho.

El tercer día, el buque de guerra de la Marina Real levó anclas y se hizo a la mar, llevándose a los comandos con su misión de trabar lazos de amistad en otra parte.

Después de seis días, mis padres y yo volvimos en ferry a Gibraltar y de allí a Londres en avión. Yo tenía ya diecisiete años y medio, y me urgía abordar la seria tarea de apañármelas para entrar en las Fuerzas Aéreas Británicas. Pero en tres meses, todo por cuenta del difunto señor Knightly, había aprendido a hablar español con soltura, había obtenido un diploma de la Universidad de Granada, había asimilado el manejo del capote frente a dos astas que embestían, había descubierto qué hacer en la cama con una mujer y había desarrollado una sólida resistencia al alcohol. Estaba en el «camino polvoriento» al que hacía referencia la canción de la escuela de Tonbridge, y disfrutando de él hasta el último instante.

La solución de la piel de leopardo

Tenía la sensación de que abril de 1956 transcurría a toda prisa y seguía sin lograr que me aceptaran en las fuerzas aéreas. Me encontraba en una situación muy rara. El servicio militar obligatorio no gozaba de mucha simpatía y se veía cada vez con peores ojos a medida que la sociedad parecía decantarse por unos ejércitos de tierra, mar y aire totalmente profesionales.

Corría el rumor de que sería suprimido hacia 1960. Todos mis contemporáneos buscaban la manera de aplazar su llamada a filas hasta que entrara en vigor la supresión. Había quien se inventaba enfermedades que le impidieran superar la revisión médica. Buena parte de una generación aseguró tener pies planos, problemas de vista o asma. De haberles dado crédito a todos, habría cabido pensar que la forma física de los jóvenes de Gran Bretaña era la peor de la tierra.

Y yo, en cambio, intentaba entrar frente a la marea de jóvenes que hacía todo lo posible por salir. Fui a dos oficinas de reclutamiento de East Kent y el resultado fue el mismo en ambas. El sargento de aviación en cuestión me recibió con algo semejante a la incredulidad, una sorpresa que se acentuó al descubrir que no intentaba alistarme para hacer carrera, sino solo para el servicio militar de dos años que todo el mundo intentaba eludir.

Había una razón. Si no podía volar, yo no quería pasar toda mi vida laboral con un uniforme azul. En realidad, la RAF era muy generosa en ese sentido. Si no pasabas las pruebas de selección, podías irte de inmediato, pero yo no lo sabía.

En las dos oficinas, el suboficial al mando en cuestión me dio la bienvenida con una sonrisa radiante, sacó un largo formulario y empezó a cumplimentarlo. Todo fue a las mil maravillas hasta que me preguntó por la fecha de nacimiento. Cuando se la dije, dedicó unos segundos a la aritmética mental y luego me ofreció una sonrisa triste a la vez que rasgaba la solicitud.

«Buen intento, hijo. Vuelve cuando tengas dieciocho», me dijeron.

Fue mi padre quien lo logró. Ashford contaba con un Cuerpo de Cadetes de Aviación y dicho cuerpo tenía una banda de música que marchaba encabezada por el tambor mayor. Era un muchacho grande con un tambor enorme contra el pecho. Pero no llevaba un poncho o un tabardo de piel de leopardo, y todo el mundo sabe que el tambor mayor tiene que lucir su piel de leopardo.

Mi padre era peletero y en el almacén de la tienda tenía una magnífica piel de leopardo que había dejado en depósito antes de la guerra alguien que no volvió a por ella y seguramente nunca volvería. La sacó del frío sótano, la cortó, la forró de paño rojo, hizo una abertura para la cabeza del tambor y se la ofreció al cuerpo de cadetes.

El tambor mayor se sintió en el séptimo cielo y el comandante del cuerpo quedó profundamente agradecido. El caso es que el cuerpo tenía como mecenas a un mariscal del aire retirado que vivía en Tenterden, quien llamó a mi padre para expresarle su agradecimiento. La conversación terminó con el típico: «Si puedo hacer algo por usted...».

—Bueno, de hecho, sí puede —respondió mi padre.

El tono al otro extremo de la línea, hasta entonces caluroso, descendió varios grados.

—¿Sí...?

—Tengo un hijo.

—Bien.

—Quiere ingresar en las fuerzas aéreas.

—Excelente.

—Hay un problema, mariscal. Es un poco más joven de lo debido.

Hubo una pausa de reflexión, y luego:

—Déjemelo a mí.

Es ahí donde entró en juego la suerte, aunque yo no descubriría la historia detrás de la historia hasta más adelante.

Durante la guerra, el mariscal del aire había sido capitán de grupo al mando de una base aérea en medio de Irak llamada Habandiya. A sus órdenes había cierto oficial subalterno, un teniente de aviación. En los años transcurridos desde entonces, el capitán de grupo había ascendido a mariscal del aire y se había retirado a Tenterden. El teniente de vuelo había ascendido a capitán de grupo y director de personal del ministerio. Hoy por hoy, albergo una fantasía de la conversación que mantuvieron. Algo así como: «Escúcheme bien, Fulano, déjese de tonterías, envíe la documentación a ese muchacho y no volveremos a hablar de aquellos cupones para gasolina traspapelados».

Algo por el estilo. Sea como fuere, al cabo de una semana llegó mi llamada a filas en el típico sobre de color beis con las letras OHMS, las iniciales en inglés de «Al servicio de su majestad». Debía presentarme en la base de la RAF de Hornchurch para las pruebas de selección de aviadores.

No me cabe duda de que nadie sabía que ya las había superado en una ocasión, y que suponían que no las pasaría y ahí terminaría el problema. Después de todo, solo las superaba uno de cada cien hombres del servicio militar. Había una razón de peso para ello.

Desde el final de la Segunda Guerra Mundial, lo habitual era que los que conseguían sus alas durante el servicio militar, volvieran a la vida civil pero siguieran formando parte de las Fuerzas Aéreas Auxiliares, que volaban los fines de semana y hacían un curso intensivo de actualización de dos semanas al año.

Pero empezaba a resultar evidente que, si llegaba a estallar la Tercera Guerra Mundial, esos combatientes de fin de semana no iban a ser rivales para los MiG y los Sukhoi de la Unión Soviética. Los economistas de Londres señalaban ya entonces que preparar a alguien para pilotar cazas, algo que de todos modos requería dos años, para desprenderse de él al cabo de un par de semanas era tirar el dinero.

Otorgar a un chico una beca de aviación no iba a costarle al Ministerio del Aire más que treinta horas en un Tiger Moth a seis libras la hora. Pasar de cero a ganarse las alas en un reactor monoplaza, ya entonces, salía por más de cien mil libras. El sistema se perpetuaba a regañadientes, apuntalado únicamente por la inercia propia de todas las burocracias.

Lo único que de veras podían hacer los hombres de azul era asegurarse de que los aprendices de piloto en el servicio militar fueran los menos posibles y se les «diera el hachazo» (descartara) por la menor muestra de incompetencia. Yo jugaba con una sola ventaja. Había superado las pruebas en Hornchurch el año anterior y sabía qué hacer y qué se esperaba de mí.

Así pues, cogí mi pase ferroviario y me presenté allí por segunda vez. No mencioné la visita anterior y únicamente revelé a la junta de entrevistadores que tenía licencia de piloto, no cómo la había obtenido. Dieron por sentado que me la había costeado mi padre y me felicitaron por mi entusiasmo. También insinué que solo me había presentado al servicio militar porque, si no podía volar, no quería pasarme la vida en un despacho. Los dos oficiales con alas asintieron al oírlo. El que vestía el uniforme sin alas se mostró más circunspecto, pero dos votos pesan más que uno.

Una semana después de volver a casa, recibí el último sobre beis. No se mencionaba que tenía diecisiete años y medio. Me ordenaban que me presentase vestido de civil con una maleta pequeña en la base de la RAF de Cardington, Bedfordshire, donde se equipaba a los nuevos reclutas de todas las secciones. Por fin había entrado.

«Soy Jesucristo»

Tiempo atrás, Cardington había sido la base de los globos de barrera que flotaban por encima de las ciudades británicas para disuadir a los bombarderos de la Luftwaffe. Los descomunales hangares que los albergaban resultaban perfectos para las cantidades de pertrechos que requería la transformación de una generación de jóvenes civiles en aviadores.

Se dedicaba un día a cumplimentar formularios y luego a cortarse el pelo. A mediados de los cincuenta estaban en boga los mods (modernos) y los rockers (moteros). Los primeros llevaban el pelo corto, vestían traje y montaban en escúteres. Los rockers llevaban el pelo largo y engominado, vestían de cuero e iban en motocicleta. Cuando se encontraban, montaban trifulcas, peleas de bandas que invadían los centros turísticos costeros, para indignación de sus habitantes. Al sol de principios de mayo, hileras de barberos blandían alegremente sus maquinillas eléctricas, dejando a todo el mundo con el pelo casi al rape por detrás y por los lados.

Había varios miles de jóvenes en el campamento, y más del noventa y nueve por ciento eran «bolches», forma abreviada de «bolcheviques», en extremo, lo que venía a significar que eran muy agresivos. Tras el esquileo pasamos todos en fila por delante de unas mesas con caballetes dispuestas en los hangares, donde nos proveyeron de botas, calcetines, calzoncillos, camisetas, camisas, pantalones, guerreras y gorras. Después de cambiarnos en los barracones, la ropa de civil se guardaba en la maleta y se enviaba por correo a casa. Había una excepción: un grupo muy reducido destinado a la preparación de pilotos y, por tanto, con rango inmediato de oficiales subalternos. Éramos dieciocho en un solo barracón intentando sobrevivir a aquella semana, y todo por las camisas.

Todos nuestros uniformes estaban confeccionados con sarga, que picaba mucho, pero las camisas eran distintas. Los destinados a ser simples reclutas de las fuerzas aéreas tenían camisas de la misma sarga áspera. Los destinados a ser oficiales cadetes recibían camisas de linón, una especie de algodón suave, lo que nos delataba de inmediato.

En cuanto salimos a por el «rancho» al comedor, quedó claro que si alguien quería zurrar a un oficial solo tendría oportunidad de hacerlo los dos días siguientes. Nos retiramos al barracón y más o menos nos parapetamos allí.

Se veía a la legua quién había estudiado en un internado y quién no. Los primeros se apropiaron de inmediato de las camas más alejadas de la puerta, típica sabiduría popular de residencia. Cuando el suboficial llegaba al romper el alba para despertar a los jóvenes, agotados y profundamente dormidos, empezaba a echar de la cama a los que se encontraban más cerca de la puerta. Los que estábamos en la otra punta disponíamos de unos segundos más para despertar y ponernos en vertical con un legañoso pero animado «Buenos días, sargento». Era mejor no empezar el día sin una maraña de sábanas, mantas y somier. También implicaba no tener que volver a ponerlo todo en su sitio.

Los suboficiales más veteranos sabían perfectamente que el resto de la quinta nos la tenía jurada y, para ser justo con ellos, nos apoyaban bastante. Dos días después de que nos equiparan, nos encargaron a los «camisas suaves» que formáramos con nuestros macutos cerca de la puerta principal. Salíamos para el campamento militar. Aunque nuestro destino era la base de entrenamiento de pilotos, debíamos pasar por el ritual de doce semanas de entrenamiento básico.

Eso suponía jornadas interminables dedicadas a lustrar botones de metal y botas de cuero, planchar uniformes, marchar y contramarchar, recibir instrucción con el rifle, correr, hacer carreras de obstáculos y entrenamiento físico, y saludar prácticamente a todo lo que no fuera un árbol.

Apareció un autobús azul que nos llevó a la estación de ferrocarril más cercana. A media tarde, una línea secundaria nos dejó en una estación en medio de Lincolnshire, en un lugar llamado Kirton Lindsey.

Mientras parpadeábamos bajo la luz del sol, de pie en el andén, rodeados de nuestros petates, un cabo bajito se acercó con paso firme y se plantó delante de mí. No es que yo sea un gigante, pero él era mucho más bajo. Llevaba la gorra de plato calada hacia delante, con la visera de plástico negro justo por encima de la punta de la nariz, de manera que para ver por dónde iba tenía que erguirse como una baqueta, sacando todo el partido posible a su escasa estatura.

Aun así, tenía problemas para mirar hacia arriba. Me fijé en que bajo la visera me fulminaban dos ojillos como uvas pasas. Entonces emitió un graznido estridente y furibundo. Más tarde descubrí que siempre estaba furibundo.

—¿Sabes quién soy? —chilló.

—No, cabo, no lo sé.

—Bueno, soy Jesucristo, ese soy yo. Y así es como vas a tratarme.

Se había fijado el tono. Acababa de conocer a mi primer suboficial británico, el cabo Davis.

Las doce semanas de campamento militar transcurrieron sin contratiempos. Sacamos brillo y marchamos, fuimos al gimnasio y al campo de tiro, hicimos prácticas con rifles 303 y ametralladoras, volvimos a marchar, volvimos a sacar brillo y saludamos a todo lo que había que saludar. Y luego estaba la instrucción. Una hora tras otra. Arriba dos tres, abajo dos tres, saludo general, presenten armas, armas al brazo, armas en ristre, armas al hombro, izquierda media vuelta, derecha media vuelta, alto, marcha rápida. Atención.

A decir verdad, no triunfamos. Algunos habíamos estado en

la fuerza de cadetes en el colegio y sabíamos por dónde nos andábamos. Otros eran novatos y estaban desconcertados. Nuestro instructor, el mayor, tenía veintiséis años, una carrera universitaria y un doctorado en química sa sus espaldas. Yo era el benjamín, seis meses menor que el siguiente más joven.

Nuestro sargento de instrucción no era el monstruo de las comedias, sino un afable sargento de aviación que nos trataba como a sobrinos díscolos. A esa edad, cualquiera que tenga más de cuarenta años parece un anciano. Se esforzó por convertirnos en algo parecido al Cuerpo de Guardia y fracasó con nobleza. En una ocasión, después de que acabáramos derrumbándonos al borde de la plaza de armas, hechos una maraña de extremidades, rompió a llorar. Es terrible ver llorar a un hombre hecho y derecho. (Bueno, era terrible.) Pese a que solo contábamos con unos chelines a la semana para nuestros gastos, lo llevamos al pub local, el First and Last, y lo emborrachamos a base de bien.

Al final se celebró un desfile de promoción y nos preparamos para el siguiente campamento y aquello a lo que habíamos ido: el entrenamiento básico de vuelo. En ese momento nos dividimos. Los seis aprendices de navegador fueron a una escuela de instrucción y los pilotos restantes, a otra. Pasamos la última tarde en el First and Last, engullendo una pinta tras otra de espumosa cerveza y entonando canciones de lo más picantes, conscientes de que los vecinos del pueblo, esposas incluidas, escuchaban desde la barra, fingiendo escandalizarse sin perderse una sola palabra y partiéndose de risa.

Luego nos pusimos en camino, los pilotos al otro lado del país, rumbo a la base de la RAF en Ternhill, Shropshire. El traslado iba acompañado de un ascenso de cadete a oficial subalterno, en concreto oficial piloto suplente. Lo de «suplente» era para que, en caso de que no llegaras a graduarte como piloto, pudieras aspirar a ser aviador.

Pero, aparte de eso, la áspera sarga se vio sustituida por suave lana y la boina por una gorra de visera. Llevabas un ribete casi invisible alrededor de cada manga, otros rangos tenían que saludarte a tu paso y hombres lo bastante mayores para ser tu padre te llamaban «señor». Y la paga ascendía a nada menos que veintitrés libras a la semana: el sueldo base de tres libras más veinte de «paga de aviación». No volvería a ganar tanto en cinco años.

Creo que todos disfrutamos de nuestros nueves meses en Ternhill, en la preciosa campiña de Shropshire. Nos alojábamos en una hilera de barracones prefabricados modelo Nissen, pero divididos de tal modo que disponíamos de una pequeña habitación individual, lo que nos permitía cierta intimidad por primera vez desde que abandonamos la casa familiar. Comíamos en el imponente comedor de oficiales, donde había camareros que servían las mesas.

Se ha escrito mucho en detrimento del servicio militar, pero cumplía tres funciones que nada más lograba. Jóvenes de todas las partes del país se reunían y compartían alojamiento, viajes, aventuras y camaradería, muchachos desde Kent, en el sudeste, hasta Carlisle, en el nordoeste, que de otro modo no se hubieran conocido. Les permitía formar lazos de amistad y contribuía a unir la nación.

En segundo lugar, juntaba a jóvenes de todos los orígenes y grupos sociales y ampliaba muchos horizontes. Enseñaba a los más privilegiados a no mirar nunca a nadie por encima del hombro.

Y alejaba a millones de chicos que nunca habían salido del domicilio familiar, algo que solo harían después de casarse, de las faldas de mamá para ubicarlos en un entorno exclusivamente masculino donde cada cual tenía que valerse por sí mismo o ya podía prepararse.

El avión en el que entrenábamos era el Provost, diseñado por Hunting Percival, desaparecida hace mucho tiempo. Se trataba de un armatoste con asientos paralelos y tren de aterrizaje fijo, propulsado por un solo motor giratorio. Era estable, dócil y sin vicios. Nos permitió practicar el vuelo acrobático y muy rara vez se calaba y caía del cielo. No recuerdo que nadie suspendiera en el Provost, aunque, de los doce que éramos, dos enfermaron y tuvieron que reengancharse el curso siguiente. Y se sumaron a nosotros otros dos de cursos anteriores. Anotamos en nuestros diarios de vuelo ciento veinte horas en el Provost antes de las pruebas de vuelo finales y el desfile de promoción. Luego nos dieron dos semanas de permiso para volver a casa con nuestros padres antes de presentarnos en la escuela de entrenamiento avanzado de vuelo en la base de la RAF en Worksop, en el norte de Nottinghamshire. Por fin reactores monoplaza.

El Vampire

Así pues, nos reencontramos en pleno de verano de 1956 en la base de la RAF en Worksop, la mayoría en la estación de Retford, los más privilegiados en sus propios coches. Mike Porter regresó de Escocia en su deportivo MG TF, que despertó una enorme admiración; Anthony Preston llegó de su casa en Saxmundham, Suffolk, en un turismo descapotable MG de cuatro plazas que, dado que era el único abstemio, pronto se convertiría en la manera más segura de volver del pub los sábados por la noche.

Se había acabado vivir en barracones modelo Nissen. A partir de entonces, nos alojábamos en la enorme residencia de oficiales, cada cual con una espaciosa habitación y un ordenanza o ayudante personal. El mío era un civil que había servido en la base aérea desde la guerra. Se me hacía raro que cuidara de mí un hombre con edad suficiente para ser mi padre.

Se celebró una cena de bienvenida en el inmenso comedor y luego nos reunimos todos en el bar para conocer a nuestro nuevo oficial al mando, el teniente coronel (de aviación) y los instructores. Todos esperábamos con ilusión la mañana siguiente, cuando iríamos a los hangares y conoceríamos el aparato que todos ansiábamos pilotar. El De Havilland Vampire.

Fue un sargento de aviación quien por fin nos llevó a la vuelta de la esquina del hangar, y allí estaba. Nos quedamos mirándolo fijamente, casi babeando. Teníamos la sensación de que habíamos recorrido un largo camino y pasado numerosas pruebas, y allí estaba. Un modelo Mark 9 monoplaza.

Se veía agazapado muy bajo sobre aquellas cortas columnas amortiguadoras, con la cubierta de la cabina retirada y la carlinga abierta. A nuestros ojos, emanaba potencia y peligro. Alas elípticas cortas, tomas de aire triangulares, un armazón capsular pequeño y doble botalón para sostener la cola ancha. En algún lugar de su interior estaba el motor Havilland Goblin con el que surcaría el cielo a novecientos kilómetros por hora.

Durante años, y a partir de 1945, el Vampire, junto con su contemporáneo, el Gloster Meteor, había sido el principal caza de la RAF. Aunque relegado a avión de entrenamiento avanzado, en esencia seguía siendo el mismo. Los cuatro cañones Aden se habían conservado para mantener el equilibrio y solo les habían obturado las bocas. Habían retirado la mira de la cabina, pero eso era todo.

Lo rodeamos, merodeamos a su alrededor y nos acercamos mientras el sargento de vuelo nos recitaba las estadísticas de corrido. Longitud, envergadura, peso, velocidad de despegue, velocidad de aterrizaje, altitud máxima por encima de los cuarenta mil pies, allá en la estratosfera.

Finalmente miramos el interior de la carlinga y nos maravillamos de lo pequeño que era, como un coche de carreras diminuto con una potencia extraordinaria. Luego alguien hizo un comentario interesante.

—Sargento, no tiene asiento eyectable.

Y era verdad. El Meteor bimotor, más grande, había sido equipado con un asiento eyectable Martin Baker Mark 4, pese a que se había inventado después del avión, porque contaba con espacio suficiente. El Vampire T11 de doble asiento, diseñado y construido específicamente para la instrucción por parejas, lo tenía. Pero no así el Mark 9, diseñado y fabricado mucho antes que el Martin Baker, que expulsaba al piloto bien lejos del avión a punto de estrellarse y le salvaba la vida.

—Así es, caballero —fue la respuesta sardónica del veterano suboficial, que habría preferido tirarse por un acantilado antes de volar en uno de aquellos trastos—. Es el único reactor que la

RAF ha enviado a los cielos sin asiento eyectable. Y nadie ha logrado escapar de un Vampire en caída libre. O vuelas en él o mueres en él.

Nos retiramos al comedor y el almuerzo fue más bien silencioso y pensativo.

No obstante, volamos en él, conscientes de que con el chaleco inflable y el paracaídas sujetos a los riñones como la guarida bulbosa de una araña patas arriba, podías ponerte de pie en la carlinga pero no abandonarla. La brazola frontal del parabrisas te golpeaba en el estómago antes de que tuvieras oportunidad de desenganchar el paracaídas del respaldo del asiento. Igual que el corcho de una botella de champán, quedabas atrapado y solo podías volver a sentarte.

Y eso estando parado en la plataforma de estacionamiento. En la estratosfera, una estela de aire a más de cuatrocientos kilómetros por hora sencillamente te doblaría hacia atrás hasta partirte la espina dorsal.

Empezamos en el modelo T11 con control dual con el instructor en el asiento de la izquierda (el asiento de la izquierda era siempre para el piloto principal; el de la derecha, para el copiloto).

Era todo aprendizaje, una inmensa curva de conocimientos nuevos que ingerir y asimilar. Y la instrucción en tierra: clases en el aula sobre aerodinámica, meteorología, medicina de aviación, las tensiones y presiones de las fuerzas de la gravedad, hasta seis veces superiores a la normal a la hora de virar y descender en picado, los efectos de la anoxia (privación de oxígeno) si fallaba la máscara de respiración.

Y los primeros veinte vuelos con el instructor haciéndolo todo al principio y luego cediendo los mandos poco a poco al alumno, un procedimiento tras otro, hasta que quedaba convencido de que el piloto en prácticas lo dominaba todo. Luego pasamos al Mark 9 para volar por primera vez en solitario.

Me faltaban cuarenta y cuatro días para cumplir los diecinueve años cuando saqué un Vampire monoplaza de la zona de estacionamiento, y creo que fui el primero y el único joven de dieciocho años que lo ha hecho nunca, y todo gracias a un poncho de piel de leopardo.

Me encontraba en el umbral de la pista de despegue, con el motor en vacío, pedí permiso para despegar y esperé a que me lo concedieran, mientras oía el retumbar grave del Goblin a la altura de mis riñones, el sonido de mi respiración y los latidos de mi corazón dentro de la máscara de goma y el casco plateado conocido como «cúpula craneal». Era vagamente consciente de que mi instructor estaría en la torre, mordiéndose las uñas de preocupación.

—¡Charlie Delta, tiene permiso para despegar!

Lentamente hacia delante con la mano izquierda en la palanca de aceleración, oigo que el motor pasa de un gemido bajo a un rugido tremendo, noto que el rumor de las ruedas se transforma en un golpeteo rápido. La palanca de mando neutral resulta ligera al tacto. La rueda del morro se despega la pista. Me retrepo en el asiento. El retumbar cesa, estoy en el aire.

Las tres lucecitas verdes del panel de mandos significan que las ruedas siguen desplegadas y fijas. Hay que replegar el tren de aterrizaje. Las luces se ponen en rojo: las ruedas suben, pero no del todo. Se apagan las luces rojas. Tren de aterrizaje replegado. Alerones a un tercio, posición de despegue. Ha alzado el vuelo y cobra velocidad. Conecto la emisora de radio y recibo contestación de la voz tranquila desde la torre.

—Charlie Delta, recibido.

Luego tiro de la palanca y siento la potencia, la excitación, el subidón de adrenalina de un vuelo a solas en un reactor.

Uno tras otro, lo hicimos todos. Vuelos nocturnos cuando, abajo, toda Inglaterra era un inmenso tapiz centelleante, ciudad tras ciudad, bordeado por el negro absoluto del mar. Vuelos instrumentales con una capucha en la cabeza y la visión limitada al panel sin posibilidad de echar un solo vistazo al exterior, acompañados por el instructor, que contrastaba la lectura de los instrumentos con el mundo exterior. En el norte de Inglaterra había nubes, masas de nubes, y una vez que ese gran océano de algodón gris se cierra en torno a ti, solo los instrumentos te permiten seguir vivo y aterrizar sin problemas.

Una y otra vez, poníamos en práctica todos los procedimientos de emergencia, desde el apagón de llama del motor hasta la pérdida de comunicación por radio.

A veces nos encontrábamos un bombardero estadounidense por la zona de Lakenheath, patrullando con rumbo al mar del Norte, formábamos en paralelo al aliado y le saludábamos con un gesto alegre. Otras veces nos topábamos con un bombardero soviético sobre el océano, sondeando las defensas. Otro saludo, aunque ellos nunca lo devolvían.

Terminó el verano, el otoño se nos echó encima, las nubes arreciaron, nos servíamos de los claros para hacer ejercicios acrobáticos, tirando de la palanca hasta que la visión se reducía a un túnel y amenazaba con nublarse del todo. Pero en ningún momento perdimos la euforia. Hasta noviembre.

«Vuela en él o mueres en él», nos había advertido el curtido sargento de aviación. Y entonces Derek Brett y su instructor Jonah Jones murieron en él.

Irónicamente, fue en un T11 de doble asiento con mecanismo de eyección donde fallecieron. Atravesaban una densa formación nubosa sobre los montes Peninos de regreso a la base en un descenso controlado por radio desde la torre denominado «ACR-7». Les ordenaron que se alejaran de la base a doce mil pies y luego efectuaran un giro de ciento ochenta grados y volvieran hacia la base para recibir las instrucciones finales de aterrizaje. Pero al darse la vuelta se hallaban a dos mil pies, no a doce mil. Un simple error de lectura del altímetro. Los Peninos tienen tres mil pies de altura.

En la torre, las comunicaciones por radio se interrumpieron sin más. Se registró la última posición y saltó una alarma. Fue el equipo de rescate de montaña el que encontró los restos del avión al día siguiente. Pero la cena había transcurrido en un silencio sepulcral.

Cuando un caza impacta contra la ladera de una montaña a cuatrocientos cincuenta kilómetros por hora, no queda prácticamente nada salvo un cráter y unos cuantos trozos de metal. La rueda del compresor, afilada como una guadaña, está justo detrás de la cabina. Girando todavía a miles de revoluciones por minuto, simplemente se desprende del eje y se abre paso hacia delante hasta alcanzar la roca.

Los miembros del equipo de rescate bajaron dos camillas con sendas bolsas de cadáveres y los de la funeraria hicieron lo que pudieron para transferir el contenido de las mismas a los ataúdes. La familia del teniente de aviación Jones prefirió llevarse su ataúd a casa. El oficial de aviación Derek Brett fue enterrado en el cementerio de la iglesia de Retford, cerca de la base.

Era un hombre en situación de comisión permanente, de ahí el alto rango. Era mayor que casi todos nosotros, estaba casado y tenía un hijo pequeño. Anteriormente en la sección de Control de Tráfico Aéreo, ansiaba volar, pasó todas las pruebas y se sumó a nosotros en Worksop mientras otros abandonaban o eran suspendidos. De los doce que habíamos llegado de Kirton Lindsey, quedábamos seis, aunque gracias a los aspirantes de cursos anteriores volvíamos a ser cerca de una docena.

Fue un lúgubre día de invierno en el que llovía a mares cuando ocho de nosotros, escogidos porque teníamos una altura similar, cargamos con el ataúd de Derek hasta su tumba en Retford y permanecimos bajo el aguacero mientras se celebraban las exequias. Luego volvimos a Worksop y volvimos a volar.

Creo que en la vida de la mayoría de los jóvenes llega un momento en que el chico no tiene más remedio que madurar y convertirse en un hombre. Para la mayoría de nosotros fue el día que enterramos a Derek Brett. Nos dimos cuenta de que aquel aparato, aquel Vampire, no era solo un coche deportivo sumamente divertido que una generosa reina nos había dejado para que disfrutáramos en el norte de Inglaterra. Eran diez toneladas de aluminio y acero que, de no tratarlas con respeto, te matarían.

El resto de nosotros obtuvimos nuestras alas y hubo un desfile a finales de marzo de 1958. Llovía otra vez a mares, así que desfilamos en el hangar más grande de la base. Vino un vicemariscal del aire de Londres, y uno tras otro cogió los emblemas de las alas bordadas de un blanco resplandeciente de una almohadilla que tenía a su lado y nos los prendió en el pecho. Fue el momento de mayor orgullo de mi vida hasta entonces.

Lo que tienen las alas es que son tuyas y solo tuyas. No puedes heredarlas de un padre indulgente; no puedes comprarlas en Savile Row; no puedes ganarlas en una buena racha; no puedes conseguirlas como la dote de una chica bonita; no puedes robarlas en una tienda junto con un montón de cosas más. Ni siquiera puedes ganarlas en equipo. Vuelas y te esfuerzas, estudias y aprendes, practicas y persistes, y al final lo logras tú solo, allá arriba, entre las nubes, en un monoplaza.

Podría haber continuado, haber firmado una ampliación, haber prolongado el servicio militar a una situación de comisión directa (ocho años) o incluso permanente (veinte años). Pero yo solo quería volar.

Quería que me destinaran a un escuadrón Hunter. El Hawker Hunter de ala en flecha era el principal caza de combate de la RAF. Sin rodeos, me dijeron que no tenía ninguna posibilidad de entrar en una unidad Hunter. Eran para los graduados del colegio mayor Cranwell, los que estaban en eso de por vida. En el mejor de los casos podría ocupar un asiento derecho (de copiloto) en un avión de carga Hastings de envío de correo a Malta; en el peor, me quedaría sentado tras una mesa.

Así pues, decidí ir a por mi siguiente opción profesional. Estaba convencido desde siempre de que había mucho mundo por ver. Cincuenta y siete años después lo sigo creyendo. Lo hay, y el noventa por ciento es fenomenal. No tenía dinero para viajar, pero conocía a gente que lo tenía: los editores de los diarios importantes. Me convertiría en corresponsal en el extranjero.

Y por fin había matado aquel gusanillo. El niño del campo de aviación de Hawkinge no había pilotado un Spitfire, pero había hecho todo lo demás. Había obtenido sus alas. Así que opté por irme.

Sin embargo, aún disponía de cuatro semanas de permiso final y aún tenía el carnet de la RAF. Tenía que intentar correr otra aventura. Podía utilizar ese carnet para hacer autostop hasta Oriente Medio, un lugar que tenía muchas ganas de ver. Me trasladé a la inmensa base del Mando de Transporte en Lyneham, Wiltshire. Allí fui probando en el comedor de oficiales hasta que encontré a un simpático piloto que iba a volar a Malta como capitán de un Blackburn Beverly a la mañana siguiente. ¿Tenía sitio para un pasajero extra? Por qué no, fue su respuesta. (Las cosas eran mucho más informales por aquel entonces.)

De modo que me presenté en la línea de vuelo aquel 31 de marzo y descubrí que el Beverly llevaba un motor de reactor de repuesto a Luqa, la enorme base de la RAF en Malta. Otros tres pasajeros aprovecharían el viaje. Uno era un vicemariscal del aire; otro, un capitán del ejército, recién nombrado edecán del gobernador británico, y el tercero, un estudiante de dieciocho años que iba a reunirse con sus padres, que trabajaban en la embajada.

El avión de carga despegó con pesadez y cruzó lentamente Francia hasta la base aérea francesa de Salon, a las afueras de Marsella. Allí repostamos combustible y luego seguimos viaje. No por mucho rato. Mediterráneo adentro, se oyó un fuerte estallido y el motor interior de estribor reventó. Se desintegró sin más. A través de las portillas del compartimento de pasajeros vimos como varios cilindros con pistones acoplados daban tumbos perezosamente, azotados por la estela del avión.

El capitán, el sargento de vuelo Farmer, actuó de manera brillante. Habría desconectado el motor, pero no había nada que desconectar. Solo un bocado enorme en el ala de estribor. Los conductos de combustible atravesaban el hueco hasta el motor exterior. Si ese también fallaba, nos veríamos abocados a un viaje de ida directo al océano, donde, con el inmenso motor del reactor en la bodega de carga, nos hundiríamos como una piedra. El ala derecha quedó bañada de espuma extintora, el Beverly descendió a ras del agua y regresamos renqueando a Salon.

El estudiante vomitó, el vicemariscal rezó y el militar, que resultó ser exquisitamente pulcro, se limitó a soltar un resoplido, lo que interpreté como un comentario sobre la RAF en general.

De regreso en Salon, aparecieron un montón de camiones de bomberos, que no eran necesarios. La presencia de la RAF se reducía a una unidad minúscula formada por tres hombres: un oficial y dos suboficiales. Y había otro problema. El día siguiente era 1 de abril, cuadragésimo aniversario de la RAF, fundada en 1918. Se celebraría una gran fiesta en Luqa, donde se suponía que debíamos estar nosotros.

El vicemariscal insistió en que teníamos que celebrarla de todos modos. Hizo valer su rango, saqueó los fondos de la RAF en francos y nos fuimos al centro de Salon. Recuerdo que bebimos abundante vino tinto, del bueno, hice de intérprete con los franceses y acabamos todos en un agradable burdel, donde creo que aquel estudiante maduró un poco y fue objeto de una ovación cerrada mientras el oficial del ejército se limitaba a resoplar.

Tuvimos que esperar tres días hasta que despegó de Lyneham un Beverly de repuesto, y por fin llegamos a Luqa. Pero no iba a ser mi semana. Esa misma noche acuchillaron a un marinero en el Gut, el barrio chino. Aquello supuso el inicio de los disturbios instigados por el político local Dom Mintoff, que perseguía la independencia. Prohibieron a todo el personal abandonar la base. Probé a hacer autostop de nuevo y encontré a un capitán dispuesto a llevarme hasta Chipre, y acepté el ofrecimiento.

En Nicosia me despacharon sin rodeos. La isla había sido tomada por el EOKA, otro grupo independentista, pero por el momento reinaba un alto el fuego. Me dijeron que no tenían sitio para otro hombre haraganeando en el comedor, así que el funcionario de Educación me sugirió una oferta gratuita de las aerolíneas de Oriente Medio para una visita cultural de fin de semana a Beirut. También la acepté, y me dejaron en Líbano. Por desgracia allí también se estaba gestando otra revolución.

Estaba paseando por el zoco, embebiéndome del color local, cuando percibí un sonido de tela rasgada y dos cuerpos, acribillados por disparos de ametralladora, atravesaron el entoldado de un puesto de frutas. Sin yo saberlo, los drusos habían cruzado las montañas de Chouf y habían emprendido lo que resultó ser una guerra civil contra el gobierno del presidente Chamoun.

Volví al club St. George para encontrarme al cuerpo de reporteros en la barra del bar (¿dónde si no?), así que les ofrecí mi primera aportación a los medios, el relato de un testigo ocular de lo que estaba ocurriendo en la calle. Aquellos agradecidos reptiles me invitaron a varias rondas mientras, mediante largas llamadas telefónicas a Londres, transmitían sus crónicas a gritos.

Por desgracia, me achispé tanto que salí a la piscina del hotel, me quedé dormido y me desperté con unas quemaduras solares de mucho cuidado. Dos días después, tomé el vuelo gratuito de las aerolíneas de Oriente Medio a Nicosia. Y el alto el fuego cesó. Se reanudó la guerra. El oficial al mando se encolerizó al verme de nuevo y, como resultado de su ímpetu, me encontré en el asiento trasero (libre) de un reactor bombardero Canberra con rumbo a Luqa. Desde allí un avión de carga Hastings me llevó a Lyneham sin que se le cayeran los motores.

Había pasado fuera tres semanas y había vivido lo que había estado a punto de ser un desastre aéreo en pleno vuelo, una guerra civil y dos sublevaciones. Desde Lyneham, todavía con el uniforme azul de piloto, hice autostop hasta la casa de mis padres en Kent. Pero antes de ir a Oriente Medio, y después de tomar la decisión de abandonar el servicio, había solicitado un puesto como periodista.

Mi padre se había puesto en contacto con el director del *Kentish Express* para preguntarle por dónde podía empezar su hijo. El buen hombre le desaconsejó que trabajase en una publicación semanal como la suya y le recomendó lo que describió como «el mejor diario provincial de Inglaterra». Se refería al

Eastern Daily Press, con sede en Norwich, Norfolk. Presenté una solicitud, me concedieron una entrevista y conseguí un puesto como aprendiz; comenzaría en mayo. Pasaría por un período de prueba de tres meses y, en caso de prorrogarse, un aprendizaje de tres años.

A mi regreso de Malta, me despojé del uniforme azul por última vez. Me permitieron quedarme con el reloj de acero inoxidable, que mantuve en perfectas condiciones hasta mediados de los setenta. Tras pasar un par de semanas con mis padres, me fui a Norwich para emprender una nueva carrera.

King's Lynn

Después de tres semanas en la redacción central en Norwich, me destinaron a la delegación más occidental del área de circulación del periódico, la ciudad portuaria y comercial de King's Lynn. Superé el período de prueba y pasé los tres años de aprendizaje allí.

El redactor jefe era el veterano Frank Keeler, un periodista magnífico que se convirtió en mi mentor. Insistía hasta la saciedad en la exactitud e inculcaba a todos los aprendices a sus órdenes su filosofía personal: contrástalos, contrástalos y vuelve a contrastarlos. Luego escribe. Sigo haciéndolo así.

Con un sueldo minúsculo solo podía costearme una pequeña habitación con cocina encima de una tienda de mascotas en Paradise Parade, la calle con el nombre más impropio del país. En verano apestaba a carne picada para perros, pero en invierno el calor que emitían los animales enjaulados abajo me servía para ahorrar en la factura de calefacción.

Tan solo disponía de un retrete, así que para asearme tenía que ir a la oficina, en cuyo ático había un viejo cuarto de baño que restauré y utilicé durante tres años. Había una cocina que consistía en un solo quemador de gas con una bombona y un grifo de agua fría. Aprendí a preparar huevos prácticamente de todas las maneras conocidas y poco más. Sigo siendo un inútil en la cocina y es la única habitación de la casa que procuro evitar.

Pero al menos, gracias a lo que había ahorrado en la RAF, tenía mi primer coche deportivo, mi mayor orgullo. Era un modelo MG TC de 1949, negro con asientos de cuero escarlata. En

1949 no se conocía la tecnología para fabricar planchas de acero finas como el papel, o cuando me estrellé con él se habría estrujado como un pañuelo de papel y me habría matado. En cambio, estaba fabricado como un camión, lo que me permitió sobrevivir al accidente. Pero ya llegaremos a eso.

El período de aprendizaje que estaba cumpliendo había sido concebido por el Consejo Nacional para la Formación de Periodistas. Implicaba tres años de preparación en el puesto de trabajo y clases nocturnas de mecanografía, taquigrafía, leyes contra la difamación, constitución y teoría del periodismo, lo que dista mucho del trabajo real. Al final tendría una serie de exámenes escritos y un diploma. En los últimos cincuenta años no me lo han pedido jamás.

King's Lynn era y sigue siendo un mercado animado, con el Norfolk rural al este y el sur, las anodinas llanuras de los Fens al oeste y el mar del Norte delante de su antiguo puerto. El puerto acogía entonces un flujo constante de pequeños cargueros que comerciaban entre la costa de Norfolk y los puertos de Europa Occidental, sobre todo Alemania.

La cobertura de noticias se centraba en la ciudad, el ayuntamiento, el juzgado de primera instancia, la cámara de comercio y prácticamente cualquier actividad relacionada con los habitantes de la ciudad, así como la supervisión de las poblaciones circundantes. Como preparación para lo que vino más adelante, fue estupendo.

Los periodistas de un medio nacional, por no hablar de una agencia de noticias, nunca conocen a sus lectores. En un periódico regional o local, uno los tiene justo delante de la puerta, y acuden en persona a quejarse de informaciones inexactas. Así pues, los estándares requeridos deben ser altos, y lo son. Recuerdo a un vejete que irrumpió en la redacción rojo de indignación para quejarse de que en los resultados de la exhibición de pájaros de la Bolsa de Grano la clasificación de su canario era incorrecta. Y menudo disgusto se había llevado.

De tres años agradables pero sin incidentes destacables solo guardo dos episodios en mi memoria. Debido a mis conocimientos de idiomas, Frank me pidió que fuera el nuevo «reportero portuario» y echara un vistazo a los barcos que iban y venían. En las primeras vacaciones de verano, sin dinero para costearme un viaje, me las arreglé para que me contratasen en un carguero alemán con el nombre de *Alster*. Cubría la ruta entre King's Lynn y Hamburgo. Pasé dos semanas en él.

En cuanto atracó en Alemania, me fui a explorar Hamburgo, empezando por la zona frecuentada por los marineros, conocida como Sankt Pauli. Incluía la famosa Reeperbahn y el laberinto circundante de calles y callejuelas que comprendían el barrio chino. Con mi paga de marinero no podía permitirme mucho más que unas cervezas, pero algunas me las tomé en la antigua Zillertal, una cervecería famosa por sus espumosas jarras de cerveza y sus estruendosas bandas de metales. Fui allí porque mi padre me había hablado del establecimiento.

En la primavera de 1939, cuando yo era todavía un bebé, él y un amigo suyo de Ashford se habían permitido unas breves vacaciones y escogieron Hamburgo, adonde llegaron en coche. Los dos fueron a la Zillertal, pero al salir oyeron un revuelo en una bocacalle. Escudriñaron en la oscuridad y vieron a dos matones nazis que estaban dando una paliza a un anciano judío.

Es posible que él y Joe Crothall no fueran más que dos tenderos de una pequeña ciudad que no sabían nada sobre la realidad de Alemania bajo los nazis, sin embargo, solo les había llevado veinticuatro horas coger manía a aquellos jóvenes que se pavoneaban con sus brazaletes y sus cruces gamadas. Ninguno de los dos era judío, pero arremetieron contra ellos de todos.

En su época en la academia de los astilleros de Chatham, mi padre había sido un peso medio bastante diestro, y su padre había sido campeón de boxeo, lucha libre y asalto con bayoneta del Mando de Nore, que por entonces estaba formado por cincuenta mil marineros. Sea como fuere, él y Joe Crothall (que me contó la historia diez años después) noquearon a los dos agresores. Luego, cuando empezó a reunirse una multitud, decidieron que era hora de salir pitando. Fueron a toda prisa hasta su coche y salieron de Alemania hacia Holanda antes de meterse en más líos.

En 1959 yo no podía saber que catorce años más tarde también tendría que largarme de Hamburgo a toda prisa. Parece formar parte de la historia de nuestra familia. Me contenté con hacer turismo y disfrutar de la estancia.

Después, en 1960, sufrí un accidente con el MG y tuve suerte de sobrevivir. Fue una mañana en el paisaje llano de Fenland. Volvía a casa, demasiado rápido, naturalmente. En el asiento del acompañante viajaba un amigo, llevábamos la capota bajada y estábamos disfrutando del cálido viento estival cuando tomamos la curva.

Era hacia la derecha y resultó que giraba noventa grados. Creo que el MG recorrió ochenta de aquellos grados antes de perder tracción y derrapar hacia el arcén izquierdo, que era un terraplén muy empinado. El golpe arrojó a mi amigo del asiento como el corcho de una botella. Tuvo suerte. Fue a parar sobre un montón de arena que habían dejado allí unos obreros, con lo que se llevó un buen susto pero resultó ileso. En mi caso, el volante me devolvió al asiento de un topetazo y cuando el coche dio ocho vueltas de campana ocurrieron varias cosas.

La mano izquierda, que tenía encima del volante, golpeó la carretera en la primera vuelta y quedó aplastada. El parabrisas, con su marco de acero, se desprendió y fue a parar contra mi boca. El MG se detuvo por fin sobre las ruedas con el conductor desplomado en el asiento y algo hecho polvo. Por fortuna el accidente ocurrió justo delante de la casa del policía del pueblo, quien se despertó y se asomó por la ventana. Desde el borde del terraplén vio los restos del accidente y llamó a una ambulancia, que acudió desde el hospital rural de King's Lynn.

Un paramédico encontró una oreja cercenada en la carretera, la levantó y preguntó: «¿Es suya?», como si fuera normal encontrarse orejas cortadas por todo el oeste de Norfolk. Mi amigo, que seguía aturdido sobre el montón de arena, dice que respondí con toda la tranquilidad del mundo: «Sí, póngala en una bandeja». Luego perdí el conocimiento y estuve tres días en coma. La ambulancia me llevó a urgencias, donde la hermana que estaba en el turno de noche me echó un vistazo y dedujo que no sobreviviría hasta el día siguiente. Entonces volvió a sonreírme la suerte.

El hospital rural no era un centro importante. Se ocupaba sobre todo de accidentes domésticos y agrícolas, además de partos y resfriados. Esa noche despertaron a la enfermera jefe, que empezó a pedir que le devolvieran algunos favores. Se formó un equipo de cuatro personas mientras desnudaban al hombre casi cadáver que había en urgencias y lo radiografiaban.

Había un orificio triangular en la parte izquierda del cráneo con un fragmento de hueso incrustado. Un cirujano auxiliar de la plantilla se las ingenió para extraer el triángulo de hueso y colocarlo en la apertura donde debía estar. Luego me vendó y cruzó los dedos para que volviera a soldarse. Lo hizo.

De la oreja se encargó un tal doctor Bannerjee. Esto fue mucho antes de la microcirugía. La puso de nuevo en su sitio, suturó el tejido y confió en que los vasos sanguíneos y los nervios se localizaran unos a otros y volvieran a unirse. Milagrosamente, lo hicieron. Salvo por algún pliegue de más, la oreja ha funcionado a la perfección desde entonces.

Un tal señor Laing, un cirujano dental al que habían sacado de la cama, se ocupó de la boca. Los cinco incisivos superiores habían salido de cuajo y hasta las raíces estaban hechas trizas. Extrajo hasta el último fragmento y suturó las encías, dejando cabos de hilo colgando en plan película de terror. No obstante, el mayor problema era la mano izquierda. Estaba hecha papilla.

Resultó que, dos años antes, uno de los cirujanos ortopédicos más prestigiosos de Inglaterra, después de una larga carrera en los hospitales universitarios de Londres, se había jubilado y retirado a su pueblo natal, en Norfolk, a escasos kilómetros de allí. Había conocido a la enfermera jefe y le había insinuado que, aunque estaba jubilado, si alguna vez recibía a algún paciente realmente grave, podía ponerse en contacto con él. Esa noche lo hizo. Creo que se llamaba North. También se levantó de la cama y acudió a la sala de urgencias.

Habría estado perfectamente justificado que me amputara la mano por la muñeca, según me contaron luego. Otro cirujano me dijo más adelante, después de ver la radiografía, que él lo habría hecho. Habría sido una decisión incuestionable: retirar de forma limpia, en media hora, lo que quedaba de la mano. La alternativa resultaba arriesgada. El traumatismo era tan grave que el joven conductor bien podía no soportar la operación de seis horas y morir en el quirófano. Pero el cirujano corrió el riesgo.

Mientras el anestesista comprobaba sin cesar las constantes vitales, el cirujano pasó la noche extrayendo los diminutos fragmentos y astillas de hueso, y reconstruyendo los nudillos y los metacarpos. Acabó en torno al amanecer. Su paciente seguía respirando. Luego se tomó una taza de té y volvió en coche a casa.

Pasaron tres días antes de que saliera por fin del coma. Mi cabeza era una bola enorme de vendajes; la boca, un agujero abierto sin incisivos. La mano izquierda era un globo de escayola colgado en alto. Mis padres, ojerosos, estaban sentados al lado de la cama, donde llevaban ya dos días. La enfermera jefe estaba al otro lado.

La mayor preocupación era que las lesiones cerebrales me hubieran dejado hecho un vegetal. Pero al parecer respondí de manera lógica unas cuantas preguntas sencillas y luego volví a perder el conocimiento dos días más.

Los jóvenes en forma tienen una capacidad de recuperación asombrosa. Estuve de baja cerca de tres semanas. Los moratones de los ojos desaparecieron, el fragmento de hueso del lateral de la cabeza volvió a soldarse y empezó a crecer el pelo encima. Me quitaron los puntos de las encías y la oreja volvió a fijarse. Solo la mano izquierda continuaba siendo una bola de yeso. Al final, el señor North regresó y me retiró la escayola.

La mano seguía ahí, libre de infecciones, y se movía lentamente cuando se lo ordenaba. Al cabo, bajo las cicatrices, recuperaría la capacidad de agarre, aunque nunca con la fuerza suficiente para sujetar un palo de golf. Pero desde luego era mucho mejor que un muñón. El señor Laing volvió para asegurarse de dejarme una sonrisa mejor de la que tenía antes gracias a un implante. El doctor Bannerjee era tan tímido que no regresó para que le diera las gracias por el asombroso trabajo que había hecho con mi oreja. El señor North no aceptó nada de mi padre salvo la redecoración de la residencia de enfermeras. Aún les estoy agradecido a todos, aunque, puesto que yo tenía veintiún años entonces, dudo que ninguno de ellos siga con vida.

Durante la convalecencia, me trasladaron de cuidados intensivos a un pabellón general y me encontré al lado de un hombre de mediana edad que se recuperaba de una operación de poca importancia. Entablamos conversación, como suelen hacer los pacientes que están en camas contiguas, y ocurrió algo muy extraño.

Me dijo que era sastre y, muy tímidamente, mencionó que «antes leía las palmas de las manos». Yo no creía en esas cosas, pero me intrigó que hubiera dicho «antes». Me contó que lo había dejado después de una experiencia angustiosa. Resulta que había accedido a hacer su número de adivinación en las fiestas de un pueblo.

Uno de los que acudieron era un pilar de la comunidad local: rico, felizmente casado, sano, sin preocupaciones. Sin embargo, la palma su mano reflejaba la inconfundible predicción de su muerte inminente. Él (el narrador a mi lado) se inventó una «fortuna» para el hombre, que salió de su tienda de buen humor.

Pero el quiromántico se quedó tan angustiado por lo que había visto que fue y se lo contó al párroco. El sacerdote se horrorizó y se ofendió, vilipendió al quiromántico y le prohibió que volviera a hacer nada parecido. Dos días después, aquel personaje local fue a la sala de armas de su enorme casa señorial, cogió una escopeta del calibre 12 y se voló la tapa de los sesos. El quiromántico me contó que no había vuelto a leerle la buenaventura a nadie.

Por supuesto, fue como enseñarle un trapo rojo a un toro. Insistí hasta que accedió. Quería leerme la mano izquierda, pero seguía vendada, así que estudió en cambio la mano derecha, menos indicada. Luego me dijo lo que veía.

Sigo sin fiarme de ese tipo de cosas. Al fin y al cabo, un periodista debería ser escéptico por naturaleza. Pero solo puedo dejar constancia de lo que dijo.

Empezó por mi pasado: nacimiento, familia, ocupación del padre, educación, los idiomas, los viajes hasta la fecha, la aviación, las ansias de ver mundo, todo, en realidad. Pero me convencí de que podía haberlo averiguado a través del personal haciendo preguntas de manera disimulada. Luego abordó el futuro a partir de 1960.

Me habló de éxitos y peligros, triunfos y fracasos, avances y reveses, guerras y horrores, éxito material y riqueza, matrimonios e hijos. Y más o menos cuándo, cómo y dónde dejaría este planeta.

Y de momento, en el transcurso de cincuenta y cinco años, sus previsiones han sido acertadas casi por completo. No es de extrañar que tenga bastante curiosidad por los próximos y últimos diez años.

Dos años después hice el examen final. Creo que quedé el segundo de Inglaterra aquel año. No sé apenas nada del que quedó en primer puesto, salvo que era del norte del país y optó por quedarse en su periódico de provincias. Yo tenía otros planes.

Acababa de cumplir veintitrés años; era el otoño de 1961. Pensaba dirigirme a Londres y Fleet Street, la capital del periodismo británico, y seguía empeñado en convertirme en corresponsal en el extranjero y ver mundo.

Fleet Street

No tenía ni la más remota idea de en qué periódico quería trabajar cuando tomé aquel tren de King's Lynn a Londres en octubre de 1961. Acariciaba la posibilidad de solicitar un puesto en el *Daily Express*, porque mi padre lo leía cuando yo era niño, pero no tenía ningún contacto ni referencia, de manera que me planté al principio de Fleet Street, cerca de los tribunales de justicia, y eché a andar. Entré y solicité un puesto en todos los medios de prensa que me encontré.

Fue entonces cuando descubrí que Fleet Street era una fortaleza. No parecían querer a ningún periodista más, y menos a mí. La táctica de presentarme en recepción y pedir ver al director era errónea. La mera idea de acceder al vestíbulo sin una cita confirmada quedaba descartada.

Había formularios, pero estaba bastante claro que iban a acabar en la papelera en cuanto saliera por la puerta. Hacia la hora de comer, había llegado al enorme edificio negro y cromado del *Daily Express*. No tenía mucho sentido entrar hasta que el personal de la redacción volviera de su almuerzo líquido. El periodismo de la época tenía fama de ir de la mano de tabaco y alcohol en abundancia. Entré en el pub Cheshire Cheese para tomarme un bocadillo y una pinta de cerveza. No había mesas.

Cuando el gentío se dispersó un poco ocupé un taburete junto a la barra y me replanteé la situación. Seguía formando parte de la plantilla del *Eastern Daily Press*; todavía tenía mi diminuto piso. Tenía el billete de vuelta en el bolsillo. Entonces me volvió a sonreír la suerte.

Preparados... Aquí estoy en el jardín de Ashford a los tres años, en los primeros años de la guerra. La base de la RAF en Hawkinge y sus Spitfire estaban al final de la calle (***abajo***).

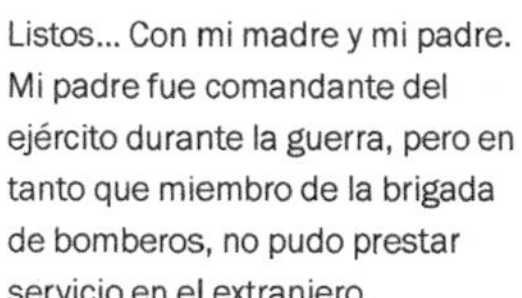

Listos... Con mi madre y mi padre. Mi padre fue comandante del ejército durante la guerra, pero en tanto que miembro de la brigada de bomberos, no pudo prestar servicio en el extranjero.

Ya... De camino a Bluebell Hill a los dieciséis años con mi Vespa de segunda mano, y de allí a las nubes. El cuchillo en el calcetín me fue útil cuando más adelante me encontré en un aprieto en París.

Gracias a los esfuerzos de mi padre, pasaba las vacaciones escolares aprendiendo a hablar francés y alemán como un nativo. Aquí estoy con herr y frau Dewald y sus hijos (***arriba izquierda***). Mientras estaba con ellos me presentaron a Hanna Reitsch (***arriba derecha***), la aviadora preferida de Hitler.

La escuela de Tonbridge (***izquierda y abajo***) no fue muy divertida; esta es la asamblea de despedida en la Escuela Mayor en 1952. Seguí allí hasta diciembre de 1955. Al menos tuve la satisfacción de despedirme desde la carlinga de un Tiger Moth.

La RAF a los diecisiete años. Eso sí que era emocionante: pilotando unos Vampire en formación. Yo soy el número 15 (***arriba izquierda y derecha***). Once llegamos hasta el final (***izquierda***). Soy el segundo por la derecha, en la segunda fila. Aquí estoy recibiendo mis alas (***abajo izquierda***). Nunca me había sentido tan orgulloso. Era un piloto de la RAF.

A King's Lynn, a trabajar para el *Eastern Daily Press*. Vivía e un piso encima de una tienda de mascotas, en el extremo d una calle con el irónico nombr de Paradise Parade (***izquierda*** Mi mentor, el jefe de redacció Frank Keeler (***derecha***), me enseñó la importancia de contrastar los datos antes de escribir. Luego a Reuters e Londres, donde Doon Campbe (***más a la derecha***) era jefe de redacción y fue la inspiración de generaciones de corresponsales en el extranje

Un golpe de suerte me llevó hasta París justo a tiempo para el intento de asesinato del presidente Charles de Gaulle en agosto de 1962. Va en el asiento de atrás del coche con su esposa, Yvonne, en una reconstrucción de los hechos (***izquierda***). Las balas acribillaron la carrocería del Citroën (***derecha***) y los periodistas se abalanzaron hacia el escenario mientras caía la noche (***izquierda***).

Nadie duraba mucho más de un año en Berlín. Yo estuve desde septiembre de 1963 hasta octubre de 1964 y viví en la zona al este de Checkpo Charlie (***izquierda***). Kurt Blecha era el secretario del Politburó, un pájaro de cuidad (***derecha***). Cuando un avión estadounidense fue derribado a las afueras de Magdeburgo, fui el primer periodista en llegar al lugar y conseguí las declaraciones de un testigo presencial vecino de la zona. Los tres tripulantes (dos de ellos más a la derecha) habían sido capturados por los rusos.

Ingresé en la BBC en 1965, lleno de entusiasmo —sin motivo alguno, tal como fueron las cosas— y en 1967 me enviaron a Nigeria para cubrir la que resultó ser la guerra civil africana más cruel. Sir David Hunt (***arriba izquierda***) era el alto comisionado británico en Lagos, un esnob y un racista. El coronel Yakubu Gowon (***arriba derecha***), un cristiano del norte, era el títere jefe de Estado. Fui a Enugu y conocí al coronel Emeka Ojukwu (***abajo***), licenciado por Oxford y gobernador militar de Igbolandia, que había presidido desde la declaración del Estado independiente de Biafra, en mayo de 1967.

Poco después aparecían en Enugu carteles que advertían de la amenaza de que estallara una guerra (***arriba***). Yo estaba con Ojukwu (***derecha***) cuando sus soldados cruzaron el puente de Onitsha sin hallar oposición; luego se vieron obligados a retroceder y volaron el puente tras ellos (***arriba***).

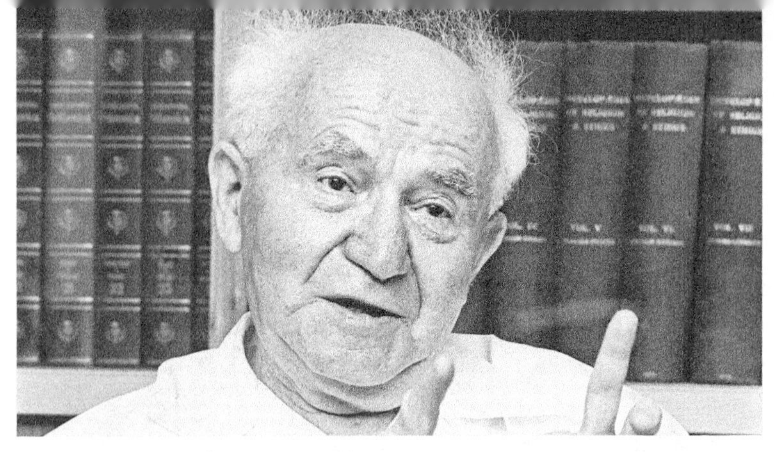

Tras poner fin a mi desdichada relación con la BBC, fui a Israel después de la guerra de los Seis Días. Visité un kibbutz en Sde Boker, en el desierto del Néguev, donde conocí a David Ben-Gurión (***arriba***), padre fundador del Estado de Israel, uno de los hombres más grandes que he conocido. También tenía ganas de encontrarme con Ezer Weizman, uno de los primeros pilotos de las Fuerzas Aéreas Israelíes. Aquí está en 1948, con uno de sus Messerschmitt de fabricación checa, el Avia S-199 (***arriba***).

Un encuentro fortuito en un bar me llevó a conocer al hombre que condujo la furgoneta cargada con explosivos que hizo saltar por los aires el hotel Rey David el 22 de julio de 1946 (***izquierda***).

Sentado a la barra del local, ya casi vacío, había un hombre de mediana edad que, aferrado a su pinta, fumaba sin cesar y me miraba fijamente, aunque con expresión afable.

—Pareces de capa caída, muchacho —dijo.

Me encogí de hombros.

—Estoy buscando trabajo.

—¿Tienes algún contacto?

—No.

Lanzó un silbido.

—¿Y lo buscas así sin más? Ni lo sueñes. No aceptan a nadie sin referencias. ¿Has hecho alguna entrevista?

—No.

—¿Tienes experiencia?

—Tres años en el *Eastern Daily Press*. —Añadí «en Norfolk» por si no lo conocía, pero había ido a dar con una posibilidad entre un millón.

—Yo hice prácticas en el *EDP* —dijo—. Hace mucho tiempo. ¿En qué delegación? ¿Norwich?

—King's Lynn. A las órdenes de Frank Keeler.

A punto estuvo de caérsele la pinta.

—¿Frank? ¿Sigue allí? Trabajamos juntos cuando empezábamos. Justo después de la guerra.

Me tendió la mano. Nos la estrechamos e intercambiamos nombres. Trabajaba enfrente, era un veterano de Press Association y le faltaba poco para jubilarse. Press Association era y sigue siendo la principal agencia de noticias de Londres. No me había planteado entrar en una agencia, pero ¿qué más daba? Me llevó al otro lado de la calle, hasta un inmenso edificio de granito gris que albergaba Press Association y varias empresas más. Sin ninguna ceremonia, me condujo hasta el despacho del redactor jefe.

El señor Jarvis se retrepó en la silla giratoria y miró de arriba abajo al aspirante que le había llevado su colega. Era difícil establecer contacto ocular con él, porque daba la impresión de que los cristales de sus gafas estaban tallados en culos de vaso de whisky. Había dos ojos ahí detrás, por alguna parte, y un acento muy marcado de Lancashire. Me sometió al mismo interrogatorio que su colega en el pub.

¿Edad? ¿Procedencia? ¿Servicio militar? ¿Formación como periodista? ¿Algún otro requisito útil? Mencioné los cuatro idiomas. Se me quedó mirando de hito en hito y dijo:

—Estás en la planta equivocada, chico.

Descolgó el teléfono, marcó un número y habló con la persona que contestó.

—¿Doon? Creo que he pillado a uno. No es para mí, no tengo ninguna vacante. Pero igual a ti te conviene. Cuatro idiomas. Te lo mando.

Me acompañaron al ascensor, me despedí y le di las gracias a aquel hombre al que había conocido apenas una hora antes y, tal como me había indicado, subí dos plantas. Había un individuo no mucho mayor que yo esperando. Me guio a través de unas puertas de doble batiente por un pasillo, llamó a la puerta con los nudillos y me invitó a pasar.

Doon Campbell era el jefe de redacción de Reuters, un nombre tan prestigioso que ni siquiera se me había pasado por la cabeza. No se trataba de unos cuantos corresponsales en el extranjero, sino de toda una agencia dedicada a las noticias del extranjero, enviadas desde infinidad de oficinas por todo el mundo. En realidad era un hombre muy amable, pero la primera impresión que daba era la de un sargento mayor que no dejaba pasar ni una. Aunque había vivido y trabajado muchos años en Londres, tenía tal acento que parecía que hubiera llegado de las Highlands escocesas hacía una semana. El interrogatorio fue como enfrentarme a una ametralladora.

—Asuntos exteriores. ¿Estudias asuntos exteriores? —me preguntó al final.

Dije que me informaba todo lo posible en la prensa, la radio y la televisión. Y que conocía Francia, Alemania y España, y había visitado Malta, Chipre y Líbano. Se inclinó hacia delante, acercó su cara a la mía y me espetó:

—¿Dónde está Bujumbura?

Un día antes no habría tenido ni la menor idea. Pero en el tren desde King's Lynn me había leído de cabo a rabo los dos periódicos que había comprado en la estación y había reparado en el ejemplar de una revista doblada entre los cojines del asiento de delante que se había dejado un viajero anterior. Era la revista estadounidense *Time*.

La hojeé y en las páginas centrales había un reportaje sobre los protectorados belgas de Ruanda y Burundi, en la lejana África Central. Otra vez la suerte. Me incliné hacia delante a mi vez hasta que nuestras narices casi se tocaron.

—Bueno, señor Campbell, es la capital de Burundi.

Retrocedió despacio. Yo hice lo propio.

—Sí, sí. Eso es. Bien, te propongo un período de prueba de tres meses. ¿Cuándo puedes empezar?

Sabía que, si me marchaba del *EDP* sin avisar con antelación, no quedaría en muy buen lugar, conque le dije que tendría que cumplir con mi último mes de trabajo y podría integrarme a Reuters en diciembre. Asintió con desdén y ahí quedó la cosa. Había conseguido un puesto en la agencia de noticias extranjeras mejor considerada del mundo por una serie de carambolas. Me fui de King's Lynn un mes después y me trasladé a un apartamento diminuto situado en Shepherd Market, desde donde cogía un autobús de la línea 9 que me llevaba a Fleet Street en veinte minutos.

Para empezar, Reuters me puso en la mesa de redacción de Londres, donde me encargaba de cubrir sucesos de interés únicamente para periódicos extranjeros muy lejanos. En mayo llegó mi oportunidad.

Al subjefe de la corresponsalía de París le diagnosticaron un soplo en el corazón y tuvo que tomar un vuelo de regreso a casa de inmediato. Nuestro Servicio Nacional de Salud era gratuito y el francés, no. Por la puerta de la sala de Periodistas Nacionales asomó una cabeza.

—¿Alguien habla francés? —preguntó.

Me llevaron al servicio de lengua francesa, cuyo jefe era un francés llamado Maurice.

—¿Este tipo de verdad habla francés? —le preguntó mi acompañante.

Maurice estaba encorvado sobre la máquina de escribir y, sin levantar la vista, me preguntó en francés:

—¿Qué piensas de la situación en París?

Por aquel entonces, el país se hallaba sumido en una crisis. Acababa de hacerse público que el presidente De Gaulle llevaba meses negociando en secreto con la resistencia argelina en Vichy y había fijado el 1 de julio de 1963 como fecha para la retirada francesa de la desastrosa guerra de Independencia argelina y la declaración de independencia de Argelia. La extrema derecha francesa y miembros de la élite del ejército le habían declarado la guerra a De Gaulle en persona. Francia se encontraba al borde de un golpe de Estado o una revolución.

Solté a Maurice un torrente de francés aderezado con expresiones de argot que un falso hablante no habría sabido nunca. Maurice había servido con la Francia Libre en la guerra, primero con base en Londres, a las órdenes de De Gaulle, y luego abriéndose camino por la fuerza en su tierra natal durante la liberación a las órdenes del mariscal Juin. Pero se había casado con una chica inglesa y se instaló en Londres. Dejó de escribir a máquina y levantó la vista.

—Naciste en Francia, ¿verdad?

—No, monsieur, inglés de pura cepa.

Volvió la vista hacia el hombre que se encontraba a mi lado y se pasó al inglés.

—Más vale que lo envíes. Jamás he oído hablar así a un rosbif.

Alquilaba mi pisito por semanas. Como vivía en Londres, había renunciado al coche. Mis pertenencias cabían en una maleta y un macuto. No tenía ninguna atadura. Llamé a mis padres a Kent y por la mañana tomé un vuelo a París. Comenzaba un nuevo capítulo que con el tiempo, y de un modo totalmente imprevisible, me llevaría hasta un libro titulado *Chacal*.

París en llamas

El análisis de la situación que había hecho ante Maurice en Londres no era ninguna exageración. El alzamiento contra la autoritaria figura de Charles de Gaulle revestía un grave peligro.

Los argelinos llevaban seis años luchando por la independencia bajo el Frente de Liberación Nacional, o FLN, cada vez con mayor fuerza y peligrosidad. Sucesivos gobiernos franceses habían invertido hombres, armas y recursos a raudales en la guerra, con crueldades concomitantes por ambas partes que resultaban aterradoras. Habían muerto muchos soldados franceses y la opinión pública se hallaba dividida justo por la mitad.

En 1958 De Gaulle, que se había retirado en 1947, o eso se suponía, fue reclamado como primer ministro y al año siguiente lo eligieron para la presidencia. En su campaña había utilizado las palabras mágicas: «*Algérie Française*». «Argelia francesa». De manera que el ejército y la derecha lo veneraban. Cuando llevaba unas semanas de mandato, se dio cuenta de que la situación era desesperada. Francia se estaba desangrando en una guerra que no podría ganar. Como presidente, entabló negociaciones secretas para ponerle fin. Cuando trascendieron las noticias, fue como una explosión nuclear.

En Argelia secciones vitales del ejército se amotinaron y se exiliaron, llevándose las armas consigo. Cinco generales se fueron con ellas. No eran simples reclutas, sino la Legión Extranjera y los Paras (Aerotransportados), lo mejor de lo mejor. El grueso de las tropas, los reclutas del servicio militar, querían volver a casa, así que permanecieron leales a París. Pero cientos de civiles franceses, asentados en Argelia, al darse cuenta de que se verían expulsados o, cuando menos, desposeídos por un nuevo gobierno argelino, se pusieron de parte de los rebeldes, que se denominaban a sí mismos Organización del Ejército Secreto u OAS, sus siglas en francés. Su objetivo: asesinar a De Gaulle, derrocar su régimen e instaurar uno de extrema derecha.

En el París al que llegué aquel mayo de 1962 reinaba la confusión. El partido comunista más grande de Europa, al oeste del Telón de Acero, era francés, plenamente leal a Moscú, que había estado armando y financiando a los argelinos. Los estudiantes de la izquierda radical se manifestaban y se enfrentaban con violencia en las calles de París a quienes apoyaban a la derecha. Estallaban explosivos plásticos en cafés y restaurantes.

Entre las partes enfrentadas se encontraba la recién formada policía antidisturbios, la CRS, cuyos métodos no eran muy amables. Prácticamente en todas las esquinas había una pareja pidiendo documentos de identidad, igual que en una ciudad ocupada. Alrededor de De Gaulle, para mantenerlo con vida, había dos fuerzas: el Servicio de Acción de la sección de contrainteligencia y su brigada personal, formada por cuatro guardaespaldas, con el apoyo de la Gendarmerie Nationale. Para un joven corresponsal en el extranjero era un bautismo extraordinario y el mejor de todos los destinos posibles.

A mi llegada me presenté ante el director de la corresponsalía, el formidable Harold King. Era una leyenda. Nacido en Alemania, había luchado en la Primera Guerra Mundial, pero a favor del káiser. Emigró a Inglaterra y obtuvo la nacionalidad. En 1940 fue el enviado de Reuters en Moscú y siguió al Ejército Rojo hasta el interior de Polonia antes de que lo repatriaran a Londres. Más adelante siguió al ejército francés de liberación hasta Francia y allí quedó completamente convencido de las reivindicaciones y la política de Charles de Gaulle. Después de la liberación, comunicó a Reuters que o dirigía la corresponsalía de París o dimitía. Le dieron París.

Cuando De Gaulle, asqueado, renunció en 1947, se dio por

sentado que no volvería. Solo Harold King, igual que un jacobita a la espera del regreso del rey, insistía en que De Gaulle volvería a liderar Francia hacia la gloria, y hasta que aquello se hizo realidad en 1958, se consideraba indulgentemente a King un mero fantaseador. En 1962 era (literalmente) el rey del cuerpo de corresponsales extranjeros de París. Su lealtad hacia De Gaulle se veía recompensada de forma discreta con un soplo tras otro.

Entré en su oficina para encontrarme frente a frente con un hombre fornido de poco más de sesenta años, con las gafas en la frente como focos acusatorios. Estaba escribiendo y me indicó con una mano que me sentara hasta que hubiera terminado. Me habían advertido sobre él en Londres. Unos pocos lo apreciaban, muchos lo temían, y tenía reputación de comer a periodistas jóvenes para desayunar y luego escupir los restos. Unos cuantos en Londres habían sido devueltos a los pocos días de su llegada y lo aborrecían.

Acabó de escribir, bramó para que un chico de los recados llevara sus folios al teletipo, volvió la silla hacia mí, se levantó aún más las gafas sobre la frente, donde solía llevarlas, y me fulminó con la mirada. Luego dio comienzo el interrogatorio. Era el ritual que podía desembocar en el rechazo y un vuelo de regreso a Londres. Curiosamente, me cogió cariño y pasé a ser su protegido.

Creo que esa reacción tan insólita se debió a dos factores. Aguzó el oído cuando le dije que me había presentado voluntario a la RAF en lugar de intentar eludir el servicio militar y luego obtuve mis alas pilotando Vampire. El otro factor era que, aunque siempre procuraba mostrarme respetuoso, no me dejaba intimidar. Bajo su apariencia arisca, King detestaba a los pelotas.

Al cabo de una hora echó un vistazo a su reloj y preguntó:

—¿Comes?

—Sí, señor King, así es.

Se levantó sin más y salió del despacho con pasos pesados. Lo seguí. King tenía un Citroën aparcado delante, con su leal chófer al volante, un incentivo en el que había insistido a cambio de no dimitir. Gruñó «André» o algo similar al chófer, que arrancó y nos llevó a un restaurante llamado Chez André, sin duda uno de sus lugares preferidos para almorzar. Lo recibieron con una reverencia y lo condujeron a su mesa habitual.

Un nuevo sumiller se acercó contoneándose y sugirió una botella de vino blanco para empezar. King volvió a subirse las gafas a la frente y miró fijamente al camarero como quien mira un gorgojo de algodón y gruñó:

—*Jeune homme, le vin est rouge.* —«Joven, el vino es tinto.»

Tenía razón, claro. El vino es tinto y cualquier otra cosa es zumo con o sin burbujas.

No pidió, porque el personal ya sabía lo que comería. Me oyó pedir en francés y me preguntó cómo había aprendido el idioma. El haber pasado de niño las vacaciones de verano en lo más profundo del Limousin, en *la France profonde*, pareció hacerle gracia.

Por aquel entonces, las comidas francesas duraban casi tres horas. Volvimos paseando a la redacción cerca de las cuatro. Yo no lo sabía, pero en cierto modo había sido adoptado, y nuestra amistad duró hasta su muerte. La labor de mentor que había iniciado Frank Keeler en King's Lynn la concluyó Harold King en París, defendiendo el estilo de la casa Reuters, de rigurosa exactitud e imparcialidad absoluta, aunque King tenía gran debilidad por Charles de Gaulle y el cumplido se le devolvía de forma constante. Era el único británico para el que el autócrata francés tenía tiempo.

Puesto que yo era el periodista más joven y de menor antigüedad, además de soltero, sin familia por la que volver a casa a toda prisa, Harold King me hizo un encargo bastante insólito. Tenía que seguir con discreción a De Gaulle cada vez que saliera del palacio del Elíseo. Yo no era el único.

Lo acompañaban permanentemente un cuerpo internacional de medios de comunicación, que seguían su Citroën DS 19 cada vez que tenía que desplazarse fuera de la mansión presidencial en Faubourg St.-Honoré. De Gaulle sabía exactamente para qué estábamos allí. No era para cubrir su visita al Senado o lo que fuera. Era para asistir al momento cataclísmico en que fuera asesinado. Lo sabía y le traía sin cuidado. Despreciaba a sus enemigos igual que despreciaba el peligro. Se limitaba a levantar aún más aquella nariz picuda y a salir con paso firme.

Cada vez que el convoy de automóviles se detenía a su llegada a cualquiera que fuese el acto al que asistiera en ese momento, el grupo de prensa se dividía en dos y sus integrantes buscaban cafés en los que pasar el rato de espera. En un grupo estaban los británicos, estadounidenses, canadienses, escandinavos, alemanes y todos los que tuvieran el inglés como idioma común. En el otro grupo estaban los francófonos: franceses, belgas, suizos y un par de quebequeses. Y yo. A menudo se sumaban a nosotros los guardaespaldas personales de De Gaulle o la pareja de guardia de ese día. Así conocí a Roger Tessier, el parisino, Henri D'Jouder, el cabilio de Argelia, y Paul Comiti, el corso. He olvidado al cuarto.

Escuchando su palique y fijándome en los anillos concéntricos de seguridad en torno al presidente de Francia, fui convenciéndome de que la OAS no llegaría a tener éxito. Había un nutrido expediente sobre cada uno de ellos: exmiembros del ejército amotinados y civiles «pieds-noirs» de Argelia. Conocían a fondo sus rostros, huellas dactilares y antecedentes.

También quedó patente —y el destacamento de seguridad se iba de la lengua con una facilidad extraordinaria— que había tantos agentes de contrainteligencia infiltrados en la OAS que no podían celebrar ni una reunión de cuatro personas sin que toda la conspiración se fuera al cuerno de inmediato porque uno de los presentes era un chivato.

Me pareció que el único modo de que la OAS consiguiera atravesar a balazos esos anillos de protección sería si lograban encontrar a alguien totalmente al margen del asunto y le encargaban la tarea, un asesino profesional sin antecedentes ni expediente conocido en París. Más adelante yo crearía a un hombre así y lo llamaría el Chacal. Pero aquello sucedía entonces. En realidad, nunca pensé que escribiría ese relato, así que no se lo dije a nadie. No era más que una idea.

Desde el pisito que había alquilado con mi modesto sueldo podía ir andando a la oficina, pero se encontraba en el noveno *arrondissement*, donde estaban el Moulin Rouge y el Folies Bergère, la Place Blanche, Montmartre y el laberinto de calles con cientos de cabarets más pequeños y bares que abrían hasta las tantas. El noveno era el barrio rojo, donde residía buena parte del *milieu*, el submundo delictivo de la ciudad. Era muy habitual que no pudiera dormir a causa de las sirenas de la policía.

Los simpatizantes de la OAS también frecuentaban los bares del noveno, igual que yo. Lo hacía en buena medida porque el segundo turno diurno en la oficina terminaba a las diez y no necesitaba ni quería dormir hasta mucho después de medianoche. Así que pedía una cerveza, miraba la pared con aire distraído y escuchaba. De esa manera llegué a obtener información sobre los enemigos mortales de De Gaulle.

También desarrollé mi «modo Bertie Wooster», una personalidad adoptada al estilo del estúpido héroe de P. G. Wodehouse, bienintencionado, afable pero con menos luces que una bombilla de cinco vatios. Fingía hablar poco francés y con el típico acento británico cutre, y tanto el personal del bar como los clientes daban por sentado que no entendía de qué hablaban. Era justo lo contrario. En años venideros, Bertie me sacaría de muchos aprietos, porque la imagen del bobo inofensivo con pasaporte británico es la que quieren ver y creer los europeos.

Fue un viernes por la noche, en agosto, cuando más cerca estuvo la OAS de asesinar a De Gaulle, y fue en una rotonda del barrio de las afueras conocido como Petit Clamart. Se dirigía del palacio del Elíseo a la base aérea de Villacoublay, donde le esperaba un helicóptero para llevarlos a él y a madame Yvonne de Gaulle a su casa de campo del este de Francia: una mansión llamada La Boisserie en el pueblo de Colombey-les-deux-Églises.

La pareja iba en el asiento trasero de su DS 19 a toda velocidad. Delante iban el chófer de la Gendarmerie, Francis Marroux, y el yerno del presidente. Una decena de asesinos habían averiguado su ruta exacta y aguardaban en una bocacalle. Fallaron porque De Gaulle llevaba retraso, ese 22 de agosto había anochecido temprano, el convoy iba a ciento treinta y cinco kilómetros por hora y no lo vieron hasta que era demasiado tarde. Pretendían salir de la bocacalle, sacar la limusina de la calzada y acabar con los ocupantes disparándoles con metralletas.

Llegaron muy tarde. Cuando los dos policías en moto pasaron a toda velocidad por delante, abrieron fuego a discreción contra el vehículo en marcha, ciento veinte disparos en total. Doce atravesaron el coche, pero no consiguieron detenerlo. Uno pasó a un par de centímetros de la ilustre nariz.

De Gaulle hizo que su mujer apoyara la cabeza sobre su regazo, pero permaneció totalmente erguido. Marroux estuvo a punto de perder el control. Dio un bandazo, se recuperó y siguió adelante. El coche de seguimiento, lleno de guardias armados, hizo lo mismo. En Villacoublay, el DS 19 se detuvo con los neumáticos hechos jirones al lado del helicóptero presidencial, en medio de un grupo de oficiales de las fuerzas aéreas presas del pánico: habían recibido la noticia por radio.

Ayudaron a subir al helicóptero a madame Yvonne, bastante afectada. De Gaulle salió, se sacudió algunos fragmentos de cristal de las solapas de su traje de Savile Row (lo único inglés que toleraba) y emitió su veredicto.

—*Ils ne savent pas tirer* —dijo con desdén. «No saben disparar.»

La noticia llegó al centro de París en torno a la medianoche. Yo salí para allá junto con el resto de la horda de la prensa, y pasamos lo que quedaba de noche entrevistando, observando y enviando crónicas desde las cabinas de teléfono locales. Los periódicos europeos ya se habían «acostado», pero una agencia trabaja las veinticuatro horas del día, así que para AP, UPI, AFP y Reuters no había descanso.

En octubre aconteció la crisis de los misiles en Cuba, cuatro días hipertensos en los que todo parecía indicar que el mundo estaba abocado a una guerra termonuclear y la extinción. Para ser justos con De Gaulle, de quien, con toda la razón, se ha dicho que no sentía admiración alguna por Estados Unidos desde sus violentas discusiones con el general Eisenhower durante la guerra, fue el primer europeo que telefoneó a Washington y ofreció su apoyo absoluto a John F. Kennedy.

Yo había cumplido veinticuatro años y en enero asistí a aquella famosa rueda de prensa en el Elíseo en la que De Gaulle vetó la entrada británica a la Comunidad Económica Europea. Fue un enorme desaire al primer ministro británico, Harold Macmillan, que, en Argelia, durante la Segunda Guerra Mundial, había «presionado» a De Gaulle para que declarara que era el único líder de la Francia Libre.

Sus ruedas de prensa no eran simples ruedas de prensa. Se limitaba a repartir cinco preguntas entre miembros veteranos y ultraleales de la prensa, memorizaba el discurso que tenía intención de pronunciar a modo de respuesta y también memorizaba dónde iban a estar los supuestos interpelantes, porque no alcanzaba a verlos.

Harold King se encontraba en primera fila y se le permitía formular una pregunta. Naturalmente, no había ni portátiles ni móviles. El director de Reuters garabateaba su artículo en una libreta, sobre la rodilla, arrancaba las páginas y se las daba a un mensajero de su oficina. El trabajo del mensajero consistía en salir pitando hacia el fondo de la sala y pasárselas a otro colega, que estaba esperando en una cabina con línea directa a la redacción.

Este dictaba el artículo a otro colega, que, sentado con auriculares en la oficina, lo mecanografiaba frenéticamente y pasaba los folios al operador del teletipo, quien los enviaba a Londres. Yo era el mensajero.

Recuerdo al viejo buitre mirando con curiosidad al joven inglés agazapado debajo de su atril. Debido a su extrema miopía, yo era prácticamente la única persona a la que De Gaulle alcanzaba a ver en toda la sala y estaba claro que no sabía lo que hacía allí. Era demasiado vanidoso para llevar gafas en público.

Su miopía provocó varios incidentes curiosos, uno de los cuales presencié. Se hallaba de gira por provincias, siempre en contra de las frenéticas advertencias de su personal de seguridad, y tenía otra costumbre que les volvía locos de preocupación. Ahora lo hacen todos los hombres de Estado, pero creo que él lo inventó por aquel entonces.

De pronto se inclinaba hacia delante, daba un toque en el hombro a su chófer y le ordenaba parar. Luego se apeaba e iba directo hacia el gentío, estrechaba manos y se mostraba amistoso con la gente de a pie. Hoy en día se denomina «rozar la piel». Él lo llamaba *bain de foule*, «baño de masas».

En una ocasión, mientras sus guardaespaldas se desesperaban por seguirlo, se fue adentrando cada vez más en la muchedumbre y entonces se topó con un hombre bajo e inexpresivo. Cogió la mano del individuo y se la estrechó con firmeza. Luego siguió adelante. Unos metros más allá, el mismo hombre. Lo hizo de nuevo. El problema era que, a más de un metro, un rostro se reducía a un borrón. La tercera vez que lo hizo, el hombre se le acercó y le susurró al oído:

—*Monsieur le président*, haga el favor de dejar de hacer eso. Es la p**a mano de la pistola.

Era Paul Comiti, el guardaespaldas corso, que no habría podido desenfundar la pistola bajo la axila izquierda si hubiese llegado a ocurrir algo.

El mes de marzo anterior, un pelotón de fusilamiento había ejecutado al coronel Jean-Marie Bastien-Thiry, el cabecilla de la tentativa del Petit Clamart, pero la OAS no se dio por vencida. Hubo al menos tres intentos más, y todos fracasaron. En uno pusieron una bomba debajo de un montón de arena de unas obras al bode de una carretera rural. No estalló porque la noche anterior había llovido y a los aspirantes a asesinos no se les había ocurrido cubrir los explosivos con una lona.

Un francotirador llevó a cabo otro intento en lo alto de la plaza de armas de la École Militaire, donde De Gaulle presidía un desfile. El personal de inteligencia recibió un soplo. El tirador, Georges Watin, el Cojo, escapó a Sudamérica.

Se realizó una última tentativa mediante la colocación de una maceta de geranios que contenía una bomba al lado de un monumento a los caídos que se disponía a inaugurar De Gaulle. En una escena propia de las películas de la Pantera Rosa, un solícito jardinero, temeroso de que se marchitaran, les dio un buen manguerazo de agua y desactivó el detonador.

A finales del verano de 1963, Harold King me llamó a su despacho, sin duda no de muy buen humor. ¿Qué error había cometido? Ninguno.

—Quieren darte Berlín Oriental, esos capullos —rezongó.

Se refería a la oficina central de Londres. Berlín Oriental era una maravilla de destino: una corresponsalía de un solo hombre que cubría Alemania Oriental, Checoslovaquia y Hungría.

Desde la construcción del tristemente famoso Muro de Berlín en 1961, Alemania Oriental se había convertido en un Estado paria, un marginado de Occidente. No tenía embajada, consulado ni misión comercial. Si algo iba mal en el más riguroso de los países satélites soviéticos, no tendría respaldo ni apoyo alguno.

Cuando se construyó el Muro, toda la presencia de Alemania oriental en Alemania Occidental fue expulsada, incluida la agencia de prensa de Alemania Oriental ADN, que tenía una oficina en el edificio de Reuters. Berlín Oriental respondió haciendo lo mismo: expulsó a todos los periódicos y agencias occidentales, salvo una. El Politburó podía cebar a su propio pueblo con basura falaz, pero los que ocupaban los puestos de mando querían saber lo que estaba ocurriendo en realidad. Así que permitieron que se quedara un hombre de Reuters, a condición de que viviera en Berlín Oriental y, si tenía que ir a Berlín Occidental, volviera antes de medianoche por Checkpoint Charlie. Nada de ir a trabajar y luego volver a Berlín Occidental para pasar la noche.

—Supongo que vas a aceptarlo —se quejó el señor King.

—Si acabara de cumplir los veinticinco, ¿no aceptaría usted? —pregunté.

—Desde luego que sí, maldita sea —reconoció, y luego me invitó a una buena comilona.

Ese mismo mes de septiembre, hice el equipaje, pasé una semana de permiso con mis padres en Kent y fui en tren a París y a Berlín. La mayoría de los pasajeros se apearon cuando nos detuvimos en Berlín Occidental. Yo me quedé en mi asiento y vi como el Muro quedaba atrás a medida que el tren se internaba en el Este comunista.

Me bajé en la estación de Ostbahnhof y el hombre a quien sustituía, Jack Altman, salió a recibirme. Había pasado un año allí y se moría de ganas de largarse de una vez.

Altman tenía un coche, que quedaría a mi disposición, y un piso en Schönhauser Allee que también hacía las veces de despacho, y que ocuparía yo. Después de comer, me llevó a conocer a los funcionarios de cara afilada con los que tendría que tratar. Me di cuenta de que hablaba bien alemán, pero que no habría pasado por nativo. Delante del funcionariado, hice alarde de liarme con el vocabulario y la gramática, y fingí un acento torpe. Me di cuenta de que los funcionarios se relajaban. Aquello no me supondría ningún problema.

Me presentó a la secretaria de la oficina, fräulein Erdmute Behrendt, una señora de Alemania Oriental que sin duda también estaría constantemente vigilada por la policía y la SSD, la formidable Stasi. Dos días después, Altman se marchó.

El Gran Hermano

Lleva tiempo acostumbrarse a estar bajo vigilancia mañana, tarde y noche. Hay quien se pone muy nervioso al enterarse de que su oficina y su apartamento están llenos de micrófonos; al ver figuras con largas gabardinas que fingen estar mirando escaparates en la calle mientras lo siguen por ahí; al advertir el coche negro con los cristales tintados que se le acerca en el espejo retrovisor en la autopista.

Mi táctica consistía en tomármelo tan alegremente como podía, pensar que hasta los matones que me seguían eran seres humanos, aunque por los pelos, y que todos tenemos un trabajo que hacer.

No tardé mucho en encontrar el micrófono principal en mi despacho. Había un televisor, un modelo de cuatro válvulas que casualmente tenía cinco. Quité la quinta, y en menos de una hora se presentó en mi casa un técnico de televisión. Antes de abrir la puerta, volví a poner la quinta válvula y luego me fui a preparar café a la cocina mientras él toqueteaba el aparato. Se fue una hora después, perplejo, deshaciéndose en disculpas.

Enfrente de la oficina había un bloque de apartamentos y, justo delante de mis ventanas, un solo resquicio negro que nunca se cerraba y luces que nunca se encendían. Los pobres idiotas sentados al telescopio debieron de estar a punto de morir de frío en invierno, cuando la temperatura nocturna bajaba a menos diez grados. En Navidad envié una botella de whisky escocés del bueno y un cartón de Rothmans extralargos con instrucciones para que el conserje los subiera al número que supuse que correspondería a aquella ventana. Esa noche vi un breve destello de un mechero de gas, y eso fue todo. Aunque no todo era tan divertido, y para tirarle de la cola al tigre había que andarse con mucho cuidado.

Uno de los tipos más retorcidos del régimen era el secretario de prensa del Politburó, un tal Kurt Blecha. Tenía quizá la sonrisa más falsa de la tierra. Pero yo sabía unas cuantas cosas sobre el señor Blecha. Una era su fecha de cumpleaños y otra que en los años treinta había sido miembro ferviente del Partido Nazi.

Capturado en 1943 en el frente oriental, se había convertido al comunismo en un abrir y cerrar de ojos, al ser rescatado del gélido campo de prisioneros de guerra e incluido en el séquito de Walter Ulbricht, líder comunista alemán en el exilio. Blecha regresó con el veterano comunista a rebufo del Ejército Rojo en 1945 para pasar a formar parte del gobierno títere, el régimen satélite más servil de todos.

En Navidad, Pascua y en su cumpleaños le mandaba una postal anónima a su despacho. La compraba en Berlín Oriental, pero la escribía en una máquina de la oficina de Reuters en Berlín Occidental, por si examinaban la mía. Le enviaba mis mejores deseos, con el número de socio del Partido Nazi bien grande, y firmada como si la enviaran «tus viejos y fieles *Kamaraden*». Nunca le vi abrirlas, pero espero que le preocuparan lo suyo.

También aprendí a dar esquinazo a los agentes de la Stasi que me seguían. Como corresponsal de Reuters, me permitían cruzar Checkpoint Charlie hacia Berlín Occidental, pero a los agentes de la policía secreta, no. Siempre se detenían junto al bordillo cuando me acercaba a la barrera. Una vez cruzaba, podía enfilar Kurfürstendamm, de allí ir a Heerstrasse y después cruzar la frontera de nuevo hacia la república de Alemania Oriental por Drei Linden.

En el mundo occidental había quien pensaba que Berlín era una ciudad fronteriza entre el Este y el Oeste. No era así; la ciudad estaba enterrada ciento veinte kilómetros hacia el interior de Alemania Oriental, con Berlín Occidental rodeado por todas partes. Saliendo de Berlín Occidental hacia el oeste por el paso fronterizo de Drei Linden, se accedía a la autopista hacia Alemania Occidental, cosa que yo también tenía permitida. Una vez allí, podía abandonar la autopista en el primer desvío y desaparecer en el campo. Vestido con ropa local desaliñada y un Wartburg matriculado en Berlín Oriental, comiendo junto a la carretera y durmiendo en el vehículo, podía pasar un par de días fuera del radar.

Cabía rastrear buenos artículos una vez fuera de la jaula. En teoría, en el paraíso de los trabajadores todo el mundo era tan feliz que no podía haber casos de disidencia sobre los que informar. Lo cierto era que el resentimiento entre los trabajadores y los estudiantes hervía a fuego lento bajo la superficie, estallando de vez en cuando en forma de huelgas y manifestaciones estudiantiles, siempre efímeras y reprimidas cuando la Volkspolizei, la Policía Popular, conocida como VoPos, arremetía contra ellos.

A mi regreso me citaban de inmediato en el despacho de Kurt Blecha, que ocultaba su ira tras una sonrisa.

«¿Dónde ha estado, herr Forsyth? Estábamos preocupados por usted», era su estratagema, muy poco convincente. Se sentían obligados a mantener la ficción de que podía moverme a mi antojo en su Estado libre y amante de la paz, y quedaba descartado que me siguieran.

Cuando me pidió una explicación, le aseguré que estaba muy interesado en la arquitectura religiosa y había ido a visitar y admirar unas joyas eclesiásticas de Alemania Oriental. Tenía libros que lo demostraban en mi piso. Blecha me dijo que era un pasatiempo sumamente loable, pero que la siguiente vez hiciera el favor de avisarle para que pudiera ponerme en contacto con algún experto.

Ninguno de los dos se tragaba una sola palabra, pero yo seguía interpretando al idiota que hablaba a trompicones y él mantenía aquella sonrisa de cocodrilo. Por lo que respecta a los artículos que enviaba a la agencia sobre el malestar entre el supuestamente satisfecho proletariado, si el régimen se preguntaba de dónde los sacaba, ya podía seguir preguntándoselo.

Llegué a Berlín Occidental a principios de octubre. A finales de noviembre, el mundo fue alcanzado por un rayo.

La muerte de Kennedy

Suele decirse que todo aquel que estaba vivo entonces recuerda dónde se encontraba y qué estaba haciendo cuando dieron la noticia de que habían asesinado al presidente John F. Kennedy.

Casualmente, yo estaba cenando en Berlín Occidental con una preciosa chica alemana llamada Annette. Estábamos en el bar Paris, a la vuelta de la esquina de la oficina de Reuters. El local se hallaba abarrotado y, por debajo del estrépito de platos y la charla, se oía el hilo musical. Sin previo aviso se interrumpió la música.

—*Wir unterbrechen unser Programm für eine wichtige Meldung: auf den Präsidenten Kennedy wurde geschossen* —gritó una voz con tono urgente.

Se produjo una breve pausa en las conversaciones cuando volvió a sonar el hilo musical. Debía de haber sido un fallo del sistema. Un error, una broma. Luego se oyó la voz de nuevo.

—*Wir unterbrechen unser Programm für eine wichtige Meldung: auf den Präsidenten Kennedy wurde geschossen.*

Entonces el mundo se volvió loco.

Los hombres se pusieron en pie y maldijeron una y otra vez, las mujeres gritaban. Se volcaron mesas. Kennedy había estado allí en junio, hablando en el Muro. Es difícil describir a los que llegaron después hasta qué punto se le idolatraba, sobre todo en aquella ciudad. Mi única prioridad entonces era volver a la oficina e intentar averiguar la reacción oficial de Alemania Oriental. Dejé un puñado de marcos occidentales encima de la mesa, me precipité hacia el coche y conduje por la ciudad, sumida en el pánico, hasta el Muro y Checkpoint Charlie.

El punto de control se hallaba en el sector estadounidense de la ciudad dividida entre las cuatro potencias y, en la cabina de cristal, los soldados estaban encorvados sobre la radio. Podría haber cruzado con una manada de búfalos y no se habrían enterado. La barrera estadounidense estaba levantada, como siempre. Crucé y doblé hacia las casetas de control de Alemania Oriental. Allí también se habían enterado. Los guardias de la frontera germano-oriental eran los más duros entre los duros, los ponían a prueba políticamente antes de destinarlos allí. En caso necesario, abatirían con sus ametralladoras a cualquiera que intentase trepar por el Muro para escapar a Occidente.

Aún estaba reciente el caso de Peter Fechter, un estudiante de dieciocho años que había atravesado el campo de minas y había trepado medio Muro cuando lo detectaron los reflectores. Lo alcanzó por una ráfaga disparada desde una torre de vigilancia. Nadie quería cruzar la zona minada para descolgarlo. A la vista de los berlineses occidentales, se quedó colgando del alambre de espino, gritando hasta que se desangró y murió.

Lo único bueno de aquella horrenda noche de 1963 fue ver a aquellos bestias gimoteando, presas del pánico. Rodearon mi coche.

—*Herr Forsyth, wird das Krieg bedeuten?* —«¿Vamos a entrar en guerra?»

Eran las dos de la tarde en Dallas, las ocho en Londres y las nueve de la noche en Berlín cuando llegó la noticia, las diez cuando crucé Charlie. Me dejaron pasar sin registrar el coche ni comprobar mis documentos. Volví a la oficina en un tiempo récord y revisé los mensajes que iban llegando, lo que probablemente me convertía en la persona mejor informada de Berlín Oriental.

Los medios de comunicación se concentraban en unos Estados Unidos presa del pánico, pero aquel miedo no era nada comparado con la situación detrás del Telón de Acero. Llamé al Ministerio de Asuntos Exteriores de Alemania Oriental para que comentaran la noticia. Estaban despiertos y con los empleados sentados a su mesa, pero no sabían qué decir hasta que se lo indicase Moscú. Así pues, en lugar de ser yo quien hacía las preguntas, eran ellos quienes las formulaban con voz aterrada.

Lo que tiene un Estado comunista, o cualquier dictadura, es que los medios de comunicación independientes no existen. Así que, pese a que lo negué una y otra vez, las autoridades seguían empeñadas en el mito de que el hombre de Reuters que se encontraba entre ellos debía tener alguna clase de línea directa con el gobierno británico. En las dos ocasiones en que tomé un vuelo de regreso a Gran Bretaña durante el año que pasé en Berlín Oriental, me dieron mensajes muy serios para el secretario británico de Asuntos Exteriores, a quien yo no tenía ninguna intención de visitar, ni él a mí. Cuando respondía que solo iba a ver a mis padres, se daban unos golpecitos en la aleta de la nariz y decían: *Ja, ja*, somos hombres de mundo. Guiño, guiño.

Hacia media mañana estaban llegando noticias de que el asesino de Dallas se encontraba bajo custodia y era un comunista estadounidense. El pánico se disparó. En las calles, los aterrados transeúntes miraban al cielo esperando ver los bombarderos del Mando Estratégico del Aire rumbo al este con sus bombas nucleares. Entonces Jack Ruby disparó contra Lee Harvey Oswald y lo mató en una comisaría. Si algo podía alimentar el fuego de una teoría de la conspiración, era aquello. Y, de hecho, costaba dar crédito a semejante incompetencia.

Sin embargo, Estados Unidos aguantó el tipo. El vicepresidente asumió el mando y juró el cargo. Los bombarderos permanecieron en tierra. El pánico fue remitiendo poco a poco y se transformó en pena cuando la televisión emitió las imágenes del funeral con el caballo sin jinete. Al ver en otro plano a un niño haciendo un saludo militar al catafalco de su padre, todo Berlín, tanto Oriental como Occidental, se deshizo en lágrimas. Fueron tiempos extraordinarios.

Llegó la Navidad. Los dos Berlines siempre me recordaban al cuento de los dos mesones, uno que resplandecía de luz, alegría, bailes y risas; el otro, al otro lado de la calle, oscuro y lúgubre. Así fue esa primera y, tal como se desarrollaron los acontecimientos, última Navidad para mí.

Durante todos esos años en que el Muro se mantuvo en pie, Berlín Occidental vivió en un estado de ánimo levemente histérico, consciente de que podían borrarlo del mapa de la noche a la mañana si daban la orden desde Moscú, como el juerguista que bebe en el último bar abierto. Esas Navidades cundió el desenfreno. Los berlineses orientales hacían todo lo que podían, pero el contraste de prosperidad entre los dos sistemas políticos y económicos era brutal.

Transcurrirían otros veintiséis años antes de que por fin cayera el Muro y, dos años después, la Unión Soviética sencillamente implosionó. Pero por aquel entonces tanto lo uno como lo otro era simplemente inconcebible. No obstante, pese a toda la tristeza y la melancolía, más allá de los apartamentos y los teléfonos pinchados, al margen de los faros en el espejo retrovisor, el hombre de Reuters tuvo un golpe de suerte, que aprovechó al máximo.

Cuando Berlín Oriental insistió en mantener el servicio de noticias de Reuters, se llegó a un acuerdo. Alemania Oriental tendría que pagar el veinte por ciento de la tarifa de suscripción en una moneda occidental de la que había una escasez casi absoluta y el ochenta por ciento en marcos orientales, prácticamente sin valor alguno, que serían ingresados en Berlín Oriental. El problema era que no se podían exportar ni canjear a ningún tipo de cambio en absoluto. Pero nadie podía evitar que se gastaran a nivel local.

Antes de que partiera desde Londres para ocupar el puesto, el director de Reuters, Jerry Long, me lo explicó y me preguntó con la cara totalmente seria si podía intentar reducir la cuenta bloqueada, que ascendía a más de un millón de marcos orientales. Incluso con los costes de la oficina y el sueldo de la señorita

Behrendt, la cifra seguía aumentando. Con cara igual de seria, le prometí que haría lo que estuviera en mi mano.

El problema estribaba en que no había prácticamente nada que comprar. En solidaridad comunista, Cuba tenía una tienda que vendía unos puros soberbios por marcos orientales. Los productos cubanos estaban prohibidos en Estados Unidos, pero resultaban más que aceptables como obsequio de toma de contacto con un oficial estadounidense en la guarnición de Berlín Occidental.

Checoslovaquia producía elepés de alta calidad de música clásica, y Hungría, maletas de piel de cerdo muy buenas. Ambos países mantenían una tienda deficitaria en Berlín Oriental por una cuestión de «prestigio». Con el tiempo, hasta los guardias fronterizos de Alemania Oriental se relajaron. No decían nada sobre los cargamentos que pasaba a Occidente en el maletero del Wartburg y yo no decía nada cuando, de regreso, desaparecía un saco de naranjas frescas mientras me encontraba en la caseta de aduanas. Y luego estaba el caviar.

Todos los países satélites de la Unión Soviética tenían un restaurante de prestigio en Berlín Oriental. Había una Haus Budapest con cocina húngara, una Haus Sofia para la búlgara y así sucesivamente. En Haus Moskau servían *borscht*, vodka Stolichnaya... y caviar. Esas primeras Navidades ayudé a Reuters a reducir el montón de marcos sobrantes con una montaña de Beluga y suficiente Stolly para garantizar que lo único que captaran los micrófonos ocultos en mi habitación fueran los ronquidos.

Echo una mano a los «Primos»

Las fuerzas de la policía secreta consideran que las dos o las tres de la madrugada es el peor momento para el espíritu humano, cuando sus reacciones son más lentas. Fue más o menos a esa hora cuando se disparó la alarma cierta madrugada de marzo de 1964.

Estaba prohibido que hubiera una línea telefónica directa entre la oficina de Reuters en Berlín Oriental y las de Berlín Occidental o Bonn. Mis colegas solo podían ponerse en contacto conmigo por teletipo, que naturalmente la Stasi tenía la capacidad de supervisar y que dejaba un registro impreso que se podía leer después por si una llamada de teléfono era tan rápida que terminaba antes de que se despertasen.

Pero en la oficina tenía una alarma que me avisaba para que saltara de la cama al teletipo en caso de emergencia. Aquello era sin lugar a dudas una emergencia. Los soviéticos habían derribado un avión estadounidense a las afueras de Magdeburgo.

Las fuerzas armadas detestan tener que pedir ayuda a los medios de comunicación, pero en el cuartel general de las Fuerzas Aéreas de Estados Unidos (USAF, por sus siglas en inglés) en Wiesbaden, Alemania Occidental, estaban que se subían por las paredes. Tecleé un mensaje rápido pidiéndoles más detalles. Mientras esperaba respuesta, me vestí. Por lo que respectaba a dormir, la noche se había terminado.

Lo que recibí media hora después tenía más sentido. El avión derribado era un RB66, que, como sabía de mi época en las fuerzas aéreas, era un bombardero ligero bimotor transformado en aparato de reconocimiento fotográfico. En términos menos diplomáticos, un avión espía pertrechado con cámaras de largo alcance que enfocaban hacia abajo y a los lados.

En un principio su misión era patrullar la frontera y captar con las cámaras algo al este de la misma, en el interior de Alemania Oriental. Pero en este caso había cruzado la frontera. Las aspiraciones del navegador a algún ascenso iban a resultar muy complicadas, aunque no era ese su problema más inmediato.

Se había emitido un mensaje rápido de emergencia, luego siguió el silencio. Segundos después, hacia las diez de la noche, la señal en el radar de las USAF se había desvanecido. A la una y media, Wiesbaden preguntó a Reuters si su enviado en Berlín Oriental podía localizarlo. El motivo por el que necesitaban saberlo era el Tratado de las Cuatro Potencias.

Según los términos del tratado, los aliados occidentales con base en Berlín Occidental tenían derecho a enviar un coche patrulla a la zona soviética (Alemania Oriental) si proporcionaban la ubicación exacta. No podían deambular por ahí. Sin una ubicación precisa del avión espía desaparecido, ellos no podían salir de Berlín Occidental. También querían noticias de la tripulación: vivos, heridos, muertos, sin duda en manos soviéticas en alguna parte.

Era una aguja en un pajar, pero las órdenes eran claras: sal ahí fuera y encuéntralo. Mientras esperaba los detalles, había metido pan, queso y dos termos de café en una bolsa de arpillera, y le había escrito un mensaje apresurado a fräulein Behrendt. Luego había cogido el Wartburg para ir a Checkpoint Charlie. Como siempre con los alemanes orientales, la rapidez resultaba esencial.

Eran metódicos y pesados. Al final llegaban, pero en contra de lo que ocurre en la ficción de espionaje, se movían como caracoles. Creo que es probable que yo ya estuviera en Berlín Occidental antes de que el coche que me seguía hubiera regresado a la jefatura de Normannenstrasse para despertar al oficial del turno de noche. Treinta minutos después, salía por la otra punta de Berlín Occidental siguiendo la autopista hacia el oeste y cogía el desvío hacia Dessau. A partir de allí todo eran tierras de cultivo, inhóspitas en la negrura de la noche. Me serví de una brújula de bolsillo para continuar en dirección oeste por carreteras secundarias y caminos tortuosos.

Amaneció y la gente del campo despertó mientras sus patrones, que vivían en las ciudades, seguían durmiendo. Los primeros que aparecieron fueron los labradores. Me detuve a preguntar si alguien había oído estrellarse un avión de los «amis» (americanos) cerca. No me hicieron el menor caso. En mi tercera parada, en lugar de decir que era de la prensa de Berlín (oficial y, por lo tanto, gubernamental), dije que era «de Londres». De inmediato dieron rienda suelta a la cooperación y la amabilidad. Mostré el pasaporte británico de manera fugaz para demostrar lo que decía y todos procuraron echarme una mano. Los moradores del paraíso de los trabajadores detestaban aquel lugar.

Al principio nadie tenía la menor idea, pero luego alguien comentó que creía que estaba «por allá», señalando al oeste, en dirección a Magdeburgo. Un grupo de obreros que estaba trabajando en la carretera me dijeron que habían visto llamas en el cielo hacia el oeste y mencionaron un pueblecillo que busqué en mi mapa de carreteras.

Cuando asomó un pálido sol sobre Potsdam, a mi espalda, me quedó claro lo que había estado intentando fotografiar el RB66. El ejército soviético había establecido una inmensa zona de maniobras a las afueras de Magdeburgo. Me vi sorteando columnas de tanques, semiorugas, jeeps y camiones de infantería rusos. Con el coche matriculado en Alemania Oriental, me asomé por la ventanilla con una ancha sonrisa y les hice el signo de la victoria. Respondieron del mismo modo.

No se dieron cuenta de que cuando se levantan los dos dedos de la mano derecha con la palma hacia quien va dirigido el gesto se trata del signo churchilliano de la victoria. Para los británicos, el mismo gesto mostrando el dorso significa «que te den». Al cabo, aparqué el Wartburg al borde de la carretera, en una zona arenosa, y me interné en un pinar a pie. Entonces me encontré a un carbonero.

Era un anciano que parecía sacado de un cuento de los hermanos Grimm. Pensé que igual tenía una casa de pan de jengibre en los alrededores. Sopesó mi pregunta con detenimiento y asintió.

—*Ja*, cayó por ahí.

Me acerqué hacia donde señalaba y allí estaba. Con el morro hundido, y la cola en alto, tenía la mayor parte del fuselaje oculta por los pinos, pero la aleta de la cola descollaba hacia el cielo. No cabía duda de que había sido alcanzado por cohetes aire-aire y todos los asientos eyectables habían entrado en funcionamiento, de modo que quizá la tripulación siguiera con vida. Marqué la posición exacta y volví junto al carbonero, que estaba cuidando de su montículo de brasas. Se le veía perfectamente tranquilo, pues había sobrevivido a dos guerras mundiales y podía encajar que de vez en cuando se estrellase cerca algún bombardero. No mostró el menor nerviosismo por las autoridades, pero se interesó por mi pasaporte. Señalé y traduje el párrafo en la guarda del documento en el que su majestad británica «solicita y requiere» que todos sin excepción ayuden a su súbdito como mejor puedan. Entonces me habló sin reservas.

Había tres tripulantes, dijo, aunque no había visto a los dos primeros caer en paracaídas en el bosque. Los rusos los habían hecho prisioneros, se los habían llevado en unos jeeps y los retenían en el cuartel general del ejército soviético en Magdeburgo. Su yerno, un panadero que hacía el reparto muy temprano, los había visto en los jeeps.

El tercero y último había caído cerca de él y se había roto una pierna. Era holandés. No, dije, era estadounidense. El viejo se dio unos golpecitos en la parte izquierda del pecho. Llevaba una etiqueta en la que ponía HOLLAND y dos franjas plateadas en las charreteras, me explicó. Recordé que los aviadores estadounidenses llevan una placa de identificación con el nombre sobre un parche de lona blanca, en la parte superior del pecho, a la izquierda. Así pues, el capitán Holland, el piloto del avión espía derribado, se había asegurado de que los dos hombres de su tripulación hubieran saltado antes de eyectar su asiento en el último momento; había ido a caer a doscientos metros escasos de los restos del avión.

Después de pasar media hora con mi nuevo amigo y dejarlo encantado con un paquete de tabaco occidental y moneda de cambio internacional, ya lo tenía todo. Entonces se me acabó la suerte. Regresaba dando traspiés hacia donde había dejado el coche cuando oí voces entre los pinos. Me arrodillé entre la maleza, pero era demasiado tarde.

Oí que gritaban «*Stoi*» y vi un par de pantalones de combate de sarga delante de mi cara. Desde arriba me miraba una furiosa cara mongólica. Aquellos regimientos mongoles procedían del Extremo Oriental de Rusia y siempre han sido utilizados como carne de cañón. Me incorporé. Era más bajo que yo, pero la ametralladora con la que me apuntaba a la cara constituía un argumento de lo más persuasivo.

Sus compañeros me rodearon y me condujeron fuera del bosque, hacia un prado donde había un grupo de oficiales de pie en torno a un coronel que se hallaba sentado a una mesa de caballete y examinaba un mapa. Uno levantó la vista, frunció el ceño y se acercó. Le habló al soldado en un idioma que no alcancé a entender. Desde luego no era ruso. Debía de ser un oficial ruso blanco de un regimiento mongol reclutado en algún lugar a lo largo del curso del río Ussuri. O quizá el Amur. Muy lejos de allí.

El soldado explicó dónde me habían encontrado y qué estaba haciendo. El oficial hablaba alemán razonablemente bien y me pidió algún documento de identificación. Pensando que el pasaporte británico ya había cumplido su objetivo, le entregué mi acreditación de prensa de Alemania Oriental. La examinó, pero el apellido Forsyth no le decía nada, y menos aún de Escocia.

Me pidió una explicación. Adopté el modo Bertie Wooster:

desventurado, inocente y muy poco avispado. Le conté que me había salido de la carretera y se había atascado el coche en la arena. Me habían dicho que en el bosque había un granjero con tractor que igual podía ayudarme a salir. Entonces se me habían caído las llaves y estaba buscándolas por el suelo cuando sus amables soldados me llevaron fuera del bosque.

Cogió mi carnet de prensa y fue a enseñárselo al coronel. Parlotearon en ruso. El coronel se encogió de hombros y le devolvió mi carnet. Saltaba a la vista que tenía problemas más graves que alemanes orientales idiotas con el coche atascado. El capitán regresó, me devolvió el carnet de prensa y me dijo que me fuera a tomar viento. Yo debía de estar un poco achispado, porque le respondí en un alemán titubeante:

—Herr capitán, han sido sus camiones los que me han echado a la arena. Sus muchachos podrían ayudarme a salir, ¿verdad?

Escupió una sarta de órdenes en aquel dialecto oriental, dio media vuelta y regresó junto a su coronel. Seis mongoles me acompañaron al Wartburg y empujaron el vehículo. No estaba atascado en absoluto, pero mantuve el freno pisado y, cuando lo solté, el coche arrancó de golpe. Me volví y di las gracias a los mongoles, les hice el signo de la victoria y me largué.

Ya tenía mi noticia, pero ¿cómo iba a enviarla a Occidente? Un ordenador portátil me hubiera venido de perlas, pero para eso faltaban cuarenta años. Era última hora de la tarde. Necesitaba un teléfono y algo de comer. Necesitaba un hotel. Lo encontré quince kilómetros más adelante, un *gasthof* rural que había sobrevivido del pasado.

Con mi carnet de identidad alemán y hablando como un alemán, pedí una habitación, alegando que había tenido problemas con el coche y no tenía reserva, subí e hice una llamada a mi oficina de Berlín Oriental. Fräulein Behrendt había llegado a las nueve de la mañana, había leído el mensaje que había garabateado y seguía allí. Con los auriculares puestos, copió mi reportaje, de quince páginas.

Le dije que lo transfiriera a la cinta del teletipo, pero que no lo conectara con Berlín Occidental y Bonn hasta que lo tuviera todo, y luego lo pasara a máxima velocidad. Logró enviar catorce páginas a Occidente antes de que la línea, como era de prever, se cortara y apareciera el mensaje de *Linienstörung* o «línea interrumpida». Siempre ocurría lo mismo cuando aquellos secuaces no querían que algo pasara al otro lado. Pero, como era habitual, los supervisores auxiliares tuvieron que consultarlo con algún superior imbécil mientras la noticia se transfería a toda velocidad.

Luego averigüé que se había «hecho viral» antes de que se inventara esa expresión. Periódicos clientes de la agencia de prensa la utilizaron por todo el mundo. En Wiesbaden se pusieron muy contentos y enviaron un vehículo militar a Magdeburgo para exigir que liberasen a los tres tripulantes. (Volvieron a casa enseguida. Por lo visto, el nerviosismo provocado por Lee Harvey Oswald seguía vivo en Moscú.)

Yo tendría que haber regresado a Berlín Oriental esa misma noche, pero estaba hecho polvo y tenía hambre. Cené en abundancia, volví a mi habitación y dormí hasta la mañana siguiente. Después de desayunar, pagué y salí.

Delante de la puerta principal me vino a la cabeza una de esas bodas en las que los amigos del novio se colocan en dos columnas dejando un pasaje entre ambas.

Estaban todos: la policía rural, la urbana, los guardabosques, la Policía Popular y, al final, los largos abrigos de cuero de los que tenían precedencia.

Los cuatro agentes de la Stasi no estaban contentos. Saltaba a la vista que sus jefes se habían pasado la noche desollándolos vivos en Berlín y en ese momento habían atrapado al canalla responsable. Uno se apropió de mi Wartburg; los otros tres me embutieron en el turismo checo y me llevaron a su cuartel general amurallado en Magdeburgo.

A decir verdad, no hubo tercer grado, solo una serie de amenazas e interrogatorios iracundos. Ni siquiera me metieron en una celda, sino en una sala de interrogatorios, con acceso a un retrete si lo deseaba. Por supuesto, adopté el modo Bertie Wooster. Pero, agente, ¿qué he hecho mal? Solo estaba haciendo mi trabajo. ¿Yo, espía? Dios santo, no, yo no trabajaría para esa gente; trabajo para Reuters. Bueno, un corresponsal alemán hubiera hecho exactamente lo mismo en Inglaterra, ¿no? Todos hacemos lo que nos ordenan, ¿no? ¿Puedo ir a mear?

El matón de rango superior que tenía delante probablemente no habría tenido la menor idea de qué hacer con una noticia interesante. Puesto que superaba de largo los cuarenta años, sospeché que habría estado al servicio de los nazis veinte años antes y luego se habría pasado sin problema a los comunistas. Los de la policía secreta son así: sirven a cualquiera.

Años después de Berlín, la despiadada DINA, la policía secreta del no tan santo Salvador Allende, de Chile, fue transferida sin la menor incidencia al servicio del general Pinochet. Hasta utilizaban las mismas salas de tortura. Lo único que cambió fueron las víctimas.

Puesto que aquel hombre no había vivido nunca en un país libre, pedirle que se mostrara de acuerdo con lo que podía hacer un periodista libre era sencillamente bochornoso. Me limité a confiar en que mi fachada de idiota afortunado pero corto de entendederas, y por lo tanto demasiado estúpido para ser un espía, se sostuviera. Así fue.

Pasé un día y una noche en aquella sala. Por la mañana me ordenaron que saliera y me condujeron arriba. Pensé que quizá me llevaban al paredón, pero no era más que el aparcamiento. Me dijeron que me montara en el coche y siguiera a los dos motoristas de la VoPo. El Tatra negro me siguió de cerca.

En Berlín alguien había decidido que querían dar carpetazo a todo aquel asunto tan desafortunado (para ellos). Volvimos a toda velocidad a Berlín Oriental, pero no a través de Berlín Occidental. Como los conductores germano-orientales se hacían a un lado cuando oían el estruendo de las sirenas a sus espaldas, batimos un récord, rodeando Berlín Occidental para entrar en Berlín Oriental por el sur. Mucha gente no llegó a saber de la existencia de una segunda frontera que separaba Berlín Oriental de la Alemania Oriental propiamente dicha. Era para evitar que los turistas occidentales a los que se franqueaba el paso por Checkpoint Charlie continuaran su camino hacia Alemania Oriental sin supervisión.

Cuando nos aproximamos a la barrera de la carretera, uno de los motoristas informó a los guardias de que el Wartburg iba a pasar. Ellos regresarían a Magdeburgo. Apareció una figura por el lado del conductor de mi vehículo y dio unos golpecitos en el cristal. Bajé la ventanilla. Había una cara, y no se la veía feliz.

—Herr Forsyth —dijo—, no vuelva nunca a Magdeburgo.

Y el caso es que nunca lo he hecho.

El estallido de la guerra

Recuerdo la fecha en que estuve a punto de provocar la Tercera Guerra Mundial con absoluta precisión por motivos que resultarán evidentes. Fue el 24 de abril de 1964, a las dos de la madrugada. Yo iba en mi coche, dando vueltas y más vueltas por las calles de Berlín Oriental, oscuras como el interior de un ataúd, de regreso a mi piso después de visitar a una encantadora joven miembro del Coro de la Ópera Estatal.

Me encontraba en un barrio de las afueras de la ciudad dormida que no conocía bien y no tenía mapa, simplemente me dirigía hacia el brillo difuso que era Berlín Occidental en el cielo, esperando tropezar en cualquier momento con un amplio bulevar que me llevaría de regreso al distrito de Stadtmitte, donde estaba la oficina de Reuters.

Aún me hallaba a kilómetro y medio de allí cuando me topé con otra confluencia de calles, un cruce que debía atravesar. Había un soldado ruso plantado en mi trayectoria. Oyó acercarse el motor de mi vehículo por detrás, se volvió y levantó una mano para hacer el inconfundible gesto de «Alto». Luego se volvió hacia el otro lado. Como hacía frío, yo llevaba las ventanillas subidas, pero bajé la del conductor y saqué la cabeza. Fue entonces cuando oí el grave retumbo.

Ante mis ojos aparecieron los primeros vehículos, procedentes de la derecha, es decir del este, que se dirigían hacia el oeste a través del cruce. Eran camiones abarrotados de soldados; saltaba a la visa que se trataba de un convoy muy grande. No se veía el final. Me apeé del coche y lo observé unos minutos. Los camiones se vieron sustituidos por vehículos con plataforma baja cargados con tanques. No se movía nada más. Aparte de los rusos, las calles estaban desiertas.

Con ganas de volver a casa, di media vuelta y regresé en busca de otro lugar por el que sortear el bloqueo.

Diez calles más allá, me ocurrió lo mismo. Otro soldado en un cruce, con gorro de piel y los brazos en alto, cortando el tráfico. Aparecieron más carros blindados, que se desplazaban del este hacia el oeste, es decir, hacia el Muro. Luego llegó la artillería. Ya preocupado, volví a dar marcha atrás, busqué otra bocacalle y seguí hacia casa. A esas alturas iba zigzagueando de acá para allá, intentando cruzar de alguna manera.

La tercera vez, el tráfico lento y retumbante en el cruce estaba formado por más vehículos de plataforma baja, pero cargados con puentes portátiles. Luego más infantería mecanizada con soldados en motos. Aunque no era ningún experto, calculé que había visto entre cuatro y cinco divisiones del ejército soviético, en orden de batalla, desplazándose al abrigo de la oscuridad hacia el Muro.

En el otoño de 1962, la atención del mundo se había desplazado hacia la crisis de los misiles de Cuba, pero durante años se había mantenido la opinión general de que, si alguna vez estallaba la guerra entre el Pacto de Varsovia y la OTAN, la chispa saltaría en el enclave sitiado y rodeado de Berlín Occidental.

La media ciudad asediada estaba a rebosar de agencias de espías, agentes, infiltrados y desertores. Un jefe de espionaje de Alemania Occidental, Otto John, había sido secuestrado en plena calle en Berlín (o eso dijo cuando reapareció más adelante para explicarse ante un mundo escéptico). En 1948-1949, Berlín Occidental había estado a punto de desaparecer del mapa cuando Stalin cerró las carreteras de acceso e impidió la entrada de alimentos en el puesto avanzado occidental para que se rindiera. Solo un nutrido puente aéreo lo había salvado.

Los berlineses occidentales convivían a diario con el miedo al momento en que las veintidós divisiones del ejército soviético con base en Alemania Oriental recibieran órdenes de ponerse en marcha. Por eso siempre estaban de un ánimo ligeramente histérico y tanto sus ganas de juerga como sus costumbres sexuales tenían una mala fama que resultaba de lo más entretenida.

Y finalmente, con Kennedy muerto y Jrushchov sumido en una lucha de poder con sus rivales en el Kremlin, la primavera de 1964 era una época extremadamente tensa. No mucho después, los tanques rusos del general Abrassimov y los tanques estadounidenses del general Lucius Clay estarían enfrentados cañón contra cañón en Checkpoint Charlie con el enviado de Reuters en medio.

Lo que había visto no estaba meramente en marcha, estaba en marcha hacia el Muro. En silencio, salvo por aquel retumbo grave, a las dos de la madrugada. Cada vez más angustiado, logré llegar a la oficina-apartamento de Reuters y subí a toda prisa. La pregunta que me corroía era sencilla: ¿qué demonios hago?

Llamar a alguien para consultárselo quedaba descartado. Telefónicamente, la comunicación con Berlín Occidental y Alemania Occidental estaba cortada. Todos los ministerios de Alemania del Este estaban cerrados.

¿No hacer nada? ¿No decir nada? ¿Y si mis peores temores se confirmaban con las primeras luces del amanecer? Al final di con lo que a mi modo de ver era lo único que podía hacer: informar exactamente de lo que había visto, ni más ni menos. Sin embellecerlo, sin insinuar nada, sin especular. Los hechos y nada más.

Así que tecleé la noticia, viendo como salían del teletipo metros de cinta perforada hasta que ya no tenía nada más que contar. Luego pulsé «transmisión rápida» y vi cómo desaparecía en dirección a Bonn. Hacia las cuatro de la madrugada estaba en la cocina preparando un café bien cargado. Volvía una y otra vez a la oficina para ver si había llegado respuesta por teletipo de la oficina de Bonn, pero no había nada. Supongo que tenían el aparato en modo «reenvío automático» a Londres. De hecho, así fue. No sabía lo que estaba pasando al oeste del río Elba, así que tomé café y esperé a lo que podía convertirse en el Armagedón mientras salía sobre Pankow un pálido sol. Solo posteriormente me contaron lo que habían desencadenado aquellos metros de cinta perforada.

Por lo visto el personal nocturno de Reuters en Londres se despertó con un buen sobresalto. Empezaron a sonar los teléfonos en los domicilios de las zonas residenciales de los mandamases de Reuters y les leyeron el comunicado de Berlín Oriental. Gracias a Dios, no se envió a los clientes de la agencia por todo el mundo.

Avisaron a los funcionarios del turno de noche de los ministerios británicos y estos despertaron a sus superiores. Eran las diez de la noche en Washington cuando se recibieron llamadas de teléfono codificadas desde Londres. Las agencias de inteligencia estaban asediadas por preguntas y tan perplejos como los propios políticos. No había habido un proceso de deterioro de las relaciones antes de la fecha.

Al final, lograron ponerse en contacto con Moscú y los desconcertados oficiales del Kremlin pospusieron el desayuno mientras hablaban con sus propios generales en Alemania Oriental. Fue entonces cuando se desveló el enigma. Una sensación de alivio se propagó por el continente y el Atlántico. Los que estaban a punto de acostarse lo hicieron. Los que estaban a punto de levantarse, también.

Un perplejo comandante en jefe de las fuerzas del Pacto de Varsovia en Alemania del Este explicó que no era más que un ensayo del desfile del Primero de Mayo, para el que faltaba exactamente una semana.

En un insólito gesto de consideración hacia los ciudadanos de Berlín Oriental, los soviéticos habían decidido celebrar su fiestecita militar con múltiples divisiones en mitad de la noche, cuando las calles estaban vacías, y como comunistas que eran, no se les pasó por la cabeza comentárselo a nadie.

Naturalmente, una vez se dio a conocer aquella explicación banal y ridícula, la oficina de Reuters en Berlín Oriental fue objeto de toda suerte de burlas. Como única respuesta me disculpé, aunque no sin añadir: bueno, vosotros tampoco lo sabíais. Cosa que se reconoció a regañadientes. Con el tiempo, parece que en un concordato entre diversos ministerios y agencias se convino en no volver a mencionarlo nunca. Y hasta donde yo sé, desde aquel día hasta la fecha, así ha sido.

Los faros

El puesto de corresponsal de Reuters en Alemania Oriental conllevaba ocuparse de una parroquia considerable: Alemania del Este en sí, con domicilio obligatorio en Berlín Oriental, además de Checoslovaquia y Hungría. Las visitas a Praga y Budapest no eran frecuentes, pero sí preceptivas. A Budapest siempre iba en avión, pero Praga estaba lo bastante cerca para ir por carretera en mi horrendo Wartburg rosa fabricado en Alemania del Este. Eso hice a mediados de verano de 1964.

Como siempre, me registré en el hotel Yalta, en la plaza Wenceslas, y saludé a los dispositivos de escucha que, no me cabía duda, estarían en algún lugar de la suite. En otra parte, agazapados sobre las bobinas giratorias, se encontrarían los matones de la StB o Seguridad del Estado, la policía secreta checa. El señor Stanley Vaterlé, el perpetuamente cordial jefe de recepción, siempre hacía la llamada de teléfono correcta si le entregaba mi llave de la habitación y le pedía la llave del coche. Cuando salía del aparcamiento del hotel, el coche de la StB se me ponía detrás. Era un procedimiento rutinario y ambas partes fingíamos alegremente no darnos cuenta.

Ese mes de julio había una ola de calor sofocante y el Yalta disponía de aire acondicionado, así que después de cenar bajé al sótano, donde el régimen autorizaba una discoteca de estilo occidental que solo aceptaba moneda occidental y era frecuentada por hombres de negocios occidentales. También había azafatas, por lo general universitarias que con las propinas se sacaban un dinerillo para la universidad u otros estudios. Esa noche conocí a Jana.

Era una chica preciosa de veintiún años que podría haber detenido el tráfico en la autopista. Siempre tenía la copa de champán debidamente llena; nos pusimos a hablar, luego a bailar. Yo tenía veinticinco años; la mayoría de los hombres que estaban allí eran de mediana edad, con sobrepeso y perlados de sudor pese al aire climatizado, aunque no se sabía si por efecto del ejercicio o la lascivia.

Bailar hasta el amanecer no era precisamente el estilo comunista y a eso de medianoche una voz anunció que el local cerraría en unos minutos. Pagué la cuenta y salimos al vestíbulo. Si el asunto iba a seguir adelante, y yo deseaba fervientemente que así fuera, mi suite quedaba descartada. En cada planta había una gorgona sentada a una mesa delante de los ascensores, registrando idas y venidas. La decadencia occidental no estaba en el menú. Pero tenía coche, por mucho que fuera un trasto de Alemania Oriental. Y conocía unos lagos a las afueras de la ciudad. Para sorpresa mía, Jana aceptó la propuesta de dar un paseo nocturno en automóvil.

Recogí las llaves del coche, lancé un guiño a Stanley, que respondió con una sonrisa, acompañé a Jana al Wartburg y nos pusimos en camino. Para entonces me conocía Praga lo bastante bien para callejear hasta dejar atrás el centro, atravesar los barrios de las afueras y salir al campo. En media hora o así encontré el lago. Saqué una manta a cuadros del maletero y fuimos a la orilla del agua. Eran las dos de la madrugada, pero seguía haciendo mucho calor, así que nos desnudamos y nos metimos en el agua fría.

Estuvimos bañándonos unos treinta minutos antes de salir y extender la manta sobre la alta y tibia hierba. Luego, igual que animales jóvenes y sanos, hicimos el amor; muy profusamente, según recuerdo. En aquellos tiempos fumaba y, una vez exhaustos, me quedé tumbado boca arriba con Jana medio dormida sobre mi hombro izquierdo, viendo cómo ascendían las volutas de humo azul hacia el cielo estrellado. Entonces se me ocurrió algo sorprendente.

Nunca había conducido por territorio rojo, aparte de alguna que otra vez en Alemania del Este en que había dado esquinazo deliberadamente a los agentes de la Stasi que me seguían solo para fastidiarles, sin que el omnipresente turismo Tatra con cristales tintados estuviera dos o tres coches por detrás. Incluso de noche, si no había suficientes coches para seguir esta táctica, y los matones se rezagaban fingiendo no estar allí, siempre se veía la estela de sus faros en el retrovisor. Salvo esa noche; no había faros.

Debí de moverme a causa de la sorpresa, porque una voz soñolienta en el pliegue de mi brazo izquierdo preguntó:

—¿Qué pasa?

Se lo expliqué, y añadí:

—¿Qué habrá sido de la StB?

Y la voz soñolienta respondió:

—Acabas de hacerle el amor.

Mientras volvía a dormirme, recuerdo que pensé: «Si la policía secreta checa es así, que no decaiga». Bueno, todos tenemos que ganarnos la vida.

Una cerveza con el guardia del campo

Weimar es una pequeña y encantadora ciudad impregnada de cultura. Compositores y escritores de fama mundial trabajaron allí hace siglos. Pero a las afueras de Weimar hay una colina y, encima de esa colina, un bosque. A menos que las cosas hayan cambiado, los árboles que conforman ese bosque son hayas.

En alemán, «haya» se dice *Buche* y un bosque se denomina *Wald*. De modo que cuando los nazis construyeron un campo de concentración en mitad del mismo lo llamaron Buchenwald, un escenario de horror aún sin redimir. A partir de 1949 el gobierno de Alemania Oriental decidió conservarlo como lugar de visita abierto al público. Mientras estaba destinado en Berlín, fui en coche hacia el sur para verlo.

Era una manera curiosamente horrible de pasar el día, claro. Había un aparcamiento delante y un sitio donde abonar la entrada al lado de la puerta principal. Prácticamente todos los que entraban por la verja coronada por la esvástica formaban parte de algún grupo organizado y seguían apresuradamente a guías profesionales. Era raro ver a personas solas, pues sin los comentarios sobre la marcha podían quedar muchas cosas por explicar.

Había un grupo de escolares justo delante de mí, así que me pegué a ellos y nadie pareció percatarse. Quizá los funcionarios me tomaron por un profesor y los profesores pensaron que formaba parte del personal del campo. Oía las explicaciones del guía con bastante claridad y, naturalmente, las entendía. Estaba todo minuciosamente organizado según los senderos permitidos que constituían la visita.

Atravesamos la plaza de armas con sus cadalsos y sus postes para imponer castigos; un barracón modelo (los aliados que liberaron el campo en 1945 habían quemado la mayoría porque estaban infectados por enfermedades). Nos llevaron al crematorio, en el que se habían deshecho de un flujo constante de cuerpos, y al laboratorio «médico», en el que los pseudomédicos nazis habían experimentado con víctimas vivas. Las torres de vigilancia nos observaban a todos, solo que desprovistas de las antiguas ametralladoras.

Como resultado de las repeticiones constantes, los comentarios eran perfectos, hasta la última palabra, de modo que con el paso del tiempo se convertían en un zumbido monótono sin inflexión ni expresividad. Los niños guardaban un silencio atemorizado al averiguar lo que se había hecho allí.

Me fijé en que los guías nunca utilizaban la palabra «nazi» y menos aún la palabra «alemán». Los responsables habían sido los «fascistas», aunque los fascistas eran los italianos. La intensa impresión que se estaba imbuyendo en los cerebros de esos niños era que los fascistas de algún modo habían llegado como del espacio exterior, habían llevado a cabo todas aquellas atrocidades y luego se les había ahuyentado para que ocuparan el lugar que constituía su nuevo hábitat natural, Bonn, la capital de Alemania Occidental. Nadie lo puso en tela de juicio ni mencionó que los que en realidad habían liberado Buchenwald eran los estadounidenses, no los rusos. La lección entera constituía una hazaña comunista.

Para cuando terminó y tuve ocasión de escapar, totalmente deprimido, de vuelta al coche, estaba anocheciendo. A los pies de la colina, en una carretera secundaria, había un *gasthof*. Entré, aparqué, fui al bar y pedí una jarra de cerveza. Me senté solo; quería reflexionar sobre lo que había visto. Probablemente era similar a aquella parpadeante película que había visto mi padre en el Ministerio de Guerra en 1945. Me había hablado de ello, y yo también había leído cosas al respecto, pero nunca la había visto (ni las pruebas que quedaban). Hasta entonces. En aquel momento se fue la luz, lo que no era nada raro en la Alemania del Este rural.

Se acercó el mesonero con una vela. Solo había otra persona bebiendo en el bar, un hombre de mediana edad que miraba con ceño fruncido por encima de su cerveza unas mesas más allá. El dueño me preguntó si me importaba que me acompañara para evitarse poner dos velas. Me encogí de hombros y el otro bebedor se sentó enfrente de mí. La atmósfera a la luz de las velas y con el campo de concentración allá arriba, en la colina, era de lo más lóbrega, como cabe imaginar, igual que en una vieja película de Drácula.

Mi nuevo acompañante no parecía un hombre con carrera profesional: llevaba la ropa basta de un obrero y tenía la cara áspera y picada de viruelas. Tras un rato de silencio, me preguntó:

—*Wo kommst du her?* —«¿De dónde vienes?»

Se dirigió a mí con la forma «du», más cercana, una familiaridad que puede indicar grosería o un intento de establecer camaradería. Me había oído hablar en alemán, así que supuse que se refería a qué ciudad de Alemania Oriental. No tenía ganas de ser alemán en esos momentos, así que contesté:

—*Aus London.*

Se me quedó mirando por encima de las jarras de cerveza y negó con la cabeza. Debía de estar bromeando, intentaba impresionarlo.

—*Glaub' ich nicht* —dijo. «No me lo creo.»

Un tanto irritado, le enseñé el pasaporte británico de color azul por encima de la mesa. Lo examinó, comparó la foto y la cara, y me lo devolvió con algo a medio camino entre una sonrisa y una mueca de desdén. Volvió la cabeza hacia lo que se alzaba en la oscuridad, encima de la colina.

—*Und was denkst du?* —«¿Y qué te parece?»

Los dos seguimos hablando en alemán. Algo empezaba a no gustarme.

—¿Qué demonios crees que me parece?

Se encogió de hombros, como quitándole importancia.

—Lo que pasó, pasó.

Era mucho suponer, pero se lo pregunté de todas maneras:

—¿Estuviste allí? ¿En los viejos tiempos?

No quería decir como prisionero, sino como miembro del personal. Negó con la cabeza y luego confirmó mis sospechas.

—En ese no.

Así pues, había sido guardia de campo, pero en otro campo de concentración. Y yo estaba sentado frente a él en la penumbra, bebiendo cerveza.

Es desde hace tiempo un enigma que no he conseguido resolver. Pongamos por caso un niño recién nacido, un palmo largo de inocencia indefensa y rechoncha. Pongamos por caso un niño de tres años que apenas ha aprendido a andar, un rebujo de cariño. Pongamos por caso un niño de coro de diez años dotado de una voz de tiple de gran pureza, un angelito rubio de pelo rizado que canta el tedeum en el oficio matinal o ayuda a su padre en la granja. O pongamos por caso un chico de quince años que está estudiando para llegar a ser contable o arquitecto algún día.

¿Cómo demonios se convierte a ese niño en pocos años en un monstruo cruel y salvaje capaz de azotar a un hombre atado hasta matarlo o de arrojar a un niño vivo a un incinerador o de meter a familias enteras en una cámara de gas? ¿Qué clase de metamorfosis satánica puede lograr algo así?

Pero ha ocurrido, no solo en Alemania, sino por todo el mundo, una generación tras otra. Todas las cámaras de torturas en todas las dictaduras del mundo cuentan con animales así. Y todos fueron una vez niños que gorjeaban de risa.

Volvió la luz. El mesonero se acercó para apagar la vela. No era necesario gastar cera. Dejé encima de la mesa suficientes marcos orientales para pagar una cerveza, la mía, y me levanté para irme. El hombre sentado a la mesa me tendió la mano. Se la dejé colgando. Había llegado a la puerta cuando me alcanzó su salva de despedida.

—Matar es fácil, *Engländer*, demasiado fácil, maldita sea.

Años después descubriría hasta qué punto estaba en lo cierto.

Una decisión muy poco acertada

Mi marcha de Berlín Occidental no estaba prevista, pero era lo más aconsejable. Había pocos lugares que mereciera la pena visitar después del anochecer. Podía quedarme en casa, pero la televisión era insufrible, aunque sintonizara la de Berlín Occidental.

Los berlineses orientales la tenían estrictamente prohibida y todos los aparatos que se vendían localmente habían sido manipulados para que resultara imposible sintonizar programas de Berlín Occidental. Pero miles de personas habían untado a un «amigo» *freelance* para que fuera a reparar el receptor. Era aconsejable que no te pillaran viendo el menú prohibido, pero en mi caso ni siquiera se molestaban en comprobarlo.

O podía leer algo, cosa que hacía a menudo. Prácticamente toda mi educación literaria, hasta donde alcanza, proviene de ese año. O podía ayudar a Reuters con el terrible problema de las divisas bloqueadas consumiendo caviar en el restaurante Haus Moskau. O estaba la ópera.

Una de las pocas cosas civilizadas que tenía el gobierno de Alemania del Este que no se reducía a la mera afectación era su amor por la música, el teatro y la ópera. El teatro Brecht era justamente famoso, pero el maestro Bertolt Brecht, bastante izquierdista, se había hartado de tanto trabajar de nueve a cinco. La Ópera Estatal, sin embargo, era lo bastante famosa para atraer a cantantes y directores internacionales, y el Politburó gastaba suficiente moneda extranjera para mimarla de forma espléndida. Como es natural, de vez en cuando se producía algún desliz.

Uno de ellos ocurrió durante la ópera *Nabucco*, inmensamente popular y siempre muy solicitada. En la obra hay un coro de esclavos, en el que los prisioneros cantan (en alemán): «*Teure Heimat, wann seh' ich dich wieder?*». «Adorada patria, ¿cuándo te volveré a ver?» Cada vez que se interpretaba, el público en pleno se ponía en pie y lo cantaba. A los miembros del Politburó que asistían les agradaba el entusiasmo, pero les extrañaba que nunca lo hicieran con ninguna otra aria. Entonces alguien señaló que para ellos la «adorada patria» no era Alemania Oriental, sino Occidente. Era la única manera que tenían de expresar una opinión política. Después de eso las autoridades no volvieron a permitir que se representase *Nabucco*.

Y la ópera tenía un café muy chic para tomar unas copas después del espectáculo. Fue allí donde conocí a Sigrid, alias Sigi. Era preciosa y estaba sola. Busqué a un acompañante con la mirada. No había ninguno. Era hora de entrar en acción.

Un alemán oriental debía ser extremadamente cauteloso incluso al tomar una copa con un occidental, pero Sigi era lo bastante adulta y sofisticada para saber lo que se hacía, y ni siquiera averiguar que era occidental pero vivía en Berlín Oriental la disuadió. Después de tomar una copa, cenamos y acabamos en mi piso. Resultó que tenía una figura extraordinaria, a la altura de su voracidad a la hora de hacer el amor. Pero en la segunda cita me di cuenta de que había algo raro en ella.

Aseguraba estar casada con un cabo del ejército de Alemania Oriental, cuyos ingresos no habrían sido suficientes para costear una ropa y un estilo de vida como los suyos. Más aún, estaba destinado de manera permanente en la guarnición de Cottbus, en la frontera checa, y nunca tenía permiso. Al final, no me permitió llevarla a casa y, después de varias horas de diversión, insistió en pedir un taxi del turno de madrugada en la estación de Frankfurter Strasse.

Un día vi al mismo taxista en la estación y, a cambio de una buena propina en marcos orientales, le saqué la dirección a la que la había llevado. Estaba en Pankow, el exquisito barrio donde vivía la élite de Alemania Oriental. Por medio de indagaciones discretas con algunos contactos en Berlín Occidental, descubrí a quién pertenecía aquella dirección.

Recuerdo que esa noche volví a Berlín Oriental por «Charlie» con la letra de una canción popular rondándome la cabeza. La frase inicial era: «La fiesta ha terminado, es hora de dejarlo por hoy».* Había estado acostándome con la amante del ministro de Defensa de Alemania del Este, el general Karl-Heinz Hoffmann.

El general Hoffmann no era conocido por su sentido del humor. En octubre de 1964, yo acababa de cumplir veintiséis años y esperaba celebrar unos cuantos cumpleaños más. Fuera de una celda, a ser posible.

Dije a Reuters que estaba estresado y que tenía muchas ganas de marcharme. En la oficina central se mostraron muy comprensivos: pocos pasaban más de un año en aquel lugar y yo ya llevaba doce meses. En cuestión de una semana, justo antes de que el general volviera de unas maniobras del Pacto de Varsovia en Polonia, había traspasado el trabajo, la oficina, la secretaria y el coche, y estaba en el aeropuerto de Tempelhof, en Berlín Occidental, subiendo a bordo del vuelo directo de British Airways a Heathrow, en Londres.

Cuando el avión alzó el vuelo y ambos Berlines quedaron atrás bajo sus alas, contemplé la ciudad dividida, convencido de que no volvería nunca a Alemania Oriental. Resultó que estaba equivocado.

* De «The Party's Over», letra de Berry Comden y Adolph Green, música de Jule Styne.

Un error con la BBC

Reuters simplemente me envió de nuevo a París para reunirme con Harold King y fue en un tranquilo café parisino, a principios de la primavera de 1965, cuando vi el funeral de Estado de Winston Churchill en la pantalla de un televisor.

Debía de haber al menos un centenar de personas a mi alrededor, todos parisinos, que no eran mundialmente conocidos por su admiración de todo lo británico, pero guardaron un silencio reverencial mientras llevaban el ataúd de bronce del viejo Bulldog a su última morada, en el cementerio de una iglesia rural.

Yo ya había tomado la decisión de que el futuro del periodismo de un corresponsal en el extranjero estaba en la radio y la televisión, y eso significaba la BBC. Me trasladaron de nuevo a Londres en abril, solicité un puesto en la cadena, realicé las entrevistas pertinentes, me aceptaron e ingresé como periodista en la plantilla de la sección de noticias nacionales ese mes de octubre, lo que probablemente fue un error.

No tardé en aprender que la BBC no es ante todo un ente que se dedica al entretenimiento o a investigar y difundir noticias fidedignas como Reuters. Eso va después. Ante todo, la BBC es una burocracia inmensa con los tres inconvenientes de una burocracia, es decir, una inercia rayana en la indolencia, una obsesión por primar el rango sobre el mérito y una obsesión acorde con el conformismo.

Puesto que era enorme y simultaneaba tareas diversas, la BBC estaba dividida en una decena de secciones importantes;

la sección de Noticias y Temas de Actualidad, en la que había ingresado, era solo una de ellas. Esta a su vez se dividía en radio y televisión, y luego en nacional e internacional. Todos los novatos empezaban en la Radio Nacional, es decir, en la Casa de la Radiodifusión, en Portland Place, Londres.

Pero había más. También estaba y sigue estando en el centro mismo del *establishment*. El deber de todo organismo de noticias y temas de actualidad como es debido consiste en pedir cuentas al *establishment* de cualquier país sin pasar nunca a formar parte del mismo.

Entonces todo fue a peor. Los cuadros directivos de la burocracia preferían el servilismo ferviente hacia la política del gobierno en el poder, siempre y cuando fuera el laborista, y lo era.

La guinda del pastel era que por aquel entonces el liderazgo de la BBC se hallaba sumido en la confusión, una situación que prevaleció durante la mayor parte del tiempo que pasé allí. El antiguo presidente de la junta de gobernadores había muerto antes de dejar el cargo. Su sustituto, sir Robert Lusty, daba por sentado que sería el sucesor. Pero el primer ministro laborista, Harold Wilson, tenía otros planes. Quería un servicio de noticias nacional todavía más sumiso.

En lugar de confirmar a sir Robert, Wilson transfirió a su amigo y admirador sir Charles Hill, que casi de inmediato se convertiría en lord Hill, de la dirección de Independent RV, la feroz rival de la BBC, a la presidencia de la junta de gobernadores de la BBC. Se desató el caos.

Sir Robert Lusty dimitió. Varios veteranos de toda la vida se fueron con él. El influyente puesto de director general lo ocupaba un antiguo gigante del periodismo, hermano del novelista Graham Greene, sir Hugh Carleton-Greene, quien había creado la Radio del Norte de Alemania en 1945 para impartir los viejos principios de rigor, integridad e imparcialidad. Sería el último periodista que dirigiera la BBC y, por tanto, defendiera la sección de Noticias y Temas de Actualidad.

El mejor organismo periodístico alemán durante años fue el

que dejaba atrás, pero dos décadas después en Londres lo sabotearon y al final él también dimitiría, asqueado.

Como ocurre en cualquier barco cuando en el puente de mando reina el caos, bajo cubierta se cogieron los mismos vicios. Proliferaban pequeños forjadores de imperios sin talento que usaban todas las tretas maquiavélicas de la política de despacho en lugar de la dedicación al oficio del periodismo. Pero por aquel entonces eso quedaba muy por encima de mi rango y no me llamaba mucho la atención. Solo más adelante aprendí cosas sobre política de despacho, justo cuando estaba destrozándome con suma eficacia.

Los recién llegados empezaban aprendiendo las técnicas y la tecnología de las entrevistas radiofónicas grabadas y trabajaban en la Casa de la Radiodifusión bajo la tutela del director de corresponsales y periodistas nacionales, Tom Maltby, un hombre bueno y honrado.

Luego conseguí que me transfirieran al noticiario televisivo, con sede en el norte de Londres, en Alexandra Palace, desde donde se emitía el noticiario televisivo de la BBC a todo el país. Eso implicaba aprender a informar en directo ante una cámara, trabajar con operadores de imagen y de sonido, y formar parte de un equipo de tres personas.

Recuerdo Alexandra Palace, Ally Pally, con afecto. Como se hallaba lejos del avispero, era un lugar informal y animado, y me permitió conocer a veteranos presentadores de noticias como Robert Dougall y a jóvenes recién llegadas como Angela Rippon. Pero yo seguía deseando volver a los asuntos internacionales y ocupar una corresponsalía en el extranjero. Todavía me quedaba muchísimo mundo por ver.

Aun así, aquel verano de 1966, mientras trabajaba en Ally Pally, cubrí una buena noticia.

Una cabeza asomó por la puerta y preguntó:

—¿Alguien ha volado en un reactor?

—Sí.

—¿Te mareas?

—No.

—Nos han invitado a volar con los Flechas Rojas.

Los Flechas Rojas eran y siguen siendo el espectacular equipo de acrobacias aéreas de la RAF, atracción principal de prácticamente cualquier exhibición aérea, con giras por toda Europa y Estados Unidos.

—¿Te interesa?

¿Es judío el Gran Rabino? Salí por la puerta tan rápido como el viento.

Un día con los Flechas

El operador de imagen que me asignaron era el maravilloso Peter Beggin, un veterano que había ido a todas partes con la cámara al hombro. Nos trasladamos en dos coches al sudoeste de Inglaterra y accedimos a la base del equipo de exhibición de los Flechas Rojas.

Por aquel entonces volaban en el biplaza Folland Gnat, un aparato de entrenamiento adaptado con dos asientos, delantero y trasero, en su origen para el instructor y el alumno. Nos presentamos y nos llevaron a echar un vistazo al Gnat. Era muy pequeño y muy angosto; y por supuesto, de un rojo vivo. Cerca de las colas estaban los botes que, a modo de traca final en la exhibición, desprenderían largas estelas de humo rojo, blanco y azul.

Los estrechos confines de la carlinga no me preocupaban, pero Peter lo pasó mal para meterse allí. Tenía la corpulencia de un camión y una inmensa fuerza física que iba a hacerle falta.

Su cámara portátil era una pesada y voluminosa Arriflex que supongo que debía de pesar unos cinco kilos. Debajo tenía un gancho que se engarzaba en una ranura engastada en un arnés de lona que se llevaba en torno al cuello y los hombros. Una vez colocado, podía mirar por el objetivo para filmar el cielo, el horizonte, el paisaje a nuestros pies y al resto del escuadrón volando en estrecha formación alrededor de nosotros.

El problema estribaba en las fuerzas de gravedad a las que nos enfrentaríamos. A 6 G, la cámara pesaría treinta kilos, con lo que ejercería mucha presión sobre los hombros de Peter.

Pasamos la mañana asistiendo a largas sesiones informativas

en la sala de la tripulación, averiguando todo lo que ocurriría, así como diversos procedimientos de emergencia en caso de que todo fuera mal. Pero si alguno de los dos vomitaba, bueno, eso sería problema nuestro. No iban a aterrizar para coger bolsitas de papel encerado. Sonreímos con valentía.

Quizá acredite la informalidad de aquellos tiempos el hecho de que no había que demostrar de ningún modo que eras apto para volar. Ni prueba médica ni revisión para detectar un soplo al corazón. Nuestro papel consistía a todas luces en sujetarnos, permanecer sentados y cerrar la boca. Las radios eran estrictamente para las escuetas instrucciones del líder de la escuadrilla a los demás, que iban pegados a sus alas.

Al final nos condujeron a los aparatos y nos montamos en los asientos. Peter iba en el tercero por el lado de estribor, de manera que vería al resto del equipo en formación a su alrededor. Yo iba a volar con el líder.

A Peter le llevó un rato acomodarse. Dos sudorosos sargentos de aviación, cada uno a un lado de la carlinga, tuvieron que embutirlo a empujones en el interior. Luego el arnés. Después la Arriflex en la ranura. Cuando cerraron las cubiertas de plexiglás parecía que en la carlinga solo iban él y su cámara. Rodamos por la pista hacia la zona de despegue.

Las instrucciones del líder, que me llegaban por los auriculares, eran sumamente concisas; una sílaba, dos si se sentía locuaz. Cualquier maniobra era una sola palabra en código y todos sabían exactamente lo que significaba.

Eran nueve en la escuadrilla, despegaron en dos turnos de cinco y cuatro, y luego se reunieron en formación de flecha una vez en el aire. Así ascendimos a unos diez mil pies. El cielo era de un azul despejado; los campos de Gloucestershire, un mosaico verde. Todo parecía bastante tranquilo durante el ascenso. Cuando estuvo preparado, el líder murmuró: «Acercamiento». Aparecieron sendas puntas de ala a escasos palmos de mis cejas derecha e izquierda. Yo había volado en formación, pero aquello era mucho más cerca. Las puntas de ala no se movieron ni un centímetro durante veinte minutos. A escasos palmos del veloz aire, los otros dos Gnat parecían soldados al nuestro. El resto venía detrás.

Como muestra de deferencia (creo yo) a nuestra inocencia, el líder empezó realizando unos suaves descensos en barrena y unos rizos. Luego comenzó la exhibición.

Le oí decir «toque, toque, giro» y el horizonte se volvió loco. La maniobra consistía en un giro casi instantáneo sobre el eje del aparato. El cielo fue hacia un lado, el horizonte hacia el otro y por una fracción de segundo Gloucestershire apareció por encima de mi cabeza. Luego estábamos otra vez como al principio. Miré a derecha e izquierda. Las puntas de las alas seguían a escasos centímetros de mis cejas.

Continuamos así durante media hora y luego, de algún modo, estábamos en la aproximación final a la pista, con el tren de aterrizaje bajado, los alerones en posición, la hierba verde pasando veloz a los lados, el suave golpeteo de las ruedas contra la pista.

Hacía rato que había perdido de vista el campo de aviación, aunque solo lo había visto por encima de mi cabeza un par de veces, pero el líder me aseguró que la escuadrilla entera apenas había abandonado el circuito. En eso consiste un vuelo de exhibición. El público tiene que poder verlo, así que en realidad nunca sale de su campo de visión. Y los asesores habían estado observando durante todo el vuelo con potentes prismáticos para detectar cualquier imperfección.

Nos ayudaron a salir de las carlingas para acceder a las alas y luego bajar al suelo. Me acerqué a Peter. Es probable que hubiera perdido varios kilos a fuerza de sudar, pero por lo demás estaba impasible. Seguramente le preocupaba más la salud de su querida cámara que la suya propia. Nunca llegaré a saber cómo soportó la presión de una fuerza de 6 G.

Nos tomamos una cerveza con los Flechas, también empapados en sudor, nos despedimos y regresamos a Ally Pally. Me moría de ganas de ver las «primeras pruebas» (en aquellos tiempos había que revelar la filmación, luego cortarla y editarla).

Las primeras pruebas eran soberbias y los montadores se quedaron boquiabiertos. La cámara no temblaba nunca, permanecía estática filmando a través del caparazón de plexiglás mientras el mundo giraba una y otra vez a nuestro alrededor. Y en todo momento se veía el Gnat rojo de al lado en perfecta formación, tan cerca que daban ganas de alargar la mano y tocarlo.

La noticia se emitió como reportaje especial y tuvo una excelente acogida por parte de espectadores y profesionales.

Ese otoño volví a la Casa de la Radiodifusión y, todavía ansioso por ir al extranjero, presenté una solicitud para el puesto de corresponsal diplomático adjunto. Hube de pasar por juntas y entrevistas. Tenía veintiocho años y ese trabajo solía estar reservado a gente un par de décadas mayor que yo.

Conocí a Chris Serpell, corresponsal diplomático de mediana edad que buscaba un adjunto. Parecía formal y distante, sobrio, y en todos los aspectos más parecido a uno de los mandarines de Asuntos Exteriores con los que mantenía contacto a diario que a un periodista.

Pero, asombrosamente, me dio el puesto: empezaría en febrero. Me entusiasmé como un idiota, pues no tenía la menor idea de en qué me había metido.

Hay veces en la vida en que uno descubre lo que ocurre en realidad pero lo hace demasiado tarde, cuando ya no se puede decir: «De haber sabido entonces lo que sé ahora, me habría comportado de otra manera». De haber sabido hasta qué nivel llegaba la incompetencia del Ministerio de Relaciones con la Commonwealth y el vinculado Ministerio de Asuntos Exteriores, y hasta dónde llegaba el servilismo del pequeño imperio de las noticias internacionales de la BBC en la Casa de la Radiodifusión ante ambos ministerios, habría dimitido al punto, o ya de entrada no habría solicitado el puesto. Pero me di cuenta tarde, demasiado tarde.

Un primer contacto con África

Aquella primavera de 1967 me incorporé al equipo de noticias internacionales con la esperanza de que no tardasen en enviarme al extranjero para cubrir noticias de otros países. Lo que no sabía era que mi presencia en ese equipo no era deseada en absoluto.

Mi nuevo jefe, el editor de noticias internacionales Arthur Hutchinson, se había molestado mucho por no haber formado parte de la junta de entrevistadores que me había dado el puesto. De haber participado, yo nunca lo habría obtenido, pues él tenía un protegido al que quería incorporar. Según me explicó Tom Maltby meses después, mis cartas estaban marcadas desde el comienzo.

Hay una cuestión permanente en la política de despacho: ¿tu cara encaja? La mía desde luego no lo hacía. Lo único que Hutchinson necesitaba era una excusa, y yo, generosamente, se la proporcioné.

Para empezar, entre mis deberes se contaba asistir a las sesiones informativas matinales que se celebraban con regularidad en los Ministerios de Asuntos Exteriores y de Relaciones con la Commonwealth. Estos dos ministerios, en el corazón de Whitehall, cubrían todos los asuntos exteriores británicos, el segundo evidentemente centrado en los restos del imperio, en rápida descomposición, y su sucesora, la Commonwealth.

Yo tenía la impresión de que los demás diplomáticos y corresponsales de la Commonwealth se habían asimilado por completo, pues se parecían tanto a los mandarines en cuanto a actitud y postura como los lánguidos y desdeñosos funcionarios de mayor rango que les informaban. No recuerdo ni una sola pregunta incisiva o un atisbo de desacuerdo con lo que se nos decía. Se tomaba nota obedientemente de lo que se nos informaba y luego se transmitía tal cual al público. Pero para mediados de primavera había un asunto que primaba sobre todos los demás: Oriente Medio. Gamal Abdel Nasser, de Egipto, se estaba preparando para entrar en guerra con Israel.

Si las sesiones informativas en los dos ministerios, sentado junto al siempre serio Chris Serpell, eran aburridas, la escalada en Oriente Medio centraba la atención de casi todo el mundo. Nasser no era amigo de Gran Bretaña y viceversa. En 1956 habíamos invadido Egipto a través de Suez en connivencia con los franceses y los israelíes. Había sido un desastre y el centroderecha británico todavía se sentía agraviado.

Sin embargo, en Asuntos Exteriores el antisemitismo era evidente. Me resultaba extraño. En casi todos los asuntos los mandarines de mayor rango adoptaban un desdén altivo hacia los extranjeros, pero hacían una excepción: mostraban preferencia por los árabes y el islam. Lo mismo ocurría en los medios izquierdistas.

En su juventud, cuando era un peletero de provincias sin apenas dinero, mi padre había sido tratado con gran amabilidad por las peleterías del East End de Londres, todas regentadas por judíos, muchos de los cuales habían huido de Hitler. Mis opiniones se decantaban hacia el otro lado.

Para cuando Nasser cerró los estrechos de Tirán al tráfico israelí o destinado a Israel, empezó a ser difícil ver cómo podía evitarse la guerra. Yo quería que me enviaran allí, pero estaba atrapado en Londres. Frustrado, me tomé un permiso de verano.

Durante ese permiso vi la guerra de los Seis Días a través de los medios de comunicación. Aquella guerra desmontó un montón de ideas erróneas y frustró numerosos prejuicios. A principios de junio, Israel se enfrentó a cuatro ejércitos árabes que lo rodeaban y tres fuerzas aéreas, y los aplastó a todos. Las fuerzas aéreas de Egipto, Jordania y Siria fueron destruidas en tierra antes de siquiera despegar. Con el control indiscutido del espacio aéreo, las fuerzas terrestres israelíes atravesaron velozmente el Sinaí hasta el canal de Suez, se dirigieron con estruendo al este para tomar la ciudad santa de Jerusalén y casi todos los territorios hasta el río Jordán, y en el norte tomaron los Altos del Golán sirios.

En Gran Bretaña, la izquierda prácticamente había estado babeando ante la perspectiva de la inminente destrucción del Estado judío y lo único que pudo hacer fue seguir los acontecimientos boquiabierta. La mayoría de los británicos se limitaron a aclamarlos. El héroe del momento en Europa y Estados Unidos pasó a ser el ministro de Defensa israelí, un veterano tuerto llamado Moshe Dayan.

Había tres focos de influencia en Inglaterra que no estaban tan entusiasmados: la prensa de izquierdas, la BBC y el Ministerio de Asuntos Exteriores. En esos ambientes yo estaba en absoluta minoría cuando regresé de mi permiso a mediados de junio. A lo que nadie estaba prestando la menor atención era a la crisis que se estaba gestando en Nigeria, que enfrentaba a la dictadura federal contra su propia región de Nigeria Oriental.

Fue el 6 de julio, cuarenta días después de que la región oriental hubiera declarado la secesión unilateral del Estado federal, cuando Nigeria la invadió para sofocar la insurrección. Ese día me llamaron al despacho del adjunto del señor Hutchinson (él estaba de permiso) y me pidieron que fuera a Nigeria para cubrir la campaña, que iba a ser sumamente breve.

Aduje que no sabía nada de África, que me importaba menos aún y que no quería el encargo. Me señalaron que todos los demás estaban o bien poniendo el punto final al asunto de Oriente Medio o bien de permiso. Capitulé. Pasé un día recibiendo inyecciones de la mano del médico interno y una sesión informativa minuciosamente detallada sobre lo que había conducido a la sublevación, lo que me encontraría y lo que cabía esperar a continuación. Se ocupó de ello un hombre del servicio de África occidental de Bush House, el famoso servicio mundial de la BBC, la voz oficial de Gran Bretaña. Aún hoy lo recuerdo.

La cuestión, según me dijo, no eran tan sencilla. El este era, abrumadoramente, la tierra natal de los igbos, un pueblo que, sobre la base espuria de unos disturbios producidos un año antes y liderado por el gobernador militar de la región, un granuja egoísta llamado coronel Emeka Ojukwu, había declarado la secesión de la magnífica república de Nigeria, la joya de la corona de la Commonwealth británica en África. Su carácter colectivo era un fastidio permanente y sus reivindicaciones carecían de fundamento.

Aun así, el coronel Ojukwu los había instado a la secesión y, aunque de mala gana, habían cometido la equivocación de seguirle. El jefe del Estado nigeriano, el maravilloso coronel Yakubu Gowon, no tenía otra opción que recurrir al ejército federal para reconquistar el este, que se había rebautizado como República de Biafra.

El ejército rebelde era un batiburrillo de golfos y borrachos que no sería rival para el ejército nigeriano, entrenado por los británicos. Estas fuerzas no tardarían en irrumpir en el enclave rebelde, arrasando con todo, derrocar al advenedizo coronel y «restablecer el orden».

No se me necesitaba en Lagos, la capital situada seiscientos kilómetros al oeste de Biafra, a la que se hacía referencia constantemente como el «enclave rebelde». Los acontecimientos en Lagos los cubriría nuestro veterano experto en África occidental, Angus McDiarmid. Mi trabajo consistiría en tomar un vuelo a París y de allí a Douala, en Camerún, la república al este de Nigeria. Una vez allí, cruzaría la frontera a Nigeria Oriental y, como mejor pudiera, iría campo a través hasta la capital de la región, Enugu.

En realidad no querían que enviara ningún informe, pues las comunicaciones estaban cortadas por todos los bandos. Estaría a las órdenes del alto comisionado adjunto británico allí y me mantendría pegado a él. Conforme el ejército nigeriano se abriera paso hacia el sur, él y su comitiva se retirarían en esta misma dirección hacia la costa, donde nos recogería una embarcación que nos estaría esperando y nos llevaría a Camerún. Una vez hubiera restablecido el contacto telefónico desde el mejor hotel, enviaría una «puesta al día», un informe completo de la efímera sublevación.

La operación llevaría entre diez y catorce días. Luego tomaría un vuelo de regreso a casa. Trabajo hecho. Así pues, volé a París y de allí a Douala.

Me encontré como compañeros de viaje a Sandy Gall, de Independent TV News, su cámara y su operador de sonido, y acordamos hacer todo el trayecto juntos. Nuestros dos trabajos eran muy distintos.

Sandy tenía un equipo de televisión, yo no. Él tenía que pasar una semana cubriendo una serie de noticias a medida que fueran surgiendo, sin informar de nada ni enviar metraje, solo volver una semana después con lo que hubiera conseguido. Yo tenía que quedarme hasta el final.

Llegamos a Douala, nos registramos en el hotel Cocotiers, alquilamos una avioneta y fuimos a Mamfe, la ciudad fronteriza entre Camerún y Nigeria. Desde allí, un taxi local y una gran capacidad de persuasión nos permitieron atravesar la frontera hasta el «enclave rebelde». Después de un trayecto agotador, llegamos a Enugu y nos registramos en el hotel Progress, el principal establecimiento hostelero de la pequeña capital de provincia.

Debió de ser al día siguiente, hacia el 12 de julio, cuando me puse en contacto con el alto comisionado adjunto británico, Jim Parker. Era un auténtico veterano, un hombre curtido en África, empapado de conocimientos sobre el país y la región oriental. Recuerdo que lo vi a solas. Sandy y su equipo habían ido a filmar cualquier cosa de interés en una ciudad en la que seguía reinando la paz. Jim me preguntó qué me habían contado.

Le relaté casi textualmente la sesión informativa a la que había asistido. Me escuchó con aire adusto y luego apoyó la cara en las manos. Él ya sabía de quién provenía la información de esa sesión; yo no. El autor y la fuente de todo ello era el alto comisionado británico (el embajador) en Lagos, sir David Hunt. Nunca había oído hablar de él.

Llegaría a conocerlo con el tiempo, años más tarde y después de la guerra, en el camerino de invitados de un programa de televisión británico. Resultó ser el tipo más retorcido con el que me he topado en la vida. Era un intelectual al que le habían pasado por delante todos los chollos del servicio diplomático, había ido a parar a África Occidental, el vertedero de la diplomacia, y ardía de resentimiento; un esnob recalcitrante y un racista que disimulaba su antipatía bajo una capa de afabilidad, más o menos tan convincente como un billete de cuatro libras.

La razón por la que Jim Parker había apoyado la cabeza en las manos fue quedando patente a medida que hablaba. Todas y cada una de las palabras que me habían dicho eran bobadas. Pero David Hunt lo había comunicado sin contrastarlo al Ministerio de la Commonwealth, que a su vez lo había transmitido al servicio de África Oriental, en Bush House, y al departamento de noticias internacionales de la BBC, en la Casa de la Radiodifusión. Nadie se había planteado siquiera ponerlo en duda.

Jim Parker se pasó el resto de la mañana contándome lo que había ocurrido en realidad y lo que ocurría en esos precisos instantes, que era nada. A partir del 6 de julio, el ejército de Nigeria, formado íntegramente por musulmanes miembros de la tribu norteña hausa y que ascendían a unos seis mil, había tomado la ciudad fronteriza de Nsukka, en el norte, que no estaba defendida. Justo al sur de dicha ciudad, se habían encontrado con las primeras defensas, barriles de petróleo llenos de hormigón. Y se habían detenido.

Podrían haberlos rodeado, pero les daba miedo internarse en la jungla, que consideraban estaba poblada por espíritus malignos. Permanecieron allí semanas.

En el sur profundo, una unidad de desembarco de la Marina nigeriana había capturado la isla de Bonny, frente a la costa, que contaba con una refinería de petróleo. Pero la Marina no podía adentrarse en los traicioneros bajíos del delta del Níger y no disponía de unidades anfibias.

—Bueno, ¿qué está ocurriendo? —pregunté. Según la sesión informativa, las fuerzas armadas nigerianas deberían haber estado arrasando el enclave rebelde.

—Nada —respondió tranquilamente—. Bienvenido a África. Vamos a comer.

Su sirviente había preparado encurtidos y ensalada. Después asistimos a una sesión informativa para la prensa en la Casa del Estado, la residencia del gobernador regional, en ese momento el recién anunciado jefe del Estado, para conocer al demonio de Ojukwu.

El trayecto en coche nos permitió contemplar un microcosmos de multitudes en la calle, consumidas por la alegría ante lo que veían al fin como su libertad presente y futura. Ondeaban sus nuevas banderas con un medio sol amarillo y los jóvenes hacían cola en las cabinas de reclutamiento para ir a luchar.

La población aún no había aprendido a detestar a la BBC y nunca aprendería a odiar a los británicos, así que se acercaban risueños al coche, con el banderín de Gran Bretaña en el capó, saludando con la mano y riendo.

El coronel Emeka Ojukwu no era como me lo habían descrito en Londres. Hijo de sir Louis Ojukwu, multimillonario nigeriano y caballero del imperio, lo habían enviado a una escuela preparatoria británica en Lagos, y luego al colegio mayor de Epsom, en Surrey. Después a Oxford, donde cursó un máster en Historia en el colegio mayor de Lincoln.

Como acérrimo federalista, se había alistado en el ejército porque consideraba que era la única auténtica institución pan-nacional y estaba exenta de envidias regionales. Había ascendido a teniente coronel por méritos propios y, después del primero de los dos golpes de Estado del año anterior, el de enero, lo habían nombrado gobernador militar del este, su Igbolandia natal. Llevaba en el cargo quince meses cuando se declaró la independencia. Tenía treinta y cuatro años.

En términos comedidos y con un marcado acento de Oxford, me explicó que se había resistido al clamor popular que exigía la separación de Nigeria tanto como le había sido posible antes de afrontar una decisión que ya no tenía manera de eludir. Podía o bien dimitir y marcharse o bien acceder a llevar a su pueblo por el camino que habían elegido. Optó por lo último.

Dijo a todos los periodistas extranjeros presentes —unos seis, aparte de Sandy y yo— que éramos libres de alquilar coches e ir a donde quisiéramos. Su personal nos franquearía el paso a todos en caso de que tuviéramos problemas en los controles de carretera, que a veces se dejaban llevar por el entusiasmo.

De regreso en el hotel Progress para cambiarme, descubrí que allí vivían un montón de expatriados, sobre todo británicos. Eran hombres de negocios que representaban a grandes empresas y franquicias que llevaban años allí. Ingenieros de una serie de proyectos de ayuda extranjera y demás. Si quería confirmación de cualquier cosa que me dijera Jim Parker, la encontraría en esa comunidad, empapada del conocimiento local.

Tomé el té con Jim Parker en el Alto Comisionado Adjunto y me explicó por qué la información que me habían facilitado en Londres estaba errada en todos y cada uno de sus puntos.

Fue un seminario aleccionador que confirmó el viejo dicho de los corresponsales en el extranjero. Da igual lo que diga la embajada: ve a preguntarles a los que llevan años allí.

El final de la carrera

El problema de Nigeria era que históricamente no había sido nunca un país, sino dos. Hay quien dice que sigue siendo así.

Un siglo antes de que aparecieran los británicos, un señor de la guerra musulmán llamado Usman dan Fodio había llegado con su ejército fulani desde el Sahara, a través de la zona semidesértica y cubierta de maleza del Sahel y hasta el norte de Nigeria, para guerrear contra el reino de Hausa. Sus jinetes se detuvieron en el linde de la jungla, porque sus monturas contrajeron enfermedades transmitidas por las garrapatas y murieron bajo la lluvia. Así pues, los hausa-fulani se establecieron por todo el norte, casi el sesenta por ciento de lo que se convertiría en Nigeria.

Hace unos ciento veinte años, los británicos llegaron por mar desde el sur. Sir Frederick Lugard conquistó a las tribus de la selva y anexionó el norte. Lady Lugard dio al territorio el pomposo nombre de Nigeria y los cartógrafos lo rodearon con una sola línea.

El norte musulmán estaba gobernado por sultanes y emires que se resistieron a los británicos hasta que los hombres blancos usaron sus ametralladoras Maxim para instarles a que se lo replantearan. Llegaron misioneros por mar para convertir a los animistas de la selva tropical, no al islam sino al cristianismo. Así pues, eran dos países, y durante cincuenta años los británicos los gobernaron como tales.

Nigeria del Norte siguió con su soñolienta existencia, gobernada nominalmente por los británicos pero, en la práctica, por emires y sultanes con el beneplácito inglés. No había clase media, la educación y la tecnología se rehuían, y la gente de a pie era servilmente obediente a sus señores. Esta deferencia extrema también se extendía a los funcionarios británicos, a quienes les encantaba. Pero en el sur cristianizado, los dos principales grupos étnicos, los yorubas, del oeste, y los igbos, del este, empezaron a mostrarse ávidos de educación y dominio técnico, aprendidos de los británicos. Una de las dos etnias, los igbos, apasionados por el conocimiento, se empapó de educación y se convirtió en el motor efectivo del país. Y se diseminó por el norte y el sur de Nigeria.

En el norte, los sureños tenían que vivir en guetos cerrados, pero permitían a los británicos gobernar el país con un mínimo de rostros blancos. Los igbos en especial eran conductores, mecánicos, telefonistas, operarios de maquinaria, oficinistas y funcionarios de menor rango. También tenían mentalidad emprendedora: se convirtieron en tratantes, tenderos, banqueros y cambistas.

Y empezaron a estar mal vistos. Una vez oí que un funcionario británico de Londres que había estado en el norte de Nigeria se refería a los igbos como «los judíos de África», y no era ningún elogio. Para la década de los cincuenta, había más de un millón de igbos residiendo en el norte. Fue entonces cuando empezaron los problemas, en los años cincuenta.

Londres decidió que Nigeria tenía que ser independiente en cuestión de una década y tenía que ser una Nigeria unida. Después de haber gobernado el lugar durante tanto tiempo sobre la base de un antagonismo mutuo instigado pero controlado entre el norte y el sur, este era un objetivo muy ambicioso. Más ambicioso aún era el decreto de que debía convertirse en una democracia, un concepto ajeno por completo al norte feudal.

Los emires y sultanes se opusieron con firmeza a la democracia hasta que se señaló que, puesto que contaban con una mayoría numérica, podían formar un único partido político, ganar las elecciones y gobernar el país entero. Entonces accedieron, pero solo con esa condición. Se formó un partido, se celebraron las elecciones y, naturalmente, ganó el Congreso de los Pueblos del Norte. El ejército también había adquirido un carácter profundamente norteño, con una infantería completamente hausa mientras los del sur se ocupaban de los servicios «técnicos». La independencia se acordó el 1 de octubre de 1960 bajo un gobierno federal dominado por el norte.

Todo esto lo averigüé gracias a los veteranos que pasaban por el hotel Progress, el alto comisionado adjunto Jim Parker y los libros, en el transcurso de las cuatro primeras semanas de aquella pseudoguerra sin incidentes. Seguía teniendo instrucciones de no enviar noticias y esperar a que el ejército federal conquistara el «enclave rebelde».

Los auténticos problemas dieron comienzo en enero de 1966, con el primero de los dos golpes de Estado de aquel año. Fue un golpe muy extraño, planeado y ejecutado no por generales, como es habitual, sino por un contubernio de oficiales de menor rango radicalizados, cultos e izquierdistas. En aquellos tiempos, todos los estudiantes tenían un póster del Che Guevara en su cuarto.

Luego se le acusó de ser un golpe de Estado igbo. En realidad, los oficiales conspiradores pertenecían a distintas etnias, pero los más destacados eran seis oficiales igbos, porque habían estudiado en Inglaterra, donde se radicalizaron. A su regreso, les ofendía todo lo que tuviera que ver con el dominio feudal del norte bajo la apariencia de una democracia, igual que la corrupción institucionalizada, el azote de toda África.

Actuaron con rapidez y precisión. Fue un golpe de Estado prácticamente incruento, pero la decena de víctimas que hubo constituían el liderazgo nacional. En una noche fueron asesinados el primer ministro federal, los primeros ministros de las regiones del norte y el oeste, y varios ministros más. Los artífices del golpe, sin embargo, no se hicieron con el poder. El ejército despertó, se movilizó y los detuvo a todos. Una vez hecho eso, no obstante, el gobierno había desaparecido. La única alternativa era un régimen militar que tomó el poder al tiempo que encarcelaba a los conspiradores. El jefe del Estado Mayor, el general Ironsi, ocupó el poder. Casualmente (y fue una casualidad) también era igbo, si bien tradicional y partidario de ceñirse a las normas. Eso no lo salvó. El norte hervía, preso de una ira soterrada.

Ironsi nombró un gobernador militar en cada una de las cuatro regiones de la república federal. Un fulani en el norte, un yoruba en el oeste, en el medio oeste un oriundo de allí y a Ojukwu en el este.

En julio el norte contraatacó y esta vez el combate fue extraordinariamente sangriento. Los soldados hausa irrumpieron en cuarteles por todo el país y mataron a sus colegas de etnia sureña. Murieron así cientos de personas, pero no fue más que el principio.

Multitudes del norte, con apoyo local, arrasaron los guetos y pasaron a millares a cuchillo. Los supervivientes huyeron en tromba al sur. El número de víctimas no se sabrá nunca; la propaganda de Biafra dijo más adelante que murieron treinta mil individuos solo de la etnia igbo. El gobierno británico le restó importancia y aseguró que no fueron más que varios centenares.

Esa era la «tormenta en un vaso de agua» que me habían mencionado en la sesión informativa de Londres como la frívola razón de la secesión del Este. Los expatriados que me informaron en Enugu no eran intolerantes desde el punto de vista racial, pero habían sido testigos de lo ocurrido y llegaron a la conclusión de que, se mirara como se mirase, había sido una matanza inmensa. El Este, no obstante, no se separó de la unión federal. Eso fue en julio y agosto de 1966. La secesión aconteció a finales de mayo de 1967. Para lograrla fueron necesarios diez meses de incompetencia y estupidez por parte de Lagos.

El general Ironsi había sido asesinado, y todos los oficiales y técnicos de la etnia igbo habían huido al este. Un grupo de oficiales hausa/fulani formaron un nuevo gobierno, pero, siguiendo el consejo británico, nombraron como nuevo jefe de Estado a un inofensivo coronel de rango inferior de la Franja

Central de Nigeria. El coronel Yakubu Gowon era totalmente desconocido, un chupatintas y un cristiano educado en la escuela de la misión de una parte del país de mayoría musulmana. Desde el punto de vista étnico, era tiv y había cursado estudios en Sandhurst, Inglaterra. Tenía un carácter amistoso, simpático, amable y no muy inteligente. Era un líder títere; el auténtico poder detrás del trono era el coronel Murtala Mohammed, que más adelante lo derrocaría.

Después de agosto de 1966, las relaciones entre los igbos del este, traumatizados, y el gobierno federal de Lagos se deterioraron. En Londres los mandarines del Ministerio de la Commonwealth y luego los de Asuntos Exteriores se apresuraron a mostrar un favoritismo apasionado por el régimen federal, azuzados por el alto comisionado que residía allí. Los gobiernos británicos no suelen demostrar una veneración semejante por las dictaduras militares, pero aquella excepción asombró incluso a Jim Parker.

Sir David Hunt sentía un aprecio considerable hacia los africanos, siempre y cuando le mostrasen deferencia. A parecer, el coronel Gowon se la mostraba. Cuando el alto comisionado entraba en su despacho, en el cuartel de Dodan, se ponía en pie de un brinco, se calaba la gorra y le dedicaba un saludo estremecido. Solo en una ocasión, a medida que la crisis se agravaba, fue David Hunt al este para visitar a Ojukwu en Enugu, y de inmediato sintió un odio apasionado hacia el líder igbo.

Emeka Ojukwu se levantó cuando entró la visita en la sala, pero de la manera en que recibe uno a un invitado a su casa de campo. No le dirigió un saludo militar. Enseguida quedó claro que era la clase de africano, es decir, de negro, que el antiguo catedrático de griego no soportaba. Emeka había sido alumno de un colegio privado británico, tenía un doctorado de Oxford y había jugado como ala tres cuartos de primera clase en el equipo universitario de rugby, era casi un deportista de élite. Su voz tenía un relajado acento de Oxford. No mostraba la menor deferencia. Jim Parker, que me lo contó a mí, estaba a pocos pasos de ellos. Hunt y Ojukwu se detestaron nada más verse, cosa que a todas luces se reflejó en la sesión informativa que se me había dispensado a mí en Londres.

Nada más ocupar su cargo de gobernador del Este, Ojukwu, en contra de la opinión predominante en otros lugares, intentó reinstaurar una especie de democracia. Formó tres organismos para que lo asesoraran. Uno era la Asamblea Constituyente, compuesta sobre todo por la clase profesional, médicos, abogados, licenciados. El segundo era el Consejo de Jefes y Ancianos, vital en la sociedad africana, donde se veneran la edad y la experiencia a nivel del clan. El tercero, cosa sorprendente a ojos occidentales, era la Asociación de Mamis del Mercado.

Jim Parker me explicó que la sociedad igbo es prácticamente un matriarcado. En contraste con lo que ocurre en el norte, las mujeres son muy importantes y tienen una gran influencia. El mercado era el núcleo de todo pueblo y zona urbana. Las Mamis los regentaban y sabían todo lo que había que saber sobre lo que se cocía en las calles. Esas eran las fuerzas que urgían a Ojukwu a escindir Nigeria Oriental de la República Federal.

El ánimo reinante no era de agresión, sino de miedo. Las emisiones de radio del norte amenazaban con que los hausa se preparaban para ir al sur y «terminar el trabajo». La mayoría de los igbos daban crédito a aquellas amenazas, sobre todo porque ni el gobierno federal ni el del norte las acallaba.

Pero el auténtico quid de la secesión fue al final la compensación. Ojukwu tenía en torno a un millón ochocientos mil refugiados, todos sin blanca. Habían huido dejándolo todo. En la única reunión que podría haber salvado la situación, en Aburi, Ghana, Gowon había accedido a la retención de los impuestos federales sobre el petróleo como fuente de ingresos para afrontar la crisis. Después de Aburi, Gowon regresó a Lagos y, bajo presión, rechazó la propuesta en su totalidad.

Fuentes oficiales británicas en Lagos y Londres informaron a los medios británicos de que Ojukwu había sido muy injusto con Gowon. Se había presentado muy bien informado y sencillamente era más listo. Un comportamiento así, se nos dijo a los periodistas, era a todas luces inaceptable. A partir de ahí todo fue cuesta abajo, hasta el 30 de mayo y la secesión formal, y el 6 de julio, a la guerra.

Y, aun así, no se produjo tal guerra. Mis primeras cuatro semanas en Enugu fueron muy solitarias. Sandy Gall y su equipo habían volado vía Camerún al cabo de una sola semana. Se me había asignado un operador de cámara de otra agencia, Comtel. Casualmente estaba allí en otra misión. Los dos permanecíamos pasmados junto con otros expatriados escuchando en la radio del hotel las noticias de la BBC emitidas desde Londres pero con origen en Lagos. Aquello era extraordinario.

En Lagos, un antiguo político caído en descrédito llamado Anthony Enahoro había sido puesto a cargo del Ministerio de Información, es decir, de Propaganda. Emitía los comunicados más extraños un día tras otro.

Según sus boletines matinales, la situación de los rebeldes era nefasta e iba a peor. Había disturbios en contra de Ojukwu, que se sofocaban con brutalidad; el ejército nigeriano avanzaba en todos los frentes y, en esos precisos instantes, se encontraba a las afueras de Enugu.

(Los expatriados estábamos en hamacas alrededor de la piscina; los demás me miraban con lástima.)

La razón era sencilla. Desde Lagos, Angus McDiarmid, a cuatrocientos cincuenta kilómetros del río Níger, informaba de todo como si fueran hechos ratificados por la BBC. Todo periodista sabe que puede verse en situación de informar sobre lo que dice una dictadura, pero debe dejar bien claro desde el principio que es el gobierno quien habla, no él. Eso es la «atribución»..., las palabras «según el gobierno nigeriano».

Para ser imparcial de veras, se añade la expresión «no hemos podido obtener ninguna confirmación independiente». Y al principio, en el primer párrafo. De no hacerlo así, el oyente se llevará la impresión de que todas las alegaciones son ciertas y tienen el visto bueno de la poderosa BBC. Las emisiones procedentes de Lagos aquel primer mes llevaban esa atribución en el cuarto o incluso el quinto párrafo, si es que era así. Parecía que estuviera hablando la BBC a título personal. Escuchar aquello mientras los expatriados a mi alrededor se desternillaban de risa me provocó una frustración de mil demonios. No era la parcialidad, sino la falta de rigor, lo que Reuters no habría tolerado ni un instante. Entonces recibí por fin un mensaje de Londres.

Se me liberaba de las instrucciones de no enviar noticias desde Enugu. La guerra de diez días duraba ya tres semanas y no había ocurrido nada. Me pedían una «validación» de las noticias diarias procedentes de Lagos.

En el argot periodístico, una validación es tanto una confirmación como una aprobación. Supuestamente debía informar de que todo lo que se decía era absolutamente cierto.

Los únicos «disturbios» eran en realidad las colas de jóvenes biafreños que querían alistarse. El ejército nigeriano al completo estaba detenido ante un control en la frontera. No podía informar de viva voz, pero al menos se había establecido una conexión por teletipo para mensajes escritos, así que envié uno.

De acuerdo, reconozco que probablemente fue destemplado. En lo más profundo de las entrañas editoriales de la redacción en la Casa de la Radiodifusión, aquel mensaje no sentó bien. Lo que había hecho en realidad era apuntar un Colt 45 a la frente de mi carrera periodística en la BBC y apretar el gatillo.

No fue por malicia, sino por ingenuidad. Me había formado en Reuters. No había cubierto ni una sola noticia controvertida en los dos años que llevaba en la BBC. No me había dado cuenta de que, cuando informa en nombre del Estado, un corresponsal en el extranjero nunca debe decir aquello que Londres no desea oír.

Y eso es lo que había hecho. Les había dicho que mi misión era una porquería y los informes de Lagos, paparruchas. Entonces ocurrió algo muy curioso. La diminuta Biafra invadió Nigeria.

Ojukwu, o alguien de su equipo, había reparado en que Lagos había trasladado todo el ejército nigeriano a través del río Níger, en la frontera norte. Había un puente enorme en Onitsha que cruzaba hacia una carretera recta como una flecha hasta Lagos. El puente estaba intacto; la carretera, desprotegida. La falta de profesionalidad era pasmosa. De modo que los biafreños reunieron una columna de Land Rover y camiones, juntaron su escaso suministro de rifles y fusiles ametralladores, y lo cruzaron, dirigiéndose al oeste a velocidad de crucero. Yo les acompañé.

No hubo oposición. Un pelotón de nigerianos en el extremo occidental del puente vieron lo que ocurría y huyeron. La columna cruzó el estado del medio oeste hasta la capital, en Ciudad de Benín. También fue abandonada, lo que incluía al alto comisionado adjunto británico (había uno en cada estado federal), que salió pitando hacia el monte. Así corrió la noticia: alguien en la sala de radio alertó a Lagos, que fue presa del pánico de inmediato.

Fue el éxito lo que acarreó su perdición. Los biafreños no daban crédito a la velocidad de su avance. En lugar de repostar combustible y continuar hacia el puente de Carter, que proporcionaba acceso a la ciudad de Lagos, se detuvieron durante dos días.

El siguiente día de avance, cruzamos la siguiente frontera hacia la Región Occidental, territorio de los yorubas, contra los que los biafreños no tenían nada. A la entrada de varios pueblos, nos saludaron con la mano. El jeep en el que viajaba yo llegó a la pequeña población de Ore. Allí saltaba a la vista que se había producido un enfrentamiento. Varias decenas de soldados nigerianos yacían muertos en la plaza del pueblo. Los jabalíes les habían devorado las partes blandas de la cara. Sin mejillas ni labios, las cabezas muertas nos miraban como sin nos dedicaran un demencial gesto de bienvenida. Entonces me fijé en el emblema del relámpago en el hombro. Eran la guardia pretoriana personal del general Gowon.

Mientras mi colega de Comtel filmaba la escena, le comenté

al oficial que nos escoltaba que si se servían de la élite de la élite como medida provisional para contener el pánico, la carretera debía de estar despejada y sin defensas. Asintió, pero estaba empezando a hacer mella una segunda oleada de pánico. El valor estaba menguando igual que la marea al alejarse de la playa.

Después, mucho después, saldría a la luz que el alto comisionado británico en Lagos se preparaba para destruir documentos y el avión personal de Gowon se encontraba en el aeropuerto de Ikeja con las hélices en marcha y un plan de vuelo rumbo al norte. Así de cerca estuvo.

Todo se torció, claro, y como siempre fue la traición lo que abrió la grieta. Ojukwu había colocado al frente de la misión a un tal coronel Banjo, pero este, al llegar a Benín, se puso en contacto por radio con el alto comisionado e intentó hacer un trato en beneficio propio. Más adelante fue juzgado y fusilado, pero ya era demasiado tarde.

La columna emprendió la retirada, volvió hacia el puente de Onitsha y lo cruzó. Los ingenieros lo volaron por los aires. Permaneció impracticable hasta el final de la guerra, dos años más tarde.

De regreso en Enugu, me fijé en que el tono de los mensajes procedentes de Londres había cambiado de nuevo. Los primeros pedían hasta el último detalle de la invasión a través del Níger. Una vez que se supo que la ofensiva había fracasado, me ordenaron que volviera de inmediato a Londres. Así pues, hice el equipaje, me despedí (por el momento) del general Ojukwu y encargaron a un jeep del ejército que me llevara al paso fronterizo con Camerún, en el este.

De allí, fui en una furgoneta del mercado de las Mamis hasta Mamfe y en otro autobús rumbo al sur hasta Douala. En el hotel Cocotiers tendría por fin conexión telefónica con Londres. No queremos ningún informe, gracias, solo que tomes el siguiente vuelo de regreso a casa.

Eso hice, y entré en la Casa de la Radiodifusión para encontrarme con las instrucciones urgentes de que no hablara con nadie, sino que me presentara de inmediato ante Arthur Hutchinson. Fue una entrevista breve y al grano. Según él, mis informaciones habían sido parciales y quedaba despedido de forma sumaria.

Pero en realidad la BBC no despide a sus empleados; los envía a una especie de Siberia interna con la esperanza de que dimitan, avisen con los tres meses obligatorios de antelación y se vayan discretamente. Me sacaron del equipo de noticias internacionales y me rebajaron de categoría a periodista nacional. Rendiría cuentas al jefe de ese departamento, Tom Maltby. Nunca volvería a viajar al extranjero para la BBC.

Es una acusación grave, pero nadie atinaba a explicar cómo era que un curtido corresponsal en el extranjero, enviado para cubrir una oscura guerra africana, se había dejado convencer por las ambiciones políticas de una tribu africana de la que nunca había oído hablar. Sea como fuere, la decisión era definitiva y no había apelación posible.

No tenía sentido acudir a sir Hugh Carleton-Greene, que estaba sumido en el dilema de su propia dimisión ante la marcha de peces mucho más gordos que yo después de que impusieran a lord Hill a la corporación entera.

Así pues, deambulé por los pasillos de la tercera planta hasta el despacho de Tom Maltby.

Adiós, BBC

Tom Maltby era un hombre muy bueno y amable. Había estado en la Marina durante la guerra y había entrado en combate, pero nunca alardeaba de ello. Sabía exactamente lo que había ocurrido con mi carrera en la BBC y por qué. Intenté explicárselo de todos modos.

Solo había informado desde Nigeria de lo que había visto o, si había sido de oídas, con atribución inmediata. ¿Dónde estaba la parcialidad? Me respondió que yo no entendía el meollo del asunto.

Lo que había hecho, me explicó, igual que si fuera un sobrino que había metido la pata, era contradecir al alto comisionado en Lagos, sir Saville Garner, el mandarín de mayor rango del Ministerio de la Commonwealth (y, por tanto, del gobierno británico), al servicio mundial de la BBC y al señor Hutchinson.

Pero estaban todos encandilados con el análisis original, que era erróneo, protesté. Aun así, es el único análisis aceptable, replicó él. Luego añadió el argumento que me impidió presentar la dimisión de inmediato.

—Lo esencial es la duración —dijo—. Si esta guerra, de diez días o dos semanas, continúa durante, digamos, seis meses, no cabe duda de que tendrán que replanteárselo.

Tenía sentido y podía estar en lo cierto. Si la insurrección biafreña se derrumbaba rápidamente, el análisis de los mandarines habría sido correcto, si bien un tanto demorado; y quedaría demostrado que mis predicciones de que aquello no era una tormenta en un vaso de agua estaban equivocadas.

Para no tener que pasar el rato en la atmósfera crispada de la redacción, sugirió que se me transfiriera a la sección parlamentaria, en la Cámara de los Comunes. El corresponsal político, Peter Hardiman Scott, tenía una vacante para un ayudante. Así que allá me fui en octubre de 1967.

Era una delegación pequeña y cordial que durante los cinco meses que estuve allí me enseñó mucho sobre cómo se gobierna el país en realidad. También me echó por tierra un montón de ilusiones benevolentes sobre los méritos de los parlamentarios y los pares. Pude eludir el nido de víboras en que se había convertido la Casa de la Radiodifusión mientras camarillas rivales pugnaban por el poder y la influencia. Luego, en febrero de 1968, ocurrió algo que me hizo cambiar de parecer.

Entretanto, la guerra civil nigeriana ni había terminado ni había ido a mejor. El gobierno de Lagos había instaurado el servicio militar obligatorio, con lo que había aumentado enormemente la magnitud de su ejército, que estaba siendo discretamente pertrechado con grandes cantidades de armamento británico, enviado de manera encubierta por el gobierno de Wilson, que aseguraba a todo el mundo ser neutral.

Pero los biafreños no se habían venido abajo. Al contrario. Antes de la secesión, Ojukwu había transferido todas las reservas financieras de Nigeria Oriental fuera del alcance de Lagos, y estaba incrementando el tamaño y el equipamiento de su propio ejército en el mercado negro internacional. Biafra también había establecido una oficina de representación en Londres y había contratado los servicios de una agencia que se ocupara de la comunicación con los medios.

También había alcanzado un acuerdo con España para utilizar la colonia de Fernando Poo como escala estratégica, y otro con Portugal para usar la isla de Santo Tomé, cercana a la costa, con el mismo propósito. Ya no estaba incomunicado. En febrero, Biafra organizó una visita de medios de comunicación de masas. Prácticamente todo el mundo accedió, con la notable excepción de la BBC, que seguía emitiendo propaganda nigeriana desde Lagos.

La decisión me pareció tan extraña que fui a ver a Arthur Hutchinson para preguntarle el motivo y ofrecerme voluntario para volver con el resto de los medios británicos invitados a ver lo que estaba ocurriendo. Los informes existentes indicaban que las acciones militares iban aumentando lentamente; las fuerzas federales habían logrado algunos objetivos, pero las bajas, sobre todo entre la población civil, se estaban incrementando.

Fue otra entrevista breve. Me informaron sin miramientos de que no iba a ir a ninguna parte, y en cuanto a que fuera algún otro enviado de la BBC, me dijo textualmente: «Tienes que entender que no cubrimos esta guerra».

Me pareció extraño. Día tras día se informaba de manera extensa sobre los horrores de Vietnam, y eso que se trataba de un lío estadounidense. Nigeria, un asunto de lo más británico, por lo visto iba a mantenerse en secreto.

El grupo integrado por todos los medios de comunicación viajó a su debido tiempo, pasó una semana allí y regresó. Me puse en contacto con unos conocidos y les pregunté por sus experiencias. Estaba claro que la guerra entre Nigeria y Biafra no parecía tener visos de alcanzar un desenlace rápido y, de hecho, estaba enconándose. Así pues, decidí tomarme una semana de permiso que se me debía e ir por mi cuenta.

Me pareció prudente no contárselo a nadie, ni siquiera a la oficina biafreña en Kensington. Me limité a sacar algunos ahorros del banco y tomé un vuelo a Lisboa. Por lo que había averiguado, los vuelos de transporte de armas encubiertos salían de allí y el traficante era una especie de mercenario de la aviación llamado Hank Wharton, un divertido granuja estadounidense al que localicé en su hotel de la capital portuguesa.

Se mostró muy tranquilo cuando le expliqué que no podía pagarle, pero dijo que tenía un Constellation cuatrimotor que partía por la mañana y podía ir en él. Aquel antiguo y desvencijado avión de pasajeros no tenía asientos, así que me encaramé a una caja de mortero en la parte de atrás.

Fue un vuelo largo y ruidoso, a lo que acabaría por acostumbrarme, con los desplazamientos a la cubierta de vuelo para hablar con la tripulación y tomar otro café como únicas distracciones.

Wharton no tenía derecho a sobrevolar ningún territorio, porque los miembros de la Organización para la Unidad Africana, como dictaduras militares o civiles que eran, estaban todos de parte de Lagos. Así que volamos por encima del mar con el Atlántico a la vista por las escotillas derechas y el perfil borroso de la costa africana a la izquierda.

Hicimos escala para repostar combustible en la Guinea portuguesa, también sumida en una guerra de independencia. Cuando íbamos a aterrizar, sobrevolando lentamente la jungla, los combatientes nacionalistas de Amílcar Cabral abrieron fuego contra el Constellation. Un proyectil atravesó el suelo, no impactó en la caja de morteros por cinco centímetros, me pasó por entre los muslos abiertos y salió por el techo. Bienvenido a África.

En la pista de aterrizaje, la tripulación examinó los orificios, decidió que no había desperfectos y que repostaríamos combustible y continuaríamos volando. Después de eso había una corriente de mucho cuidado en la parte de atrás. En mitad de la noche, sin ninguna luz a la vista, fuimos hasta el único campo de aviación de la antigua Nigeria Oriental, en Port Harcourt. Me detuvieron de inmediato.

Le expliqué a un comandante de lo más educado, que antes de alistarse había sido contable, lo que hacía allí y por qué. Se puso en contacto con Enugu y recibió órdenes de subirme a un jeep con rumbo a la capital. Una vez allí, me llevaron a la Casa del Estado para ver al general Ojukwu, que me recibió como si encontrara mi presencia sumamente divertida. Cuando le conté que solo había ido para ver lo que ocurría con mis propios ojos, comentó que ya era anfitrión de una veintena de periodistas británicos, así que uno más no suponía ninguna diferencia. Me asignó un jeep con chófer del ejército, un alojamiento en el habitual hotel Progress y dijo que podía ir a donde quisiera y ver lo que me apeteciese. El viernes volvería a Londres en un avión de Wharton.

En tres días me quedó claro que aquella guerra no iba a terminar en breve. Según la opinión popular, Nigeria se daría cuenta de lo absurdo de seguir combatiendo con la clausura de sus rentables campos petrolíferos, todos en territorio biafreño, y accedería al alto el fuego y a la segunda conferencia de paz propuestos por Ojukwu.

Se había ofrecido a compartir el petróleo y estaba negociándolo discretamente con Shell-BP, el concesionario principal. Francia, bajo el mandato de De Gaulle, que nunca vacilaba en sacar partido de un revés británico, estaba haciendo discretos gestos de apoyo y las armas llegaban en un flujo constante.

Para que quede constancia, a la sazón no se veían niños famélicos. Aparecerían más adelante, y sus horrendas imágenes, con grandes titulares en los medios de todo el mundo, lo cambiarían todo.

El viernes partí hacia Londres, convencido de que volaría de Lisboa a Gran Bretaña el domingo, listo para reincorporarme al trabajo el lunes, cuando terminaba mi permiso. Entonces todo se torció. La primera escala fue en la isla de Santo Tomé, donde se averió el avión de Hank Wharton. No podía ponerme en contacto con Londres para decir que volvería con retraso; tuve que quedarme allí plantado esperando a que despegáramos, el lunes. Llegué a Londres el miércoles por la mañana. Por medio de una llamada a un amigo de la BBC, descubrí que se había armado un buen follón.

Cuando llegué a mi piso, lo habían allanado. Lo habían hecho de un modo bastante exagerado. La puerta tenía una sencilla cerradura de cilindro que podrían haber abierto con una tarjeta de crédito o una espátula de pintor. Los dos imbéciles habían desfondado un entrepaño para abrir la cerradura desde dentro. Mis vecinos me dijeron que habían sido dos personas de la BBC y aseguraron que estaban «preocupadas» por mí y habían deducido que podía haber intentado suicidarme debido al estrés provocado por mi carrera.

Pero la presencia de mi cadáver habría resultado bastante evi-

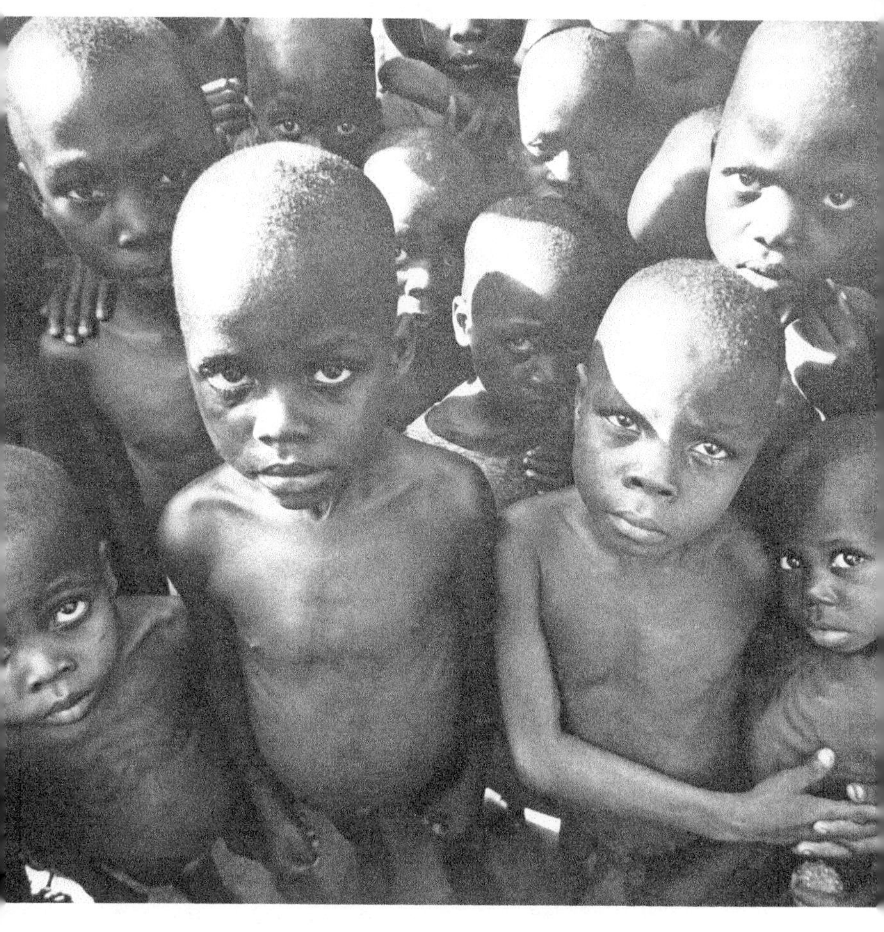

Los niños se morían de hambre en Biafra. Esta fotografía la tomó David Cairns en junio de 1968 y fue una de las primeras que se vieron en la prensa británica. Tuvo un efecto dramático.

Hacia junio de 1968, estaba otra vez en Biafra. Viajé en barca (***arriba izquierda***) con Walter Partington (***delante***) y David Cairns, del *Daily Express*, que hizo esta foto. Yo voy detrás de Bruce Loudon, corresponsal del *Daily Telegraph*. David hizo numerosas fotos de la guerra, cada vez más cruenta; entre ellas esta en la que estoy mirando a un anciano igbo mientras dibuja en la tierra (***arriba derecha***) y esta foto de un proyectil sin explotar de fabricación británica, suministrado a los nigerianos. Los desmentidos de Londres no eran muy de fiar. En septiembre de 1968 el *Nigerian Observer* llegó a dar la noticia de que me había incorporado al ejército biafreño (***derecha***).

THE NIGERIAN
OBSERVER

Vol. 1. No. 104. THURSDAY, SEPTEMBER 26, 1968.

top
REGISTRATION
capital of the F
Catholic School,
announced in La
The announc
vernment has pro
rest houses in th

BBC MAN JOINS REBELS

MR. Fredrick Forsythe former BBC correspondent and commentator on Nigerian affairs who was based in Lagos for many months has now joined the rebel army as a major.
This information was

REBEL
DECI
NOW C

IN a matter of DAYS the rebels will hav

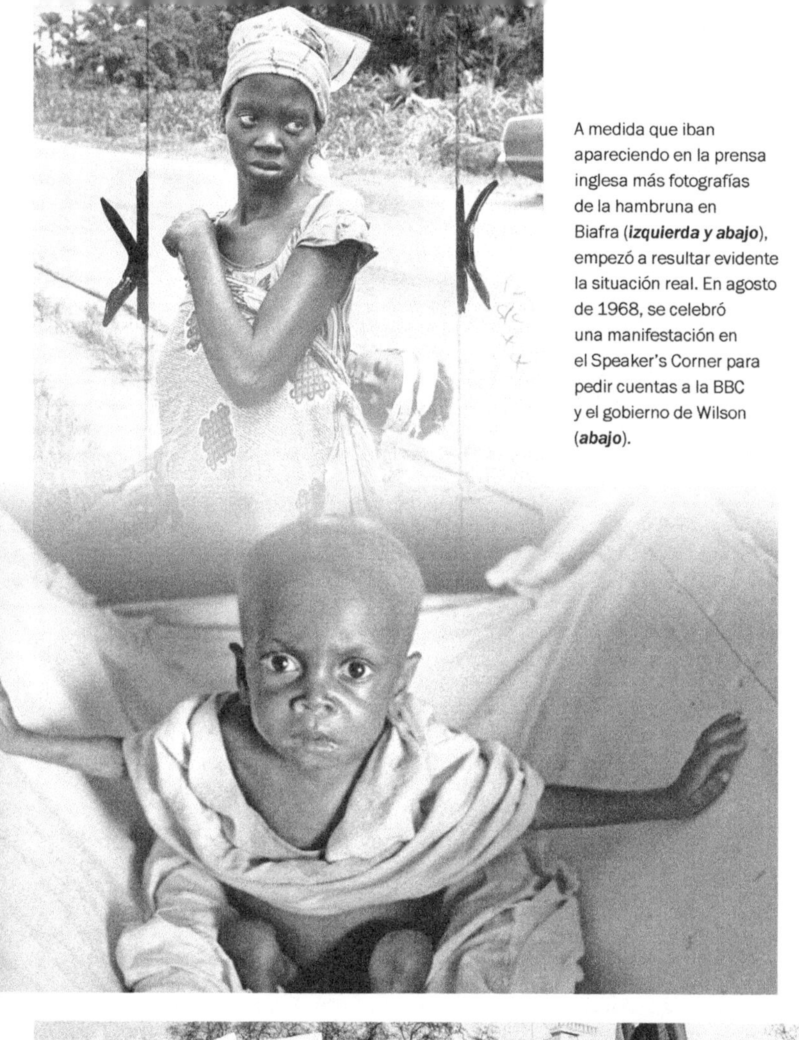

A medida que iban apareciendo en la prensa inglesa más fotografías de la hambruna en Biafra (***izquierda y abajo***), empezó a resultar evidente la situación real. En agosto de 1968, se celebró una manifestación en el Speaker's Corner para pedir cuentas a la BBC y el gobierno de Wilson (***abajo***).

La importancia de la familia.

Mis padres (***izquierda***), que siempre me apoyaron y animaron, en su casita de campo de Willesborough, cerca de Ashford.

Carrie, Stuart y yo en nuestra casa de Irlanda en 1979 (***abajo***). Shane llegó ese mismo año (***más abajo***).

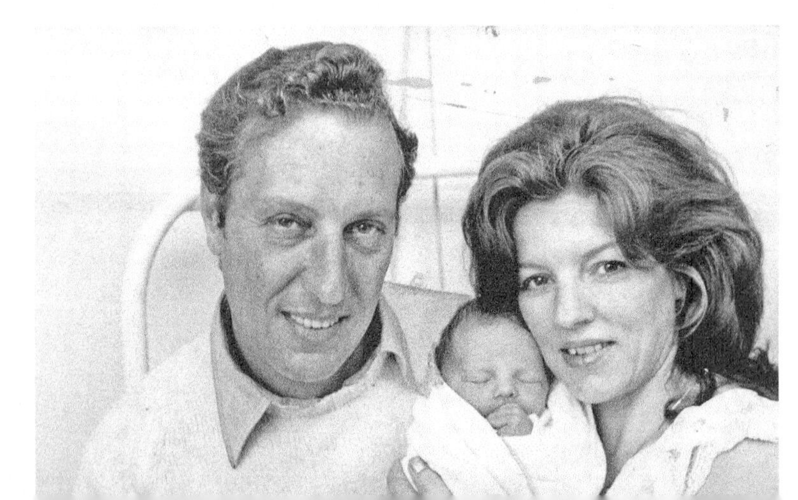

Crecieron enseguida: aquí están cobrándose una pieza en Sudáfrica y luego haciendo submarinismo en el golfo de Omán.

Sandy y yo recogemos mi condecoración otorgada por haber realizado obras benéficas en octubre de 1997 (***derecha***).

Escribí *Chacal* en mi máquina de escribir portátil en treinta y cinco días en enero de 1970 (***izquierda***), la publiqué al año siguiente y dos años después Fred Zinnemann la llevó al cine, protagonizada por el relativamente poco conocido Edward Fox (***abajo izquierda***). La contracubierta de la edición alemana (***abajo***) dio al traste con mi tapadera cuando me estaba documentando para escribir *Los perros de la guerra*.

FREDERICK FORSYTH,

geboren 1938, war — bevor er seine Welterfolge DER SCHAKAL und DIE AKTE ODESSA schrieb — Journalist. Er arbeitete für Reuter in Paris, Brüssel, Mailand, in der Bundesrepublik, der DDR und der Tschechoslowakei, war Fernsehreporter der BBC, schrieb 1969 die „Biafra-Story". Die Romane DER SCHAKAL und DIE AKTE ODESSA wurden erfolgreich verfilmt.

Der Schakal! Niemand weiß, wer er in Wirklichkeit ist, der Killer aus London, der den perfekten Mord beherrscht wie der Ingenieur eine komplizierte Maschine. Die Kunst des Tötens und ein astronomisches Dollarhonorar scheinen der einzige Antrieb für seinen gefährlichen Job zu sein. So auch diesmal, da ihn die OAS für das Attentat auf den französischen Staatspräsidenten engagiert hat: für den bestbewachten Staatsmann der westlichen Welt den besten Killer.

Diese Geschichte ist zwar ein Roman, aber er basiert auf historischen Vorfällen. De Gaulles Preisgabe des französischen Algerien, der Kampf der OAS gegen den „Verrat" des Präsidenten, der Untergang ihres Anführers Argoud im Jahre 1963, das Scheitern vergangener Attentate und ihre politischen Hintergründe, alle Details der Polizeiarbeit werden sorgfältig recherchiert. In diese historische Wirklichkeit hat der Autor eine blendend erfundene Handlung nahtlos eingepaßt. Bei brillanter Erzähltechnik läßt er den Leser alles wissen und atemlos miterleben und hält ihn trotzdem bis zur letzten Seite im Ungewissen.

Luego vino *Odessa* (***izquierda***): me inspiré en la historia real del criminal de guerra nazi Eduard Roschmann (***abajo***); el estreno de la película, en 1974, condujo a que la policía argentina lo detuviera. Huyó y murió en Paraguay tres años después.

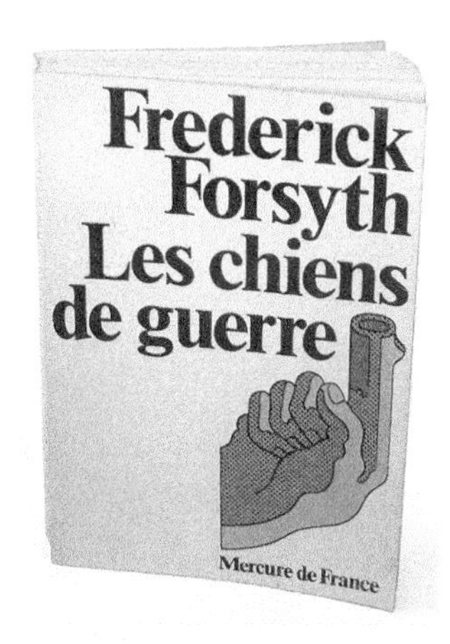

La edición francesa de *Los perros de la guerra* (**izquierda**) fue usada como manual por mercenarios franceses cuando invadieron las islas Comoras. ¡Lograron conquistarlas!

Michael Caine protagonizó la película basada en mi novela de 1984 *El cuarto protocolo*. Pasamos buenos ratos juntos (***abajo***).

La documentación es importante: en 2009 fui a Guinea-Bissau a fin de investigar sobre el tráfico de cocaína para *Cobra* (***más abajo***).

De vuelta a mis inicios. En un Spitfire, sobrevolando el Weald, tal como hiciera en 1940.

dente. Esos tipos lo habían registrado todo. Sabía que no había dejado ningún indicio de adónde había ido. Aunque estaba muy claro que, una vez más, la fiesta se había acabado.

Hice la maleta, le dejé una nota a un amable vecino informando al casero de que rescindía el alquiler y levanté el campamento para pasar un par de días con sus noches en el sofá de un amigo.

Cuando a un periodista le dice su jefe que publique algo que sabe que es una sarta de mentiras, solo puede hacer tres cosas. La primera es pensar en su seguridad, su sueldo y su jubilación, y hacer lo que se le dicta. La segunda es sentarse en un rincón y lloriquear por lo injusto que es todo. La tercera es hacerles una buen corte de mangas a todos y largarse. Tomé asiento y escribí una larga carta de dimisión. Iba dirigida a Tom Maltby.

Le daba las gracias por su consideración hacia mí, pero le informaba de que, a mi modo de ver, la guerra nigeriana iba a ser una noticia importante con una duración considerable y bajas numerosas. A la vista de que la BBC había decidido no cubrirla (salvo desde un hotel de Lagos), yo iba a cubrir la historia como periodista independiente.

Firmé la carta y la envié a última hora de un viernes, a sabiendas de que no la abrirían hasta el lunes por la mañana. Regresé a Lisboa en el vuelo del viernes por la noche, me reuní con Hank Wharton, quien se quedó muy sorprendido, y le pedí que me permitiera volar de nuevo a la zona de guerra. El domingo por la noche ya estaba en Port Harcourt, detenido de nuevo, y el lunes por la mañana, más o menos en el momento en que Tom Maltby abría el correo, me franqueaban el paso al despacho de Emeka Ojukwu, más sorprendido todavía.

La práctica de «empotrar» reporteros de guerra en unidades militares era algo desconocido por aquel entonces, conque surgió la cuestión de costearme la estancia. Dije que quería quedarme pero que no tenía fondos ni un patrón que me respaldase.

Ojukwu me ofreció medio barracón con techo de hojalata, comida de las cocinas de la Casa del Estado, un Volkswagen

Escarabajo y un presupuesto para gasolina, así como acceso a la empresa de comunicación que había contratado para enviar despachos de Biafra a Ginebra y desde allí al mundo entero. A partir de ahí, podía ir a cualquier parte, verlo todo e informar de lo que quisiera.

Dejé claro que no informaría de lo que su oficina de propaganda quisiese, sino únicamente de lo que viera con mis propios ojos o averiguara por medio de fuentes fiables. Pero lo que escribiera sería imparcial.

—Es lo único que quiero —dijo—. Imparcialidad. Después, la historia se contará sola.

Así pues, cerramos el trato. Yo era un periodista independiente sin clientes. Lo único que tenía era una noticia que merecía la pena ser contada y la oposición del *establishment* británico, que parecía decidido a que nadie se enterara.

Y en alguna parte, en lo más profundo del país, los niños empezaron a debilitarse y morir, pero nadie lo sabía aún.

Biafra llevaba bloqueada desde el comienzo de la secesión, diez meses antes, lo que significaba que todas las fronteras estaban cerradas y el bloqueo incluía la comida. Los igbos nativos cultivaban mandioca y ñame en grandes cantidades. La raíz de mandioca machacada y los ñames constituían la dieta cotidiana y no se acababan, pero ambos son carbohidratos y nada más.

Está demostrado que un adulto necesita un gramo de proteína pura al día para mantenerse saludable. Un niño en edad de crecimiento necesita cinco.

La población nativa siempre había criado algunas gallinas y cerdos pequeños por los huevos y la carne. Aparte de eso, no había ninguna otra fuente de proteínas y, sin darse cuenta, las gallinas y los cerdos se habían consumido.

El suplemento de proteína tradicional siempre había sido el pescado; no pescado de río, sino enormes cantidades de bacalao importado de Noruega llamado «pescado seco». Esos trozos de bacalao duros como piedras se echaban en la olla familiar, se rehidrataban y constituían la ración de proteínas de toda la familia. En el enclave rodeado y bloqueado no había entrado pescado seco en nueve meses. Las fuentes de carne y leche habían desaparecido. La dieta nacional era almidón casi al cien por cien.

En lo más profundo del país, las madres veían como las extremidades de sus hijos se consumían hasta quedar como ramas. Las cabezas de ojos vidriosos se mecían sobre los músculos debilitados del cuello. Los vientres se hinchaban hasta parecer grandes tambores, pero no contenían más que aire. Pensando que los niños tenían hambre, las madres de los montes suministraban más carbohidratos a sus hijos. No sería hasta mayo cuando salieron a mostrar sus hijos a los misioneros, que sí que sabrían lo que tenían ante sus ojos.

Mis primeros dos meses fueron casi ociosos. Apenas había movimiento en ninguno de los frentes. Me quedaban unos ahorros y recordé que tiempo atrás un amigo me había invitado a visitar Israel. Así que acepté la invitación.

Historia viva

En la primavera de 1968, Israel seguía impregnado de un espíritu mezcla de euforia y confusión, derivado de su victoria aplastante en la guerra de los Seis Días.

El tamaño de su territorio prácticamente se había duplicado, más aún si se incluye el árido terreno de la península del Sinaí, que fue devuelto a Egipto hace tiempo. Las viejas y confusas fronteras establecidas tras la guerra de 1948 habían quedado barridas. El enclave de Nablús había desaparecido. La ciudad de Jerusalén había sido conquistada y los Santos Lugares, vedados a los judíos por la puerta de Mandelbaum, se habían abierto para la oración.

Las excavaciones seguían revelando un palmo tras otro del Muro de las Lamentaciones, enterrado hacía mucho tiempo, la última parte que quedaba del antiguo templo de Salomón. En el país entero reinaba un optimismo levemente ebrio.

Sin embargo, el territorio, que siempre había albergado algunos árabes palestinos, no había asimilado a medio millón más y los problemas del futuro todavía quedaban demasiado lejos para prestarles atención si alguien hubiera deseado hacerlo, lo que además no era el caso.

Hay quien ha considerado que este estado de ánimo era la arrogancia del conquistador; yo prefiero aceptar que era la euforia del doctor Pangloss y su convicción de que «todo sucede para bien en el mejor de los mundos posibles». Parecía que no hubiera problema, incluido el de una paz negociada y duradera, que no se pudiera solucionar. Con la perspectiva de los cuarenta y cinco años transcurridos, aquello no era producto de una excesiva presunción, sino de una ingenuidad ligeramente conmovedora.

Decidido a ver tanto territorio como me fuera posible durante mi estancia, y con la ayuda de mi amigo radicado en Londres, había establecido unos cuantos puntos de contacto. Desde el hotel Dan, en Tel Aviv, salí de la ciudad hacia el sur rumbo a Beerseba y el desierto del Néguev. Había un hombre viviendo casi en absoluto aislamiento en el Néguev que estaba escribiendo sus memorias y había accedido a concederme unos momentos de su valioso tiempo.

Solo hay una manera de ver el auténtico Israel y es ir a todas partes en los autobuses Egged, así que tomé uno de la terminal de Tel Aviv a Beerseba e hice transbordo hacia Eilat. Es posible que no sean rápidos, pero son baratos y yo andaba escaso de fondos.

Tras salir de Beerseba pasamos por delante de las instalaciones de investigación nuclear de Dimona, cuna del arsenal de armas nucleares de Israel, conocidas con el nombre burlón de la «fábrica de vaqueros». A partir de allí, todo era desierto.

Durante el servicio militar, el Hastings que me llevaba de Lyneham a Malta había repostado combustible en la base de la RAF en Adén, en Libia. Aparte de eso, no había visto ningún desierto de verdad, y mucho menos lo había atravesado en automóvil. Era un inmenso terreno baldío de arena y grava de color pardo que daba la impresión de no acabarse nunca. Solo los beduinos eligen vivir allí.

Después de horas bamboleándonos, giramos por la curva de una colina y, a lo lejos y más abajo, había un terreno verde intenso, como una mesa de billar en medio de la nada. El verde eran los campos de regadío de los *moshav*, el conjunto de parcelas que había ido a visitar. El autobús se detuvo a la entrada y me apeé, luego ventoseó con estrépito y siguió su camino hacia Eilat.

En el interior del recinto me indicaron una vivienda aislada un poco más grande que un barracón de estilo Quonset. Delante de la puerta, había un gigantesco paracaidista israelí, por lo visto la única seguridad. Echó un vistazo a mi pasaporte, se dio la vuelta y llamó con los nudillos. Salió un ama de llaves de mediana edad, que también miró mi pasaporte y me franqueó el paso.

—Veinte minutos —me espetó en inglés; ama de llaves y dragona guardiana, sin duda. Llamó a la puerta de un estudio y me indicó que pasara.

Detrás de una mesa cubierta de papeles, un hombre diminuto bajo una nube de cabello que parecía algodón de azúcar blanco como la nieve se levantó y sonrió. Tenía ante mí a David Ben-Gurión, antaño uno entre muchos pero ahora considerado, también por muchos, el padre fundador de Israel.

En un inglés inmaculado, me explicó que le proporcionaba la excusa perfecta para interrumpir el trabajo en sus memorias. Nos sentamos uno frente al otro y se mostró expectante. Me pregunté cuántas entrevistas habría concedido; miles, probablemente, en muchos casos a periodistas famosos, y a uno por completo desconocido en aquel momento.

Suponía que los ancianos a menudo recuerdan con claridad absoluta lo que hicieron en su juventud mientras que han olvidado por completo con quién cenaron la semana pasada. Ahora conozco la sensación mejor que bien. Me parecía que debían de haberle acosado una y otra vez para que diera detalles sobre la guerra de los Seis Días, aunque a la sazón era Levi Eshkol quien ocupaba el cargo de primer ministro.

—Cuando, en 1906, desembarcó por primera vez en la costa de Israel, ¿cómo era entonces?

Se me quedó mirando varios segundos y luego cobró vida como si hubiera recibido una descarga eléctrica. Entonces empezó a hablar con los ojos cerrados, rememorando aquellos primerísimos tiempos. Por aquel entonces no era un hombre de Estado, sino un inmigrante sin blanca de un pobre *shtetl* judío en la Polonia rusa.

Sus compañeros y él habían atracado en el puerto árabe de Jaffa, pero allí no fueron bien recibidos y no encontraron alojamiento, de modo que fueron a pie hacia el norte y acamparon entre las dunas de arena. Hablaban ruso y yidis, no hebreo moderno, que aún no se había inventado.

Estaban acampados en una cadena de colinas de arena bajas y era primavera. En hebreo «colina» se dice *tel* y «primavera» *aviv*.

Le llevó seis días viajar en burro desde la costa de esa provincia turca hasta Jerusalén, cosa que hizo con una petición dirigida al gobernador otomano para que les concedieran tierras. Diez años después, se encontraba allí cuando cayó el imperio otomano. Vio entrar en Jerusalén al general Allenby, del ejército británico conquistador.

Me contó que el general había dejado su caballo y entrado a pie en señal de deferencia hacia los lugares santos de tres religiones. En algún lugar al este, Lawrence, a la cabeza de la sublevación árabe, avanzaba hacia su propio tesoro, Damasco.

A lo largo de los años, Ben-Gurión lo había visto todo: ambas guerras mundiales, el Mandato entre una y otra, el auge del sionismo, la Declaración de Balfour, la creación de un mapa francobritánico de Líbano, Siria, Jordania e Irak. Había visto ir y venir, ascender y caer a los dictadores y los monarcas mientras los judíos perseguían un único objetivo, conseguir, algún día, una nación propia. No solo lo había visto todo, sino que había estado en el epicentro. Había conocido a los generales y a los gigantes, a Roosevelt y a Churchill.

En varias ocasiones, la dragona asomó la cabeza por la puerta para decir que era la hora de su siesta, pero él la ahuyentó con un ademán. Lo que me sorprendió fue su tolerancia. Había luchado toda su vida por su sueño y, sin embargo, parecía no odiar a nadie, ni siquiera a Al-Husayni, el Gran Mufti de Jerusalén, que tanto admiraba a Adolf Hitler y deseaba la muerte de todos los judíos sobre la faz de la tierra. Demostraba un gran respeto por los árabes palestinos, cuyo idioma hablaba a la perfección. Con los únicos con los que no tenía paciencia era con los fanáticos del Irgún y la banda de Stern. Bastaba mencionarlos para que hiciera un gesto de desdén y negar con la cabeza, rodeada de nubes blancas.

Los británicos, durante tanto tiempo un ejército de ocupación bastante reacio, le caían bien, aunque había contribuido a la formación de organizaciones como la Haganá, el Palmach y el Mossad para superar su ingenio y sus tácticas.

Podría haber llenado diez libretas, pero me limité a permanecer sentado y escuchar a un anciano que encarnaba sesenta años de historia viva y que lo había visto todo. Por fin notó el cansancio y me indicó que necesitaba dormir. Fui en busca de la dragona, que me fulminó con la mirada y lo acompañó hasta su dormitorio. En la puerta, Ben-Gurión se volvió y dijo:

—Adiós, joven. Espero que le haya parecido interesante. Y que siga sonriéndole la suerte.

Desde luego que me lo había parecido. Estaba fascinado. Me condujeron a la puerta de la vivienda y luego a la del recinto. Estaba anocheciendo. Pasó un autobús Egged. Le hice un gesto con la mano, paró y me llevó a Eilat mientras caía la oscuridad. David Ben-Gurión murió seis años después, a los ochenta y siete años. Ha sido uno de los hombres más grandes que he conocido.

Eilat

En una época tan avanzada como 1945, apenas existía lo que ahora es el inmenso puerto y centro turístico de Eilat. Se trataba de un grupo variopinto de chozas con el mobiliario hecho con cajas de naranjas y aferrado a la orilla del mar enfrente del gran puerto jordano de Áqaba, conquistado por Lawrence en 1917.

Los primeros colonos y pioneros debían de ser duros de pelar. Allí no había nada, pero empezaron a construir y a plantar. Entre los primeros que llegaron se encontraban el doctor Morris y su esposa, Fay, de Manchester. Él había volado con la RAF en la guerra, se había licenciado en medicina y había emigrado con su joven mujer. Para 1968 ambos eran pilares de la comunidad, pero vivían con modestia en una casa que se habían construido ellos mismos.

El verano anterior, los israelíes habían atravesado el Sinaí en tromba y el general Israel Tal, con sus antiguos tanques británicos, había hecho retroceder a las fuerzas de Nasser hacia el canal de Suez. La conquista, que duró tres días, si bien se llevó a cabo siguiendo el extremo norte del Sinaí, dejó toda la península triangular bajo control israelí. Y eso incluía a los beduinos del Sinaí, de los que el doctor Morris había sido nombrado jefe de sanidad. Los egipcios, que siempre habían tratado a los beduinos con desdén, nunca les habían asignado un médico.

Puesto que el Sinaí está bordeado al oeste por el canal de Suez —que desciende para convertirse en el mar Rojo—, al este por los golfos de Eilat y de Áqaba —que también descienden para confluir con el mar Rojo— y al norte por el Mediterráneo, es prácticamente una isla. Y los beduinos rara vez cruzan las aguas.

Desde su desierto han visto a los romanos, los fenicios, los griegos y los ejércitos del islam cruzar y volver a cruzar sus tierras, en son de conquista o de derrota. Luego llegaron los cruzados, las legiones de Napoleón, los Tommies británicos de Allenby y los israelíes.

En el transcurso de los siglos, los beduinos han sido testigos de todo ello. Las marchas y los combates tenían lugar sobre todo en el extremo norte, a orillas del Mediterráneo. El interior siempre fue suyo. Y su táctica fue siempre la misma: retirarse a sus desiertos de arena y piedra, no interferir, no tomar partido, observarlos y sobrevivir. A partir de julio de 1967, los israelíes fueron los primeros que los trataron con decoro.

Unos ingenieros del ejército construyeron un conducto de agua potable que cruzaba El Arish desde Eilat hasta el mismo Suez. Instalaron grifos y abrevaderos cada varios kilómetros. Y el agua era gratis, en una tierra donde el agua es vida.

Al principio los beduinos pensaron que debía de ser una trampa, pero las fuentes no estaban vigiladas y poco a poco empezaron a acercarse por la noche para dar de beber a los camellos y llenar el estómago y los pellejos de piel de cabra. Luego entraron en contacto por primera vez con oficiales que hablaban árabe. Estos les ofrecieron medicinas para sus múltiples males e infecciones. Fue ahí donde intervino el doctor Morris. Estableció clínicas en oasis específicos a las que lentamente empezaron a llegar sus pacientes.

Muchos enfermos eran mujeres y sus dolencias eran sobre todo de carácter ginecológico. Resultaba impensable que el doctor examinara a una mujer beduina, no porque fuera judío, sino porque era hombre. Así pues, una enfermera militar entraba en la tienda, gritaba lo que había observado y él le comunicaba a voz en cuello el tratamiento desde el otro lado.

Los beduinos los pagaron con la misma moneda. A los beduinos no se les ve a menos que ellos quieran, pero ellos lo ven todo. Cada vez que desembarcaba un grupo de comandos egipcios en las orillas del Sinaí, alertaban al puesto del ejército israelí más cercano. Debidamente emboscados, se desarmaba y enviaba de regreso a los egipcios, pero nunca se les mataba. Era casi un mero trámite.

Por mediación del doctor Morris me permitieron acompañar a un grupo del ejército israelí en un vehículo militar durante un recorrido de dos días por el Sinaí. El terreno era agreste y desolado, un inmenso océano de rocas del tamaño de balones de fútbol que destrozaban la mayor parte de los amortiguadores, salpicado de zonas que no eran de arena fina, sino de grava candente. En dos oasis tomamos café con los beduinos mientras las mujeres permanecían ocultas en sus tiendas de piel de camello.

Hoy es muy distinto. A lo largo de la costa oriental, hay una cadena de centros de vacaciones dedicados al submarinismo, desde los Altos de Taba hasta Ras Mohammed. Se hacen visitas turísticas al antiguo monasterio de Santa Catalina, el cual, justo en el centro del desierto, señala el lugar donde se cree que Moisés recibió las tablas de los Diez Mandamientos. En 1968 los monjes apenas habían visto a un forastero en años.

Por fin de regreso en Eilat, pasé por el bar de la playa de Rafi Nelson para darme un chapuzón refrescante en el golfo y tomarme una gran cerveza fría. Entre los clientes del bar se encontraba un tal Yitzhak Ahronowitz, alias Ike, que hablaba inglés a la perfección porque había estudiado en Estados Unidos. También había sido capitán del *Exodus*, el barco de refugiados al que la Marina Real Británica había hecho retroceder al arribar a la costa palestina en 1947. Solo tenía cuarenta y pico años.

Yo era demasiado joven para recordar 1947, pero sabía que aquel incidente había tenido gran carga emocional y había generado la novela de Leon Uris, explícitamente antibritánica, y la película que la siguió en 1960, la cual había visto. Le pregunté si era de la misma opinión que el señor Uris. Se lo pensó.

—Bueno, los oficiales de la marina de tu país obedecían órdenes. Y eran unas órdenes de lo más cabronas. —Sonrió y levantó la cerveza en un brindis burlón—. Así que fuisteis unos cabrones, pero unos cabrones educados, al menos.

Unos días después, me despedí de los Morris y tomé un autobús rumbo al norte, hacia Jerusalén.

Jerusalén

Desafío a cualquiera a visitar Jerusalén por primera vez y no quedar fascinado ante el laberinto de calles antiquísimas y templos venerados por las tres grandes religiones del mundo.

Desde la marcha de los británicos y el desenlace no concluyente de la guerra posterior a la independencia de 1948, el barrio antiguo del este de Jerusalén había permanecido cerrado a los judíos pero permitido a los musulmanes y los cristianos. Entonces estaba abierto a todos.

Hice de turista, me alojé en una modesta pensión y deambulé por las calles y callejuelas que habían transitado cincuenta generaciones de fieles y guerreros antes que yo. Desde la Vía Dolorosa hasta el monte Gólgota, desde la Cúpula de la Roca a la mezquita de Al-Aqsa, pasando por el Muro de las Lamentaciones y los restos del templo de Salomón después del saqueo por parte de los romanos, me dediqué a pasear boquiabierto. Al cabo de tres días, me invitaron a tomar el té en el hotel Rey David.

Había oído hablar del establecimiento. Antaño cuartel general del gobierno de mandato británico y comandancia del ejército, era uno de los edificios más modernos del país, y aunque los daños provocados por el atentado de 1946 se habían reparado en buena medida, las cicatrices seguían resultando visibles. Las lecturas que había realizado antes de llegar me habían permitido hacerme una idea aproximada.

El 22 de julio de 1946, unos agentes de la organización ultrasionista Irgún habían eludido las deficientes medidas de seguridad e introducido una camioneta en la parte subterránea, destinada a almacenes y reparto de mercancías. De la camioneta, descargaron lecheras llenas de trescientos cincuenta kilos de explosivos y las dispusieron por el sótano y el club nocturno.

Cuando estallaron, murieron noventa y una personas, y otras cuarenta y seis resultaron heridas, en su mayor parte civiles. Si el objetivo era la comandancia del ejército, en un extremo del edificio, los terroristas colocaron los dispositivos en el otro lado, de ahí las numerosas bajas civiles.

Murieron veintiocho británicos, incluidos trece soldados, aunque los superaron de lejos los cuarenta y un árabes y diecisiete judíos palestinos. Si lo menciono es por lo que me ocurrió poco después, esa misma semana.

Durante años hubo gran controversia sobre si habían hecho una llamada telefónica de aviso, o en caso de que hubiera sido así, si se había recibido, y en ese caso, si la habían pasado por alto. Pero David Ben-Gurión y la Haganá, deseosos de que el mandato británico tocara a su fin y llegase la independencia, condenaron el atentado. A su modo de ver, los británicos iban a marcharse de todas maneras en cuanto la Organización de las Naciones Unidas, que acababa de crearse en Nueva York, tomara una decisión.

El señor Ben-Gurión acababa de contarme en Sde Boker, su retiro en el desierto, que la auténtica lucha llegaría después de la independencia, cuando los árabes se lanzaron contra el nuevo Estado de Israel para eliminarlo. Con ese fin, el Mossad Le'aliya Bet, la sección de adquisiciones fuera del país, y la Haganá, dentro del mandato, intentaban infiltrar tanto combatientes como armas delante de las narices de los británicos, que podían hacer la vista gorda o no. Así pues, el atentado del Rey David, que emponzoñó las relaciones, fue considerado totalmente contraproducente por las cabezas más serenas.

Estaba tomando el té con unos amigos en la terraza de arriba cuando me llamaron para presentarme a alguien. Me encontré frente al parche negro del general Moshe Dayan, ministro de

Defensa y arquitecto de las tácticas israelíes durante la guerra de los Seis Días. Charlamos durante media hora.

Yo siempre había imaginado que había perdido el ojo a causa de una bala, pero me contó cómo había ocurrido. Antes de la Segunda Guerra Mundial había salido de patrulla con el sionista británico Orde Wingate, que diseñaba y les enseñaba el principio de la guerra de guerrillas en esa parte del mundo.

Wingate era un tipo extraño, un cristiano con conocimientos enciclopédicos del Antiguo Testamento y la convicción de que Dios mismo había entregado la Tierra Santa a los judíos. De ahí el sionismo. Tenía tales aptitudes para la guerra de guerrillas que más adelante Churchill lo sacó de Oriente Medio para que formara y dirigiera a los chindits tras las líneas japonesas en Birmania.

Durante aquella patrulla, Moshe Dayan estaba observando una posición árabe con prismáticos cuando una bala perdida alcanzó el otro extremo de la lente. Fue el ocular del instrumento lo que se le incrustó en la cuenca del ojo y lo dejó ciego.

Concerté una última entrevista a través de mis contactos. Quería conocer a Ezer Weizman, fundador de la Fuerza Aérea Israelí y otra figura venerada tras la actuación de la IAF durante la guerra de 1967. Para entonces era ministro de Transporte y, como habíamos acordado, al día siguiente me presenté en el ministerio.

Salió con muchísima prisa; iba con retraso y había olvidado por completo nuestra entrevista. La única manera de hacerla iba a ser en el trayecto en coche de vuelta a Tel Aviv, pero él no tenía intención de conducir; quería volar y el campo de aviación estaba a solo unos minutos de allí.

—¿Le importa volar? —me preguntó.

Yo sabía que había pilotado Hurricane británicos con la RAF en Egipto durante la Segunda Guerra Mundial, así que le mencioné que yo también tenía mis alas de la RAF. Se me quedó mirando y luego sonrió de oreja a oreja.

—Estupendo, puede ser mi copiloto —dijo, y le gritó una orden al chófer.

Su ayudante del ministerio se quedó horrorizado.

Supuse que pilotaría un aparato multiplaza, pero el transporte elegido era un monoplano muy pequeño de ala alta de la variedad Cessna/Piper, aunque de fabricación israelí. Nos pusimos los cinturones de seguridad, hizo las comprobaciones previas y despegó. Casi de inmediato, las corrientes térmicas que subían desde el desierto de Judea nos alcanzaron y el avión empezó a bambolearse y a cabecear, presa de las corrientes ascendentes.

La entrevista habría de llevarse a cabo por medio de las máscaras de oxígeno para oírnos a pesar del estrépito del motor. Subió a cinco mil pies y puso rumbo a Sde Dov, el aeropuerto militar a las afueras de Tel Aviv. Así pues, le pregunté cómo había fundado la ahora todopoderosa IAF.

Me explicó que cuando se acercaba la independencia, en 1947, le habían encargado que buscara y comprara unos cazas utilizables. El Mossad Le'aliya Bet rastreó unos cuantos en Yugoslavia, por entonces recién liberada de la ocupación alemana y bajo el mando del mariscal Tito, antiguo guerrillero.

Puede que Tito fuera comunista, pero eso no tenía importancia. Necesitaba la moneda extranjera y la Haganá era antiimperialista. Cerraron el trato. Eran cuatro aparatos, abandonados por los alemanes y todavía sin estrenar, guardados en sus embalajes originales. Un equipo israelí fue al norte para montarlos. Los otros tres pilotos y él los siguieron. Curiosamente, eran cuatro jóvenes pilotos judíos a los mandos de cuatro Messerschmitt 109 con todos los distintivos nazis.

De esa guisa volaron al sur, repostaron combustible en secreto en Turquía y llegaron a Tel Aviv el día de la independencia y del inicio de la ofensiva árabe para borrar Israel del mapa. Llegaron, prácticamente sin combustible, para enterarse de que un escuadrón de cazas de la Fuerza Aérea Egipcia se acercaba al norte por encima de Ascalón. No había tiempo de aterrizar para repostarlo. Viraron hacia el sur y se encontraron con que se les echaban encima los Hurricane de fabricación británica del rey

Faruq. Así pues, el primer combate aéreo sobre Israel fue entre egipcios montados en unos Hurricane y judíos a los mandos de unos Messerschmitt.

Hasta aquel momento, Ezer Weizman había estado gesticulando mucho, pero entonces retiró ambas manos de la palanca de control y las levantó, con los dedos extendidos, para mostrarme cómo había liderado el ataque, con Benny Katz, de Sudáfrica, como compañero.

El monoplano giró inmediatamente y el desierto de Judea se desplazó a la parte superior del parabrisas. No pareció importarle. Cuando empezamos a caer del revés, hallé prudente dejar la libreta y el lápiz, y agarrar la palanca. Una vez que el aparato estuvo nivelado y rumbo a la costa de nuevo, sugerí que retomase los mandos. Pero él se limitó a encogerse de hombros y siguió explicando, con más gestos de las manos, cómo habían dispersado a los Hurricane, que dieron la vuelta hacia Egipto y aterrizaron en lo que ahora constituye el aeropuerto Ben-Gurión pero entonces no era más que una franja cubierta de hierba.

Volvió a tomar los mandos cuando íbamos a aterrizar, luego desconectó el motor, saltó a tierra, se despidió con un saludo alegre y se marchó a toda prisa en el coche del ministerio. El personal de tierra me dejó examinar su Spitfire negro personal, un modelo soberbio, y luego tomé un autobús Egged desde la puerta principal de la base aérea de regreso al centro de Tel Aviv.

Una confesión

En aquella visita, pasé mi última noche en Tel Aviv en un pub situado en una callejuela que descendía hacia el mar por delante del hotel Dan. Lo regentaba la propietaria, una pelirroja rumana muy animada que también se llamaba Freddie.

Me invitaron a sumarme a un grupo que había en la barra y que comprendía, según creo, a la hija de Moshe Dayan, Dael, y su marido, un antiguo comandante de tanque llamado Dov Zion. Por deferencia a mi desconocimiento del hebreo, se pasaron amablemente al inglés y la conversación se desvió hacia donde había estado y lo que había visto, incluido el hotel Rey David.

Todos ellos se habían visto implicados de algún modo en la lucha por la independencia veinte años antes y al menos la mitad habían formado parte de la Haganá o el Palmach. Puesto que por aquel entonces los británicos habían sido los invasores, yo esperaba cierta hostilidad, pero no hubo ninguna.

Contaron anécdotas acerca de cómo se pasaban de contrabando por los controles británicos remesas de armas de pequeño calibre debajo de cargamentos de melones, y todos se esforzaron por explicarme que, por lo que a ellos respectaba, los británicos se dividían en dos clases.

Los soldados de otros rangos, muchos de ellos «paras», no tenían nada en absoluto contra los judíos, pues a menudo se habían criado con ellos en las calles de Londres, Birmingham y Manchester. Habían estado combatiendo contra los alemanes durante cuatro años antes de que los destinaran a Palestina; algunos habían visto los horrores de los campos de concentración y lo único que querían era volver a casa con sus esposas y familias.

No hablaban árabe ni hebreo, y los palestinos desde luego no hablaban inglés, conque si había alguna conversación era entre los judíos de la diáspora y los Tommies. El ambiente era bastante cordial. Entre los antiguos guerrilleros de la barra había varios que relataron cómo algunos envíos de armas de la Haganá pasaban los controles con un codazo y un guiño, sin que nadie tocase siquiera los melones.

Quienes tenían una clara actitud antisemita eran los de Asuntos Exteriores, los funcionarios y los cuerpos de oficiales de alto rango, que rara vez disimulaban su preferencia por los árabes. Yo había oído decir en alguna ocasión que por el Ministerio de Asuntos Exteriores británico corría más arena de la que llegó a ver Lawrence en toda su vida.

Pero lo que de verdad me sorprendió fue que a quienes de verdad detestaban no era a los británicos, sino a sus propios extremistas, el Irgún y la banda de Stern. Ni uno solo habló bien de ellos. Al parecer, la postura colectiva era que los asesinatos a traición de soldados británicos por parte de extremistas sencillamente hacían que el trabajo de verdad, prepararse para sobrevivir a la guerra de 1948, resultara incluso más difícil.

Pero al fondo del grupo había una persona que no me quitaba ojo, de tal manera que empezó a incomodarme. Al final, cuando estaban sirviéndonos otra ronda, noté que me tiraban de la manga y era el que me miraba fijamente.

—Tengo que hablar con usted —dijo.

De cerca, me di cuenta de que su actitud no era hostil, sino suplicante.

—Aquí no —advirtió, y me llevó al rincón más apartado del bar—. Tengo que hablar con usted. Llevo veinte años esperando. Debo hacer una confesión.

Por lo general, cuando un periodista oye que alguien quiere hacer una confesión, se le cae el alma a los pies. Suele tratarse de alguien que robó algo en una tienda hace años o no dio parte de que la noche anterior aterrizó una nave espacial en su jardín. Uno busca una vía de escape. En este caso no había ninguna.

—¿Por qué conmigo? —pregunté.

—Porque es británico —contestó—, y no es judío.

Yo no veía la relación, pero asentí de todos modos. Tendría que escuchar lo que me contara. Respiró hondo.

—Yo estaba en el Irgún por aquel entonces. Conduje la camioneta hasta el interior del hotel Rey David.

Se hizo el silencio entre nosotros. El murmullo en torno a la barra era un lejano telón de fondo. Seguía mirándome fijamente, pequeño, fibroso, intenso, con unos imperturbables ojos negros. Todavía suplicante. Yo no sabía qué decir.

—¿Eso es todo?

—No, en absoluto. Quiero que me crea. Salí del sótano y fui a un café, uno francés, justo enfrente. Utilicé el teléfono público. Llamé a la centralita del Rey David y pedí que me pasaran con la comandancia militar. Hablé con un oficial subalterno. Le dije que había una bomba.

—¿Y?

—No me creyó. Dijo que era imposible. Luego colgó. Veinte minutos después estalló la bomba. Pero yo lo intenté. Créame, por favor, de verdad que lo intenté.

Que hubiera habido o no tiempo de evacuar un hotel tan grande en veinte minutos era un punto cuando menos discutible.

—De acuerdo —dije—. Le creo.

—Gracias.

—Solo una pregunta —añadí—. ¿Por qué no se lo cuenta a los de ahí? —Señalé con la cabeza a los combatientes que se encontraban junto a la barra.

—Me matarían —aseguró. Es posible que estuviera en lo cierto.

Me fui de Israel al día siguiente. Volví a Londres y a Ashford para ver a mis padres. Luego regresé a la jungla. A los escenarios de las matanzas en África.

De ratones y topos

La mayor parte de los medios de comunicación británicos tienen un problema permanente con los distintos órganos de la comunidad de la inteligencia británica, caracterizado por una aparente incapacidad para deducir cuál es cada uno.

Hay tres órganos principales. El menos mencionado es, irónicamente, el más grande. Se trata de la Oficina Central de Comunicaciones del Gobierno, conocida por sus siglas en inglés, GCHQ, situada en un enorme complejo con forma de dónut a las afueras de la ciudad de provincias de Cheltenham. Su tarea se centra en lo que se conoce con las siglas en inglés SIGINT o «inteligencia de señales».

En esencia, se dedica a aguzar el oído. Intercepta y escucha a escondidas a los enemigos y rivales de Gran Bretaña, y a veces incluso a sus amigos, a nivel internacional. En un quijotesco salto atrás hasta los días del imperio cuenta con emisoras en distintas partes del mundo que incluso a la Agencia para la Seguridad Nacional estadounidense, inmensamente mayor y con fondos mucho más generosos, le resultan de utilidad. Como consecuencia, los dos organismos comparten y canjean «productos» de manera constante.

Es este continuo intercambio de información, la colaboración invisible pero crucial entre las agencias de recogida de información de los dos países, lo que constituye la tan ridiculizada «relación especial» y eso incluye confianza y compañerismo mutuos también entre las Fuerzas Especiales. No tiene nada que ver con las teóricas y a menudo fugaces amistades entre políticos.

En paralelo a la GCHQ está el Servicio de Seguridad o MI5. Hace mucho tiempo, su dirección postal era el Apartado de Correos 500 de Londres, así que a veces se hace referencia a este organismo con tono jocoso como el Apartado 500. Su tarea es la seguridad nacional contra el espionaje extranjero, el terrorismo extranjero y nacional, y la traición dentro de las fronteras del país. Solo mantiene unos cuantos destinos en el extranjero para servir de enlace con otras agencias de seguridad aliadas.

La que se considera la agencia más glamurosa es el Servicio Secreto de Inteligencia (SIS, por sus siglas en inglés), al que se hace referencia por un título al que renunció hace años: MI6. A menudo existe confusión entre el Servicio Secreto y el Servicio de Seguridad, por no hablar de que se intercambian sus números y por lo tanto sus funciones. Pero los que son ajenos al asunto describen a cualquiera que esté siquiera remotamente relacionado con ellos con otro nombre inapropiado, el de «espía».

El auténtico espía es casi con toda seguridad un empleado de un país extranjero que trabaja en lo más profundo del tejido clandestino de su propio país y está dispuesto a recabar información secreta sobre su patria y facilitársela a sus auténticos patrones. Al intermediario se le denomina «activo» y el empleado a jornada completa que lo supervisa es el «encargado».

Está la nomenclatura relativamente nueva de «agente secreto», aunque yo nunca he oído que se utilice la palabra «espía» en ese mundo. Solo la usan la prensa y la televisión, por lo general de manera errónea.

Dejando eso a un lado, el MI5 tiene su sede en Thames House, en la orilla norte del Támesis, a escasos centenares de metros del Parlamento, y el SIS, en Vauxhall Cross, en la orilla sur, kilómetro y medio río arriba, desde que abandonara la antigua y desaliñada Century House, en el distrito de Elephant and Castle.

La tarea del SIS consiste en la recogida de información extranjera, y tiene presencia en todo el mundo, con una delegación en alguna parte en casi todas las embajadas británicas y a veces en sus consulados. En esencia, lo que busca es descubrir y prevenir problemas. Los políticos tienden a despreciarlo cuando están en la oposición pero babean de placer cuando, una vez en el poder, los llevan a un despacho discreto para explicarles lo que ocurre en realidad en lugar de lo que ellos creían que estaba ocurriendo.

Los políticos detestan de manera congénita que los pillen por sorpresa, y es ahí donde entra en juego la previsión, pero dicha previsión depende de saber lo que los malos planean, piensan hacer o tienen en mente. Puesto que rara vez lo revelan sin más, hay que descubrirlo de manera clandestina. De ahí el espionaje.

En términos generales, se divide en tres categorías: la inteligencia electrónica o ELINT, que consiste en el rastreo de la superficie del mundo por medio de cámaras de vigilancia, montadas en satélites, drones o aviones militares; la inteligencia de señales, SIGINT, que intercepta todo lo que se dicen entre sí los malos, incluso cuando creen estar en la intimidad más absoluta; y la recopilación de inteligencia humana o HUMINT.

Gran Bretaña nunca ha sido capaz de competir con los enormes presupuestos de Estados Unidos, y no tiene programa espacial, pero invierte una suma considerable en concepto de HUMINT. Infiltrar a un agente en el meollo de una situación complicada puede reportar más producto del que podrían llegar a ver u oír todos los «chismes». Es la especialidad del SIS.

Por lo que respecta a los términos, los que forman parte del SIS lo llaman «la Oficina»; los que están al margen utilizan la expresión «la Firma», y los empleados de la Firma son «los Amigos». No hay que confundirla con la CIA, que es «la Agencia» o «la Compañía», y sus empleados, que son «los Primos».

Teniendo en cuenta la población del Reino Unido, de más de sesenta millones, y la magnitud de su Producto Interior Bruto, siempre ha tenido un SIS más pequeño que prácticamente cualquier otra nación desarrollada del mundo, y por lo tanto más barato. El contribuyente británico no sale perdiendo precisamente con el trato. Hay una razón quijotesca para ello.

A diferencia de todas las demás agencias, la Firma siempre

ha podido confiar en un ejército *ad hoc* muy extendido de voluntarios dispuestos a prestar ayuda si se les pide con amabilidad. Proceden de una gran variedad de profesiones que les llevan a viajar bastante. Es posible que accedan, mientras están de viaje de negocios en un país extranjero, a recoger un paquete, dejar una carta en el hueco de un árbol, efectuar un pago o sencillamente tener los ojos y los oídos atentos, y presentar un animado informe cuando vuelvan a casa. Parece un poco raro, pero por lo visto funciona.

Es porque la mejor «tapadera» del mundo no es ninguna tapadera, sino la verdad. Así pues, si el señor Fulano va a asistir de verdad a una feria de muestras para vender sus sujetapapeles, igual puede meterse en una cabina telefónica, recoger una carta de entre las páginas de la guía de teléfonos y traerla a casa en una ranura invisible de un maletín preparado para tal efecto. Ahí es donde entra en juego la economía; no se hace por dinero, sino para echar una mano a «nuestro querido país». Muy pocas naciones pueden igualarlo.

Hay ocasiones en la vida en que conoces a alguien y enseguida decides que es un tipo honrado y puedes confiar en él. Si más adelante te llevas un chasco, es como una cuchillada por la espalda.

A finales de 1968, durante una breve visita a casa para firmar unos contratos como corresponsal con varios periódicos londinenses, conocí a un miembro de la Firma llamado Ronnie. Me buscó él a mí, y no al revés, no se anduvo con rodeos respecto a lo que era y trabamos amistad de inmediato.

Era un orientalista con buen dominio del mandarín pero, para asombro suyo, lo habían puesto al mando de una delegación africana. Reconocía saber poco sobre África y menos aún sobre lo que estaba ocurriendo en el interior de Biafra. Creo que dediqué unas veinte horas a lo largo de varios días a explicarle lo mal que estaba la situación, pues empezaba a salir a la luz que los niños estaban muriendo de hambre como moscas. De no haber confiado en su palabra, nunca habría accedido a lo que ocurrió a continuación.

El Ministerio de Relaciones con la Commonwealth se había fusionado con el de Asuntos Exteriores para convertirse en el Ministerio de Asuntos Exteriores y de la Commonwealth. Tanto el antiguo ministro de la Commonwealth como su adjunto, el secretario de Estado, habían dimitido, uno detrás del otro. El primero, George Thompson, un presbiteriano escocés profundamente creyente, pese a la razón oficial que había alegado, sencillamente no podía seguir en conciencia a la cabeza de una política que encontraba repugnante e inmoral. Su adjunto, George Thomas, era un ferviente metodista galés y tenía justo la misma opinión. (Este último llegaría a presidente de la Cámara de los Comunes y se jubilaría como lord Tonypandy, un político absolutamente honrado y respetado, no solo por su posición respecto a Biafra.)

Pero el nuevo ministerio se hallaba en manos del atroz Michael Stewart, sometido por completo a sus mandarines de la administración pública. Dirigidos por lord Greenhill, habían adoptado sin cambiar una sola coma la política dl ministerio de la Commonwealth, basada en la valoración errónea de sir David Hunt, el cual continuaba como alto comisionado británico en Lagos y defendía en todos sus informes la línea política de apoyo a Nigeria y contra Biafra. Pero, tras quince meses de guerra entre Nigeria y Biafra, empezaba a haber un debate, intensificado por el torrente de horrendas imágenes de niños biafreños reducidos a esqueletos en vida.

Empezaban a convocarse manifestaciones y estaban protestando figuras notables; quizá el debate se desarrollara a muy alto nivel y en el más absoluto secreto, pero el nuevo ministerio libraba una batalla en la retaguardia para ganarse el apoyo del vacilante gobierno de Harold Wilson.

Técnicamente el SIS rinde cuentas al Ministerio de Asuntos Exteriores y de la Commonwealth, pero está autorizado a disentir en ciertas circunstancias, en concreto si cuenta con datos objetivos en lugar de meras opiniones. El problema de Ronnie era que no tenía información específica sobre el terreno desde el corazón de Biafra para compensar las opiniones llegadas desde Lagos en el sentido de que los horrores se exageraban en gran medida y de que la guerra, en cualquier caso, terminaría en un plazo muy breve: la misma cantinela que ya llevaban quince meses repitiendo sobre una guerra de dos semanas. Hice lo que hice no a fin de denostar a los biafreños, muy al contrario. Lo hice para intentar influir en la polémica de Whitehall, que continuó a intervalos durante los siguientes quince meses, hasta el aplastamiento definitivo de Biafra con un millón de niños muertos.

La polémica era entre:

—Primer ministro, no podemos permitir que esto siga así. El coste en vidas humanas es sencillamente demasiado alto. Debemos replantearnos nuestra política. Debemos utilizar toda nuestra influencia para lograr un alto el fuego, una conferencia de paz y una solución política.

Y:

—Primer ministro, le aseguro que las informaciones de los medios de comunicación son, como siempre, sensacionalistas y enormemente exageradas. Tenemos información de que el régimen rebelde está muy cerca de derrumbarse. Cuanto antes ocurra, antes podremos enviar convoyes de alimentos a territorio rebelde. Entretanto le instamos a que se ciña a la política acordada hasta el momento e incluso incremente su apoyo al gobierno federal.

En octubre de 1968, ni Ronnie ni yo podíamos saber cuántos muertos más habría. Pero los argumentos a favor de un cese de las hostilidades perdieron debido a dos razones: el factor orgullo y el factor cobardía.

Dicen que si una leona ve a sus crías en peligro lucha con una pasión demencial por defenderlas. Pero su entrega queda a la altura de la sumisión en comparación con la furia de los funcionarios de mayor rango, en especial los de Asuntos Exteriores, a la hora de defender la ficción de que no pueden haber cometido un error.

La cobardía era, como siempre, cosa de los políticos, Wilson y Stewart. En esencia: «Primer ministro, si cede y se "replantea" la argumentación, tendría que reconocer que su gobierno lleva quince meses cometiendo un error. Entonces cómo contestaría la pregunta: "¿Cómo puede explicar al público el cuarto de millón de niños fallecidos hasta el momento?"». En esa tesitura, la respuesta de Wilson y Stewart era: «Muy bien, hagan lo que crean conveniente. Pero rápido».

Así pues, la ayuda militar, consultiva, diplomática y propagandística a la dictadura de Lagos fue aumentando con discreción. Ronnie me convenció de que la Firma podría decantar la polémica si lograba rebatir la acusación de que los medios exageraban aportando pruebas de primera mano de que la situación estaba tal como se decía o incluso peor.

Pero para hacerlo necesitaban a un «activo» infiltrado en el enclave biafreño, lo que denominó «alguien sobre el terreno». Cuando partí de regreso a la jungla, él ya lo había encontrado.

Era el triple de trabajo. Informar, a través de los distintos periódicos y revistas que me habían aceptado como «colaborador» (corresponsal local que no estaba en plantilla), del lento desarrollo del conflicto militar. Servirme de los mismos medios para reflejar la situación humanitaria, el desastre entre los niños que morían de *kwashiorkor* (deficiencia proteínica) y los esfuerzos de la Iglesia por mantenerlos con vida gracias a un puente aéreo de vuelos de ayuda ilícitos que llevaban alimentos donados literalmente por el mundo entero.

Había como mínimo una decena de periodistas más implicados, a veces hasta veinte, que iban y venían; había delegaciones de parlamentarios, senadores, emisarios de diversos grupos interesados que simplemente creían que su deber era verlo e informar de ello.

En Europa y Norteamérica, gracias a reportajes, fotografías y filmaciones, el asunto tuvo una enorme repercusión, uniendo a derecha e izquierda, a viejos y jóvenes, en manifestaciones y protestas. Hubo momentos en que Harold Wilson casi parecía asediado y en dos ocasiones, por lo que averigüé más adelante, casi estuvieron a punto de adoptar una política de «reconsideración». Si el Partido Conservador, en la oposición, hubiera ofrecido su apoyo, el cambio de política podría haber prosperado y habrían dejado de morir niños, pero Edward Heath, el líder tory, compartía con el Ministerio de Asuntos Exteriores y de la Commonwealth su obsesión por la Unión Europea y era su hombre.

La tercera tarea consistía en mantener a Ronnie informado de cosas que, por distintas razones, no podían aparecer en los medios de comunicación. Solo una vez, al cabo de nueve meses, se pusieron difíciles las cosas cuando corrió el rumor de que yo trabajaba para Londres. Si las sospechas hubieran cuajado, mi situación se habría vuelto muy delicada. Descubrí que quien lo había difundido era un exlegionario alemán, el mercenario Rolf Steiner, con quien nunca me había llevado demasiado bien.

No quedaba otra que susurrar unas palabras en el oído adecuado. Dos noches después, entre chillidos y gritos, no precisamente contento de llevar las manos atadas a la espalda, subieron a Steiner a bordo de un avión rumbo a Libreville y no regresó nunca.

Una explosión mediática

No debería olvidarse en ningún momento que la guerra entre Nigeria y Biafra se desarrolló en dos períodos muy diferenciados y la transición del uno al otro no duró más de un par de semanas.

Durante el primer año, de julio de 1967 a junio de 1968, tan solo fue una guerra africana normal y corriente, que se abría paso a fuerza de incompetencia por el paisaje. Los nigerianos, con su ejército regular de ocho mil hombres de infantería en verano de 1967, habían dado por hecho que arrasarían la provincia secesionista como si estuvieran en su derecho. Los biafreños creían que Lagos guerrearía durante unos meses y luego, al ver que no tenía sentido continuar, se rendiría. No ocurrió ninguna de las dos cosas.

Después de la efímera debacle de la invasión biafreña del medio oeste a través del Níger, Nigeria estableció el servicio militar obligatorio y forzó a decenas de miles de jóvenes a vestir de uniforme en contra de su voluntad. Esta inmensa expansión requería armas desde rifles hasta artillería, carros blindados, inmensas cantidades de munición para reemplazar la que en gran medida se disparaba contra las copas de los árboles y adiestramiento. Fue ahí donde intervino el *establishment* británico. Tras una mendaz cortina de «neutralidad», el gobierno de Wilson suministró los pertrechos sin los que la guerra no podría haber seguido adelante. Eso era lo que no habían previsto los biafreños.

La propaganda originada en Whitehall iba de mentira en mentira, pero durante el primer año los medios de comunicación apenas le prestaron interés, porque Nigeria Oriental era un lugar poco conocido, lejano y de interés mínimo para los lectores. La primera mentira consistía en que Londres solo «cumpliría con los contratos existentes», pero enseguida se vieron desbordados por la expansión del ejército nigeriano y hacía falta un cargamento tras otro.

El problema no estaba en los pagos; siempre estaban los derechos del petróleo y el crédito de Nigeria era bueno. Estribaba en las licencias. A instancias del alto comisionado en Lagos, se concedieron sin reparos.

Otra de las primeras mentiras consistía en que no se estaban enviando armas desde Gran Bretaña para alimentar la guerra. La expresión clave era «enviadas desde», no «enviadas por». De hecho, los suministros procedían de las existencias británicas en el inmenso parque armamentístico de la OTAN a las afueras de Bruselas y, por lo tanto, técnicamente, las enviaban desde Bélgica. Luego se remplazaron con envíos de Gran Bretaña a Bélgica.

Poco a poco, tanto la ampliación como los suministros surtieron su efecto. El ejército nigeriano cruzó lentamente el territorio, aldea por aldea y ciudad por ciudad. La capital, Enugu, fue tomada y sustituida por la ciudad de Umuahia. Cayó Port Harcourt y se perdió su aeropuerto. Con el aeropuerto de Enugu también inutilizado, se creó uno nuevo en Uli a partir de un tramo de carretera de tres kilómetros de longitud, que se convirtió en el único punto de entrada y salida, y recibía aviones de carga viejos y desvencijados procedentes de las islas cercanas a la costa de Fernando Poo (española) y Santo Tomé (portuguesa).

De manera engañosa, la transformación dio comienzo en mayo de 1968, cuando los misioneros se percataron de que madres preocupadas de las zonas más remotas llevaban a sus demacrados hijos a las consultas.

Los misioneros constituían una red que iba de punta a punta del país, sobre todo los padres del Espíritu Santo y las monjas del Sagrado Rosario, ambas órdenes de Dublín. Estaban a cargo de las iglesias, con una escuela y un dispensario anexos. Había algunos misioneros protestantes, pero la gran mayoría eran católicos. Los igbos eran abrumadoramente católicos, y el islam no había penetrado al sur de la sabana.

Los sacerdotes y las monjas sabían exactamente lo que tenían ante sus ojos: *kwashiorkor*, una deficiencia extrema de proteínas. La ausencia total de alimentos ricos en proteínas finalmente empezaba a tener repercusiones. Nadie lo había previsto, porque nadie había pensado que la guerra duraría tanto tiempo. Sin la intervención del gobierno de Wilson, no lo habría hecho. Sea como fuere, la aparición de *kwashiorkor* transformó una torpe guerra librada en medio del campo en una gigantesca tragedia humanitaria como no habían visto nunca África, Europa ni Norteamérica. Pero estaban a punto de contemplarla.

Los sacerdotes hicieron un llamamiento en Irlanda solicitando fondos y llegaron unas cuantas maletas llenas de medicamentos. Pero nadie hizo mucho caso. La visita de los medios de comunicación en febrero, que la BBC había condenado al ostracismo, se había llevado a cabo antes de que se evidenciaran los síntomas. Yo había regresado de mi visita a Israel en mayo. En junio dos periódicos británicos enviaron cada uno un equipo formado por un periodista y un fotógrafo. Eran el *Daily Express* y el ya desaparecido *Daily Sketch*.

Gracias a la mediación de Stewart Steven, redactor de la sección internacional, yo había sido contratado por el *Daily Express*, así que me encargaron la tarea de escoltar a Walter Partington y a David Cairns. La visita empezó con las típicas formalidades: una sesión informativa sobre la situación militar y luego un paseo por un par de frentes donde se estaban librando algunos combates.

Walter, que había llegado con media caja de botellas de whisky y varios cartones de tabaco de valor incalculable, rehusó moverse del bungalow que se le había asignado, donde se quedó consumiendo sus reservas sin compartirlas con nadie. David Cairns y yo fuimos a los frentes escoltados por militares. A nuestro regreso, Walter estaba demasiado perjudicado para redactar noticias, así que yo escribí y envié todos sus despachos, aunque firmados con su nombre.

(Tiene gracia, cuando volvió a Gran Bretaña los presentó para el galardón de Reportero Internacional del Año, y lo ganó.)

Luego encontramos a los niños famélicos en una misión católica. David Cairns y su colega del *Sketch* tomaron cientos de fotografías, guardaron los rollos en cápsulas herméticas y se los llevaron a casa. Por aquel entonces, podíamos transmitir textos por teletipo, pero no fotos.

No llegué a ver las ediciones del *Express* y el *Sketch* que salieron la semana siguiente, pero tuvieron un efecto dramático. Hoy todos hemos vistos fotografías de niños hambrientos de África y Asia, pero en 1968 nadie en Occidente había visto nada parecido.

Fue el catalizador que requería la situación. Lo cambió todo, convirtiendo una guerra africana de baja intensidad y escaso interés en la causa humanitaria más importante de la década.

En Gran Bretaña, y luego en Europa y Estados Unidos, los ciudadanos de a pie expresaron su horror, se manifestaron y donaron fondos. A partir de ahí se creó la misión de ayuda más extraordinaria que ha visto el mundo, un puente aéreo nocturno desde las islas del litoral a la rudimentaria pista de aterrizaje de Uli, en el corazón de la jungla.

Desde Dinamarca, un ministro protestante, Vigo Mollerup, reclutó a pilotos de todas las líneas aéreas escandinavas que renunciaron a sus vacaciones para pilotar por la noche aviones de carga con leche infantil en polvo hasta Uli. Le dieron el nombre de Aerolínea de la Iglesia del Norte. Lo que transportaban eran donaciones del Consejo Mundial de Iglesias (protestante) y Cáritas (la organización benéfica católica de carácter internacional con sede en Roma). El Papa ordenó a monseñor Carlo Bayer, de origen silesio, que saqueara los fondos de Cáritas e incrementara la contribución católica.

También estaba involucrado el Comité Internacional de la Cruz Roja (conocido como ICRC, por sus siglas en inglés), presidido por el suizo Karl Jaggi. Y lo más extraordinario era que todo aquello era ilegal. Según la ley, esos aviones que salvaban vidas estaban invadiendo el espacio aéreo nigeriano en contra de los deseos de la junta militar con sede en Lagos, que adquirió cazas MiG y pilotos del bloque comunista para intentar derribarlos. Por eso los aviones de ayuda humanitaria tenían que volar por la noche y aterrizar en medio de la oscuridad. Nunca había ocurrido nada parecido y no ha vuelto a ocurrir desde entonces.

Para los últimos días de otoño, el puente aéreo, denominado colectivamente Ayuda de la Iglesia Conjunta o, en tono jocoso, Líneas Aéreas de Jesucristo, estaba en marcha, o mejor dicho en el aire, y siguió funcionando hasta el último momento. Los tres principales organismos, el Consejo Mundial de Iglesias, Cáritas y el ICRC, calcularon la cifra de niños fallecidos en torno a un millón, y la de niños salvados de la muerte, más o menos similar.

Hacia el final, la red de comedores humanitarios diseminados por el enclave aún rebelde, donde los niños yacían esperando la muerte o un cuenco de leche rica en proteínas, tenía una población itinerante aproximada de medio millón de personas. Las cuadrillas de sepultureros a menudo enterraban en la fosa común hasta un centenar de niños de un mismo centro en un solo día.

Y llegaron los medios de comunicación, a centenares, con sus periodistas y sus cámaras, junto con cientos de voluntarios que solo querían ayudar en aquello que pudieran. A muchos se les denegó la entrada: sencillamente había demasiados.

¿Y el gobierno británico de Harold Wilson y el Ministerio de Asuntos Exteriores? Se aferraron con uñas y dientes a la vieja política desacreditada y redoblaron la ayuda a la junta nigeriana en forma de suministros, asesoramiento y propaganda. La oficina de prensa del Ministerio de Asuntos Exteriores y de la Commonwealth se rebajó a niveles de mendacidad increíbles para cumplir sus instrucciones.

Uno de los bulos que llegaron a plantear a los representantes de los medios en Londres fue que en realidad no había niños hambrientos en el «enclave rebelde» salvo un grupo al que mantenían como esqueletos vivientes con objetivos propagandísticos. Cada vez que una misión de personas importantes iba a comprobar la situación de los poblados, llevaban a esos infelices demacrados en camiones un poco antes a fin de que siempre estuvieran presentes para saludar a los visitantes. Fue un producto de la educación privada con una corbata a la antigua usanza y un título universitario quien ofreció semejante joya a los medios de comunicación.

En otra ocasión se pidió a un héroe de guerra, el capitán de grupo Leonard Cheshire, condecorado con la cruz de la reina Victoria, que fuera de visita, permitiera que le enseñaran únicamente Nigeria y volviera para difundir la versión oficial. Fue a Nigeria, tal como debía, pero luego se negó a no visitar Biafra. Lo que vio en la segunda parte del viaje lo impresionó hasta tal punto que volvió y denunció la política oficial. Lo calumniaron de inmediato, tachándolo de necio y crédulo.

La difamación de todo aquel periodista que expresaba repugnancia ante lo que estaba ocurriendo, al que se acusaba de mercenario, traficante de armas o propagandista de Ojukwu, era un comportamiento bastante habitual, pese a que resulta muy difícil poner en tela de juicio un millón de imágenes.

Ninguna tragedia humanitaria, salvo las que inflige la propia naturaleza, es posible sin dos clases de colaboradores. Hitler jamás habría logrado llevar a cabo el Holocausto de haber contado únicamente con los sádicos uniformados de las SS. Detrás de ellos había otro ejército de organizadores, administradores y burócratas: los posibilitadores.

Alguien tenía que suministrar constantemente los uniformes y las botas, las armas y la munición, los sueldos, las raciones y el alambre de espino. Alguien tenía que supervisar el suministro de instrumentos de tortura y gránulos de gas. Esas personas nunca apretaron un gatillo ni pusieron en marcha una cámara de gas.

Pero hicieron posible que todo eso ocurriera. Ahí estriba la diferencia entre quien hace algo y quien hace algo sentado a una mesa.

Partiendo del análisis erróneo e interesado de sir David Hunt, adoptado por el Ministerio de Relaciones con la Commonwealth, asumido y acentuado por Asuntos Exteriores, cobardemente respaldado por Harold Wilson y Michael Stewart, hoy sigo convencido de que lo que ocurrió no podría haber ocurrido sin la colaboración sistemática y encubierta del gobierno de Wilson.

Tampoco era necesario para proteger ningún interés británico vital y, además, ¿qué interés merece la muerte de un millón de niños? Gran Bretaña podría haber usado su inmensa influencia con Lagos para abogar por un alto el fuego, una conferencia de paz y una solución política. Optó por no hacerlo pese a las repetidas oportunidades, reivindicando la convicción de Hunt de que había que aplastar Biafra costara lo que costase, pero sin explicar nunca por qué.

Por eso creo que esa camarilla de mandarines vanidosos y políticos cobardes manchó el honor de mi país para siempre y no los perdonaré jamás.

Un certificado útil

El plan era recorrer un montón de kilómetros a través de las líneas nigerianas para volar por los aires un puente que constituía una ruta importante de suministro hacia uno de los enclaves más avanzados en territorio igbo.

A decir verdad, no había «líneas» en el sentido de trincheras fortificadas en el terreno. A los medios de comunicación les gustaba trazar líneas en los mapas uniendo los puntos avanzados nigerianos, aldeas a las que habían llegado y donde estaba presente el ejército nigeriano. Pero en esa jungla había infinidad de estrechos senderos que solo conocían los guías de los pueblos cercanos y por los que era posible cruzar las «líneas» y adentrarse en el monte más allá. Ese era el plan para llegar al puente indicado.

La misión contaba con tres mercenarios y veinte de los «comandos» biafreños mejor entrenados, junto con un par de guías locales que conocían los caminos en el campo. Opté por ir con ellos, sospechando que podía conseguir un buen reportaje.

La primera noche, estábamos a medio camino. Acampamos porque ni siquiera los guías podían marchar de noche. En la jungla no reinaba la oscuridad sin más, era negro como boca de lobo. De modo que acampamos y encendimos una pequeña hoguera. Después de una cena bastante sencilla, el grupo se dispuso a dormir, acosados como siempre por los mosquitos y asombrados de lo ruidosa que es la jungla por la noche.

Estábamos Taffy, el sudafricano de nombre galés; Johnny, el rodesiano de nombre sudafricano; Armand, un parisino de nombre corso; y yo, el inglés de apellido escocés. Y los biafreños que eran todos igbos. En plena oscuridad, Taffy habló de pronto.

—Estoy dispuesto a apostar que soy el único alrededor de esta hoguera que puede demostrar que está cuerdo.

Seguimos tumbados, deduciendo lentamente que el único modo de demostrar que uno está cuerdo es si tiene un certificado que lo diga. Y el único modo de que le expidan un certificado así es al darle de alta de un manicomio.

Me quedé allí pensando: «Estoy a kilómetros de cualquier puñetero lugar. Si desaparezco esta noche nadie sabrá qué me ocurrió, ni lo preguntará siquiera. Podría desvanecerme sin más. Así que estoy tumbado al lado de un gigante, que está armado hasta los dientes y bromea con que está medio chiflado». Permanecí despierto.

Hay momentos en que la pregunta «¿Qué demonios hago aquí?» simplemente no se esfuma. Al día siguiente Johnny, el genio de los explosivos, hizo saltar el puente por los aires y volvimos a través del campo hasta el corazón de Biafra. Tuve buen cuidado de ir siempre detrás de Taffy, por si se le olvidaba lo del certificado.

El señor Sissons, supongo

El plan consistía en trasladarnos en Land Rover hasta la última posición biafreña conocida, luego continuar un trecho por la carretera de Aba a Owerri y preparar una emboscada. Accedí a acompañarlos pese a que iba a ser una misión biafreña por completo, sin la presencia de ningún mercenario blanco.

Siempre era reticente a ir con una patrulla formada solo por igbos, porque si el asunto se torcía del todo ellos podían esfumarse en su jungla natal sin más, mientras que yo me perdería a los diez metros y muy probablemente me toparía con alguna unidad del ejército nigeriano y los confundiría a unos con otros. Las caras eran las mismas; los uniformes, similares, y la jungla, desconcertante.

Pero todo fue sobre ruedas. Sabíamos que Aba había caído y había un nuevo punto fuerte nigeriano. Por aquella carretera podían transitar convoyes nigerianos de tropas y suministros, de ahí la emboscada nocturna. Ni se me pasó por la cabeza que algún idiota del bando nigeriano pudiera enviar a un grupo de periodistas de visita.

Así pues, el oficial del comando escogió el lugar en un altozano cubierto de hierba encima de la carretera y nos apostamos a esperar. Al cabo de una hora, se oyó el retumbo grave de los motores que se acercaban desde el sur y luego se vio la luz atenuada de los faros.

Nosotros éramos invisibles entre la hierba alta y bajo los árboles, pero la carretera, sin árboles que la cubrieran, resultaba visible a la luz de la luna y las estrellas. El Land Rover nigeriano que iba en cabeza paró varias balas y fue a parar a una acequia, bloqueando la carretera al resto del convoy y evitando que huyeran hacia delante. Los camiones que iban detrás fueron presa del pánico, se detuvieron y empezaron a saltar de ellos las figuras borrosas de los hombres que llevaban. Los biafreños siguieron disparando y los nigerianos se pusieron a gritar y a chillar.

Entonces, por encima del ruido, oí una voz aislada que gritaba con perfecto acento inglés: «Me han dado, ay, Dios, me han dado». Era el primer indicio de que hubiera algún europeo en la carretera.

Escudriñando en la oscuridad, distinguí la figura que gritaba en la calzada y la voz dejó claro que se trataba de un compatriota. A mi lado un soldado biafreño también ubicó el objetivo y levantó su rifle FAL para acabar la tarea. Es posible que la rivalidad periodística fuera a veces tensa, pero no llegaba a tales extremos. Alargué la mano, le levanté el cañón y su disparo se perdió entre las copas de los árboles. Se volvió y vi el blanco de sus ojos, que me fulminaban. Entonces el líder de la emboscada hizo sonar su silbato, la señal para que nos escabulléramos de la loma y, de regreso en la jungla, corriéramos como condenados.

El inglés de la carretera había recibido un balazo en el muslo. Meses después me enteré de que era Peter Sissons, la estrella de Independent Television, que fue evacuado, volvió a casa en avión y se recuperó por completo.

Años después, nada menos que en una gala benéfica, y más bien borracho, me fui de la lengua. Él y su mujer estaban presentes. Peter encajó la noticia con la dignidad oportuna, pero fue su esposa la que me dio un enorme beso húmedo.

Bien vale un buen trago

Doce años después de la guerra de Biafra, me encontré con un veterano del regimiento del Servicio Aéreo Especial en un bar de Londres. Sin venir a cuento, me soltó:

—Me debes un buen trago.

Si alguien así te dice que le debes una copa, más te vale no discutir. Vas a la barra y le pides uno doble. Así que eso hice. Después de un largo trago, le pregunté a qué se refería.

—Resulta —dijo— que una vez tuve tu cabeza en la mira de mi fusil y no apreté el gatillo.

Reconocí que aquello bien valía una botella entera. También confirmaba algo que sospechaba desde hacía tiempo. El Servicio Aéreo Especial se especializa (entre otras muchas cosas) en penetrar en lo más profundo de la zona objetivo, recabar información y escabullirse sin ser detectado. Corrían rumores desde mucho tiempo atrás de que parte de la cuantiosa ayuda prestada por Londres a Lagos había sido la presencia de nuestras fuerzas especiales. El desmentido político había resultado siempre un tanto estridente. Desde luego no hubo tal presencia hasta 1968. La única vez que yo había estado al Este del Níger había sido como corresponsal de la BBC con la invasión biafreña a través del puente de Onitsha, el año anterior. Después de mi regreso en 1968 siempre había permanecido dentro del enclave biafreño. La única vez que mi amigo, que saboreaba su copa con satisfacción junto a la barra, podía haberme visto era a través de un telón de árboles en lo más profundo de Biafra.

Eso valen los desmentidos oficiales.

Fragmentos de metal

De todos los fragmentos de metal que han lanzado en mi dirección los peores son los morteros. Esto es porque son silenciosos. Lo único que oyes cuando cae un mortero es un suave susurro, como de plumas, justo antes de que impacte. Por lo general sin tiempo suficiente para ponerte a cubierto.

Si el terreno en el que cae es blando o cenagoso, como a veces ocurría en Biafra, la bomba podría quedar incrustada en el momento del impacto, con lo que dejaría buena parte de su fuerza explosiva y sus láminas de metralla en el barro circundante.

Pero si cae sobre terreno duro detona con un estrépito ensordecedor. Eso no es lo malo; lo malo es que la carcasa se transforma en una lluvia de cientos de fragmentos de metal muy afilado que salen disparados hacia fuera desde la altura de la rodilla hasta bastante por encima de la cabeza, y en un círculo de trescientos sesenta grados desde el lugar de la explosión. Cualquiera que se vea atrapado en la lluvia de metralla probablemente se verá hecho pedazos y morirá o cuando menos quedará lisiado.

Por eso empecé a detestarlos, por su silencio. Los nigerianos, a diferencia de los biafreños, tenían artillería con proyectiles, constantemente reabastecidos por Londres pese a las mentiras. Pero por fortuna eran unos tiradores muy poco precisos, y un proyectil emite un sonido característico al caer, como un convoy del metro cuando entra en una estación. Justo el tiempo suficiente para echarte boca abajo en el suelo y confiar en que la explosión te pase por encima de la espalda.

Las ametralladoras no tienen ninguna gracia, pero los nigerianos se limitaban a poner el arma en posición automática, usando todo el cargador en una sola ráfaga, por lo general apuntando alto y rebanando las copas de innumerables árboles inocentes. Tiempo suficiente para lanzarte a tierra o meterte en una acogedora zanja y situarte por debajo del nivel del suelo.

En lo que se refería a rifles, los nigerianos utilizaban el modelo SRL de la OTAN o rifle de autocarga. Esos también los ponían en posición «automática» y se ventilaban un cargador en cuestión de segundos. Cuando veías que las ramas empezaban a hacerse trizas por encima de tu cabeza, te echabas al suelo y probablemente salvabas la vida. Aparte de eso, los reclutas forzosos medio entrenados (si es que contaban con algún entrenamiento) tenían dificultades para alcanzar la puerta de un granero a diez pasos. Literalmente cientos de millones de balas atravesaron las copas de los árboles.

Los biafreños tenían suministros más limitados, enviados por avión en lugar de en barco, pero los mercenarios que intentaban adiestrarlos para que no desperdiciaran la munición afrontaban una tarea imposible. En África, «rociar el paisaje» parece ser la única táctica de infantería.

Entre los biafreños, las dos armas más temidas eran el carro blindado Saladin y el vehículo de reconocimiento Ferret, ambos suministrados por Londres. El Saladin tenía un cañón, que la tripulación no sabía utilizar, y ambos estaban provistos de una ametralladora pesada, que era sumamente peligrosa. Pero también se les oía llegar, y tanto la reverberación del Ferret como el gañido del Saladin te daban tiempo suficiente para apartarte. Por desgracia, si los biafreños oían el gañido del Saladin aproximándose, huían a la desesperada, y otro poblado defendido que caía.

En un momento dado, Nigeria adquirió armamento aéreo: bombarderos bimotores Ilyushin y cazas a reacción MiG-17, ambos pilotados por mercenarios, egipcios o alemanes orientales. Los biafreños no tenían fuerzas antiaéreas, aunque eso no les impedía desperdiciar munición abriendo fuego hacia las alturas cada vez que veían un avión. Los nigerianos no contaban con ningún piloto, porque los únicos que habían llegado a tener eran igbos. Así pues, los Ilyushin y los MiG podían volar bajo, localizar sus objetivos y bombardearlos o ametrallarlos. Pero no cambiaron el curso de la guerra en ningún momento. Yo solo me las vi con un MiG en una ocasión.

Me encontraba casualmente en una carretera de laterita larga y recta con campos de hierba a ambos lados, de modo no había árboles bajo los que protegerse. El MiG apareció a mi derecha, visible por la ventanilla del conductor de mi Volkswagen. (En aquel entonces, en Nigeria se conducía por la izquierda.) Yo lo había visto, pero él también me había visto a mí, y volaba en la misma dirección, a unos tres mil pies.

A través del parabrisas lo vi bajar el ala de babor, girar el caza ciento ochenta grados y descender para luego nivelarse justo encima de la carretera. Pisé el freno, salí del coche a toda prisa y me lancé a la cuneta justo cuando abría fuego.

Arremetió contra la carretera con su cañón, levantando pequeños surtidores en la superficie de laterita, pasó estruendosamente por encima y se fue, realizando solo una pasada. Seguro que no era muy bueno. Pese a horadar toda la carretera, no alcanzó el Escarabajo. Cuando era un punto en el horizonte camino del Níger y su hogar, conseguí arrancar el VW, pasar por encima de los baches y volver a mi bungalow en la ciudad de Umuahia.

Sin embargo, el que más cerca estuvo de enviarme a un lugar nuevo y en apariencia mejor fue el operador de mortero que había a las afueras de Onitsha. Yo acababa de visitar la línea del frente al sur de la ciudad fluvial, cerca de la cabeza de puente, pero aquello implicaba una larga caminata de regreso por la ladera pelada y desprotegida de una colina hasta donde tenía aparcado el coche, en lo profundo de una arboleda. Había recorrido un tercio de la distancia por el flanco de la colina cuando alguien debió de verme desde el otro lado del río, es de suponer que con prismáticos. Probablemente fue la cara blanca lo que le irritó, porque abrió fuego con ganas.

Oí un suave susurro y me lancé en plancha. Fue un disparo de orientación y cayó a cien metros escasos. No me causó ningún daño, pero tampoco tenía dónde resguardarme. Miré alrededor en busca de alguna acequia acogedora y vi una a un lado, a unos veinte metros. La alcancé justo en el momento en que caía el segundo disparo.

Las acequias ofrecían buena protección, pero los habitantes de la zona solían utilizarlas como letrinas. En la estación de lluvias, los desechos son arrastrados, pero entonces eran los meses de sequía, o sea que no era recomendable pasar el rato arrastrándose por una de aquellas acequias. Aun así, era mejor que acabar hecho trizas. Me tumbé y conté los segundos. Siete. Entonces cayó el tercero. Más cerca, pero por encima de mi cabeza.

Salí de un salto y eché a correr, contando los segundos, con la esperanza de que mi nuevo amigo no tuviera mucha imaginación.

No la tenía. A los seis segundos volví a la zanja y a los siete cayó el siguiente. No era un explosivo de verbena de sesenta milímetros, sino un mortero de «compañía» de ochenta y uno. Muy peligroso.

Confié en que estuviera observando dónde había caído y luego introdujera el siguiente proyectil en el tubo. La trayectoria del explosivo era exactamente de siete segundos. Nunca me había gustado correr, y aquella vez menos todavía. Arriba, correr, al suelo, explosión. Entonces llegué al punto donde la ladera de la colina se curvaba alejándose del río. Dos tramos más y saldría de su campo de visión.

Con la esperanza de que me viera, me volví y le hice un gesto obsceno con el dedo corazón. Luego me perdí de vista. Cayeron tres disparos más, aunque cada vez más lejos del objetivo, hasta que alcancé mi coche y logré regresar a casa. Y por este motivo aborrezco los morteros.

De más ratones... y mercenarios

Para los biafreños, la experiencia de los mercenarios blancos extranjeros fue sumamente desigual. Ambos bandos se servían de ellos, pero la idea de que eran elementos invencibles capaces de cambiar las tornas, una reputación derivada de las guerras congoleñas de unos años antes, resultó ser un mito.

La primera intervención en el caso de los biafreños llegó desde Francia, por aquel entonces gobernada por Charles de Gaulle. Su principal «arreglador» en África, Jacques Foccart, responsable de toda suerte de artimañas en el antiguo imperio francés, así como en otros lugares, dispuso que el mítico exlegionario Roger Faulques reclutara a cuarenta mercenarios, en su mayoría franceses, y los enviara allí para que enseñaran a los biafreños cómo debía hacerse la guerra. Costaron a Biafra una fortuna de sus escasas reservas de moneda fuerte.

Llegaron como estaba previsto y los destinaron al sector de Calabar, donde los soldados nigerianos y biafreños se hallaban enzarzados en una lucha por la ciudad fluvial. De camino hacia allí, mientras conducían sin avanzadilla de reconocimiento, se toparon con una emboscada y perdieron a varios hombres. Se retiraron en desbandada y su siguiente parada fue el aeropuerto, donde exigieron volver a casa. El general Ojukwu, asqueado, se limitó a dejarlos marchar.

Pero siete optaron por quedarse y a ellos se sumaron tres que no eran franceses y llegaron después. Constituían un grupo variopinto. Dos eran ilusos fantaseadores, otros dos se pirraban por matar y uno disfrutaba con la crueldad. Algunos del grupo francés se quedaron porque la justicia los buscaba en Francia por delitos diversos. Por último, había exsoldados de ejércitos nacionales que sencillamente no habían conseguido adaptarse a la vida civil.

También hubo tres pilotos mercenarios que volaron en la efímera fuerza aérea biafreña hasta que fueron derribados o estrellaron su aparato y se marcharon. Tres de los mercenarios de infantería murieron en combate. De los que lucharon como soldados, Giorgio Norbiato, a quien no llegué a conocer, era italiano y fue el primero en caer. Lo abatieron mientras combatía en el área del río Imo, cuando los nigerianos avanzaban desde las ensenadas hacia Aba.

Mark Goossens era un antiguo paracaidista belga, otro tipo enorme. Murió de un balazo en el hígado durante una tentativa desesperada de reconquistar la ciudad de Onitsha.

El tercero en morir fue un británico, Steve Neeley, que me resultaba sumamente desagradable. Se paseaba por ahí con una calavera blanca en el capó del Land Rover. Era la cabeza de un nigeriano muerto que había hervido para quitarle toda la carne y sujetarla encima del radiador por medio de unos alambres de acero.

Desapareció en el sector de Abakaliki y luego corrió el rumor de que podía haberse encargado de él uno de sus propios hombres. Atestiguaron que estaba muerto, pero nunca se encontró el cadáver.

Entre los que sobrevivieron se encontraba Billois, alias Tiny o Petit Bill, un gigante francés que pesaba cerca de ciento sesenta kilos. Murió años después de la guerra, cuando se estrelló la avioneta en la que viajaba. Siempre tenía a su lado a su primo Michel, tan modesto que apenas reparaban en él, incluso cuando se marchó. Y Rolf Steiner, al que nombraron comandante y se hacía llamar coronel. Era exmiembro de la Deutsches Jungvolk (una especie de Juventudes Hitlerianas) y de la Legión Extranjera, lo habían licenciado por invalidez en Dien Bien Phu, Vietnam, justo a tiempo, y era uno de los miembros del grupo de

Faulques que optaron por quedarse. Adoptaba una pose afectada y se paseaba en su limusina estadounidense confiscada, su coche oficial, pero no recuerdo que entrase en combate ni una sola vez. Solo hablaba francés y alemán, de manera que me veía obligado a hacerle de intérprete a menudo. Eso le convertía en una buena fuente de información, aunque nunca le tomé aprecio.

Luego estaba Taffy Williams, a quien ya he mencionado.

Los únicos tres a quienes llegué a tomar cierto aprecio eran Alec, un escocés que sobrevivió, volvió al Reino Unido, se casó y se sacó el carnet de camionero; el rodesiano Johnny Erasmus, el rey de los explosivos, exsoldado del ejército de Rodesia; y Armand, de París. Armand era larguirucho y moreno, con el pelo y los ojos negros de sus ancestros corsos. Rara vez hablaba, pero observaba el mundo con una leve sonrisa irónica.

Armand solo había ido a Biafra porque el jefe de la Brigade Criminelle de la policía de París le había aconsejado de la manera más amistosa posible que se largara para eludir una detención bochornosa. No le guardaba rencor, pues todos tenemos que ganarnos la vida. Así pues, se había alistado en el grupo que estaba organizando Jacques Foccart, el trilero para África del gobierno francés, y que dirigiría el mítico exlegionario Roger Faulques. Cuando el contingente francés regresó a su país a toda prisa después de apenas una semana, Armand se quedó, de hecho, hasta el final.

Descubrí que había llegado al extremo de buscar a los misioneros irlandeses y cada mes les entregaba su sueldo para que comprasen más comida para los niños. También me advirtió, cuando me enteré, que no le haría ninguna gracia si llegaba a correrse la voz. A Armand no se le llevaba la contraria así como así, por lo que mantuve la boca cerrada.

Por último, estaba el mítico comandante Atkinson, bajo la apariencia de este autor, que había recibido ese sobrenombre de labios del propio Ojukwu. Un día de otoño de 1968 me presenté en el puesto avanzado del cuartel general biafreño con la intención de ir al frente para ver si había alguna noticia que mereciera la pena cubrir. Al verme con mi habitual chaqueta de safari de color claro, el comandante de brigada se opuso.

Tenía toda la razón. Era bien sabido que en el ejército nigeriano eran bastante paranoicos con los mercenarios blancos y nunca habían oído hablar de un corresponsal de guerra. Presentarse en el entorno verde de la jungla con la cara blanca y una chaqueta de color claro era buscarse problemas. Con solo atisbarme a través de los árboles, toda la zona sería arrasada por el fuego de armas automáticas. Dejando de lado todo lo demás, habría sido injusto para los soldados biafreños que pudieran encontrarse cerca.

Insistió en que me pusiera una guerrera de camuflaje y ordenó a uno de sus oficiales que me prestara la que tenía de reserva. Resultó que llevaba el emblema del medio sol de Biafra en las dos mangas y una corona de comandante en cada hombro. Para no perder el día, me la puse y fui al frente.

Aparte de eso, me había acostumbrado a llevar una automática francesa al cinto. La razón era que me habían descrito con detalle lo que los soldados de la tribu hausa le harían a un mercenario blanco si lo atrapaban con vida. Así que mi pistola prestada llevaba una sola bala: para mí, si me veía en el peor de los casos.

Cuando regresaba, me topé con un grupo de la prensa británica; también les habían denegado el acceso al frente y no estaban muy contentos. Uno de ellos me reconoció y así ocurrió todo. A su regreso a Londres, la oficina de prensa de Asuntos Exteriores se puso manos a la obra sin vacilar. Era demasiado tarde para protestar diciendo que nunca llevaba la guerrera de camuflaje si no estaba en el frente y que la pistola permanecía guardaba en la guantera del Volkswagen.

Por lo que respecta a los mercenarios de verdad, creo que a estas alturas están casi todos muertos, aunque quizá me lleve un par de sorpresas cuando se publique este libro.

Recuerdos

La guerra no tiene nada de noble. Este adjetivo puede resultar adecuado para quienes deben luchar en defensa de una causa o un país. Pero la guerra en sí es cruel y brutal. Ocurren cosas que embrutecen los sentidos y dejan cicatrices en la memoria. Y el conflicto más atroz de todos es la guerra civil.

De los miles de recuerdos que me traje de los dos años que pasé procurando transmitir las realidades de Biafra a los lectores de Inglaterra, Europa y Estados Unidos, el que más ha perdurado es el de los niños agonizantes.

Morían en los pueblos, en las cunetas y, junto con los que sobrevivían gracias a la comida de auxilio, en los comedores humanitarios. Estos casi siempre se levantaban en torno a las misiones: iglesia, escuela, dispensario y una explanada del tamaño de un campo de fútbol donde yacían en la hierba, sobre esteras de juncos o en el regazo de sus madres, que los abrazaban, viéndolos marchitarse y fallecer, y se preguntaban por qué.

A medida que se agravaban los efectos del *kwashiorkor*, el cabello rizado castaño oscuro se convertía en una pelusa rojiza. Los ojos se desenfocaban, pero parecían inmensos en el rostro demacrado. La debilidad del músculo perdido los dejaba lánguidos, hasta que, incapaces de moverse en absoluto, fallecían y una figura ataviada con sotana se acercaba para entonar una última bendición y llevárselos a la fosa.

Los vientres se hinchaban como globos, pero solo contenían aire; las cabezas oscilaban sobre músculos que se habían esfumado. Y siempre aquel grave gemido, cuando lloraban de dolor.

Y una imagen por encima de todas las demás, en el campo de hierba delante de la ventana de mi choza.

Estaba tecleando en la máquina de escribir con la ventana abierta de par en par. Estábamos a finales del verano de 1969 y corría un aire cálido. Casi echaba en falta aquel sonido grave por encima del tableteo de las teclas. Entonces lo oí y fui a la ventana.

Estaba plantada en la hierba de fuera, un redrojo de niña de siete u ocho años, flaca como un palo, con un ligero vestido de algodón manchado de tierra. Con la mano izquierda sujetaba la de su hermanito, desnudo por completo, con la mirada apática y el vientre bulboso. Levantó la vista hacia mí y yo la bajé hacia ella.

Se llevó la mano derecha a la boca e hizo el gesto universal que significa: tengo hambre, dame comida, por favor. Luego tendió la mano hacia la ventana y movió los labios sin proferir ningún sonido. Bajé la vista hacia la manita con la palma rosada, pero yo no tenía comida.

La comida me llegaba dos veces al día de las cocinas que había detrás de los barracones Nissen en los que vivían los pocos visitantes blancos. Pero esa noche iba a cenar con Kurt Jaggi, de la Cruz Roja, alimentos buenos y nutritivos importados de Suiza. Aunque faltaban tres horas todavía. Las cocinas estaban cerradas con llave y ninguno de los dos niños podía ingerir comida sólida. Yo pasaría con cigarrillos extralargos hasta la cena. Pero el tabaco no se puede comer; un mechero Bic no alimenta.

Como un bobo, intenté explicarme. Lo siento, lo siento mucho, pero no tengo comida. Yo no hablaba igbo, ella no hablaba inglés, pero daba igual. Lo entendió. Retiró lentamente el brazo tendido hasta el costado. No escupió, no gritó. Se limitó a hacer un gesto de asentimiento mudo. El hombre blanco de la ventana no iba a hacer nada por ella ni por su hermano.

En mi larga vida nunca he visto semejante resignación, una dignidad tan imponente, como en aquella figura demacrada cuando se dio la vuelta, perdida la última esperanza. Juntas, las dos pequeñas formas se alejaron por el campo hacia los árboles. En el bosque, ella encontraría un árbol a la sombra, se sentaría al pie y aguardaría la muerte. Y tendría cogido a su hermanito, como una buena hermana, hasta el final.

Los seguí con la vista hasta que los árboles los engulleron, luego me senté a la mesa, apoyé la cabeza en las manos y lloré hasta que el reportaje quedó mojado.

Fue la última vez que lloré por los niños de Biafra. Desde entonces otros han escrito documentales acerca de lo que ocurrió en aquellos últimos dieciocho meses de los treinta que duró la «guerra de diez días» pronosticada desde Lagos. Pero ningún periodista de investigación ha abordado la tarea de sacar a la luz por qué ocurrió y exactamente quién permitió que ocurriese. Para el *establishment* de Whitehall el tema está zanjado. Es tabú.

Vuelo de salida

Fue dos noches antes de la Navidad de 1969 y estaba claro que el último enclave sitiado de la sublevación biafreña finalmente se estaba viniendo abajo. Los igbos estaban sencillamente agotados, hasta el punto de que los soldados apenas se tenían en pie. Al modo de los africanos cuando han perdido toda esperanza, se limitaron a «volver al campo», lo que significa que se esfumaron en la jungla y regresaron, sin armas ni uniformes, a sus poblados natales.

El ejército nigeriano podría haber conquistado el resto del enclave esa noche, pero continuó su avance a paso de caracol durante dos semanas más, hasta la rendición formal del 15 de enero. Yo no tenía manera de saber que sería tan lento y me encontraba en la pista de aterrizaje de Uli para despedir a Emeka Ojukwu, que partía hacia un exilio de varios años.

El presidente aliado de Costa de Marfil, Houphouët-Boigny, había enviado su reactor personal, pero era un vuelo muy concurrido, sin sitio para autostopistas. Esa noche en la pista había otro avión que había llegado de manera totalmente inesperada.

Era un Douglas DC-4 muy antiguo y bastante desvencijado, un aparato cuatrimotor con aspecto de tener un montón de kilómetros de vuelo en su haber. El piloto y también propietario era un sudafricano al que conocí rodeado de monjas irlandesas. Su historia era bastante rara.

Se llamaba Jan van der Merwe y no conocía a Ojukwu en persona. Pero lo había visto por televisión y le había impresionado. Sin recibir ninguna invitación y corriendo un riesgo considerable, había volado desde Libreville, Gabón, para ver si Ojukwu necesitaba que lo llevara a un lugar seguro.

Me sorprendió que un afrikáner, casi con toda seguridad ferviente partidario del *apartheid*, decidiera correr semejante riesgo para ayudar a un negro fracasado al que no conocía. Pero ya me había dado cuenta de que a veces Ojukwu tenía ese efecto sobre la gente.

El ofrecimiento de Van der Merwe fue amablemente rechazado porque el líder biafreño ya tenía transporte, pero las monjas eran de otro parecer. Estaban a cargo de dos o tres camiones llenos de niños y bebés tan demacrados que si no recibían ayuda profesional sin pérdida de tiempo morirían sin duda. Así pues, el sudafricano accedió a regañadientes a subirlos a bordo. Las monjas empezaron a llevarlos uno por uno por la rampa hasta el interior oscuro del avión de carga. No había camas ni asientos, conque los tendían en el suelo y bajaban a por más.

Al final quedaron tres aviones en lo que había sido el aeropuerto nocturno más ajetreado de África: el Douglas y dos reactores oficiales de Costa de Marfil y la Cruz Roja. Más adelante describiría todo esto, tal como sucedió, en las primeras páginas de mi novela *Los perros de la guerra*.

Acepté agradecido un pitillo extralargo con filtro de Jan y le pregunté si tenía copiloto. No lo tenía; había ido solo. En la cabina de vuelo, el asiento de la derecha estaba libre. Era mío si lo quería. Así era.

Los nigerianos habían tenido el detalle de poner precio a mi cabeza, se rumoreaba que nada menos que cinco mil naira; no era una fortuna, pero más que suficiente para que un pobre soldado hausa la reclamara con avidez. Y se aclaraba que vivo o muerto, o sea que no tenía muchas probabilidades de sobrevivir. El antepenúltimo avión era una apuesta mucho más segura que intentar esconderme entre los misioneros. Mis conocimientos del credo eran algo precarios.

Cuando terminamos de cargar, Jan y yo subimos a la cabina

y él puso en marcha los motores, uno tras otro. La oscuridad era absoluta y las luces del aeropuerto estaban apagadas cuando rodamos hasta la otra punta, dimos la vuelta y embocamos la pista. Después de una pausa, esperando unas luces de despegue que no llegaron a encenderse, Jan accionó los cuatro aceleradores sin más y despegamos completamente a oscuras salvo por el rielar de las estrellas. Había reactores nigerianos en el aire por alguna parte y, de habernos localizado, habría sido «game over».

El primer problema empezó sobre el delta del Níger. Jan quería alejarse de la masa continental antes de virar hacia Gabón, así que tomó la ruta más corta hacia el mar, que era rumbo al sur. Quedaban a nuestras espaldas los últimos mangles del delta cuando falló el motor exterior de babor. Emitió varios carraspeos y dejó de funcionar. Jan cerró el suministro de combustible y entonces salió la luna. Alcanzamos a ver las hélices del motor rígidas e inmóviles a la luz de la misma. Viró con cautela hacia el este en dirección a Gabón. Íbamos enormemente sobrecargados y volábamos con tres motores.

Me levanté, fui a la parte de atrás y miré por la escotilla de la cubierta de vuelo la bodega. Los niños estaban tendidos en sus mantas de punta a punta y las monjas intentaban atenderlos a la luz atenuada de las linternas, sobreviviendo de algún modo en medio del hedor a vómito y diarrea. Cerré la escotilla y volví al asiento de la derecha. Por encima del golfo de Guinea, el motor exterior de estribor empezó a emitir estertores y chisporroteos. Si dejaba de funcionar, estábamos todos muertos. Jan lo mimó y lo engatusó para que la hélice siguiera girando.

Empezó a entonar himnos, en afrikáans, claro. Yo me quedé en mi asiento, viendo como el reflejo de la luna sobre el agua se tornaba más cercano a medida que descendíamos. A lo lejos, en el horizonte, apareció ante nosotros una tenue línea de luces: el aeropuerto de Libreville.

Los colonos franceses habían construido el aeropuerto justo a la orilla del mar. El DC-4, con las ruedas colgando, sobrevoló las dunas de arena a escasos palmos de altura. Cuando apareció la pista, el motor que chisporroteaba se dio por vencido y se paró. El viejo armatoste cayó sobre la pista con un estrepitoso ruido metálico y rodó hasta detenerse.

Aparecieron ambulancias de la Cruz Roja para los niños biafreños y la Iglesia católica acudió en ayuda de las monjas. Jan van der Merwe y yo nos quedamos en la cubierta de vuelo preguntándonos cómo seguíamos vivos. Él murmuraba antiguas plegarias holandesas de agradecimiento; yo escuchaba el crepitar de los motores al enfriarse bajo la noche tropical.

Nos trasladamos a la sala para tripulaciones del aeropuerto y allí conocí a un oficial del comedor de oficiales de la Legión Extranjera. Le di las gracias a Jan, me despedí de él y fui al comedor para tomar algo y darme un baño como huésped de la Legión, sencillamente porque estaban ávidos de noticias. Ejercí cierta influencia y me gané una plaza en un avión de Air Afrique que volaba de regreso a París a la mañana siguiente. A partir de allí, gracias a mis últimos fondos, logré volver a mi hogar, en Kent, vía Beauvais y Lydd. Desde allí hice autostop hasta la casa de campo a la que se habían retirado mis padres, a las afueras de Ashford. Se llevaron una buena sorpresa al verme, pero al menos celebramos la Navidad juntos.

Eran ya mayores, conque la cena de Nochevieja fue tranquila y regresé a Londres el día de Año Nuevo. Mi situación era bastante desesperada.

No tenía piso, pero una amiga me dejaba dormir en su sofá. Me había quedado sin ahorros, pero mi padre me prestó unos cientos de libras para apañármelas. Desde luego, no tenía trabajo ni perspectivas de encontrarlo en mucho tiempo.

En mi ausencia, desde los habituales medios oficiales me habían vilipendiado de manera exhaustiva. No era el único. El difunto Winston Churchill, nieto del líder durante la guerra, también había ido a Biafra en representación del *Times*, había escrito acerca del horror que sentía ante lo que había visto y lo habían denunciado como publicista profesional de «los rebeldes».

Y hubo otros. El regodeo de los órganos mediáticos que estaban a favor del *establishment* no conocía límites.

La situación era tan deprimente que decidí hacer algo que incluso en esos momentos todo aquel que conocía consideró descabellado. Pensé que quizá podría salir de aquel aprieto escribiendo una novela.

Como recurso, era una locura. No sabía cómo escribir una novela, y mucho menos cómo lograr publicarla. No sabía nada de edición ni del aspecto económico de la escritura. Creía que podías llevarle el manuscrito a un editor y, si le gustaba, te lo compraba por una suma determinada, como si fuese una libra de mantequilla. No tenía agente y no sabía nada de derechos de autor ni de los años de demora hasta que por fin llegaban.

Pero tenía una historia o eso pensaba. Me remonté a los años de París y mi convicción de que la OAS no lograría asesinar a Charles de Gaulle superando a las fuerzas de contrainteligencia, mucho más profesionales, que podían remover cielo y tierra de París para cazar a sus voluntarios. A menos que contratasen a un profesional de fuera.

El 2 de enero de 1970, me senté a la mesa de la cocina del piso en el que estaba de prestado, ante mi vieja y fiable máquina de escribir portátil, con la mella que le había dejado una bala en la funda de estaño, introduje la primera hoja y empecé a teclear.

Charles de Gaulle seguía vivo, retirado en Colombey-les-deux-Églises. Murió el 9 de noviembre de ese año. Luego me dijeron que nadie había planteado el magnicidio de un hombre de Estado vivo desde *Un animal acorralado*, de Geoffrey Household, que trataba sobre el intento de asesinato de Adolf Hitler. Pero aquel tirador no llevó a cabo su objetivo.

También me dijeron que nadie había escrito una novela entera con un héroe anónimo, ni incluido a políticos y agentes de policía auténticos en una investigación ficticia. Y nadie había aspirado a una obsesión semejante por la precisión técnica. En otras palabras, era todo una locura. Aun así, cuando no tienes nada mejor que hacer ni ningún sitio adonde ir, para el caso, más te vale ponerte manos a la obra.

Escribí durante treinta y cinco días, desde que mi amiga se iba a trabajar hasta que regresaba después de que oscureciera; es decir, durante todo enero, siete días a la semana, y las dos primeras semanas de febrero. Luego mecanografié la última línea de la última página.

Volví a meter la primera hoja en la máquina y me quedé mirándola. La había titulado *Chacal*. Me pareció un poco escaso y pensé que podían tomarlo por un documental de naturaleza ambientado en África. Así que antes del título tecleé EL DÍA DEL.* Que yo sepa, no se ha cambiado ni una sola palabra desde entonces.

Seguía sin blanca, pero tenía un manuscrito. El problema que me quedaba era que no tenía la menor idea de qué hacer con él.

* La edición original se tituló *The Day of the Jackal*. *(N. del T.)*

Un manuscrito no deseado

Me pasé toda la primavera y el verano de 1970 presentando *Chacal* por las editoriales de Londres, escogiendo mis presas en *Willings Press Guide*, la guía de la edición. En realidad fui a cuatro; tres lo rechazaron directamente y de la cuarta lo retiré. Pero por el camino al menos descubrí dónde estaba el inconveniente, aparte del hecho de que quizá fuera una novela penosa.

El manuscrito no solicitado es el azote de la vida del editor. Llegan a carretadas: mecanografiados (en aquellos tiempos), manuscritos, ilegibles, con errores gramaticales, ininteligibles. Existía una tradición según la cual los lunes por la mañana se distribuían entre los lectores auxiliares para una primera evaluación.

El lector auxiliar era a menudo un estudiante o una persona recién llegada a la plantilla y estaba muy abajo en la jerarquía. Su tarea era leerlo y ofrecer una breve sinopsis acompañada de una valoración, y de eso dependía que pasara al siguiente nivel de evaluación. Pero nadie en lo alto de la cadena alimenticia soñaría siquiera con leer algo que no fuera un autor de renombre o posiblemente una persona muy famosa que se hubiera decidido a escribir.

Las historias de terror eran las leyendas de la edición. La mayoría de los autores aclamados como megasuperventas habían visto cómo rechazaban sus manuscritos una y otra vez; y sigue ocurriendo porque nadie tiene la menor idea de quién será el próximo Ken Follett, John Grisham o J. K. Rowling.

Entre los autores, las historias de pesadilla que corren por ahí giran en torno a un año de lucha para encontrar a alguien dispuesto a publicar su obra maestra. Entre los editores, las historias de terror se centran en los que rechazaron *Harry Potter* porque ¿a quién le importa un niño mago con una varita? Y de todas maneras, por lo general, no se lee más que el primer capítulo.

En ese sentido *Chacal* tenía un problema grave, porque el primer capítulo es ridículo. Pretendía bosquejar los planes para el asesinato de un expresidente francés que estaba vivito y coleando, y todo el mundo lo sabía. Así que el veredicto de los lectores auxiliares probablemente decía: «Ya sabemos cómo termina, el plan fracasa». Manuscrito devuelto.

Dos de los rechazos fueron simples cartas tipo. En un caso fueron lo bastante amables para escribir una carta. Ojalá la hubiera conservado y enmarcado, pero la tiré. Decía que la idea misma «no tendría interés para los lectores». Entonces tuve otro de mis golpes de suerte.

Estaba en una fiesta y me presentaron a alguien llamado Harold Harris. No tenía la menor idea de quién era. Hacia el final de la fiesta, alguien mencionó que era el director editorial de Hutchinson, un importante sello editorial.

Ya había decidido que mi solución podía ser escribir una sinopsis de tres páginas de la trama, señalar que el meollo del relato no era la muerte de De Gaulle, que evidentemente no se producía, sino la investigación para detener al asesino, que se acercaba cada vez más, eludiendo la inmensa maquinaria puesta en marcha contra él.

El día siguiente, un viernes de septiembre, me temo que tendí una emboscada al señor Harris con todo descaro. Me presenté en la sede de Hutchinson, en Great Portland Street, y me enfrenté a la pantalla habitual de secretarias cuyo cometido es impedir que los aspirantes no deseados accedan hasta la Presencia detrás de la puerta grande.

Pero expliqué que éramos amigos íntimos y que se trataba de una visita social. Me franquearon el paso. Harold Harris se mostró perplejo, hasta que le dije que nos habíamos conocido en la fiesta de la víspera. Sus perfectos modales le empujaron a preguntarme en qué podía ayudarme en lugar de llamar al fornido conserje.

—Tengo el manuscrito de una novela —repuse.

Se le vidriaron los ojos de terror, pero yo ya había llegado hasta allí, de modo que me lancé de lleno.

—Ya sé que no tiene tiempo, así que no voy a hacérselo perder, señor Harris. Bueno, cinco minutos, como mucho.

Con esas palabras me acerqué a su mesa y dejé la breve sinopsis encima.

—Lo único que le pido es que le eche un vistazo y, si considera que no tiene ningún valor, puede echarme.

Con todo el aspecto de que hubiera preferido someterse a una operación del conducto radicular, empezó a leerla. Terminó las tres páginas y empezó de nuevo. Lo leyó tres veces.

—¿Dónde está ahora el manuscrito? —preguntó.

Le dije qué editorial lo tenía desde hacía ocho semanas. Hizo alarde de mirar al techo.

—Un editor no puede leer un manuscrito mientras haya un ejemplar en manos de otra editorial —me advirtió.

Le pedí que no se moviera, cosa que él no tenía ninguna intención de hacer, salí de la oficina y me lancé escaleras abajo. No podía costearme taxis, pero paré uno de todos modos y fui a la otra editorial. Era la hora de comer. Solo pude acceder hasta el conserje con mi exigencia de que me devolvieran el manuscrito, y este fue en busca de una secretaria auxiliar que estaba en la pausa del bocadillo y que recuperó mi paquete de papel del montón de obras desestimadas y me lo dio con una sonrisa compasiva. Volví a Great Portland Street y se lo entregué.

Se lo leyó de cabo a rabo durante el fin de semana y me llamó el lunes por la mañana.

—Si puede estar aquí esta tarde a las cuatro, con su agente, hablaremos de un contrato —dijo.

No tenía agente, pero fui de todos modos. Con mi ignorancia en cuestiones de edición, derechos y contratos, podría haberme despellejado vivo. Sin embargo, era un caballero a la antigua usanza y me propuso un contrato justo con un anticipo de quinientas libras. Luego dijo:

—Me estoy planteando la idea de ofrecerle un contrato por tres novelas. ¿Tiene alguna otra idea?

Lo que tienen los periodistas es que mienten bien. Es cuestión de práctica. También es el motivo por el que sienten una gran empatía, o antagonismo, hacia los políticos y los funcionarios de alto rango. Territorio común.

—Señor Harris, me sobran las ideas —le aseguré.

—Dos sinopsis, de una página cada una. Para el viernes a mediodía —me pidió.

De nuevo en la calle, tenía un problema importante. Se suponía que la historia del Chacal iba a ser un trabajo aislado, algo para sacarme de un apuro. No tenía la más mínima intención de convertirme en novelista. Así pues, intenté analizar la historia que había sido aceptada para recordar lo que sabía gracias a experiencia personal y podía utilizar como material de base. Llegué a dos conclusiones.

Chacal era la historia de una investigación para capturar a un hombre y yo sabía mucho sobre Alemania. Mientras estaba en Berlín Oriental, había oído hablar de una misteriosa organización de antiguos nazis que se ayudaban, protegían y ponían sobre aviso mutuamente para no tener que enfrentarse a los investigadores judiciales de Alemania Occidental y responder de sus delitos. Se llamaba Odessa, pero yo había creído que formaba parte de la incesante propaganda de Alemania del Este contra el gobierno de Bonn.

Quizá no fuera así. Diez años atrás, el Mossad israelí había dado con Adolf Eichmann, que vivía bajo pseudónimo a las afueras de Buenos Aires. ¿Tal vez otra persecución de un asesino de masas desaparecido?

Y tenía conocimientos sobre África y los mercenarios blancos contratados para combatir en las guerras de la jungla. ¿Tal vez un regreso a la jungla, no a otra guerra civil, sino a un golpe de Estado dirigido por mercenarios?

Escribí ambas sinopsis, tal como se me había indicado, en un solo folio de tamaño A4, y se las presenté a Harold Harris ese mismo viernes. Les echó un vistazo y se decidió sin vacilar un solo instante.

—Primero los nazis, luego los mercenarios. Y quiero el primer manuscrito para diciembre del año próximo.

Por aquel entonces yo no sabía que Harris era judío, no practicante pero de padres ortodoxos. Tampoco que en abril de 1945 había sido un joven oficial de lengua alemana en la inteligencia del ejército británico. Ni que lo habían requerido en Schleswig-Holstein para interrogar a un prisionero tan misterioso como sospechoso. Aún no había llegado en su jeep cuando el prisionero mordió una cápsula de cianuro y puso fin a su vida. Ese hombre era Heinrich Himmler.

Tenía un último problema antes de firmar el contrato por tres novelas. Aparte de las quinientas libras que iba a cobrar, seguía sin blanca.

—Tendré gastos de manutención, investigación, viajes y alojamiento —advertí—. ¿No puedo cobrar algo para salir del paso?

Garabateó algo en un papel y me lo tendió.

—Llévelo a contabilidad —dijo—. Buena suerte y manténgase en contacto. Ah, y búsquese un agente. Le recomiendo a Diana Baring.

El papel que tenía en mi mano constituía todo un acto de fe. Era una autorización para retirar seis mil libras en concepto de adelanto por futuros derechos de autor. En 1970 era un montón de dinero.

De nuevo en la calle, me puse a pensar. ¿Quién demonios sabe algo de nazis? Entonces recordé un libro titulado *The Scourge of the Swastika* [El azote de la esvástica], que había leído años antes. Era de lord Russell, de Liverpool, que había sido fiscal superior británico en los juicios de Nuremberg, en la década de los cuarenta. Tendría que dar con su paradero y ver si me podía echar una mano.

Antes de eso todavía tuve otro golpe de suerte. Había conocido a un hombre llamado John Mallinson que se enorgullecía de ser agente, aunque no tenía clientes. Yo no lo busqué, sino que coincidimos por casualidad en el piso de un amigo. Le conté lo que había pasado en Great Portland Street y se entusiasmó.

—¿Qué hay de los derechos de adaptación al cine? —preguntó. Yo no tenía la menor idea. Revisó a fondo el contrato de Hutchinson—. Siguen siendo tuyos. Si me contratas como agente cinematográfico, buscaré un comprador.

Para noviembre había logrado exactamente eso. El contrato de adaptación al cine fue con Romulus Films, de Park Lane, empresa dirigida por John Woolf. Pero su mano derecha para todo era John Rosenberg y negociamos con él. La oferta fue de diecisiete mil libras más un pequeño porcentaje de la recaudación neta, o un pago de veinte mil libras por los derechos a perpetuidad.

A la mayoría de las personas se les dan bien unas cosas y fatal otras. Yo soy patético con el dinero. No había visto veinte mil libras en mi vida, así que las acepté. No tengo ni idea de cuántos millones ha recaudado la película a lo largo de los años. La única excusa que se me ocurre es que no tenía la menor idea de que el libro vendería más de un centenar de ejemplares siquiera ni de que llegaría a hacerse la película alguna vez. Incluso la manera en que se hizo fue un golpe de suerte.

Ese invierno, el gigante de Hollywood Fred Zinnemann vino a Inglaterra para hablar de un proyecto con John Woolf. Se trataba de adaptar al cine una obra teatral de éxito titulada *Abelard and Heloise*. Siempre había habido un problema. La película no podía hacerse mientras la obra siguiera representándose en alguna parte. Ese mes de diciembre bajaba el telón en Inglaterra y no estaba en cartel en ninguna otra parte.

La víspera de la llegada de Zinnemann, se decidió que la obra volvería al escenario en una ciudad británica de provincias. Después de todo, el director iba a hacer el viaje en vano. Presa de un bochorno terrible, John Woolf se estaba disculpando en su despacho, consciente de que su invitado iba a tener que pasar un fin de semana lluvioso en Londres sin nada que leer. Frenéticamente, rebuscó algo que John Rosenberg le había dejado encima de la mesa.

—Acabamos de adquirir esto —dijo.

El señor Zinnemann lo cogió y se lo llevó. El lunes estaba de regreso.

—Esta va a ser mi próxima película —anunció al director de Romulus Films, que quedó encantado.

No me enteré de nada de eso hasta más adelante. Al volver la vista atrás, en realidad no fue *Chacal*, mi proyecto único para saldar deudas, lo que me cambió la vida. Fue Harold Harris con su contrato por tres novelas. Simplemente se me ocurrió que, si podía ganarme bien la vida escribiendo esa clase de tonterías, ¿por qué arriesgarme a que me volaran los sesos en una zanja africana?

Pero el problema más inmediato era intentar dar con lord Russell de Liverpool y preguntarle por los nazis en la clandestinidad. Y tampoco sabía cómo llamarlos. Necesitaba dos títulos. En alemán, Odessa era el acrónimo de Organización de Antiguos Miembros de las SS. Pero para el resto del mundo Odessa era una ciudad ucraniana o una población de Texas. Bueno, tenía una tercera opción. *El expediente Odessa.**

Para los mercenarios recordé una cita de Shakespeare. «Grita: "¡Devastación!", y suelta los perros de la guerra.» Tenía entendido que alguien había utilizado «Grita devastación», pero no «Los perros de la guerra». Así que se lo birlé al bardo.

* La edición española llevaría el título de *Odessa*. *(N. del T.)*

La Odessa

Lord Russell, de Liverpool, se había retirado a una casita de campo en Dinard, una población en la costa francesa frente al Atlántico, y fue allí donde lo encontré. No llevaba ninguna recomendación, así que me planté ante su puerta y llamé. Cuando le conté lo que necesitaba, fue la amabilidad en persona.

Aunque era una mina de información sobre la guerra y los juicios de Nuremberg, habían transcurrido ya veinte años. Yo buscaba detalles sobre elementos secretos pronazis que siguieran en activo en 1971. Me remitió al origen mismo de la caza de nazis, el investigador Simon Wiesenthal, que tenía su base en Viena. Provisto de una carta de presentación, puse rumbo al sur, hacia Austria.

Al igual que David Ben-Gurión, Simon Wiesenthal empezó accediendo a concederme veinte minutos de su tiempo, pero cuando le expliqué lo que buscaba se entusiasmó tanto que pasamos días enteros revisando sus archivos. El germen de mi idea no era un fugitivo nazi que había huido a Sudamérica, sino uno que había cambiado de nombre y había desaparecido justo en el corazón de Alemania, pero con la ayuda de amigos en la clandestinidad. La respuesta de herr Wiesenthal fue que elegir bien podía ser difícil, no porque hubiera muy pocos, sino porque los había a millares.

Al parecer había dos hermandades de ayuda mutua que seguían bastante activas en la Alemania de 1971. Estaba la Kameradschaft, o Camaradería, y la Odessa, que en modo alguno era ficticia.

—Lo que pretendo —expliqué— es crear a un asesino de masas de la era nazi que, como muchos otros, al final se deshizo del uniforme, adoptó otra identidad y desapareció en la sociedad de la posguerra alemana, recuperando su cargo, influencia y respetabilidad bajo otro nombre. Como el comandante de un campo de concentración.

Sonrió y señaló con un gesto un estante lleno de expedientes, detrás de su mesa.

—¿Por qué inventarlo? Tengo una decena auténticos.

Revisamos los expedientes y nos decantamos por Eduard Roschmann, antiguo comandante de campo en Riga, Letonia, y conocido como el Carnicero de Riga. Había sido un auténtico monstruo, pero uno de muchos.

Y me enteré de aquel asombroso día, en la primavera de 1945, en que un solo jeep del ejército estadounidense, que se dirigía al norte a través de Baviera con cuatro soldados a bordo, había visto penachos de humo que ascendían del patio de un castillo medieval.

Tras recorrer el puente levadizo sin oposición alguna, habían descubierto a una decena de hombres de las SS ataviados con monos que alimentaban una hoguera. Los arrestaron a todos y apagaron el fuego. Acudieron expertos del cuartel general de Patton para descubrir que estaban quemando el archivo completo del personal de las SS. Las llamas solo habían consumido un dos o tres por ciento. El resto estaba entonces bajo el cuidado de los estadounidenses en Berlín Occidental. Eso incluía todo el expediente del capitán (*Hauptsturmführer*) Eduard Roschmann, de Riga, un fanático de origen austriaco que figuraba en los primeros puestos de la lista de los más buscados. Poco a poco mi historia iba cobrando sentido, pero cada vez había menos por inventar; iba más allá de la ficción, pero era todo cierto.

Lo irónico del asunto es que podía decir lo que quisiera sobre aquel monstruo. Estuviera donde estuviese, era poco probable que saliera de su escondrijo para demandarme.

Al final, Simon Wiesenthal me remitió de nuevo al norte,

hacia Alemania, con un volumen ingente de información y más advertencias incluso. Pensé que su convicción de que entre la oficialidad de Alemania Occidental se había infiltrado extensamente una generación que o había participado o había apoyado lo ocurrido entre 1933 y 1945 quizá no fuera más que paranoia, pero no era nada parecido. Todo se reducía a la cuestión de «qué generación».

Un fanático nazi que tuviera veintinueve años al final de la guerra habría nacido en torno a 1920. Se habría impregnado de la educación nazi desde los trece años y, casi con toda seguridad, habría sido miembro de las Juventudes Hitlerianas a partir de esa edad. Bien podría haber sido un asesino de masas a los veinticinco.

En el momento de mi investigación habría tenido cincuenta y uno o cincuenta y dos años; es decir, estaría en la flor de la vida y ocuparía un alto cargo en un centenar de posiciones oficiales posibles. Yo tampoco encontraría oposición alguna por parte de criminales en busca y captura. Detrás de ellos estaba el ejército, más numeroso aún, de facilitadores culpables y burócratas sin cuyo talento organizativo el Holocausto jamás habría ocurrido.

Era la generación que dirigía Alemania, cuyo milagro económico estaba floreciendo. Después de 1949, el fundador bajo la tutela de los aliados de la nueva República Federal de Alemania (Occidental), el canciller, era Konrad Adenauer, innegablemente antinazi. Pero tenía que resolver un terrible dilema.

La presencia de miembros del Partido Nazi era tan pandémica que si los hubieran excluido a todos el país habría sido ingobernable. Así pues, se hizo un pacto fáustico. Hurgar en el pasado a la hora de plantear nombramientos o ascensos no era práctico ni deseable. Según Simon Wiesenthal, todas las secciones de la administración pública estaban repletas de burócratas que nunca habían apretado un gatillo pero habían ayudado a quienes lo hacían. La investigación, según dijo, no era una cuestión de hostilidad declarada, sino de puertas cerradas. Los agentes de policía que se presentaban voluntarios para formar parte de comisiones dedicadas a la caza de nazis simplemente ponían fin a su carrera. Se convertían en parias. Y resultó que estaba en lo cierto.

También me puso sobre la pista de grupos clandestinos que seguían convencidos de que el Cuarto Reich llegaría algún día y a cuyas reuniones podía asistir gracias a que hablaba alemán con soltura. Así que eso hice. Cuanto más hurgaba en las tinieblas del nazismo anterior a 1945 y sus admiradores después de 1945, mejor entendía que en toda la historia de la humanidad jamás ha habido un credo tan ponzoñoso. No tenía ni una sola característica que lo redimiera, pues solo apelaba a los rincones más crueles del alma humana.

Pero, por aquel entonces, todo permanecía oculto. La generación implicada nunca hablaba de ello y la más joven estaba sumida en una profunda ignorancia y, de hecho, se mostraba perpleja ante la hostilidad extranjera cuando se topaban con ella.

Pese al odio que profesaban al fascismo y el nazismo, los comunistas del Este, detrás del Telón de Acero, no ofrecían ayuda ni cooperación alguna.

Así pues, cualquier investigación de los crímenes cometidos al este del Telón de Acero durante la época nazi se asignaba a distintas fiscalías del Estado dispersas por toda Alemania Occidental. Riga estaba en la jurisdicción de la Fiscalía de Hamburgo. Empecé por allí y tropecé con un muro liso de puertas cerradas. Me quedé pasmado. ¿Seguro que eran abogados? Llamé a Simon Wiesenthal, que se rio a carcajadas.

—Pues claro que son abogados. Pero ¿al servicio de quién?

Caí en la cuenta de que muchos debían de haber estado o seguían estando en la Camaradería. Pero poco a poco entré en contacto con o bien hombres más jóvenes, que debido a su edad no estaban corrompidos, o bien antinazis que habían vivido aquella época y la habían superado sin tacha. Hablaban, pero en voz baja, furtivamente, en bares oscuros, una vez convencidos de que yo no era más que un periodista de investigación británico. Y lentamente fue tomando forma el relato que en 1972 apareció con el título de *Odessa*.

Partí de Hamburgo y fui de nuevo hacia el sur hasta que regresé a Austria, de donde procedía Roschmann, mi villano. En una tienda de antigüedades encontré a un viejo judío que había estado en Riga cuando Roschmann se hallaba al mando del campo y había sobrevivido, incluso a la Marcha de la Muerte hacia el oeste cuando avanzaban los rusos. Su esposa me aseguró que su marido nunca había hablado de ello y nunca lo haría. Pero se equivocaba.

El anciano era la cortesía personificada y me invitó a tomar un té. Nos sentamos y le conté la trama que tenía en mente. No sé por qué, pero empezó a corregirme. No fue así, me decía, fue de tal otra manera. Oscureció. Mientras su mujer, con los ojos como platos, traía una tetera tras otra, él habló durante veinte horas. En el libro, el testimonio de Salomon Tauber es el que se me relató a mí, detalle por detalle, a la luz de las velas en una tienda de antigüedades vienesa. Me limité a desplazarlo a Hamburgo.

Como héroe, necesitaba a un joven investigador de la nueva generación que heredase el diario del fallecido Tauber e hiciera algo al respecto. Así que creé a Peter Miller, y la trayectoria de su investigación encaja casi con exactitud con la mía durante aquel verano de 1971.

Volví al Reino Unido en junio para la presentación de *Chacal*. Fue un asunto bastante discreto. Nadie había oído hablar del título ni del autor. No había recibido reseñas. Hutchinson lo había lanzado con una audaz cifra de cinco mil ejemplares, que aumentaron a ocho mil a medida que los gestores de las librerías más importantes empezaban a incrementar lentamente sus pedidos. La relaciones públicas del lanzamiento fue Cindy Winkleman, ahora madre adoptiva de Claudia, la estrella de la televisión británica.

Luego volví a Alemania para atar los últimos cabos. Escribí *Odessa* en otoño de aquel año y se la presenté a Harold Harris, tal como había prometido, antes de Navidad. Poco a poco *Chacal* iba subiendo en los puestos de venta y la segunda novela tuvo una mejor recepción por parte de los medios. Hollywood sucumbió a las artimañas de mi nueva agente, Diana Baring, y adquirió los derechos cinematográficos.

La película, cuando se estrenó en 1974, protagonizada por Jon Voight en el papel de Peter Miller y Maximilian Schell en el del malvado Roschmann, condujo a la larga a un giro quijotesco en esta historia.

En 1975, en un cine de mala muerte en la costa al sur de Buenos Aires, un argentino estaba viendo la versión en español cuando se le pasó por la cabeza que Eduard Roschmann —quien estaba tan convencido de encontrarse a salvo que había vuelto a usar su verdadero nombre— vivía calle abajo. Así que lo denunció.

Argentina estaba en uno de sus breves períodos de gobierno democrático bajo la presidencia de Isabel Perón, viuda del antiguo tirano Juan Perón, y, con la intención de hacer lo correcto, detuvieron a Roschmann. Alemania Occidental exigió su extradición.

Antes de que se hubieran cumplido las formalidades legales entre la embajada de Alemania Occidental y el Ministerio de Justicia, Roschmann, en libertad bajo fianza gracias a un magistrado local, se asustó. Huyó hacia el norte y pidió asilo a Stroessner, el dictador pronazi de Paraguay. Alcanzó la frontera y aguardó el ferry que iba a llevarlo a un lugar seguro en Paraguay, al otro lado del río.

Justo en mitad del río, sufrió un infarto masivo. Los testigos dijeron que estaba muerto antes de caer al suelo, en este caso, la cubierta. Lo que ocurrió a continuación podría haber salido de una comedia descabellada.

En la orilla paraguaya, el encargado de la terminal rehusó aceptar el cadáver sobre la base de que pertenecía a Argentina. El capitán insistió en que el fallecido había pagado el pasaje para cruzar y el cadáver era responsabilidad de Paraguay. El horario del transbordador lo obligaba a regresar, de manera que el cadáver volvió a Argentina, todavía tendido en cubierta.

Realizó el trayecto de ida y vuelta cuatro veces, oliendo cada vez más bajo el sol tropical. Entonces llegaron dos detectives de

Viena para identificarlo. Gracias a aquel jeep estadounidense que había estado en Baviera en 1945, disponían de huellas dactilares e historiales dentales del expediente de Roschmann en los archivos del personal de las SS. Solicitaron que por fin desembarcasen el cadáver y los paraguayos accedieron a ello.

La identificación resultó positiva y el punto clave fue que le faltaban dos dedos de los pies, amputados cuando Roschmann huyó de los británicos a través de la frontera nevada en 1947. Dado que el ferry se negaba a llevarse el cadáver de nuevo, los paraguayos lo enterraron en un banco de grava muy cerca de la orilla del río.

Así pues, los huesos del Carnicero de Riga yacen hoy en una tumba anónima en una orilla de grava junto al río Paraguay. Llevó su tiempo, pero, al final, gracias a la película: misión cumplida.

Los perros de la guerra

Del mismo modo que los años que pasé en Francia me convencieron de que la OAS no iba a conseguir acabar con Charles de Gaulle, los que pasé en África me enseñaron otra cosa.

Fue que, inmediatamente después de la era colonial, había varias repúblicas independientes en ese continente tan pequeñas, tan caóticas, tan mal gobernadas y defendidas que podrían ser derrocadas y conquistadas por un grupo reducido de soldados profesionales con el armamento adecuado y unas decenas de reclutas leales. Con la idea de escribir mi tercera novela y ambientarla en África, escogí tres de esas repúblicas a título hipotético.

A la cabeza de la lista estaba Guinea Ecuatorial, una república insular situada delante de la costa de Nigeria. Antaño había sido la única colonia española en África, vinculada con un enclave en el continente llamado Río Muni. Durante un tiempo, bajo el dominio español, habían hecho escala allí los vuelos de la Cruz Roja Internacional con ayuda humanitaria para Biafra. La independencia llegó en 1968 y la sumió en el caos y el terror.

El jefe de gobierno era Francisco Macías Nguema, un fang de Río Muni. Es probable que estuviera loco y sin duda era salvajemente cruel. Transfirió su gobierno a la isla, llamada entonces como Fernando Poo y rebautizada ahora con el nombre de Bioko. Tenía un pequeño ejército de fangs que aterrorizaban a los indígenas, de la tribu bubi. Sus crueldades pronto pasaron a ser legendarias. Pero detrás de aquella pantalla de terror, era inmensamente débil.

Su ejército de guardaespaldas iba armado hasta los dientes, pero era tan paranoico que no les permitía llevar balas porque no confiaba en ellos. Si hubiese caído, nadie habría acudido en su ayuda. Sus compatriotas fangs estaban a cientos de kilómetros, los bubi lo aborrecían y los escasísimos diplomáticos y trabajadores humanitarios lo despreciaban.

Vivía en el cuartel de la antigua jefatura de policía española, convertido en su fortaleza, encima de la armería nacional y el tesoro nacional, que había confiscado. Si caía ese edificio, también lo haría la república.

Averiguar todo eso no supuso ningún problema. No había necesidad de que me arriesgara a ir en persona, o sea que no lo hice. Pero conseguí hablar con un buen número de antiguos habitantes, sobre todo españoles, que me explicaron con regocijo cómo se le podría derrocar con una fuerza de ataque reducida. «Robar un banco es meramente burdo. Derrocar toda una república tiene cierto estilo», comentó uno.

El control de una república conlleva entrar a formar parte de las Naciones Unidas, recibir préstamos internacionales, tener pasaportes diplomáticos que garantizan la inmunidad y diversos regalitos navideños más. Había incluso un rival exiliado en Madrid al que podría sentarse en el trono presidencial como sucesor títere.

Solo había que ceñirse a cinco reglas. Golpear fuerte, golpear rápido y golpear de noche. Llegar por sorpresa y llegar por mar. Entre paréntesis, la historia del libro que se publicaría finalmente se reprodujo en dos ocasiones.

En 1975 el mercenario francés Bob Denard atacó y conquistó las islas Comoras, en la parte superior del canal de Mozambique. Actuaba con conocimiento y ayuda del gobierno francés, y en representación del mismo. Curiosamente, cuando sus mercenarios franceses desembarcaron en la playa, al abrigo de la oscuridad previa al amanecer, todos llevaban una edición de bolsillo de *Les Chiens de Guerre* (*Los perros de la guerra* en francés) para saber en todo momento lo que se suponía que debían hacer a continuación. Denard tuvo éxito porque llegó por mar.

En 1981, el mercenario sudafricano Mike Hoare intentó la misma jugada en las Seychelles, pero fracasó porque llegó por aire.

Por lo que a mi historia respecta, no tardé en tenerlo todo preparado —los hombres, el barco, el objetivo—, pero me faltaban conocimientos vitales. Las armas. ¿En qué lugar de Europa podían conseguirse armas para una operación mercenaria clandestina? La tapadera sería una verosímil operación del sector privado en relación con prospecciones petrolíferas submarinas, y además realizada con invitación.

Pero los soldados africanos reclutados sobre la marcha, una de las subtramas, tendrían que llevar carabinas semiautomáticas y munición en abundancia. La media docena de mercenarios necesitarían una ametralladora pesada, lanzagranadas antitanque (por entonces llamados «bazucas»), granadas, bengalas de mortero de sesenta milímetros y cargas explosivas. Todo ello también requeriría tiempo de entrenamiento y preparación, de ahí la larga y lenta travesía por mar en un pequeño buque mercante.

Pero ¿de dónde sacar todo eso? Por aquel entonces no podía pedir ayuda a título informativo a las autoridades. Para averiguarlo tendría que infiltrarme en el mundo de los traficantes de armas, en el mercado negro, y verlo desde dentro, y no estaba dispuesto a abordar un *thriller* dejando áreas tan importantes sin explicar.

Mis contactos me pusieron al tanto de que el corazón del mundillo del mercado negro de armas estaba en Hamburgo y su piedra angular era un tal Otto X, que se hacía pasar por un hombre de negocios respetable, aunque eso lo hacen todos, claro. Así que me fui a Hamburgo con otro adelanto de Hutchinson, que estaba muy contento con las ventas de los dos primeros libros.

No me parecía conveniente usar mi propio nombre, de modo que adopté el del piloto que había salido conmigo de Biafra y declaré que era Frederik van der Merwe, sudafricano. Incluso tenía documentos que lo demostraban, preparados por el falsificador que me había facilitado la información acerca de los pasaportes falsos para *Chacal*. El señor Van der Merwe era el joven ayudante de un multimillonario sudafricano que deseaba apoyar a Jonas Savimbi en la guerra civil angoleña. Y es así como conseguí infiltrarme en los círculos íntimos de herr Otto X.

Allí me enteré de lo que eran los Certificados de Destino Final, los documentos que supuestamente proceden de un gobierno soberano acreditado y con derecho a adquirir material de defensa para sus legítimos objetivos. Por cierta cantidad, Otto X podía obtener certificados falsos en documentos con el membrete adecuado y firmados por un diplomático africano «comprado» que estuviera destinado en alguna embajada europea. Todo iba a las mil maravillas hasta que ocurrió algo que yo no había previsto.

Una mañana herr Otto X estaba en su limusina cuando se detuvo ante un semáforo en rojo al lado de una librería que ese día lanzaba la versión en alemán de *Der Schakal* [*Chacal*]. Había ejemplares en el escaparate, pero uno se había caído y en la contracubierta aparecía una fotografía del autor.

Herr Otto X se encontró mirando a *mynherr* Van der Merwe y el sentido del humor le falló por completo. Por fortuna yo tenía un amigo desconocido e insospechado en la corte. Estaba en mi habitación de hotel, enfrente de la estación central, cuando sonó el teléfono. No hubo presentaciones. Habló una voz, sin duda británica, con la entonación sincopada de una persona educada.

—Freddie, lárgate de Hamburgo ahora mismo. Y quiero decir ahora mismo. Van a por ti.

Al igual que mi padre en 1938, me largué por piernas. Cogí el pasaporte y un puñado de dinero, dejé el equipaje y bajé las escaleras, pasé por delante de la recepción y crucé la plaza de la estación. No me molesté en comprar un billete, sino que fui directo a los trenes. Había uno que se estaba poniendo en marcha, con las puertas cerradas pero una ventanilla abierta de par en par.

Me lancé por ella dando una voltereta hacia delante y aterricé en el regazo de un rollizo empresario alemán, que tampoco tenía mucho sentido del humor. Todavía me estaba disculpando cuando apareció el revisor pidiendo los billetes. No tenía billete.

Le expliqué que había tenido el tiempo justo de subirme al tren, que ya iba ganando velocidad por las zonas residenciales de las afueras y pedí pagar en efectivo.

—¿Adónde va? —me preguntó.

—Bueno, ¿adónde van ustedes? —repuse.

—A Ámsterdam —dijo.

—Qué coincidencia. Un billete de ida a Ámsterdam, en clase turista.

—Está en primera —señaló—, tendrá que cambiar de vagón.

Así que compré el billete, volví a disculparme y fui en busca de un asiento más duro.

El hermano menor de mi padre vivía y trabajaba para una compañía británica en Scheveningen por aquella época. Se las arregló para conseguirme un pasaje en un buque mercante que zarpaba de Flushing rumbo a Inglaterra.

De regreso en mi piso de Londres, reuní la documentación, tomé asiento y escribí *Los perros de la guerra*, cuyo manuscrito logré presentarle a Harold Harris justo antes de que se cumpliera el plazo.

Seguí dándole vueltas a la voz del teléfono que me había salvado el cuello en Hamburgo. La única explicación que tenía sentido era que en el círculo de herr Otto X había otro infiltrado de la organización que yo conocía como la Firma, investigando en nombre de mi gobierno la posible venta de armas al IRA. Pero nunca descubrí quién era y, hasta donde yo sé, nunca llegué a conocerlo.

La primavera de 1973 fue tranquila. Había cumplido mi contrato por tres novelas, no tenía ideas para una cuarta y estaba empezando a ver cómo entraba dinero de verdad. Entonces me pasé por el piso de John Mallinson para tomar una copa y otra persona, que acababa de realizar una sesión fotográfica como modelo, también fue por allí. Era una chica de cabello cobrizo con unas piernas que parecían interminables. Carrie y yo nos casamos en Gibraltar en agosto de aquel mismo año.

Y llegó una carta de David Deutsch, el productor a quien John Woolf había encargado la película de *Chacal*. Se había llevado a cabo la filmación en Londres y en ese momento se estaban grabando todas las escenas francesas en París. ¿Me apetecía visitarlos y conocer al protagonista, Edward Fox? Desde luego que sí.

Conocía su cara porque unos meses antes, durante la preproducción, Fred Zinnemann me había citado en su despacho para una consulta. Con su cortesía vienesa del Viejo Mundo me contó que había un problema con el reparto.

El estudio de Hollywood que iba a distribuir la película quería a una estrella conocida. Michael Caine había mostrado interés y también Roger Moore. Charlton Heston había suplicado que le dieran el papel. Pero Zinnemann quería a un hombre que, aunque era un actor excelente, fuera todavía lo bastante poco conocido para pasar inadvertido entre la muchedumbre, como debía hacerlo el Chacal.

En su despacho de Mount Street, el director colocó solemnemente seis fotografías de tamaño postal delante de mí. Eran todos jóvenes atractivos y rubios que miraban a la cámara.

—Para ti ¿cuál es el Chacal? —preguntó.

Escudriñé todas las fotos con atención y puse el dedo encima de la foto inferior de la derecha.

—Este.

—Me alegro mucho. Acabo de contratarlo. Se llama Edward Fox.

Los otros cinco eran modelos masculinos. Edward ya había pasado su primera prueba como lord Trimingham en *El mensajero*, de Joseph Losey. Pero a nivel internacional seguía siendo relativamente desconocido. Chacal iba a cambiar esta situación.

Una cena peculiar

Fred Zinnemann era un director brillante, pero daba la sensación de que fuera dos personas diferentes. Fuera del plató era la cortesía del Viejo Mundo personificada, pero en el plató se convertía en un dictador en miniatura. Quizá tenía que serlo para conseguir las películas que hacía; en el cine hay egos muy grandes.

Se alojaba en el hotel Westminster, en la rue de Berri, justo al lado de los Campos Elíseos, con Edward Fox bajo su ala y control. Lo cierto es que no quería que su nueva y joven estrella saliera de juerga por la noche, no fuera a levantarse tarde para desplazarse al estudio y pasar por maquillaje.

Llegué al hotel puntual y me presentó a Edward. La cena fue amistosa, pero un tanto formal, y terminó algo temprano para la ciudad de las luces. Sospeché que quizá Edward estuviera dispuesto a pasar una velada más intrépida.

Cuando cruzábamos el vestíbulo hacia la puerta en un lugar donde el señor Zinnemann no podía oírnos, le pregunté si había llegado a conocer a un asesino a sueldo. Contestó que no.

—¿Te gustaría? —propuse.

—Bueno, si voy a interpretar a uno, sería interesante —respondió.

La dije que el día siguiente a las ocho de la tarde habría un taxi aparcado enfrente conmigo dentro. Debía cruzar la calle y montarse. No las tenía todas conmigo, pero me sonrió la suerte. Esperaba que Armand estuviera en la ciudad y cuando me puse en contacto con su hermana, que lo adoraba, dijo que desde luego que estaba y que le diría que me llamara al hotel. Llamó justo antes de medianoche y le conté lo que tenía pensado. Pareció hacerle gracia, pero no quería venir al octavo *arrondissement*, de modo que concertamos una cita en el corazón del barrio chino, en un café-bar del que yo nunca había oído hablar.

De los seis mercenarios que se habían quedado en Biafra después de que el grueso del contingente francés se topara con una emboscada y luego saliera huyendo al aeropuerto para su evacuación, como he dicho, solo me caían bien tres: Alec, el escocés; Johnny, el rodesiano, y Armand, el parisino.

En realidad, Armand no había sido gángster en París, porque nunca había formado parte de ninguna banda. Pero de vez en cuando se dedicaba a ajustar cuentas entre bandas del submundo parisino. La policía de la ciudad no tenía inconveniente en que se hiciera un poco de limpieza, motivo por el cual generalmente lo dejaban en paz.

En una ocasión madame Claude, propietaria del cuerpo de las mejores chicas de compañía de Europa, creyó que la estaban siguiendo, posiblemente con la intención de secuestrarla. También se puso en contacto con el jefe de detectives, quien le recomendó que contratase a Armand para que cuidase de ella.

Una semana después, su chófer volvió a reparar en las luces del coche que los seguía en el espejo retrovisor. Armand, que iba sentado a su lado, le dijo que se acercara al bordillo y parase. El otro coche hizo lo propio. Armand se apeó y se acercó para tener unas palabras. Mantuvieron una breve conversación por la ventanilla del coche de atrás, que a continuación dio media vuelta en mitad del bulevar y se largó. Ahí terminó el asunto.

Aunque era mucho más joven que ella, madame Claude se encaprichó perdidamente de él, más aún si cabe por su amable falta de disposición a aprovecharse. Así pues, le ofreció elegir entre su catálogo de señoritas, sumamente preciadas; invitaba la casa, por así decirlo. Pero él prefería apañárselas por su cuenta, según sus propias palabras, conque dejó de trabajar para ella.

El *bistrôt* acordado estaba en una bocacalle y cuando el taxi la enfiló nos fijamos en que las dos aceras estaban llenas de prostitutas callejeras. Nos bajamos y, mientras pagaba al taxista, nos recibió un coro con los saludos habituales.

—*Alors, blondie, je t'emmène? Tu veux monter, non?*

Edward, que había estudiado en Harrow, no entendía una sola palabra, por supuesto, pero el sentido resultaba bastante claro. Era una noche cálida, lucían unos vestidos mínimos y llevaban los pechos tan hinchados que parecían globos de fiesta. Despedí el taxi y lo llevé al interior.

Había una barra, luego una cortina de cuentas y, detrás, el comedor. Cruzamos la cortina y nos reunimos con Armand en la mesa del rincón más alejado, donde jugueteaba con un *citron pressé*. (No bebía alcohol.)

Una vez hechas las presentaciones, cenamos civilizadamente. Armand no hablaba inglés y Edward había estudiado francés en la escuela, lo que equivale a decir que apenas sabía nada. Yo hice de intérprete. Con sus modales innatos, Edward no planteó ninguna pregunta realmente embarazosa, o sea que no hubo momentos tensos hasta el final.

Y no fue culpa de ninguno de nosotros. Se había corrido la voz hasta la barra, y de ahí a la calle, de que había una estrella de cine cenando allí. Los franceses se pirran por el cine y la idea de tener a una auténtica estrella a escasos metros era para las protitutas como una mosca bien grande para un salmón. Invadieron el comedor y nos acosaron a ambos hasta que se dieron cuenta de que solo Edward estaba en el mundo del cine. Entonces empezaron a hacerle sugerencias muy subidas de tono.

El futuro Chacal estaba rojo como un tomate, el verdugo del hampa se estaba partiendo de risa y yo intentaba llamar al camarero para pagar la cuenta y huir lo antes posible. Acto seguido, Armand había desaparecido por la puerta de atrás, a través de la cocina, y desde entonces no he vuelto a verlo. El propietario del bar pidió un taxi por teléfono y pude llevar a Edward de regreso al Westminster y a los brazos de Fred Zinnemann prácticamente intacto.

Cuarenta años después, en una fiesta en el jardín de mi casa, relaté la anécdota a un público achispado para explicar cómo nos conocimos. Edward estaba presente con su esposa, Joanna David, que no la había oído nunca. Terminé diciendo que en cuarenta años nunca le había contado lo que le estaban diciendo las chicas. Edward se inclinó por encima de la mesa.

—No —reconoció—. Nunca me lo has contado. ¿Qué decían?

—Te ofrecían sus servicios gratis. Lo que tú quisieras. Por cuenta de la casa. Y en su mundo eso es todo un cumplido.

Se lo pensó.

—Supongo que no tendría sentido volver ahora, ¿verdad?

Puesto que los dos andábamos en la setentena, dudo mucho que lo tuviera.

La alegría perfecta

Si pidieras a diez personas su definición de la alegría perfecta, bien podrías obtener diez definiciones o quizá alguna menos. Entre las primeras estaría el momento en que un padre mira a su hijo recién nacido, la carita fruncida como resultado del ultraje de haber sido expulsado de un útero cálido y seguro a un mundo lleno de problemas. El bebé no sabe nada de eso y necesita protección, y ahí es donde entra en juego el prendadísimo padre.

Habrá otras opciones, incluidas lagunas bordeadas de palmeras o un hoyo en uno para ganar el Open de Estados Unidos. Puedes rechazarlas todas: yo sé lo que es la alegría perfecta, porque la he visto.

Aquella llamada del verano de 1973 fue, como siempre, sumamente cohibida. ¿Cabía la posibilidad de que quedáramos para charlar? Claro que sí. No querían que fuera a Century House por si me veían. Y en el reservado de un restaurante, por caro y discreto que sea, siempre cabe la posibilidad de que ponga un micrófono un camarero que trabaje para el otro bando.

Así que fue en un piso franco, un apartamento en un bloque de pisos, en realidad, escaneado a diario y sin duda antes de cada uso. Era tan discreto que he olvidado dónde estaba, salvo que era en Mayfair, Londres. Eran tres y no pertenecían a la sección de África, sino que estaban vinculados con Alemania Oriental, de modo que no los conocía. Pero ellos sí me conocían a mí, o al menos el contenido de mi expediente.

«Queda descartado intentar hacerse pasar por alemán, así

que nada de cursos de puesta al día. Es solo cuestión de que un turista británico acceda discretamente hasta allí y saque algo.»

Aún recordaba que la voz al teléfono que me había sacado de Hamburgo justo a tiempo era la de un Amigo, alguien de la Firma, y un favor se paga con otro. Además, todo parecía muy sencillo.

Había un activo nuestro, un coronel ruso, que trabajaba infiltrado en Alemania del Este y tenía un paquete que nos hacía falta sacar. No, no estaba en Berlín Oriental, sino que tenía su base a las afueras de Dresde. No podía permitirse más que una reunión conmigo en Dresde. Empezaba a no ser tan fácil. Dresde estaba muy hacia el interior.

El plan propuesto había sido estudiado minuciosamente mucho antes de la reunión en el piso franco y parecía presentar el mínimo de inconvenientes posibles. Debería hacerse en coche porque el paquete —en señal de deferencia hacia Alfred Hitchcock siempre lo llamé el «McGuffin»— tendría que mantenerse alejado de manos y ojos entrometidos a la hora de salir. Además, había otro paquete para el activo que era necesario introducir. Así pues, se trataba de un intercambio. Entraría uno y saldría otro.

Sabían que yo tenía coche, en aquel entonces un Triumph Vitesse descapotable. ¿Podían llevárselo prestado un par de días? Claro.

Tenía que dejar el Triumph delante de mi apartamento con las llaves debajo de la esterilla. No llegué a ver quién se lo llevó o lo trajo de vuelta. No era necesario. Se desvaneció y reapareció sin más, aunque con una pequeña alteración.

La batería del Vitesse se hallaba en el compartimento del motor. Estaba alojada en un soporte situado en el lateral izquierdo del motor. Dos pinzas de metal evitaban que se moviera y un cojinete grueso prevenía las vibraciones. Habían retirado el cojinete y lo habían abierto para crear una cavidad.

Para acceder a dicha cavidad había que soltar los cables positivo y negativo con una llave inglesa, y luego retirar las dos pinzas de sujeción. Se levantaba la batería y se dejaba a un lado. Se abría el cojinete de goma y allí estaba el grueso fajo de documentos destinado al activo y la cavidad en la que sus informes (yo nunca sabría qué contenían) saldrían del paraíso de los trabajadores.

Pasé un día junto al bordillo, bajo el cálido sol de verano, practicando hasta que conseguí hacerlo todo en menos de treinta segundos. Y había más.

La «tapadera» era una visita al museo Albertinum, la joya cultural de Alemania Oriental, milagrosamente intacto después de los bombardeos angloestadounidenses de 1945 que habían arrasado la mayor parte de la ciudad. Los tesoros grecorromanos eran mi nuevo interés y tenía que estudiar unos cuantos libros como si fuera a presentarme a un examen. Al cabo, ya estaba listo para ponerme en marcha.

Fue un largo trayecto en coche por Francia y Alemania Occidental hasta la frontera de Alemania del Este, pero bajo el Pacto de las Cuatro Potencias mi pasaporte británico me autorizaba a acceder a la *autobahn* que cruzaba Alemania Oriental hasta el enclave de Berlín Occidental. Una vez allí, eludí todo contacto que hubiera hecho diez años antes en aquella ciudad.

Pero había una agencia de viajes permitida por las autoridades germano-orientales como conducto de visados para auténticos turistas occidentales, a los que el Politburó no tenía inconveniente en atraer a Alemania Oriental por la divisa extranjera que aportaban.

Desde luego mi «encargado», Philip (un pseudónimo, claro), no quería que lo fotografiaran en el asiento del acompañante cuando el Triumph entrase en Alemania Oriental, así que había tomado un vuelo a Tempelhof, el aeropuerto que daba servicio únicamente a Berlín Occidental. Esperó en un hotel distinto hasta que llegó el visado. La agencia cobró su tarifa y me devolvió el pasaporte. Philip obtuvo el visto bueno final de Londres, lo que significaba que el activo estaba listo, y fui autorizado a cruzar Checkpoint Charlie a la mañana siguiente.

El visado tenía varias condiciones. Había que cambiar una suma mínima de marcos alemanes en marcos orientales, sin ningún valor, lo que se hizo debidamente. En la autopista de Alemania Oriental hacia el sur había gasolineras específicas donde estaba autorizado a repostar combustible. No tenía duda de que si la Stasi no tenía intención de seguirme todo el trayecto, al menos habría controles a lo largo del camino en los que el Triumph azul oscuro con matrícula británica sería avistado y registrado.

Y solo había un hotel en Dresde donde se me esperaba y donde ya tenía reserva.

Llevaba diez años sin ver Checkpoint Charlie, pero estaba prácticamente igual. Los extranjeros hacían cola como siempre delante de las cabinas de control mientras los guardias introducían espejos sobre ruedas debajo de los chasis para comprobar si alguien intentaba pasar mercancía de contrabando.

Las típicas órdenes de «levante el capó» y «abra el maletero», la típica obediencia nerviosa, los típicos esfuerzos de los turistas por mostrarse desenfadados, la típica respuesta en forma de mueca adusta. El guardia de la frontera que me tocó revisó el compartimento del motor, pero no tocó nada. El cojinete de la batería había superado su primera prueba.

Habían vaciado y registrado mi pequeña maleta dentro de la cabina y, aparte de ella, no había nada en el maletero, así que me permitieron volver a guardarla y cerrar el capó. Luego me hicieron un seco gesto con la mano en dirección a Berlín Oriental, levantaron la barrera y accedí a territorio rojo.

Había memorizado la ruta por las afueras del sur de Berlín Oriental hacia la autopista de Dresde. Naturalmente, debía pasar otro control fronterizo, el que permitía salir de Berlín Oriental hacia la Alemania del Este rural. Lo reconocí: era el mismo hasta el que me había escoltado la Stasi de Magdeburgo después del incidente del RB66 en el bosque de pinos diez años antes. Deseé que la pierna del capitán Holland hubiera sanado.

Luego me encontré ante una carretera despejada, en dirección sur, hacia la provincia de Sajonia y la ciudad de Dresde, que no había visto nunca. El hotel estaba destacado con claridad en mi plano de la ciudad y a media tarde ya me había instalado en él.

El aparcamiento se encontraba bajo tierra y aquello era antes de las cámaras de circuito cerrado que todo lo ven. No parecía haber nadie mirando, aunque no tenía duda de que mi habitación estaba pinchada, igual que el teléfono, y que la registrarían mientras cenaba. Así pues, dejé el McGuffin debajo del cojinete de la batería hasta la mañana siguiente.

No tenía sentido salir a callejear. La chaqueta con botones de latón que llevaba anunciaba a gritos «inglés» a cualquier alemán oriental vestido con tonos apagados, de manera que me quedé en la habitación y estudié los dos libros que me había llevado sobre el museo Albertinum y sus numerosos tesoros de la Antigüedad. Confiaba en que el personal del hotel se fijara en ellos y que si informaban, cosa que casi con toda seguridad harían, sería para decir que el británico solo estaba obsesionado con las antigüedades romanas.

No dormí muy bien y me desperté temprano, lo que no es muy de extrañar. La reunión era a las dos en punto en un pasillo concreto entre las vitrinas en el interior del museo. Desayuné a las ocho y dejé la habitación a las nueve, tras pagar al contado (entonces no había tarjetas de crédito). Pero le dejé la maleta al conserje y me aseguraron que el coche podía quedarse en el garaje hasta que lo necesitara. No me dijeron qué más ocurriría: que volverían a registrarme la maleta. Bien, no llevaba nada en ella.

A las nueve y media bajé al garaje sin llamar la atención, esperé a que saliera otro huésped en su coche, abrí el capó, saqué el McGuffin, me lo metí en el bolsillo de la chaqueta, volví a colocar la batería, la conecté de nuevo y lo cerré. Luego caminé con aire ocioso al museo con los libros de arte debajo del brazo. A las dos menos cinco estaba en el pasillo entre las vitrinas, con la atención absorta en unos fragmentos de cerámica.

Había otros visitantes. Parejas, tríos, los inevitables grupos guiados de escolares. Llevaba el libro de arte abierto y, mientras comparaba las fotografías con los objetos reales de detrás del cristal, buscaba con la vista a un hombre solo con una corbata de rayas rojas y negras. Unos segundos después de las dos, apareció en mi pasillo.

Los alemanes no suelen tener rasgos eslavos; este los tenía. Y la corbata. Vi que se fijaba en la mía: de color azul oscuro con lunares blancos. No había nadie ni remotamente parecido a ninguno de nosotros. Luego apareció un conservador de uniforme que paseaba sin rumbo fijo. A veces la manera más sencilla es la mejor.

—*Entschuldigung* —«perdone»—, ¿dónde está el servicio de caballeros?

El hombre era la amabilidad en persona y señaló el cartel de *Herren* encima de una puerta al fondo de la galería. No establecí contacto ocular con el «Colega» que estaba a apenas diez pasos. Debía de saber que el encuentro tendría lugar en el servicio. Así que me encaminé hacia allí, entré, oriné y me estaba lavando las manos cuando entró él. Aparte de nosotros, no había nadie y todas las puertas de los cubículos se hallaban abiertas. Él también se puso a lavarse las manos. Así pues, dos ruidosos chorros de agua. Su turno. En alemán.

—Perdone, ¿no nos conocimos en Potsdam?

Mi respuesta.

—Sí, estuve allí en abril.

Era suficiente. Esa mañana no había nadie más diciendo tonterías así en Dresde. Señalé los dos cubículos adyacentes con la cabeza. Él se metió en uno, y yo, en el otro. Por debajo de la separación de los cubículos, apareció un grueso paquete de papel. Saqué el mío y se lo pasé.

Desafío a cualquiera a resistir el hormigueo de ansiedad en la boca del estómago en ese momento. ¿Es el Colega el auténtico Colega o al activo auténtico lo detuvieron hace una semana y le apretaron las tuercas para que revelara los lugares y códigos de identificación del encuentro inminente?

¿Hordas de matones gritando con pistolas en la mano, esposas y porras en alto están a punto de invadir el lugar? Incluso el silencio parece amenazante. Pero el mayor temor no es que se te haya agotado la destreza propia del oficio o la suerte, sino que lejos de allí, en casa, te haya delatado algún cabrón. «Ellos» lo sabían desde el principio, te estaban esperando, burlándose de todas tus precauciones. Por eso Dante puso al traidor en el último círculo del Infierno.

No ocurrió nada. El Colega salió del cubículo y oí que se cerraba la puerta del servicio. No he vuelto a verlo desde entonces. Espero que esté bien. Aún le quedaban dieciocho años a la Unión Soviética, y los procedimientos del KGB contra los traidores eran muy crueles.

Yo también dejé el cubículo, pero volví a lavarme las manos para que pasara el tiempo. Cuando salía del servicio, tropecé con otro hombre que entraba, pero no era más que un visitante. Intercambiamos un gesto de asentimiento y pasé de largo, aferrando todavía los libros de arte. Aún tenía varias horas muertas hasta el anochecer, porque quería conducir en la oscuridad.

El visado expiraba a medianoche y el trayecto de regreso a Occidente no iba a hacerlo vía Berlín Oriental, sino hacia el sur, por el paso del río Saale, uno de los pocos pasos fronterizos autorizados para turistas. Al sur de Saale, en la población de Bayreuth, me estaría esperando Philip.

Volví al hotel y recogí la maleta, al tiempo que aseguraba que lo había pasado estupendamente en Dresde y hablaba maravillas del museo Albertinum. Luego bajé al aparcamiento. Pero en ese momento llegaba al hotel un nutrido grupo para asistir a un congreso. Demasiada gente. Si me veían con la cabeza metida en el compartimento del motor del coche, quizá se ofrecieran a ayudarme, y eso era lo último que necesitaba. Me guardé el McGuffin en el bolsillo del pecho de la chaqueta, me monté en el Triumph, que empezaba a atraer miradas curiosas, y salí de allí. Estaba oscureciendo. Seguí los indicadores hacia Gera Kreuz, el principal cruce de la *autobahn*, donde la autopista viraba al sur hacia la frontera bávara.

Había oscurecido del todo cuando vi el área de descanso a la luz de los faros y, tal como había esperado, por la noche la carretera estaba casi vacía. Me desvié hacia la derecha, ascendí por la rampa poco pronunciada hasta que me envolvieron los pinos y me detuve. Luces apagadas. Espera, fúmate un cigarrillo. Tranquilo. Ya casi estás.

Había una pequeña llave inglesa en la guantera. No bastaba para levantar sospechas pero resultaba vital para manipular las tuercas que sujetaban los cables de la batería. Me bajé, abrí el capó y utilicé la llave inglesa para aflojar la primera tuerca, la del cable negativo de la batería. No había necesidad de linterna, bastaba con la luna, que tenía forma de guadaña. En ese momento el área de descanso quedó inundada por una intensa luz blanca.

Había subido otro coche por la rampa a mi espalda sin quitar las largas. Me metí la llave inglesa en el bolsillo del pantalón y me incorporé. El coche de detrás era un turismo Wartburg y gracias a sus luces alcancé a distinguir su aspecto: verde y crema, la insignia de la Volkspolizei, la Policía Popular, los VoPos. Iban cuatro pasajeros, que se apearon.

Estaba claro que para entonces ya habían reconocido que el Triumph y la matrícula eran británicos. La razón por la que se habían desviado de la *autobahn* quedó patente cuando uno se volvió hacia los árboles y se bajó la bragueta. Era un alto para descansar, pero esa vejiga llena podía convertirse en un golpe de suerte para ellos.

El agente al mando era un suboficial superior a quien tomé por el *Unteroffizier*. Los otros dos examinaron el Triumph con curiosidad mientras su colegaba orinaba. El suboficial me tendió la mano.

«*Ausweis, bitte.*» El «por favor» era una buena señal, seguía mostrando educación. Adopté el modo Bertie Wooster: el desventurado turista inglés, indefenso e inofensivo, perdido por completo y con muy pocas luces. Alemán vacilante, acento horrendo.

El suboficial examinó una página tras otra del pasaporte a la luz de una linterna que se había sacado del bolsillo. Vio el visado de Alemania Oriental.

—¿Por qué se ha detenido aquí?

—Se ha parado el motor, agente. No sé por qué. Iba tranquilamente por la autopista, ha empezado a renquear y luego se ha parado. Llevaba velocidad suficiente para llegar hasta aquí antes de que se detuviera.

Los alemanes son probablemente los mejores ingenieros del mundo, pero lo saben y les encanta que se lo digan. Incluso los estudios de ingeniería germano-orientales eran lo bastante buenos para que sus titulaciones se reconocieran en Occidente. Así que me dediqué a darles jabón.

—No entiendo de motores, agente. Así que no sé qué buscar. Y no llevo linterna. Los alemanes son tan brillantes en estas cosas... ¿No podrían echar ustedes un vistazo?

El suboficial superior se lo pensó. Luego dio una orden al que había hecho sus necesidades y se había subido la bragueta. Parecía el mecánico del grupo.

—*Guck mal* —le dijo, indicándole el motor con un gesto—. Échale un vistazo.

El que había orinado cogió la linterna y se acercó al compartimento del motor. Dentro del bolsillo del pecho de mi chaqueta el grueso fajo de documentos empezaba a parecerme una lápida, en lo que podía llegar a convertirse si me ordenaban que vaciara todos los bolsillos.

Entonces se oyó un grito triunfal y el ingeniero se incorporó. En la mano derecha, tenía el cable desconectado de la batería, iluminado por el haz de la linterna.

—*Hat sich gelöst!* —gritó—. Solo se ha soltado.

Luego todo fueron sonrisas satisfechas. Había quedado demostrado que los alemanes son mejores. Repartí unos Rothmans, unos cigarrillos sumamente apreciados. El agente se volvió para colocar el cable desconectado y me indicaron que probara a arrancar. Cobró vida al primer intento. Bertie Wooster no cabía en sí de asombro y gratitud. El capó bajado y cerrado. Saludos a todos. *Mein herr*, siga su camino, haga el favor.

Una hora después, volví a detenerme y esa vez no me molestó nadie. A las once y media llegué a las lámparas de arco y las cabinas de aduanas del paso de Saale.

Y allí el registro fue exhaustivo. Capó, compartimento del motor, focos de alta intensidad en todas y cada una de las grietas. Palparon el tapizado por si había algún bulto oculto e introdujeron espejos y luces debajo de la carrocería.

Dentro de la cabina de aduanas, cacheo de bolsillos y cuerpo. Era el único que cruzaba; tenía toda su atención y supongo que estaban aburridos. Entregué el dinero sobrante, se llevaron el pasaporte a un despacho interior y oí el sonido amortiguado de unas llamadas telefónicas. Al final, con una expresión de chasco en el rostro, me dirigieron un asentimiento seco. Pasé. Metí el equipaje otra vez en el maletero, me monté y arranqué. Adelante.

Por aquel entonces, los alemanes orientales tenían una treta. Su paso fronterizo estaba unos cuatrocientos metros hacia el interior de Alemania Oriental. Después de levantar lo que parecía la última barrera había un trayecto largo y lento, a diez kilómetros por hora, por aquel último tramo, que estaba flanqueado por una valla de tela metálica. Imposible de saltar. Y había torres de vigilancia con ametralladoras. No costaba trabajo imaginar la orden gritada por un megáfono de «*Halt. Stehenbleiben*». «Alto, quédese donde está.»

Al cabo, finalmente, otra barrera. Detrás, los alemanes occidentales observan ocultos tras sus propias luces, los prismáticos fijos en el coche que se acercaba y los controles germano-orientales más allá. No se oye ningún grito, el parachoques delantero va aproximándose a la barrera, que por fin se activa con una sacudida.

¿La alegría perfecta? Desde luego que sí. La alegría perfecta es ver como una barrera de franjas rojas y blancas se alza hacia la noche bávara mientras el espejo retrovisor refleja los haces de los focos.

Llegué muy tarde a Bayreuth y me reuní con Philip en el

único sitio de la población donde aún servían café, la cafetería de la estación de ferrocarril. Parecía afligido. Pensaba que me había perdido. Me conmovió. Así pues, le entregué el McGuffin, volví al hotel y dormí como un tronco.

Al día siguiente llené el depósito y regresé a través de Baviera, crucé el Rin y luego Francia hasta el puerto de Calais, en el canal. De allí tomé el primer ferry del día a Dover y, de pie en el pique de proa, tuve ocasión de ver aparecer de nuevo los inmensos acantilados blancos entre la neblina matinal.

Amigos y rivales

Hay pocas experiencias que aparenten ser tan inocuas pero que resulten tan agotadoras como una gira de promoción por todo el mundo.

A primera vista parece variado e interesante. Solo doce ciudades en veinticuatro días con un par de fines de semana de «descanso» en medio y billetes de primera clase de principio a fin. ¿Por qué no? Porque después de seis o siete días el efecto de cambiar rápidamente de husos horarios, las camas extrañas, los aeropuertos constantes y las agotadoras entrevistas desde el amanecer hasta el anochecer empieza a hacer mella en los nervios, agravando el inevitable *jet lag*.

Únicamente he hecho una de esas giras y fue en 1978 para promocionar mi cuarta novela, *La alternativa del diablo*. Solo Toronto, Vancouver, Hong Kong, Brisbane, Sidney, Auckland, Perth, Johannesburgo, Ciudad del Cabo, Frankfurt y de vuelta a Londres. Me resultaba todo nuevo y exótico. Años después no destacan en el recuerdo más de dos paradas: Hong Kong y Mauricio, que fueron un fin de semana de descanso entre Perth y Johannesburgo.

Cuando el avión de pasajeros tomó tierra en el pequeño y concurrido aeropuerto de Kai Tak, en Hong Kong, solo llevaba hecha una tercera parte del viaje y aún estaba bastante descansado. El hotel Peninsula había enviado un coche a recogerme y he de reconocer que nunca me habían tratado así.

Entre reverencias, acababan de dejarme en mi habitación de la décima planta del Peninsula cuando sonó el teléfono. Era «Johnny», el jefe de delegación de la Firma en la colonia y varias delegaciones más.

—¿Está libre para cenar esta noche?

—Pues sí.

—Espléndido. Pasaré a recogerle. En la otra punta del aparcamiento delantero, a las ocho en punto, un coche rojo. —Luego colgó.

El Peninsula en aquellos tiempos no tenía un Rolls-Royce para sus huéspedes, sino toda una flota de color chocolate. A las ocho estaba en las escaleras de entrada escudriñando aquel regimiento cuando vi el destello de un coche rojo al fondo del todo. Resultó ser el Jowett Javelin más desvencijado que había visto en la vida, con Johnny sonriendo al volante. La empresa automovilística Jowett pasó a la historia hace tiempo, y con razón.

Saltaba a la vista que Johnny se conocía Hong Kong al dedillo, pero yo me perdí segundos después de acceder a las estrechas callejuelas de la Ciudad Amurallada. Al cabo, ni siquiera el Javelin podía pasar, conque quedó aparcado junto al bordillo y seguimos a pie.

Se me pasó por la cabeza que si el contribuyente británico, acostumbrado a ver a James Bond en su Aston Martin, pudiera ver aquella chatarra rodante, se daría cuenta de que la sección de inteligencia de Su Majestad en el extranjero en realidad no le estaba cobrando de más.

Johnny enfiló una callejuela tras otra con seguridad, hasta que llegamos a una puerta tachonada con grandes clavos negros. Llamó con los nudillos. Se abrió un ventanillo. Hubo un rápido intercambio en chino, aunque no alcancé a entender si era mandarín, hakka o cantonés. Entonces se entreabrió la puerta y pasamos. Fue en ese momento cuando me di cuenta de que mi anfitrión para la cena era un invitado de honor.

El restaurante no era grande, tal vez quince mesas, y los clientes eran todos chinos. No había un solo «ojos redondos» a la vista. No me extrañó: no habrían sido capaces de encontrar el establecimiento.

El personal parecía constar de dos jóvenes, lo bastante parecidos para ser hermanos (cosa que eran), ambos fornidos y de más de un metro ochenta, con el pelo moreno cortado al rape. Salió de la cocina el propietario y chef, a todas luces el padre, que también superaba el uno ochenta y llevaba el cabello, de un gris metálico, al rape. Saludó a Johnny como a un amigo.

No había menú. Johnny pidió para los dos y la comanda fue recibida con aprobación sonriente. Cuando nos quedamos solos, comenté:

—Son bastante grandes para ser chinos.

—Son manchúes —repuso Johnny—. Por ahí arriba crecen mucho.

—¿Y el idioma?

—Mandarín.

La comida fue más que excelente, probablemente la mejor que he probado. Comenté la cordialidad con la que le habían saludado.

—Bueno, son colegas, en cierto modo.

—¿Trabajan para Londres?

—Dios santo, no, son la sección de inteligencia de Pekín en esta zona.

Me estaba liando un poco.

—Pensaba que eran el enemigo.

—Dios bendito, no, el enemigo son los rusos. El KGB. Pekín no los soporta, así que nos mantienen al tanto de todo lo que hacen los soviéticos y siempre son los primeros en enterarse.

Acababa de poner mis ideas preconcebidas patas arriba.

—Así que ¿nos llevamos bien con los chinos aunque se supone que estamos en bandos distintos?

—Desde luego. Salvo por los nacionalistas, lo que queda del antiguo Kuomingtang. Son un incordio.

—Pensaba que los nacionalistas se oponían a Pekín.

—Así es. Por eso son un incordio. Tienen una colonia en la costa, unas bahías más allá. Escatiman y ahorran hasta que tienen lo suficiente para comprar armas ilegales y luego se hacen a la mar en uno o dos sampanes para invadir la China continental.

—¿Qué suerte corren?

—Ah, le doy el soplo a mi amigo —indicó con un gesto de la cabeza hacia la cocina— e interceptan a esos idiotas cuando desembarcan.

—¿No los ejecutan?

—Qué va, tenemos un acuerdo. Solo los desarman y los envían de regreso. Luego tienen que ajustarse el cinturón y ahorrar durante otro año para comprar más armas, y vuelta a empezar. El caso es que, si quisiera, el Ejército Popular de Liberación podría tomar este lugar antes del desayuno. Nosotros no somos más que invitados. A ambos bandos nos conviene que Hong Kong siga en paz. Para Pekín es una valiosa fuente de ingresos y un lugar de encuentro donde hablar sin testigos. Su nuevo líder, Deng Xiaoping, es más pragmático que dogmático. Para nosotros es un centro de comercio y un puesto de vigilancia. Cualquier cosa que amenace con perturbar esa cómoda relación es un peligro, lo que incluye el Kuomintang para nosotros y el KGB para ellos. Lo único que tenemos que hacer es mantener contento a Pekín y a los rusos dentro de su casilla.

Cuando pagó la cuenta y nos acompañaron a la puerta, me percaté de que lo que acababa de averiguar mientras saboreaba un soberbio *chow mein* era que los lectores de la prensa occidental llevaban años tragándose las sandeces más absolutas.

El coche seguía intacto, aunque en muchas callejuelas del mundo ya lo habrían desmontado. Pero nadie le había puesto un dedo encima. No se hubieran atrevido.

El día siguiente, la unidad de la RAF apostada más allá de Kai Tak me dio un paseo por la colonia en uno de sus helicópteros. Creo que era un Skeeter, en cualquier caso era sumamente pequeño, apenas una burbuja de plexiglás debajo de un ventilador ruidoso. La cabina no tenía puertas, así que cuando viraba bruscamente lo único que evitaba una caída de dos mil pies hasta el suelo eran los cinturones de seguridad.

Desde esa perspectiva se veía a los gurjas que patrullaban las colinas cubiertas de brezo de los Nuevos Territorios, rastreando a los refugiados que llegaban en un flujo constante en busca de una vida nueva lejos del comunismo. La colonia, sin embargo, era muy pequeña, de modo que los atrapaban, los escoltaban hasta un campo en la isla de Lantau (ahora el nuevo aeropuerto) y luego los enviaban de regreso.

Había otro cómodo acuerdo para que no se les castigase: solo les advertían que no lo volvieran a hacer y les reubicaban bien lejos. Esa noche me pidieron que pronunciara unas palabras ante el Club de Corresponsales Extranjeros en Hong Kong. Lo hice totalmente sobrio, lo que fue motivo de felicitaciones, porque el invitado anterior, el humorista Dave Allen, se había derrumbado de bruces sobre el plato de sopa.

El último día el conglomerado Jardine Matheson me pidió que disparase el arma ceremonial conocida como Cañón de Mediodía y luego me trasladé a Kai Tak para el vuelo a Brisbane.

Después de Australia y Nueva Zelanda y las mismas preguntas en las entrevistas un centenar de veces más, mi vuelo al oeste desde Perth pasaba justo por encima de la isla de Mauricio. Hutchinson, mi sello editorial, que costeaba la gira, sugirió que, puesto que no tenía nada que hacer en Johannesburgo hasta el lunes, me tomara un descanso en la isla, un lugar de veraneo precioso. Me alojaron en el hotel Saint Geran, aún uno de mis preferidos en todo el mundo, treinta y cinco años después.

Aunque solo pasé sesenta horas allí, me enamoré; dos veces. Había un centro de submarinismo que ofrecía un curso para turistas. Unas horas de instrucción en una piscina me permitieron realizar dos inmersiones en los arrecifes cercanos. Y el silencio y la belleza de aquel mundo submarino me cautivaron. He hecho submarinismo desde entonces.

Había también un barco de pesca deportiva, el *Chico*, que estaba reservado, pero uno de la pareja que había hecho la reserva se echó atrás y el mánager general, Paul Jones, que sigue siendo amigo mío en la actualidad, estaba buscando un sustituto.

De niño en Kent había pescado besugo y gardí en el canal de Hythe, pero aquello era distinto. Ocho horas en el inmenso y agitado océano Índico con sedales lanzados en busca de agujas, peces vela, reyes, petos, atunes y bonitos.

No recuerdo qué pescamos, pero fueron más de una decena sin contar las agujas y los peces vela, y cuando amarramos en el muelle a media tarde, estaba cautivado de nuevo. Más adelante me basé en aquel día en el mar para escribir un relato, «El Emperador». Luego tomé un coche al aeropuerto y el vuelo a Johannesburgo. Cuando diez días después me dejaron en Heathrow, me sentía como un trapo escurrido.

Pero desde entonces he hecho submarinismo en los arrecifes de Isla Lagarto, Queensland, y hacia el oeste entre los corales de la península de Baja en el mar de Cortés; he nadado con tiburones y mantarrayas entre los atolones de las Maldivas y las Islas Amirante; y he pescado agujas, peces vela y serviolas (que siempre he devuelto al agua), y petos y reyes (para la mesa).

Mis únicas drogas son el silencio y la soledad y, en un mundo cada vez más ruidoso, frenético y atestado, es en el mar o debajo del mismo donde las encuentro.

Cinco años en Irlanda

No había la más mínima razón para que el político irlandés Charles Haughey y yo nos lleváramos bien, pero así fue. Se mostraba despiadado y vengativo con sus enemigos políticos por cualquier desaire o mala pasada. Cuando se relajaba durante una comida, en cambio, me parecía un granuja de lo más divertido. Y, desde luego, era un granuja.

En tanto que ferviente republicano, no tenía aprecio alguno a los ingleses ni a nada británico, pero por lo visto hacía una excepción conmigo, quizá porque enseguida comprendió que lo había calado.

Mi esposa y yo nos habíamos trasladado de Inglaterra a España en enero de 1974 para huir de la victoria electoral del Partido Laborista liderado por Harold Wilson y de la política fiscal de Denis Healey, que incrementó el impuesto sobre la renta a un desgarrador ochenta y tres por ciento cuando ocupó el cargo de ministro de Economía y Hacienda el mes de abril. El año en España era para eludir la posibilidad de que la mayor parte de los ingresos derivados de las tres primeras novelas desapareciesen, quizá para no repetirse nunca. Pero no teníamos ninguna intención de establecernos en España. Era el consabido «año de ausencia».

Para las Navidades de 1974, estábamos en Dublín (fuera del territorio británico y por lo tanto al margen de su red fiscal) buscando una casa para comprarla e instalarnos en el pueblo de Enniskerry, en el condado de Wicklow, justo al sur de la ciudad. Años atrás, cuando su partido, el Fianna Fáil, estaba en el poder y él era ministro de Economía, fue Charlie Haughey quien presentó una ley fiscal con un parrafito al final en el que apenas nadie reparó. Eximía del impuesto sobre la renta a todos los artistas creativos, incluidos los escritores.

Yo debía de ser el único inmigrante que no lo sabía. (Creo que he mencionado que los asuntos de dinero no se me dan muy bien.) Cuando revelé mi ignorancia de la ley, primero me encontré con el asombro local y luego con su aprobación. Al menos había ido porque me gustaba el lugar.

Hacer amigos en Irlanda es lo más sencillo del mundo porque ya de entrada son muy sociables. A eso hay que añadirle un tremendo sentido del humor. En el norte la ofensiva guerrillera del IRA contra el gobierno de Belfast y las fuerzas armadas británicas allí destinadas estaba en su apogeo pero, en el sur, en la República de Irlanda, el ambiente era tranquilo e inmensamente amistoso. Corrían historias sobre británicos que habían tenido que irse porque no podían seguir el ritmo de las juergas, así que se veían obligados a volver a casa con el hígado perjudicado.

Fue poco después de que nos mudásemos allí cuando mi esposa y yo conocimos a Charlie Haughey en un acto social, pero gracias a la intermediación de su novia desde hacía mucho tiempo. Era una relación de la que todo el mundo estaba al tanto pero que nadie mencionaba y todos los medios de comunicación se autocensuraban. Esos tiempos quedaron atrás.

La dama celebraba pequeñas cenas íntimas en torno a la mesa de pino de su cocina del sótano y era allí donde teníamos ocasión de conversar con el otro Charlie Haughey, en mangas de camisa, afable y divertido. Al igual que Harold King en la delegación de Reuters en París, primero intentaba intimidarme y, si no daba resultado, se relajaba y dejaba aflorar su encanto irlandés.

Disfruté enormemente los cinco años que pasé en Irlanda y recuerdo con afecto las innumerables y alborotadas cenas. Antes de ir a España, en un acto de pura demencia, me había comprado un Rolls-Royce. Estaba lejos de ser nuevo y también estaba lejos de los precios más elevados de la gama. Era un clásico, que encargué restaurar en el taller de un especialista en Londres. Una vez restaurado, hice que pintaran de blanco la carrocería negra. Tenía el radiador vertical a la antigua usanza, con ese aire de templo griego y la figura alada volando por encima del capó. Conduje aquel monstruo todo el trayecto hasta la Costa Blanca y luego lo envié por barco a Irlanda. Tanto en un pueblo español como en Enniskerry era —¿cómo decirlo?— bastante llamativo. Pero me gustaba y lo habría conservado más tiempo de no ser por el viaje al norte hasta el condado de Antrim para visitar a mis suegros.

Atravesamos tranquilamente Dublín, dejamos atrás el aeropuerto de Swords y nos adentramos en Dundalk, una zona dominada por el IRA. Al norte de allí, la carretera estaba en buena medida despejada, hasta que llegamos al puesto fronterizo donde comenzaba el condado de Armagh, el primero de los seis que constituyen la Irlanda del Norte británica.

En el puesto fronterizo irlandés apenas había personal. La barrera estaba subida y una mano tras el cristal de la cabina junto a la carretera nos indicó que pasáramos. En el control británico la barrera estaba bajada, así que nos detuvimos. Por entre la maleza apareció una extraña figura con aire de Calibán.

Vestía traje de camuflaje y lucía una boina de estilo escocés con una borla roja encima e iba aferrado a una carabina semiautomática. Al parecer era un soldado de Su Majestad, pero no se parecía a ninguno que hubiera visto antes. Se acercó a toda velocidad a la ventanilla del lado del conductor, echó un vistazo al interior y gesticuló para que la abriera.

Era eléctrica y cuando emitió un zumbido al bajar, el soldado dio un brinco sorprendido y me espetó algo. No entendí ni una palabra de lo que decía, pero por el acento, que ya había oído en Tánger, supuse que era de Glasgow. Cuando no respondí a lo que me hubiera preguntado, se puso nervioso y me plantó el cañón de la semiautomática debajo de la nariz.

En ese momento apareció entre los arbustos una figura muy distinta: muy alta, desgarbada, y a todas luces un oficial. Él también se acercó y habló, aunque con tono tranquilo y cansino.

—Lo lamento mucho, amigo mío, le está pidiendo que le enseñe la documentación.

El capitán se hizo cargo de la situación y examinó mi pasaporte. Por sus placas vi que pertenecían a los Cameronianos, que se habían creado una magnífica reputación cuando estuvieron destinados en Alemania con el sobrenombre de los Enanos Ponzoñosos.

Aquellos dos me recordaron al oficial ruso blanco al mando de tropas orientales a las afueras de Magdeburgo quince años antes. El capitán ordenó al soldado que se fuera con una sarta de palabras en el mismo dialecto incomprensible.

—¿Es usted el escritor ese? —preguntó.

—Sí.

—Bien hecho. Bonito coche.

—Gracias.

—¿Cree conveniente conducirlo por mitad de Territorio Forajido?

(Reconocí el término que utilizaban los medios para referirse al sur de Armagh, que aún no había cruzado.)

—Igual debería pensárselo —continuó—. Bueno, adelante. Y vaya con cuidado.

Con aquellas palabras de ánimo, pisé el embrague y la bestia blanca se adentró con un ronroneo en el condado de Armagh y sus setos silenciosos y hostiles. Una semana después hice lo mismo de regreso hacia el sur: un trayecto de lo más tranquilo tanto dentro como fuera del coche. Después de aquello vendí el Rolls y compré una bonita y anónima ranchera Austin Montego.

Más o menos por aquel entonces cayó el gobierno de Cosgrave y el Fianna Fáil volvió al poder, con Charlie Haughey como ministro de Sanidad nombrado por el primer ministro Jack Lynch, con quien mantuvo una pugna hasta que al final lo derrocó y ocupó su cargo en 1979.

Apenas había llegado a lo más alto cuando Irlanda recibió al papa Juan Pablo II en una visita de Estado. Sentados a la mesa de pino de la cocina, Charlie me hizo una petición bastante extraña. Dijo que necesitaba una monografía sobre seguridad para presentarla ante el gabinete: le aterraba que atentasen contra el pontífice durante su estancia en Dublín.

Sugerí que quedaba descartado que Su Santidad corriera peligro mortal precisamente en Dublín y que el gobierno británico tenía una decena de expertos en seguridad con años de experiencia. Él repuso que no quería pedir ayuda a Londres, pero los Gardaí irlandeses no tenían experiencia en esa clase de asuntos. Necesitaba las técnicas que habían mantenido con vida a De Gaulle. No me quedó otra opción que hacer lo que me pedía.

Me remití a todo lo que había oído decir a los guardaespaldas de De Gaulle cuando hablaban con los medios franceses en 1962 y elaboré un documento haciendo hincapié en la diferencia entre la protección de cerca contra un loco y el peligro del francotirador de largo alcance.

No llegué a saber si presentó el documento ante el gabinete como obra suya, mía o de algún especialista anónimo al que solo él conocía. Probablemente lo último. Sea como fuere, la visita de tres días del Papa transcurrió sin ningún percance, aunque me fijé en que había unos cuantos francotiradores del ejército irlandés encaramados a las azoteas que escudriñaban las ventanas de enfrente.

Nuestros dos hijos nacieron en Dublín: Stuart en 1977 y Shane en 1979. Pero en otoño de 1979 a mi mujer le entró un miedo atroz a que les ocurriera algo a nuestros dos bebés.

En el caso de Irlanda en 1979, un miedo semejante distaba mucho de ser ilógico. Unos renegados del IRA ya habían secuestrado al empresario holandés Tiede Herrema, que fue rescatado ileso tras una búsqueda a escala nacional, y otros habían visitado más recientemente la casa en Outwood de mi amigo el magnate canadiense Galen Weston. Ni él ni su esposa Hilary se encontraban allí, pero aterrorizaron a su ayudante personal.

Para principios de primavera, la situación era grave. Un amigo de Dublín me comentó: «No eres el hombre más famoso de

Irlanda, no eres el hombre más rico de Irlanda y no eres el único británico en Irlanda, pero probablemente eres el británico más rico y famoso».

Así que la tentativa de secuestro de uno de nuestros hijos no era una fantasía en absoluto. Era hora de irse y era mi esposa, que era irlandesa, quien más decidida estaba a volver a Inglaterra. Me pareció lo más atento informar a nuestro amigo el primer ministro. Sin dar explicaciones, pedí una cita en su despacho de Kildare Street.

Me recibió efusivamente pero un tanto perplejo. Cuando la puerta estuvo cerrada, le expliqué que nos íbamos y por qué. Se mostró horrorizado y me pidió que nos quedáramos. Le dejé claro que la decisión estaba tomada.

No podía ofrecerme la ciudadanía irlandesa. Como hijo primogénito del hijo primogénito de un hombre de Youghal, en el condado de Cork, ya tenía ese derecho de todos modos. Así pues, me ofreció nombrarme senador de Irlanda. Por lo visto el Senado está formado en parte por miembros electos pero algunos escaños pueden ser designados. Se lo agradecí, pero lo rehusé.

Aceptó la realidad, me pasó el brazo por los hombros y me acompañó desde su despacho, por todo el largo vestíbulo, hasta la puerta de la calle. Se entreabrieron las puertas de algunas oficinas, de las que asomaron unos boquiabiertos funcionarios de alto rango al ver al primer ministro rodeando los hombros de un británico con el brazo, cosa que no se había visto nunca ni se ha vuelto a ver.

Unos días después recibí una última llamada suya. Fue para darme su palabra de que ningún hombre del IRA se atrevería a levantar la mano contra mí o mi familia en todo el país. El único modo de que supiera algo así era si él mismo había dado la orden tajante al Consejo Militar del IRA. No muchos hombres podían hacer algo semejante.

El 7 de abril de 1980, cargada hasta los topes y con más equipaje aún en la baca, la Montego subió al ferry que iba de Dun Laoghaire a Fishguard.

Margaret Thatcher había ganado las elecciones de 1979 y el tipo de impuestos para los ingresos máximos había bajado del ochenta y tres al sesenta por ciento, que, si bien elevado, era aceptable. Llegamos a Londres justo a tiempo para ver cómo se interrumpía la emisión por televisión de la fase final del campeonato mundial de *snooker* por la irrupción de las fuerzas del Servicio Aéreo Especial en la embajada iraní, ocupada por terroristas.

Desde entonces he vivido en Surrey, St. John's Wood, Hertfordshire y Buckinghamshire, pero nunca he emigrado y nunca lo haré.

Una jugarreta ingeniosa

Para el verano de 1982 mi situación física se había vuelto sumamente cómoda, y tal era así que me aburría. Estaba en el umbral de los cuarenta y cuatro, llevaba ocho años casado, era padre de dos niños, de tres y cinco años, vivía en una gran casa blanca en Tilford, un pueblo del condado de Surrey, y había comprendido que al parecer podía ganarme la vida con desahogo escribiendo novelas. No es de extrañar que estuviera aburrido.

Hay un pasaje en la novela de John Buchan *John McNab* en el que el héroe se encuentra en un estado similar y acude al médico. El astuto doctor, después de llevar a cabo la revisión, le dice a su paciente: como médico no puedo hacer nada por ti, pero, como amigo, déjame que te dé un consejo. Vete a robar un caballo a un país en el que robar caballos se castigue con el ahorcamiento.

Yo no sentía la necesidad de llegar a tales extremos, pero tenía que hacer algo más interesante que estar sentado en la terraza leyendo la prensa y tomando café.

Resulta que si bien no padezco de acrofobia —un miedo aterrador a las alturas—, en realidad no me gustan. En un apartamento en el piso treinta de un rascacielos preferiría no asomarme al balcón. A decir verdad, preferiría quedarme dentro, tras las puertas de vidrio.

Había despegado muchas veces y aterrizado otras tantas, pero nunca había saltado a medio camino. Quizá esa fuese la respuesta. Pregunté por ahí si alguien conocía algún buen club de paracaidismo. Un amigo de las fuerzas armadas me aconsejó que el mejor (con lo que me refiero al más seguro) era la escuela de las Fuerzas Conjuntas en Netheravon, Wiltshire. Costeado por ese filántropo ultrageneroso que es el contribuyente, contaba con equipamiento de vanguardia y nunca había perdido a un aprendiz por causa de la fuerza de la gravedad.

Yo era civil, claro, pero la RAF hizo una excepción y me franqueó el acceso, así que en la fecha indicada me acerqué en coche hasta allí. Incluso en una época tan reciente, todo era mucho menos formal que ahora. No había revisión médica, sino que bastaba con firmar ese entrañable documento que es el «consentimiento informado». Sencillamente decía que aceptaba que, en el caso de quedar clavado como una estaquilla en medio de un prado de Wiltshire, cargaría con toda la culpa y mis herederos no demandarían a nadie.

El curso en el que me encontré contaba con entre treinta y cuarenta voluntarios, todos procedentes de diversas secciones del ejército de tierra y las fuerzas aéreas, y todos en torno a los veinte años. En otras palabras, eran lo bastante jóvenes para ser mis hijos. Parecían tener apetitos insaciables y eran capaces de consumir hasta media decena de buenas comidas al día. También poseían unos niveles aterradores de energía.

Tal vez debido a mi edad, tuvieron la amabilidad de buscarme alojamiento en el comedor de oficiales, que me resultaba bastante familiar, porque Netheravon es una base de las fuerzas aéreas. La primera mañana me sumé al curso de tres días en el hangar principal.

El oficial era el comandante Gerry O'Hara, del Regimiento Paracaidista, pero los instructores eran el sargento de aviación Chris Lamb, de la RAF, y el cabo Paul Austin, de los Reales Marines, los dos más jóvenes que yo y ligeramente sorprendidos de que me hubieran incluido en el curso.

Empezamos por las explicaciones teóricas de las fuerzas de gravedad, la deriva del viento y la velocidad de descenso. Luego vendrían las clases sobre el equipamiento, aún por llegar. Utilizaríamos el paracaídas aerocónico; nada de parapentes ni paracaídas de vuelo acrobático, que eran para los expertos de verdad. El modelo aerocónico era una sencilla cúpula de tela de colores y ni siquiera tendríamos que abrirlo. Habría un cable estático conectado al interior del avión que abriría el paracaídas de forma automática conforme fuéramos saltando. Los instructores estarían en el aparato con nosotros y nos engancharían a los cables estáticos. Bastante sencillo.

Saltaríamos sobre el campo de aviación desde la compuerta lateral de un Dragon Rapide a unos tres mil pies de altitud, y la velocidad de descenso sería de unos veintiún kilómetros por hora. El resto del «tiempo en tierra» lo dedicamos a sobrellevar el impacto con la Madre Tierra a esa velocidad sin resultar heridos, lo que implicaba entrar en contacto con el suelo y dar una voltereta al mismo tiempo.

El resto del primer día y la mañana del segundo lo pasamos en el hangar, saltando de plataformas, aterrizando y girando, hasta ser capaces de hacerlo sin sentir más que un impacto mínimo. Todo eso tenía lugar entre pausas para las inevitables rondas de té, sin las cuales toda la estructura de la defensa británica se vendría abajo. En los descansos para almorzar yo volvía al comedor para comer sentado a la mesa con el personal de servicio mientras los jóvenes se iban a su refectorio para meterse otra gigantesca fritanga entre pecho y espalda. No acababa de entender dónde metían todo aquello. La jugarreta tuvo lugar al final de la segunda mañana.

Los dos instructores nos dijeron que haríamos el primer salto a la mañana siguiente. Era mentira, para prevenir alguna desaparición en plena noche. Después de almorzar, aterrizó el primero de los dos Dragon Rapide y nos dijeron que tuviéramos los paracaídas preparados. También se iba a realizar un sorteo para ver quién ocupaba las dudosas posiciones de «primer saltador» y «primer zaguero».

Los biplanos, antiguos pero todavía útiles, estaban en la pista con las hélices girando al ralentí y las puertas laterales abiertas cuando se realizó el sorteo. Debido a lo apiñados que íbamos a ir, los «zagueros» permanecerían sentados en el último lugar de los bancos a ambos lados del pasillo central y solo se levantarían para engancharse a los cables estáticos en el último momento y cuando recibieran la orden. Pero el primero en saltar tendría que ir sentado en el umbral de la puerta todo el trayecto, poniéndose en pie únicamente cuando el maestro de salto le diera un toque en el hombro. Entonces pasaron la gorra.

Estaba llena de trocitos de papel, cada uno con el nombre de un alumno. Con los ojos cerrados, Chris Lamb metió la mano y sacó un papelito. Al abrirlo me sorprendió, teniendo en cuenta que las posibilidades eran de treinta a uno, que el nombre fuera el mío.

Solo después, una vez en tierra de nuevo, cuando tuve oportunidad de revisar la gorra, me di cuenta de que todos llevaban escrito mi nombre. Los dos granujas habían supuesto que si el vejete no se quedaba petrificado en la puerta, ninguno de los adolescentes se atrevería a hacerlo. Quedarse petrificado y negarse a saltar equivalía a una orden inmediata de RAU: regreso a la unidad.

En orden inverso de salto, nos agolpamos en el interior del fuselaje del Rapide; el grupo de los «últimos en saltar» desapareció hacia la cola. Me encontré con que no tenía asiento en absoluto. Tuve que sentarme en el umbral con las piernas y los pies en la estela del avión. Despegamos y ascendimos suavemente hasta los tres mil pies por encima del aeródromo. Empezó a entrarme el síndrome del «balcón de rascacielos». Los campos eran sellos postales; los inmensos hangares, del tamaño de la uña del pulgar. Pensé con nostalgia en mi hogar en Tilford.

Paul Austin dijo algo por la escotilla de la cabina y se silenció el motor. Aun así, las hélices parecían seguir girando a un palmo de mi rostro y me pregunté si no me estrellaría contra las palas al saltar. Era fácil olvidar que, incluso con los motores a una potencia moderada, fuera seguía corriendo una estela de aire a setenta y cinco kilómetros por hora, y la gravedad haría el resto.

Recibí un toque en el hombro y me puse en pie. Apareció un puño con el pulgar en alto, lo que quería decir «cable estático enganchado». A continuación, el toque final. Respirar hondo, inclinarse hacia delante y tomar impulso. En cuestión de un segundo había desaparecido todo: el ruido del motor, la estela, el avión. No había más que silencio y el susurro de una suave brisa, el hemisferio de seda por encima de mi cabeza, el arnés completamente tenso en torno al cuerpo, los pies colgando de la nada y los sellos postales acercándose muy despacio.

Luego todo se volvió bastante tranquilo. Era hora de echar un buen vistazo alrededor. Vistas espectaculares de kilómetros y kilómetros de un paisaje precioso, no tenía la sensación de estar descendiendo en absoluto. Pero a veintiún kilómetros por hora el campo de aviación se me apareció de golpe y entonces noté un tremendo topetazo cuando las botas de salto entraron en contacto con el suelo. Retorcerse, girar, absorber el golpe, la tierra bajo la espalda y luego los hombros, girar de nuevo y ponerse en pie, tirando de la seda ondosa antes de que se viniera abajo en un montón desordenado. Después recogerlo todo y emprender la larga caminata de regreso a los hangares.

Unos voluntariosos empacadores de paracaídas lo recogieron todo: el paracaídas caído, los cordones de suspensión (que no son láminas, sino cuerdas de nailon) y el arnés de lona. Un momento para fumar un cigarrillo relajante y el Rapide ya estaba aterrizando para el segundo salto.

Me acerqué hasta donde había quedado la gorra, descubrí que mi nombre era el único en todos los papelitos y crucé unas palabras bien escogidas con Chris y Paul. Pero había habido tres alumnos que se habían negado a saltar, conque los que habían caído en desgracia estaban siendo conducidos a los vestuarios para quitarse el mono de salto y ponerse de nuevo el uniforme. No había segundas oportunidades.

En el segundo salto tuve un problemilla. La caída al suelo fue muy brusca. Una ráfaga de aire levantó el paracaídas y luego me hizo caer desde gran altura. Un chasquido sordo en el tobillo izquierdo. Empezó a dolerme en la caminata de regreso a los hangares. No pensaba quedarme sin mi certificado de tres saltos por nada del mundo, así que disimulé la cojera hasta que estuvimos en el interior del Rapide para el tercero. Al menos esa vez tenía sitio para sentarme en el banco.

El tercer aterrizaje lo hice a la pata coja y luego vino un Tilly (un Land Rover azul de la RAF) a recogerme. Alguien del grupo junto a los hangares que tenía unos prismáticos me había visto cojear. En la enfermería, un médico de la RAF me cortó la bota con un escalpelo. La carne empezaba a rebosar por encima de la bota y nadie iba a intentar quitármela por miedo a tener que vérselas con un autor de lo más escandaloso.

Ese ejercicio me costó un par de botas de salto nuevas y de primera calidad para sustituir las que había tomado prestadas y destrozado. Por suerte, no era más que un esguince y, debidamente vendado, tuve ocasión de asistir a la borrachera de celebración.

Mi turismo Jaguar tenía cambio automático, o sea que a la mañana siguiente regresé a casa sirviéndome únicamente del pie derecho para todos los pedales.

Recibí mi certificado, firmado por Gerry O'Hara, y me sugirieron que pasara al paracaidismo en caída libre: saltar desde diez mil pies de altitud con un paracaídas que se abre tirando de la anilla y tiempo de sobra para descender de regreso a la Madre Tierra a ciento cincuenta kilómetros por hora. Aunque, pensándolo bien, he preferido ceñirme a los rascacielos y a los ascensores tan veloces y fiables que fabrica el señor Otis.

Pero aún conservo el documento del comandante O'Hara en la pared del despacho, y unos gratos recuerdos de Netheravon y de aquellos instructores de salto tan granujas.

El asombroso mister Moon

Tiene que haber alguna razón para ello, pero nunca he conocido a un hombre que se haya enfrentado a la inmensa ira de los océanos en una embarcación pequeña y no crea en Dios.

El hombre pasa la mayor parte del tiempo corriendo de aquí para allá en ciudades abarrotadas, convenciéndose de lo importante que es en el diseño del universo. Pero hay cinco lugares en los que puede enfrentarse a la realidad de su absoluta insignificancia.

Dos de ellos son los grandes desiertos, de arena y grava o de nieve y hielo. Perdido allí, no es más que una mota de polvo en un lienzo descomunal de pura aridez. Luego están las montañas, también envueltas en nieve y hielo, picos entre los que el hombre se desvanece hasta volverse invisible.

El cielo es un lugar inmenso y solitario, pero allí al menos su nula importancia es fugaz, porque la gravedad pondrá fin a su soledad en cuanto se le acabe el combustible. Pero el más aterrador de todos es la fuerza imponente y despiadada del océano embravecido. Porque se mueve.

Cuando en 1513 Vasco Núñez de Balboa, mirando hacia el oeste desde la jungla de Darién, vio una gran extensión de agua azul, era tranquila, reluciente, aparentemente acogedora. Así pues, la bautizó con el nombre de Mar Pacífico. No tenía ni idea de lo que es capaz el Pacífico cuando lo consume la ira. El océano Índico es igual.

Como ocurre con todos, puede ser liso como un lago o mecerse muy suavemente, azul bajo el sol, hospitalario, invitando al marinero a compartir su calma y su esplendor. O puede alzarse en montañas aterradoras, azotado por vientos desaforados, dispuesto a atrapar a ese mismo marinero, aplastar su presuntuosa embarcación, hundirlo, consumirlo y enviarlo a perpetuidad a una tumba fría y negra donde nunca se le volverá a ver. Por eso los hombres que navegan por los océanos confían en que, por favor, haya algo más poderoso incluso que los proteja y los lleve de regreso a puerto seguro.

En retrospectiva, con esa visión perfecta que todos tenemos demasiado tarde, fue un error hacer caso omiso de los mapas y salir a pescar frente a la costa mauriciana en 1985.

Habíamos ido en familia, los padres y dos niños pequeños, al hotel Saint Geran en la costa este. Los partes meteorológicos habían mencionado un ciclón, pero ciento cincuenta kilómetros al norte de la isla y dirigiéndose en línea recta de este a oeste, conque decidí salir a pescar.

El barco habitual de pesca de recreo, el *Chico*, salió tranquilamente de la laguna poco después del amanecer, mi hora preferida, a través del paso acostumbrado entre los arrecifes y rumbo este, hacia mar abierto. Al timón iba monsieur Moun, a quien todo el mundo llamaba mister Moon. Era mayor, moreno, arrugado, un criollo que conocía el mar y la isla, y que nunca había estado en otra parte ni falta que le hacía.

La embarcación se alquilaba a un solo cliente y el encargado de los aparejos era su hijo, que compartía la cubierta de popa conmigo para manejar las cuatro grandes cañas para pescar agujas, los sedales y los cebos, y que me ayudaría a subir la captura a bordo. La brisa era liviana, el oleaje suave, el cielo azul y el sol cálido: la receta perfecta para el paraíso. Navegamos pacientemente durante dos horas, siempre hacia el este, hasta que Mauricio se convirtió en un borroncillo en el horizonte. Hacia mediodía, el mar se calmó aún más, hasta convertirse en una lámina lisa y levemente oleaginosa. Mister Moon percibió la señal de peligro; yo no, estaba muy ocupado escudriñando los cuatro cebos lanzados a popa con la esperanza de atrapar algo.

Solo me fijé cuando su hijo empezó a observar con atención a su padre, encaramado con las piernas cruzadas al taburete giratorio de oficina que había adaptado como asiento de capitán ante el timón. Entonces yo también seguí su mirada. Mister Moon miraba fijamente hacia el norte. Bordeaba el horizonte una línea oscura muy fina, como una magulladura entre el cielo y el agua. Caí en la cuenta de que podía ser grave cuando dirigió una serie de órdenes en criollo a su hijo, que empezó a recoger los cuatro sedales, y el *Chico* viró en redondo y puso la proa de regreso al oeste. El borrón en el horizonte, la isla de Mauricio, casi había desaparecido.

No sabía a qué se debía el cambio de ánimo tanto del mar bajo nuestros pies como en la cubierta sobre la que estaba. El ciclón había efectuado un giro de noventa grados. Se abalanzaba hacia nosotros desde el norte.

El *Chico* no era una de esas maravillas modernas con dos moles de tecnología japonesa empernadas en la popa, capaces de impulsar a todo trapo un barco de pesca a veinte nudos en aguas agitadas o a treinta en aguas tranquilas. Era una vieja embarcación de faena de madera contrachapada con un traqueteante motor interno. Y quizá fuera una chatarra, pero mister Moon lanzó el motor adelante a máxima potencia. La chatarra echó el resto e incrementamos la velocidad hasta los diez nudos.

La línea negra en el horizonte se ensanchó hasta alcanzar más de dos centímetros y el mar pasó de una calma oleaginosa, no a unas aguas bruscas y agitadas (eso vendría después), sino a un oleaje oscilante cada vez más intenso. En la cresta de las olas alcanzaba a verse la mancha en lontananza, aunque no parecía estar más cerca. En el valle entre una ola y la siguiente el mar ya no era azul, sino que se dividía en estribaciones de color verde en movimiento, cada vez más profundas y oscuras. En el océano Índico, los ciclones no se andan con miramientos.

Mister Moon no dijo nada y su hijo, tampoco. El muchacho sacó las cañas de las sujeciones donde suelen ir y las guardó en el pequeño camarote de popa. El *Chico* seguía navegando hacia el oeste como mejor podía y, con lentitud agónica, el borrón se convirtió en el pico montañoso principal de la isla. El cielo hacia el norte se oscureció y aparecieron nubes, no blancas y ondosas, en lo alto contra el azul, sino oscuras y encorvadas, igual que un púgil al subir al ring.

No había nada que hacer salvo permanecer allí de pie y mirar. Intenté charlar con mister Moon en su otra lengua materna, el francés, pero estaba demasiado absorto para responder. Columpiaba la mirada rápidamente entre la isla y el ciclón, calculando velocidades, ángulos y revoluciones del motor. Así que fui a popa con su hijo.

Quizá haya quien piense que los criollos, descendientes de los nativos africanos, no pueden palidecer. No es verdad. El chaval tenía una palidez enfermiza. Estaba muy asustado y los dos sabíamos por qué. La isla se iba aproximando lentamente conforme el achacoso motor traqueteaba y martilleaba bajo el revestimiento. Estaba claro que nuestras vidas iban a depender del viejo marinero. La isla se tornó más nítida, pero también lo hizo la furia envuelta en nubarrones negros a nuestra espalda. La velocidad a la que avanzaba, fuera cual fuese, superaba de largo los diez nudos y nosotros no podíamos ir más rápido. Las olas nos alzaban una y otra vez, dejándonos aparentemente detenidos en la cresta y zambulléndonos luego hacia el valle para impulsarnos hacia lo alto de nuevo.

En algún lugar delante de nosotros estaba la costa de Mauricio y la laguna de la que habíamos zarpado. A medio camino quedaban el arrecife y la brecha en el coral a través de la cual debíamos pasar para seguir con vida. Al final la vimos, pero entonces se me cayó el alma a los pies. Estaba claro que probablemente no volvería a ver a mi familia.

El viento había arremetido contra las olas, atormentándolas hasta convertirlas en un frenesí de aguas bravas. Ese muro blanco se abalanzaba contra el arrecife, donde estallaba hacia lo alto formando un muro de diez metros de altura. Pero los rugientes vientos de costado procedentes del norte derribaban el muro igual que un telón sobre la abertura de acceso entre el coral. El lugar de paso se había desvanecido.

Si chocábamos contra el coral, el *Chico* se haría pedazos y los tres pasajeros con él. Es posible que el coral solo esté formado por trillones de pólipos, pero es duro como el hormigón y está dotado de colmillos capaces de atravesar el acero. Pocos bajeles han chocado contra un arrecife de coral sin desgajarse. Fui a la cabina de cubierta para sentarme al lado de mister Moon, encorvado igual que un siniestro cormorán sobre su taburete.

Lanzaba miradas fugaces hacia las montañas de su tierra natal, no hacia la amenaza que se nos abalanzaba desde popa.

Calculaba ángulos a partir de las cimas de las montañas detrás del muro de espuma en relación con el tejado del hotel, apenas visible. Intentaba dilucidar dónde, entre la locura líquida que tenía delante, estaba la brecha de escasos treinta metros de anchura donde el coral franqueaba a regañadientes el paso a la embarcación que se aproximaba.

Me giré para mirar hacia atrás y me di cuenta de que si no la encontraba estábamos muertos. No había posibilidad de virar en busca de otro puerto costa abajo ni tampoco de volver la proa hacia mar abierto. El ciclón había cobrado intensidad a nuestras espaldas.

Se había levantado una ola gigantesca, un muro vertical de verde cimbreante, de ocho, quizá diez metros de altura, y con la cresta paulatinamente espumosa a medida que la base se topaba con el fondo del mar cada vez menos profundo conforme se acercaba a la playa, a punto de romper y derrumbarse. Era como el Empire State de costado, avanzando a cuarenta nudos.

No llegué a ver cómo el *Chico* chocaba contra el muro de espuma. Un instante estaba ante nosotros, y la muerte detrás, y luego la blancura envolvió el barco, derrumbándose sobre la cubierta de popa y discurriendo espumosa hacia los imbornales. La blancura se despejó y apareció el cielo azul más adelante y por encima de nuestras cabezas. Las astillas dentadas de coral pasaron por nuestro lado como destellos, a seis palmos escasos del casco.

El océano escupió el *Chico* como un corcho de una botella de champán hacia la laguna y entonces el Empire State alcanzó el arrecife con tal estrépito que un trueno hubiera parecido tímido en comparación. Los observadores de la costa dijeron que la espuma alcanzó más de treinta metros de altura.

El *Chico* aminoró la marcha, con el motor a velocidad de crucero. En la orilla se hallaba toda la clientela del hotel. Atiné a ver a mi esposa con las manos en la cara y a dos niños pequeños que daban saltos en el agua, donde no cubría. Amarramos el barco en el muelle y nos encontramos con el encargado de actividades, pálido a más no poder.

El ciclón dejó incomunicada la isla de Mauricio durante cuarenta y ocho horas, luego pasó como pasan todos y el centro de veraneo volvió a funcionar, como siempre ocurre. Se reanudó la salida de vuelos del aeropuerto de La Plaisance y regresamos a Londres.

No hay manera de recompensar a un hombre como mister Moon, que no quería recompensa alguna, aunque hice todo lo que estaba en mi mano. También averigüé dos cosas ese día. Que si uno sale a navegar debe informarse sobre el tiempo; y la razón por la que los hombres que se hacen a la mar en embarcaciones pequeñas creen en Dios.

Otra vez a cero; empezar de nuevo

Fue una soleada mañana de primavera en 1990 cuando descubrí que, económicamente, estaba en la ruina más absoluta.

Mi matrimonio había alcanzado un final triste pero amistoso en 1988. De mutuo acuerdo, mi esposa y yo repartimos todo lo que teníamos en dos mitades iguales. Con gran astucia, mi mujer se había quedado con el amplio apartamento de Londres en el que vivíamos y un montón de carteras de inversión. Estas últimas las hizo efectivas y las invirtió en propiedades que aumentaron enormemente de valor.

Yo había aceptado mi parte en fondos de gestión, todos invertidos en una serie de carteras elegidas de forma minuciosa. El mismo año adquirí una pequeña granja en Hertfordshire y me mudé allí. En 1989 conocí a la mujer que se convertiría en mi segunda esposa y con la que sigo casado veintiséis años después.

Esa mañana de primavera, estaba escribiendo el primer capítulo de lo que se convertiría en *El manipulador*. Llamaron a la puerta del estudio. Me molestó, porque cuando escribo lo único que pido estrictamente es que me dejen a solas con la máquina y el café. Las interrupciones solo están permitidas si hay un incendio o alguna crisis grave. Pero contesté con un brusco «¿Qué?».

La respuesta llegó desde el otro lado de la puerta. «Fulano se ha desplomado.» Mi mujer pronunció el nombre del presidente de la compañía de inversión a través de —aunque no en— la cual había invertido los ahorros de mi vida. Era un hombre al que conocía desde hacía trece años y en el que creía, equivocadamente, según resultó, poder confiar. Se llamaba Roger Levitt.

No interpreté bien la palabra «desplomado» y supuse que había sufrido un infarto o un ictus, cosa rara, porque solo tenía cuarenta y pico años. Se refería a que se había desplomado su compañía y a él lo habían detenido.

Ni siquiera cuando me enteré de lo ocurrido realmente me preocupé demasiado. Después de todo, mis inversiones solo habían sido elegidas siguiendo sus recomendaciones y había insistido en que los gestores de fondos fueran de plena confianza, sólidos y, por encima de todo, seguros. Nada de réditos espectaculares, gracias, por muy lisonjeras que parecieran las inversiones. Solo cuando me senté con los detectives de la brigada de delitos económicos de la policía de la City, alcancé a entender la magnitud de la estafa.

Las inversiones sencillamente no existían. Los documentos eran falsos. Los ahorros habían sido saqueados, malversados y gastados intentando mantener una gran fachada al estilo de *El mago de Oz*. Y yo no era el único. Entre las víctimas se contaban bancos, aseguradoras y todos los clientes privados.

Se nombraron administradores, pero enseguida me di cuenta de que los bienes totales de la farsa «desplomada» apenas bastarían para cubrir sus honorarios. Naturalmente. La suma total que se había hurtado a todas las víctimas en conjunto ascendía a treinta y dos millones de libras, veinte millones de instituciones privadas y el resto de clientes privados.

Fue un año raro. Los detectives preparaban lentamente la argumentación de la Fiscalía de la Corona y me asombró ver cuántas víctimas se negaban a declarar. Es el factor de la vanidad. Quienes se enorgullecen de su perspicacia no soportan reconocer que les han engañado.

Yo no tenía esa clase de inhibiciones, pues siempre había sabido que era un inútil a la hora de manejar el dinero. Así que pasé a ser el invitado preferido de los detectives y les expliqué cómo se había hecho todo.

En realidad, no estaba simplemente sin blanca, sino que debía un millón de libras adicional. Eso era porque, con vistas a comprar la granja, había sugerido hacer efectivas algunas carteras a fin de adquirir el lugar al contado. Me convencieron en cambio de que pidiera una hipoteca, ya que la astuta gestión de ese millón de libras sin duda generaría más de lo que costaría una hipoteca. Eran todo chorradas, claro. Las carteras necesarias no se podían hacer efectivas porque no existían. Así pues, enseguida quedó claro que no solo estaba a cero, sino que además debía un millón.

El caso avanzaba a paso de tortuga. Al cabo, en 1993, llegó a los tribunales. No se me requirió como testigo. Gracias a un brillante abogado defensor, un fiscal inepto y un juez que no había juzgado un caso penal en su vida, los cargos quedaron reducidos a dos delitos menores técnicos y la sentencia fue de ciento ochenta horas de servicio comunitario.

El asunto de Biafra me había hecho perder cualquier fe o confianza en los mandarines de mayor rango de la administración pública. El juicio de 1993 hizo lo propio con mi fe en el sistema legal y la judicatura.

Sea como fuere, había llegado a la conclusión de que solo tenía una salida, y era, a la edad de cincuenta años, escribir otra serie de novelas y recuperarlo todo. Así que eso hice.

La muerte de Humpy

Éramos tres en la proa del pesquero deportivo *Otter* que había zarpado de Islamorada, en los Cayos de Florida, e íbamos en busca de serviolas, esos gigantes de cuerpo grueso y pesado, de la familia de la caballa, que se resisten como demonios.

Estaban conmigo mis dos hijos: Stuart, el fanático pescador de caña que no quitaba ojo a los aparejos, y el menor, Shane, que podía llegar a aburrirse si no picaba nada. El *Otter* se había adentrado varias millas en la corriente del Golfo y nos encontrábamos justo encima de la cima de una montaña sumergida llamada «409», porque está justo cuatro cientos nueve pies por debajo de la superficie, o simplemente «the Hump», el montecillo. Eran las vacaciones escolares de verano de 1991.

Fue Shane el primero que vio el diminuto objeto que aleteaba a popa, luchando por avanzar sobre sus agotadas alas, procedente del este. Muy por encima del pequeño viajero, había una gaviota de lomo negro, con el pico afilado de color naranja listo para cobrarse una presa. Se le unió otra y graznaron al ver a la minúscula víctima más abajo. Uno tras otro dejamos de vigilar las puntas de las cañas en las que esperábamos detectar el temblor que delataba que había picado un pez en las profundidades y contemplamos la lucha.

El pajarillo no era un ave marina en absoluto: no hay ninguna tan pequeña. Saltaba a la vista que estaba agotado y ya no le quedaban fuerzas. Cayó al mar por efecto del cansancio, aleteó frenéticamente para remontar el vuelo y siguió adelante unos metros más. Lo observamos en silencio, deseando que saliera victorioso. Unos metros más y podría posarse en nuestra cubierta de popa. Pero se impuso el agotamiento. Al final volvió a descender a ras del agua y el mar se alzó para engullirlo.

Sin embargo, estaba a muy poca distancia de la barandilla. Quizá hubiera una oportunidad. Cogí un salabre de la cubierta y el patrón, Clyde Upchurch, que observaba por encima de mi espalda, desde su puente elevado, arrancó el motor y retrocedió unos metros. Sumergí la red por debajo del pajarillo, que flotaba inmóvil, mecido por el oleaje, y lo subí a bordo.

No soy ornitólogo, pero estaba bastante seguro de que era un pinzón procedente de África. Debía de haber estado emigrando a Europa, pero los vientos lo habían desviado de la ruta y lo habían llevado a mar abierto. Desorientado, se habría refugiado en las jarcias de algún carguero y habría cruzado el Atlántico de esa guisa, aunque al parecer debilitado por la falta de comida y agua.

Había tierra firme detrás de nosotros, la cadena de las islas de Florida, a unas nueve millas, y quizá el pajarillo lo había percibido y había intentado llegar hasta allí. Pero no lo había logrado. Por encima de la popa las gaviotas graznaron enfurruñadas por la comida que habían perdido y se alejaron.

Shane tomó el diminuto cuerpo en sus manos puestas en forma de cuenco y se metió en el camarote. Debido al lugar donde nos hallábamos, llamamos al pequeño polizón Humpy. Y seguimos pescando.

Shane le preparó una camita con pañuelos de papel y tendió el pequeño cadáver, pues lo dábamos por muerto, bajo un remanso de sol en la mesa del camarote. Diez minutos después, lanzó un grito. El ojillo que había estado cerrado y como muerto estaba abierto. Humpy seguía vivo. Shane se nombró enfermero jefe.

Convirtió la cama plana en un nido de suaves pañuelos de papel, cogió un poco de agua embotellada y le vertió unas gotas en el pico, que se abrió e hizo desaparecer el líquido. Humpy despertó y empezó a arreglarse las plumas con el pico. Más agua dulce, más pañuelos, un lento cepillado para retirarle la sal adherida al plumaje. Humpy se reanimó y aleteó.

Transcurrieron otros treinta minutos antes de que pudiera echar a volar. Shane cazaba moscas de las ventanillas del camarote. Como rehusaba las moscas, sugerí que igual Humpy comía alpiste y al final aceptó una miguita de pan del almuerzo que llevábamos. Luego abrió las alas y remontó el vuelo.

Al principio no se alejó. Apenas se levantó de la mesa, voló por el camarote y volvió a posarse en el tablero. Como en el curso de preparación de pilotos, lo que llamamos «circuitos y topetazos». Hizo como media decena de circuitos por el camarote, descansó, recibió unas cuantas gotas de agua más y luego encontró una ventanilla abierta. Shane lanzó un grito asustado y se precipitó al exterior.

Humpy seguía haciendo circuitos, pero en torno a la embarcación detenida. Transcurrió la tarde y se hizo la hora de volver. El tiempo de alquiler casi había expirado y teníamos que regresar a Islamorada. Entonces todo se torció.

Una vez recogidos los sedales y guardadas las cañas, no había motivo para quedarse. En lo alto, Clyde arrancó el motor y le dio potencia. El *Otter* respondió a la maniobra y Shane profirió otro chillido. Humpy estaba en algún lugar a popa y su salvación se alejaba rápidamente hacia el oeste. Todos nos volvimos y chillamos pero, con el estrépito del motor, Clyde no nos oía.

Stuart subió la escalerilla para darle un toque en el hombro. El *Otter* se detuvo en el agua, pero se había alejado por lo menos doscientos metros. Todos miramos hacia popa y allí estaba. Revoloteando sobre la estela de la embarcación, intentando alcanzar el único refugio en kilómetros a la redonda.

Empezamos a animarlo a gritos... y entonces volvió a aparecer la gaviota. Humpy estaba a punto de lograrlo. Se hallaba a diez metros escasos de la popa cuando el afilado pico naranja lo atrapó. Me fijé en que había una caja de plomos en cubierta, cogí el más grande que vi y se lo lancé a la gaviota.

Habría sido imposible alcanzarla, pero la gaviota debió de

ver un objeto oscuro que se le acercaba, porque profirió otro graznido estridente. Y dejó caer el pequeño pinzón que llevaba en el pico. La forma arrebujada cayó de nuevo en la superficie del océano. Clyde hizo retroceder lentamente el *Otter* hacia el bulto plumoso en el agua. Volví a pescarlo con el salabre.

Pero esa vez no había esperanza. El pico de la gaviota había aplastado a Humpy, le había arrebatado la vida y, por muchas gotas de agua que le vertiéramos en el pico, no la recuperaría. Shane lo intentó todo el trayecto de regreso al puerto deportivo, y volvió a limpiarle la sal de las alas, pero esta vez provenía de las lágrimas de un niño.

Esa noche, en una caja de puros acolchada con musgo, debajo de las casuarinas del hotel Cheeka Lodge, enterramos a Humpy en la arena del Nuevo Mundo que tanto había luchado por alcanzar, como tantos otros antes que él, y casi lo había conseguido.

Una pregunta sumamente delicada

En 1992 la Firma me formuló una pregunta muy sencilla. Era: ¿conoce por casualidad a algún alto cargo del gobierno de Sudáfrica? Y la respuesta era sí.

Debido a los años que había pasado patrullando el sur de África, conocía de pasada al ministro de Exteriores de Pretoria, Roelof Botha, alias «Pik», aunque para entonces llevaba varios años sin verlo.

Si la profesión de corresponsal en el extranjero era una buena coartada para hacer un poco de «turismo potenciado» en nombre de la Firma, un autor consolidado que estaba documentándose para su siguiente novela era mejor todavía. Me permitía ir prácticamente a cualquier parte, solicitar reunirme y conversar casi con cualquiera y plantear las preguntas que me vinieran en gana. Y todo quedaba justificado como documentación para una novela que estaba por escribir... o no, nadie podría demostrar lo contrario.

En la década de los setenta, el objetivo había sido la Rodesia de Ian Smith y había provocado varias visitas a Salisbury, ahora rebautizada con el nombre de Harare. Una vez más, mi pose al estilo del amistoso pero estúpido Bertie Wooster arrojó dividendos. Los hombres al mando eran supremacistas blancos o, lo que es lo mismo, unos racistas.

No hay señuelo más atractivo para un racista que el investigador serio que, en esencia solidario con la causa y en apariencia de derechas, pide que le expliquen la complejidad de la situación. Como alguien que no buscaba más que ampliar conocimientos, me honraron con numerosas horas de explicaciones —e información clasificada— personas de la talla del ministro de Defensa y Exteriores, Peter van der Byl, un racista hasta la médula que se refería a sus empleados domésticos —todos de etnia matabele, porque aborrecía a los shona— como «mis salvajes».

No creo que ninguno de aquellos hombres sospechara, mientras les escuchaba, asentía y sonreía, que mis opiniones eran completamente opuestas a las suyas. Pero lo que revelaron fue útil una vez de regreso en casa.

En la década de los ochenta, con Rodesia convertida en Zimbabue, el objetivo era la Sudáfrica del Partido Nacional, que había creado e impuesto el *apartheid*, brutal y teñido de insensatez.

En una ocasión me encontré en la intimidad con el general Van den Bergh, director de la Agencia de Seguridad del Estado, la temida BOSS, e insistió en contarme una historia para demostrar no solo su legitimidad, sino también su carácter sagrado.

—Permítame que le cuente lo siguiente, señor Fosdick. —Siempre me llamaba Fosdick, agitando el dedo índice, con la mirada encendida—. Una vez estaba solo en el Alto Veld cuando se desató una fuerte tormenta. Sabía que el terreno estaba sembrado de depósitos de mineral de hierro y las descargas de relámpagos serían frecuentes y peligrosas. Así que me refugié bajo un árbol mwataba de gran tamaño.

»Cerca, un viejo nativo *kaffir* también se había refugiado. Y la tormenta cobró proporciones bíblicas. Los relámpagos brotaban del cielo a borbotones y los truenos eran ensordecedores. El árbol fue alcanzado y se partió por la mitad; el tronco quedó convertido en una ruina humeante. El viejo *kaffir* fue alcanzado y murió electrocutado en el acto.

»Pero la tormenta pasó, señor Fosdick, y el cielo se despejó. Y yo no sufrí ni un rasguño. Y fue entonces, señor Fosdick, cuando supe que me protegía la mano de Dios.

Recuerdo haber pensado que me encontraba a solas con el

amo y señor de uno de los cuerpos de policía secreta más brutales del mundo y que el tipo estaba como una cabra.

En otra ocasión me invitaron a cenar en casa del profesor Carel Boshoff, presidente de la Broederbond, la «Hermandad», origen y sustento intelectual y eclesiástico (Iglesia Reformada Neerlandesa) del concepto mismo del *apartheid*.

La cena transcurrió con las cortesías habituales hasta que, cuando comíamos el pudin, me preguntó qué pensaba de la denominada «Política Nativa». Era una idea especialmente perniciosa según la cual los grupos étnicos indígenas que constituían la mayoría negra se veían reubicados en terrenos áridos y a menudo imposibles de cultivar con la excusa de que eran sus «territorios nativos» auténticos y originarios.

Como tales, podían tener un «gobierno» simbólico y en consecuencia perdían la ciudadanía de la República de Sudáfrica (la RSA) y todos los derechos posibles, que ya eran muy escasos. Fui a ver uno de esos «territorios nativos», Bofutatsuana, la supuesta tierra natal de la tribu tsuana. Hacía que las antiguas reservas de los indios estadounidenses parecieran Shangri-La, aunque Sol Kerzner construyó un lugar de veranero llamado Sun City para que obtuvieran algunos ingresos del turismo.

Sea como fuere, para entonces yo ya estaba harto de expresar opiniones contrarias a lo que pensaba en realidad, de manera que expliqué justo lo que pensaba. Me retiraron el postre a medio comer y me acompañaron a la salida.

En el transcurso de todo aquello, no obstante, conocí a Pik Botha, el único hombre que me cayó bien allí. Era más práctico que teórico, había viajado mucho y había visto el mundo exterior. Yo sospechaba que, pese a su cargo, constituía una influencia moderadora para los sucesivos presidentes y en privado probablemente detestaba a los extremistas que lo rodeaban.

Hacia 1992 estaba claro para cualquiera que tuviese ojos en la cara que el dominio del Partido Nacional y el *apartheid* estaban tocando a su fin. Pronto habrían de celebrarse unas elecciones y tendrían que efectuarse según la norma de «un hombre, un voto», unas elecciones que ganaría el Congreso Nacional Africano, presidido por Nelson Mandela, recientemente excarcelado y nuevamente designado como su jefe. El presidente blanco, el último, era F. W. de Klerk, y Pik Botha sería su firme aliado y compañero en las reformas.

Sin embargo, había algo que «nuestros patrones políticos», como dicen los Amigos, querían saber con urgencia y la «opinión general» (también según sus palabras) era que efectuar indagaciones a través de nuestra embajada en Pretoria no constituía el canal más adecuado. Demasiado formal, demasiado innegable. Lo que hacía falta era una pesquisa discreta en una situación muy privada.

Era verano en Europa, invierno en Sudáfrica, y las sesiones de ambos parlamentos estaban suspendidas. Los ministros también se encontraban de vacaciones. Era de dominio público que Pik Botha tenía dos pasiones: la pesca deportiva y la caza mayor. Pero los mares que bañaban en invierno el cabo de Buena Esperanza eran muy bravos, así que el ministro de Exteriores seguramente estaría en un pabellón de caza.

Entonces se descubrió que, de hecho, iba a pasar una semana de vacaciones en un pabellón de caza en la sección sudafricana del desierto de Kalahari.

Estos pabellones están ubicados en los rincones de reservas de caza sencillamente inmensas donde la fauna natural —sobre todo antílopes— se encuentra protegida de sus depredadores naturales como el león, el leopardo y el cocodrilo. Así pues, se reproduce más de lo habitual. Hay que llevar a cabo matanzas selectivas para preservar el sistema de vida. A fin de costear gastos, se expiden licencias y se autoriza a aficionados a la caza, acompañados por guardas, a rastrear y abatir un número limitado de piezas por una tarifa relacionada con el tamaño de estas.

Personalmente, estoy dispuesto a retirar de la circulación o bien aquello que es nocivo o pernicioso y hay que eliminar de manera selectiva para preservar el resto del ecosistema o bien aquello que sin lugar a dudas irá a parar a la mesa. O, como en el caso de los conejos y los pichones silvestres, ambas cosas. Pero no por diversión ni como trofeo de caza. En este caso, no obstante, tendría que hacer una excepción. Lo que estaba en juego era muy importante.

Como es natural, tendría que haber una tapadera y yo la tenía en mi propia casa, haciendo los deberes. Me acompañarían mis dos hijos.

A lo largo de los años había intentado ofrecerles la mayor variedad posible de vacaciones de carácter aventurero para que quizá se engancharan a algo que les gustase de veras.

Así pues, habíamos ido a bucear en el trópico, a esquiar y hacer snowboard en los Alpes y Squaw Valley, a volar, montar a caballo y practicar tiro. El mayor, Stuart, ya se había decidido: le apasionaba la pesca y sigue siendo así. Shane no tenía ninguna preferencia en particular, pero había demostrado en las fincas de algunos amigos que era un tirador de primera, tenía un don innato.

Descubrieron la reserva de caza en la que Pik Botha pasaría parte de sus vacaciones en el Kalahari e hicieron reservas para mis hijos y para mí la misma semana. Así pues, tomamos un avión a Johannesburgo, de allí a Krugersdorp y luego fuimos en avioneta hasta una polvorienta pista de aterrizaje situada en los terrenos del pabellón de caza.

Fue una semana muy agradable y Pik Botha se mostró afable cuando volvimos a encontrarnos. Tenía ganas de cobrarse un antílope y pasó días rastreándolos. Me pareció conveniente «adquirir» por lo menos algo para Stuart y Shane. El segundo día Stuart abatió un impala y quedó encantado cuando le entregaron la cabeza y los cuernos, reducidos a hueso blanqueado, para que los colgara de la pared.

Shane recibió extensas instrucciones por parte de un guarda de caza sobre lo que debía hacer, escuchó educadamente y luego, desde la trasera de una furgoneta detenida, le atravesó el corazón a un blesbok con un disparo efectuado a ciento cincuenta pasos. El antílope fue fotografiado pero el auténtico retrato fue la cara del guarda de caza. A partir de entonces se convirtió en su mascota.

Mi oportunidad se presentó el penúltimo día. Un grupo muy reducido íbamos a hacer noche a la intemperie. Estábamos Pik Botha y su guardaespaldas de Pretoria; los dos hijos del propietario del rancho; mis dos chicos y yo. Además de varios guardas de caza y varios porteadores africanos.

Después de un largo día siguiendo rastros, los porteadores hicieron una buena hoguera de leña, cenamos carne a la barbacoa o *braai*, desplegamos los sacos de dormir y nos acostamos. El ambiente era sumamente relajado y me pareció que había llegado el momento oportuno. Estábamos todos en torno al fuego, ya casi consumido, con los cuatro chicos dormidos entre el ministro de Exteriores y yo, así que le pregunté en voz baja:

—Pik, cuando llegue la revolución del arcoíris y ascienda al poder el Congreso Nacional Africano, ¿qué pensáis hacer con las seis bombas atómicas?

Hacía tiempo que Sudáfrica poseía bombas atómicas, construidas con ayuda israelí. Lo sabía todo el mundo, pese al estricto secretismo que las rodeaba. Londres también sabía que eran seis y que podían ser transportadas por Buccaneers de fabricación británica de la República de Sudáfrica.

Ese no era el problema. Como tampoco lo era el moderado Nelson Mandela. El problema estribaba en que el Congreso Nacional Africano tenía un ala ultradura que incluía a varios comunistas partidarios de Moscú, y aunque Mijaíl Gorbachov había disuelto la Unión Soviética el año anterior, ni Londres ni Washington querían que hubiera bombas nucleares en manos de extremistas antioccidentales. Bastaría con que Nelson Mandela fuera derrocado por un golpe de Estado interno, como ya había ocurrido con tantos líderes africanos, para que...

Mi pregunta quedó suspendida en el aire unos segundos, luego se oyó una risilla grave desde el otro lado de las brasas y una respuesta modulada con entonación afrikáner.

—Freddie, puedes volver a casa y decirles a los tuyos que vamos a destruirlas todas.

Pues vaya con la elaborada tapadera. El viejo buitre sabía exactamente lo que era yo, en nombre de quién indagaba y lo que querían oír. Procuré tomármelo a broma.

Aunque, para ser justos, lo hicieron. Antes de que el gobierno de De Klerk traspasara el poder, destruyeron las seis bombas. Tres de las carcasas están expuestas en alguna parte, pero eso es todo. Del aeropuerto de Ciudad del Cabo siguen despegando tres Buccaneers, pero solo realizan vuelos turísticos.

De las *maiko* a los monjes

En el transcurso de numerosos viajes, he tenido la oportunidad de asistir a ceremonias religiosas diversas, propias de confesiones muy alejadas de mi formación anglicana, entre ellas la ortodoxa rusa, católica romana, judía y musulmana, y en algunas de las mejores catedrales, sinagogas y mezquitas de esas fes. Pero a mi esposa, Sandy, siempre la han fascinado Oriente y el budismo.

En 1995 mis editores japoneses, Kadokawa Shoten, me invitaron de nuevo a Tokio para promocionar mi última novela y Sandy me acompañó. Después de un viaje tan largo, tenía mucho sentido prolongar la visita después del trabajo de promoción para ver algo más del auténtico Japón.

Así pues, cuando terminó la ronda habitual de entrevistas y firmas de ejemplares, Tokio, tomamos el tren bala hacia el oeste, hasta la antigua capital, Kioto. Es una ciudad pequeña y preciosa, llena de parques, jardines, templos y lugares sagrados, dedicados tanto al budismo como al sintoísmo. Pero el budismo podía esperar; había otro aspecto que yo quería explorar.

Con un guía, nos internamos en una pequeña área conocida como Gion, cuna de la cultura *geisha*. En contra de lo que suele creerse, la *geisha* no es simplemente una prostituta, sino una experta anfitriona que se dedica a reanimar al agotado cliente masculino con lo que cabe describir como una terapia de relajación. A continuación puede seguirle la cama, pero no es en modo alguno inevitable.

Solo quedan unas ciento veinte *geishas* profesionales de verdad, quizá porque poseen numerosas habilidades tras años de preparación, que cuestan en torno a medio millón de libras. La madama que las prepara espera recuperar ese dinero, servicio a servicio, cuando su pupila empiece a recibir comisiones profesionales.

Una *geisha* sabe cantar, bailar, recitar poesía, halagar y tocar el samisén, una especie de laúd medieval cuyas cuerdas se pulsan solo con las uñas. Para escuchar y entender las posibles cuitas financieras de su cliente, lee todas las secciones de economía de los diarios y se mantiene al corriente sobre asuntos de actualidad.

El uniforme consiste en un kimono de cuerpo entero con faja *obi*, pelo crepado de color negro azabache (una peluca), labios rojo intenso y rostro blanco marfil (empolvado). Muchos clientes no quieren que se desprenda de nada de eso. En Gion puede verse a muchas de estas practicantes de las artes antiguas, con todos sus atributos, tableteando por la calle con sus sandalias de madera, camino de su cita nocturna, con la mirada baja para no establecer contacto visual con nadie salvo el cliente.

Sandy y yo tuvimos la suerte de que nos invitaran a visitar una academia de *geishas*, cosa que un *gaijin* (extranjero) rara vez consigue hacer. Nos hizo falta una contraseña para cruzar la puerta de recia madera.

La *geisha* suele proceder de los peldaños menos privilegiados de la sociedad, de padres tan pobres que son capaces de vender a su hija para que entre en un mundo del que nunca saldrá. Pero no vale cualquier chica. Una madama con talento a cargo de una academia semejante busca belleza excepcional, elegancia, una mente despierta y una voz para el canto que, con la debida educación, adquiera una pureza cristalina. Los padres reciben su pago y nunca vuelven a ver a la hija.

Una vez metida de lleno en el mundo de las *geishas*, es prácticamente imposible que la joven lo deje atrás, se case y sea madre, y mucho menos ama de casa. Hay algo en ella que se reconoce al instante y nunca la abandonará.

Un marido lo sabría de inmediato y se avergonzaría. Sus colegas lo detectarían y quizá sentirían la tentación de adoptar una actitud lasciva, o cuando menos desdeñosa. Sus esposas se volverían hostiles de inmediato. El ambiente convencional de las zonas residenciales no es para las *geishas*. El suyo es un mundo cerrado con un largo y duro camino por recorrer y ningún modo salir.

Algunas madamas solo dirigen agencias de *geishas* expertas; unas pocas dirigen academias como la que visitamos. Las alumnas se denominan *maiko*, que significa «bailarina», pero se les enseña mucho más que baile, y eso incluye el conocimiento de todos y cada uno de los detalles del cuerpo y la psique masculinos, con especial énfasis en las zonas erógenas y los puntos susceptibles. El único objetivo es complacer al hombre. La *maiko* se pinta solo el labio inferior en señal de su virginidad. El cliente que algún día la desvirgue tendrá que abonar una enorme suma.

Teniendo en cuenta que estábamos en una especie de burdel, las normas de cortesía se observaban de manera escrupulosa. Cualquier otra cosa habría sido grosera, burda y ofensiva. Curiosamente, cuando una chica japonesa ríe o deja escapar una risilla, es posible que no sea porque algo le ha hecho gracia. Puede que se sienta profundamente avergonzada. La risa es también un escudo defensivo.

Así pues, nos sentamos sobre unos cojines en el suelo y conversamos por mediación de un intérprete con la madama mientras sus alumnas en prácticas con kimonos de «aprendices» nos servían tacitas de sake. Se les enseña a seducir solo con los ojos, unos ojos que gracias al maquillaje parecen grandes y dóciles, y he de reconocer que resultan sumamente desconcertantes. Sandy no hacía más que lanzarme miradas de advertencia.

Al final llegó la hora de marcharnos, con abundantes reverencias por ambas partes. Años después, estoy convencido de que nunca podría volver a encontrar aquella academia.

Hicimos una visita a una fábrica de sake en la que, oculto tras la moderna maquinaria de cubas de acero inoxidable y surtidores de vapor, hay un pequeño enclave independiente donde todavía se destila el sake según los antiguos procesos que implican la transformación del arroz en el sake más puro posible, todo ello a mano y, por tanto, con inmensa lentitud y minuciosidad. La producción es minúscula y se dedica al consumo únicamente del emperador y la corte real. Aun así, nos permitieron tomar unas tazas en diminutos dedales de cerámica y desde luego no se parece a ningún otro sake que haya probado.

Pero la cúspide (literalmente) de nuestro viaje fue continuar hacia Osaka y luego, justo antes de llegar a la pobladísima ciudad, desviarnos hacia el monasterio situado en la cima del monte Koya. Resulta tan difícil ascender hasta esa cumbre que la línea de ferrocarril termina allí y el último tramo hay que hacerlo en funicular.

De hecho, como no éramos capaces de leer las pantallas que anunciaban los trenes en la estación de Osaka, perdimos el enlace rápido y nos encontramos en el tren lento, con más de treinta paradas hasta nuestro destino. Pero resultó ser un aliciente: durante todo el viaje el tren fue avanzando de parada en parada con habitantes de la zona subiendo y bajando, provistos de cestas de huevos, jaulas con gallinas y patos vivos, toda la parafernalia de un día de mercado en el Japón rural. Después de recuperarse del sobresalto de ver a dos *gaijin* sentados en el tren, los vecinos empezaban a parlotear y a sonreír, aunque nosotros no entendíamos ni una palabra, una experiencia que muy pocos turistas llegan a tener en las calles de Tokio, sobre todo porque solo un quince por ciento de los japoneses viven ya en zonas rurales, pues la inmensa mayoría está ya urbanizada.

El templo del monte Koya es un monasterio muy antiguo y sagrado que cuenta con el cementerio donde están enterrados los fundadores de la escuela budista shingon. Acepta huéspedes de pago, peregrinos que desean pasar un largo fin de semana viviendo al estilo de los monjes medievales.

La primera parada fue para conocer al abad, que nos saludó con un marcado acento estadounidense. Esa vez no necesitábamos intérprete. El hombre había luchado con la Marina imperial japonesa en la Segunda Guerra Mundial y posteriormente lo habían capturado y encarcelado en California, donde permaneció hasta la década de los cincuenta.

Los alojamientos eran celdas sin calefacción y la dieta consistía en distintos alimentos fríos, pero nada caliente. La buena noticia era que se podía pedir sake tibio, cosa que hicimos, en cantidades que hicieron arquear unas cuantas cejas.

Hay una pequeña población agrupada en torno al monasterio, lo que nos permitió deambular y ver una faceta de Japón que no se observa en las ciudades.

En un momento dado le preguntamos al abad si sus monjes se ceñían a la dieta vegetariana fría que nos servían a nosotros.

—Dios santo, no —respondió—. No tendría una congregación si exigiera tal cosa. No, se limitan a servir a los peregrinos y luego se van al McDonald's.

Quizá fuera la altitud, el sake o las dos cosas, pero dormimos a pierna suelta en nuestros futones y nos levantamos antes de amanecer para el servicio de primera hora de la mañana en el templo, donde me temo que quedé en ridículo.

Se requería permanecer sentado en cuclillas sobre los talones con las nalgas casi a ras del suelo y las rodillas debajo del mentón, cosa que Sandy podía hacer sin problema. Antes de conocernos había trabajado en el mundo del cine durante veinte años, que culminaron con dos años como asistente personal de Elizabeth Taylor. Para conservar la cordura en un mundo totalmente disparatado había empezado a hacer yoga kundalini, lo que incluía mantener la calma británica mientras asistía al funeral en el jardín del pececillo de colores de la familia Taylor, siguiendo toda la ceremonia judía oficiada por un rabino. Pero a mí, al cabo de unos minutos, me ardían las viejas rodillas.

No tuve otra opción que apoyar el trasero en el suelo para aliviar el peso de las rodillas y estirarlas. Pero eso supuso otro problema. Era de muy mala educación dirigir las suelas de los zapatos hacia otros fieles, conque tuve que retorcer las piernas de modo que las suelas quedaran una frente a la otra, agazapado igual que una rana encima de una hoja de nenúfar. Al final tuvieron que ayudarme a ponerme en pie cuatro peregrinos.

Aparte de eso, fue una ceremonia preciosa, toda en japonés, claro, aderezada con abundante pebete e incienso, campanillas y cánticos. Entre los varios cientos de fieles éramos los únicos *gaijin* presentes y, por tanto, despertamos cierta curiosidad.

Sin embargo, el primer puesto en la clasificación de situaciones hilarantes lo ocupó el baño comunitario. El ritual de lavarse todas las partes del cuerpo era absolutamente crucial para la ceremonia. Las mujeres fueron por un lado y los hombres, por otro.

Los japoneses consideran peculiar el hecho de sumergir un cuerpo sucio en agua remansada. Primero viene el lavado, luego la inmersión. Me mostraron dónde desnudarme, me dieron una toalla para ceñírmela a la cintura y me indicaron una pequeña cabina con ducha, jabón y esponja. La cabina miraba en sentido opuesto al agua de la piscina, muy caliente.

Me fijé en que había media docena de hombres de mediana edad en la piscina, poco más que cabezas sin cuerpo en la superficie del agua, mirándome. Así que me puse de cara a la pared, dejé caer la toalla y me restregué de la barbilla a los pies. Al final, no tuve otro remedio que volverme de cara a la piscina.

Las seis cabezas seguían mirándome, pero no a la cara, sino un par de palmos más abajo, y lucían expresiones considerablemente preocupadas. Cuando me giré sus expresiones cambiaron, no a otras de horror, sino del alivio más profundo. Estaba claro que alguien les había contado algo sobre los europeos desnudos que era del todo falso.

Después de aquello nos despedimos del abad y tomamos el tren (esa vez el rápido) montaña abajo hasta la estación terminal y, después, el tren bala de regreso al aeropuerto de Narita y a casa.

Un golpe de Estado muy lioso

En retrospectiva, probablemente fue un error ir a documentarme sobre los cargamentos de cocaína que pasaban por Guinea-Bissau, y desde luego no tenía la menor intención de aterrizar en medio de un golpe de Estado.

La razón de esa visita a aquel infierno del África Occidental era sencilla. Había pasado meses investigando para una novela, que se convirtió en *Cobra*, basada en el gigantesco mundo criminal existente detrás del tráfico de cocaína. Las indagaciones me habían llevado a Washington y la DEA, Londres, Viena, Hamburgo (¡otra vez!), Róterdam y finalmente a Bogotá y Cartagena, en Colombia, origen de la mayor parte del polvo blanco.

Pero me faltaba algo. En Sudamérica había descubierto que buena parte de la cocaína destinada a Europa no seguía una ruta directa en absoluto. Barcos con remesas considerables zarpaban de las costas de Colombia y Venezuela rumbo al este hacia África Occidental y descargaban en las ensenadas y los pantanos de mangles de países donde podía comprarse mediante sobornos toda la infraestructura del orden público.

Luego los fardos de cocaína se dividían en paquetes más pequeños y se llevaban al norte, en los tráileres que cruzaban el Sahara para acceder a Europa por el sur. El punto de transbordo de mercancías más destacado en África era Guinea-Bissau.

Esta es la antigua colonia portuguesa que había sobrevolado cuarenta años antes, encaramado a una caja de mortero, cuando una bala atravesó el suelo del avión y salió por el techo. Desde entonces, el país había sufrido veinte años más de guerra por la independencia y otros veinte de guerra civil que habían dejado la capital, Bissau, prácticamente destruida. Había (y hasta donde yo sé sigue habiendo) una comunidad de gángsteres colombianos que se habían construido palacios junto al mar desde los que supervisaban las operaciones relacionadas con la cocaína. Como acostumbraba decir la guía Michelin, «más vale dar un rodeo».

El Reino Unido no tiene embajada allí, ni siquiera un consulado. Tampoco tiene Guinea-Bissau representación en Londres. Pero di con un consulado en París y me expidieron un visado de turista como era debido. La única manera de llegar por avión es desde Lisboa (la antigua conexión colonial) a la isla de Santo Tomé con escala en Bissau.

En último término, el vicecónsul honorario británico en Bissau era un holandés muy amable con una franquicia de venta de todoterrenos japoneses. Me había puesto en contacto por correo electrónico con Jan desde Londres y él había accedido a recogerme cuando aterrizara y enseñarme el lugar.

Mi vuelo de la TAP despegó de Lisboa a las ocho y media. Lo que no sabía era que apenas había virado hacia el sur cuando en el cuartel general del ejército guineano estalló una bomba enorme que hizo saltar al jefe del Estado Mayor por toda la oficina en pedazos de lo más artísticos. Ese fue el comienzo del golpe de Estado.

Revelaciones posteriores demostraron que los responsables eran probablemente los colombianos. El temporizador y el detonador eran con toda seguridad demasiado sofisticados para que los hubieran fabricado en el país. Pero no era esa la opinión del ejército, que quería venganza y sospechaba del presidente Veira. Era todo una cuestión tribal; el grueso del ejército es balanta, pero el presidente y su séquito eran de etnia papel. No pueden ni verse. A treinta y tres mil pies de altitud, tomé champán e intenté dormir un par de horas antes de aterrizar, a las dos de la madrugada, hora local.

Nada más tomar tierra, quedó claro que la tripulación no

quería demorarse; ni siquiera apagaron los motores antes de volver a despegar. Solo nos bajamos tres o cuatro guineanos y yo. Accedí al control de pasaportes preparado para el largo fastidio del registro del equipaje y el soborno contributivo habituales entre el aterrizaje y el aparcamiento.

Entonces llegó Jan a toda prisa, blandiendo su pasaporte diplomático, y me sacó de allí en un abrir y cerrar de ojos. Hicimos las presentaciones de rigor, cogió mi maleta y se dirigió a su todoterreno con largas zancadas. Cuando íbamos a toda velocidad por la carretera general a la ciudad, comenté que parecía tener un poco de prisa.

—Mira por el retrovisor —dijo.

El horizonte a nuestra espalda estaba inundado de faros que se aproximaban.

—Es el ejército —señaló, y me contó lo que le había ocurrido al jefe del Estado Mayor seis horas antes—. Vienen a la ciudad desde sus bases.

—¿Qué quieren?

—Venganza —dijo, y pisó el acelerador.

Llegamos al centro de la ciudad destrozada antes que el ejército y me dejó en el único hotel en el que era prudente que se alojara un europeo. Luego se marchó a toda prisa para volver con su esposa y su familia y encerrarse en casa. Teniendo en cuenta que estaba al corriente del atentado, fue un detalle encomiable que hubiera ido a buscarme al aeropuerto.

Me registré, fui a mi habitación e intenté dormir. Pero no hubo manera. A las cuatro de la madrugada encendí la luz de la mesilla, me incorporé y me puse a leer un libro de bolsillo que había empezado en el avión. A las cuatro y media, unos quinientos metros calle abajo, se produjo un tremendo estallido.

Hay tres razones para que se produzcan estrépitos semejantes en una ciudad africana en la oscuridad antes del amanecer. Una es el primer trueno de una tormenta tropical. La segunda es una colisión frontal entre dos vehículos a toda velocidad. La tercera es una bomba. Aquello fue una bomba. No sería capaz de reconstruir lo acontecido esa noche hasta más adelante.

Las autoridades locales —ejército, Marina, puerto, aduanas, policía— estaban todas en nómina de los colombianos, pero los pagos no se realizaban en la divisa local, que apenas tenía valor, sino mediante un «pellizco» de los envíos de cocaína. Por lo visto, el jefe del Estado Mayor había estado cogiendo pellizcos demasiado grandes y había pagado por ello. Sin embargo, los miembros de la tribu balanta que constituían el ejército querían echar el guante al presidente papel, así que abandonaron sus acuartelamientos fuera de la ciudad y fueron a por él.

El pobre idiota estaba profundamente dormido en su cama. Puesto que el antaño grandioso palacio presidencial, antigua residencia del gobernador portugués, se encontraba en ruinas, su domicilio era un complejo de escasa altura al estilo de una hacienda en un jardín vallado. El dormitorio estaba en la planta baja.

Los camiones del ejército derribaron la verja de entrada y alguien lanzó por la ventana del dormitorio una granada propulsada por cohete. Eso fue el estallido. El viejo político, de setenta y un años, debía de ser duro de pelar. Cuando el ala de la edificación en la que estaba su dormitorio se vino abajo, salió tambaleándose entre los cascotes al jardín. Los soldados le metieron tres balazos.

Pero ni siquiera así murió. Entonces cayeron en la cuenta del estúpido error que habían cometido. No cabía duda de que poseía un amuleto que lo hacía inmune a la muerte por arma de fuego. Aunque hay algo contra lo que no protege ningún amuleto. Fueron al cobertizo del jardinero, cogieron un machete y lo despedazaron. Entonces sí que murió. Los soldados se perdieron en la noche para ir a un par de bares a celebrarlo. Y la ciudad de Bissau aguardó el amanecer.

Antes de que llegara, el resto del gobierno se había esfumado camino de sus poblados natales, donde estarían a salvo. Bajé al comedor y pedí el desayuno. Jan apareció una hora después para decir que la ciudad estaba tranquila salvo por los jeeps del ejército, que patrullaban en busca de víctimas de etnia papel pero no estaban interesados en los blancos. Así pues, nos montamos en su todoterreno y fuimos a su casa.

Ese día no habría mucha actividad comercial, en su opinión, conque podía llevarme al área de las ensenadas y los pantanos para que me hiciera una idea de por dónde entraban los cargamentos de cocaína y viera las mansiones de los colombianos en la playa. Eso hicimos. En nuestra ausencia ocurrieron más cosas. Funcionarios varios por debajo del nivel político cerraron las fronteras del norte y el sur, y también el aeropuerto. La minúscula república quedó incomunicada.

En Londres mi esposa Sandy, que no estaba al tanto de nada de lo ocurrido, envió un correo electrónico para quedar a comer con una amiga. Parte del texto decía: «Esta semana estoy libre, porque Freddie está en Guinea-Bissau».

Alguien en Fort Meade, Maryland, o tal vez en Langley, Virginia, lo interceptó y la pantalla del ordenador de mi mujer se volvió loca. El mensaje se esfumó. Aparecieron alertas con la insignia del Gran Sello de Estados Unidos advirtiéndole de que no utilizara el portátil bajo ninguna circunstancia. No tenía la menor idea de lo que había hecho. Luego me indicaron que fueron esas dos palabras, «Guinea-Bissau», las que lo provocaron todo. Había corrido la noticia. Hoy en día pueden cerrarse fronteras, y deshabilitarse las centralitas telefónicas y las oficinas de telégrafos, pero no puede silenciarse internet.

Entretanto, yo estaba en las ensenadas escudriñando las blancas mansiones esculpidas de los colombianos desde la maleza. Yo, que no soy de mirar el diente a caballo regalado, calculé que aquel golpe de Estado era demasiado bueno para pasarlo por alto, así que los pasajes que aparecen en *Cobra* no son solo fieles, sino también autobiográficos.

De nuevo en casa de Jan, le pedí que me dejara utilizar su tecnología de comunicaciones para ponerme en contacto con el *Daily Express*, en Londres, y ofrecerles el reportaje. Para su absoluto desconcierto, insistí en que quería una mecanógrafa al otro lado de la línea con auriculares y un teclado o máquina de escribir. Como es natural, tenía como interlocutores a jóvenes que ni siquiera habían oído hablar de esas cosas. Pero al final se puso al teléfono la encantadora Gladys y le dicté un artículo de mil palabras a la antigua usanza, tal como solía hacerse antes.

Esa noche la cena fue de lo más agradable. A mi lado estaba el patólogo forense holandés. Parte de la ayuda al extranjero prestada por Holanda consistía en el depósito de cadáveres de vanguardia adyacente al hospital general. Se hallaba bien ubicado, porque los pacientes tendían a entrar por la puerta principal pero solo salían en una caja horizontal, directos al depósito.

El amable patólogo estaba retirado, pero cumplía un contrato de tres años a cambio de una generosa jubilación cuando volviera a casa. Le pregunté si había tenido mucho ajetreo ese día.

—Muchísimo —convino.

—¿Qué ha estado haciendo?

—He tenido que recomponer el cadáver del presidente —dijo.

Según la costumbre, el cadáver del jefe de Estado debía mostrarse en el funeral con el ataúd abierto, lo que no fue fácil, porque ninguno de los pedazos recuperados en el jardín encajaba. Una vez resuelto ese problema, hincamos el diente a nuestros escalopes de ternera.

Al cabo de un par de días, ya había terminado mis investigaciones y, al siguiente, se abrió el aeropuerto. El vuelo de la TAP procedente de Santo Tomé hizo escala y nos recogió a los pocos pasajeros que volvíamos a Lisboa. Desde allí tomé un vuelo de British Airways de regreso a Londres.

El portátil de mi esposa permaneció inutilizado durante cinco días y luego la misteriosa prohibición de uso desapareció de pronto, sin ninguna explicación. No obstante, sigo albergando una absurda fantasía de la conferencia matinal que debieron de mantener en Langley en cuanto recibieron la noticia.

—No, señor director, no sabemos lo que ocurre. Las fronteras están cerradas y también el aeropuerto. Se encuentra allí un británico raro que tiene algunos antecedentes en golpes de Estado en África Occidental y parece estar al corriente de lo que está pasando. Sí, señor, hemos intentado ponernos en contacto con él, pero sin éxito. No tiene portátil y no lleva teléfono móvil.

—Ah, bueno, pues vamos a fastidiarle a su mujer las citas para almorzar.

El hotel Paz y las trazadoras

Esta vez mi esposa Sandy hablaba en serio y no le faltaba razón.

—Eres un viejo estúpido por plantearte siquiera ir a un sitio semejante —dijo.

—Tranquilízate —le advertí—. Igual te conviertes en una viuda rica.

—No quiero ser una viuda rica —replicó.

Me pareció de lo más conmovedor. Hay unas cuantas mujeres en el planeta Tierra que aceptarían el trueque. Pero eso no resolvía mi problema. Estaba en las fases finales de documentación para la última novela que tenía intención de escribir. Ya tenía título, *La lista*, sobre la base de un documento denominado «The Kill List» [La lista de objetivos], que existe de veras y en el que figuran los nombres, continuamente actualizados, de todos los terroristas con los que Estados Unidos tiene intención de acabar sin preocuparse por las formalidades.

Los viajes habituales me habían llevado a hacer la gira «oficial» de organismos, ministerios, establecimientos técnicos, almacenes de armas y un montón de expertos en sus diversos campos. Todo eso estaba debidamente documentado. Pero hay algo que falta a menudo.

Como lector, soy sumamente quisquilloso. Cuando leo algo acerca de un lugar en la obra de otra persona, me asalta una duda persistente: ¿ha estado allí de verdad? Hay un motivo para ello.

Leer algo acerca de un lugar es una cosa e ir allí es otra muy distinta. Siempre he creído que una visita en persona conlleva toda una gama de descubrimientos que no se producen por medio de la documentación leída y sin duda arroja resultados mucho mejores que la investigación por internet. Lo siguiente mejor, si no es posible ir en persona, es pasar horas con alguien que conozca el lugar en profundidad.

Cuando me hizo falta describir Irak bajo el mandato de Saddam Hussein para *El puño de Dios*, me advirtieron de que, si me colaba en el país, la policía secreta del dictador tardaría cosa de una hora en averiguar quién era, lo que hacía y que no iba a hablar en términos muy favorables sobre el tirano. Cierto riesgo ocasional resulta tolerable, pero el suicidio es una estupidez. Así pues, me informé sobre Irak por medio de unas cuantas personas que habían vivido, trabajado y viajado allí durante años.

Esto, sin embargo, iba a ser distinto. Había probado con fuentes académicas, incluida internet, y pasajes de otros autores de ficción, y tenía claro que ninguno había estado cerca siquiera de la ciudad arrasada que debía ocupar un capítulo entero de *La lista*. No mucha gente ha estado en Mogadiscio, en teoría la capital del país en guerra permanente que es Somalia.

El país parecía estar dividido entre los piratas del norte, los terroristas de Al Shabab al sur y una capital sitiada entre unos y otros. Y a mi esposa no le faltaba razón. Setenta y cuatro años son muchos para andar esquivando balas por ahí. Fallan los reflejos. De modo que llegamos a un acuerdo. Ella no lo comentaría a los cuatro vientos en internet a través de sus correos electrónicos de almuerzos y yo iría acompañado de un guardaespaldas por primera vez en mi vida.

A través de unos conocidos me puse en contacto con una agencia dirigida por Rob Andrew con sede en Nairobi. Accedió a cederme a Dom, que ya había escoltado a blancos con anterioridad y los había llevado de regreso sanos y salvos. Dom era británico, exmiembro de las Fuerzas Especiales, conocía el terreno y era firme como una roca si las cosas se ponían difíciles.

Había una línea aérea que prestaba servicio en Mogadiscio, o «Mog», como todo el mundo la llamaba. Turkish Airlines tenía un vuelo desde Estambul, con escala en Yibuti (la antigua

Somalilandia francesa, todavía gobernada por los franceses, con una enorme base aérea estadounidense), escala en Mog y destino final en Nairobi. Luego media vuelta y de regreso. En Mog podían bajar y subir pasajeros. Dom accedió recogerme en la pista. Era un vuelo nocturno que llegaba al amanecer. A las siete y media ya hacía un calor abrasador, y allí estaba él.

Me acompañó en los trámites del control de pasaportes y la aduana, con el obsequio habitual a los agentes, prácticamente no remunerados, y una vez fuera, a la sombra, me explicó la situación local.

Mog tiene dos zonas muy diferentes: la zona interior y la zona urbana. La primera está protegida por muros de sacos de arena contra las explosiones, alambre de espino, verjas vigiladas y toda una guarnición de soldados de la AMISON, la Misión de la Unión Africana en Somalia. Son casi todos burundeses y ugandeses. Van armados hasta los dientes, pero han sufrido bajas que, si bien en los países europeos provocarían escándalos de tal magnitud que derrocarían gobiernos, en África no levantan ningún revuelo.

Coloquialmente la zona interior se conoce como Bancroft Camp o el Campo. Abarca todo el aeropuerto, las embajadas (que no son muchas), el cuartel general de la misión militar africana y los alojamientos de todos aquellos que no son somalíes, como los mercenarios, guardaespaldas, auxiliares técnicos y trabajadores humanitarios; en suma, los blancos.

Aislada a un costado de la única pista de aterrizaje, está la embajada estadounidense, también vallada y rodeada del más absoluto secreto, con su inmensa delegación de la CIA, presuntos drones no tripulados y una academia para jóvenes somalíes destinados, con suerte, a convertirse en agentes de Estados Unidos cuando se gradúen. Resulta que nadie que no haya nacido somalí puede fingir que lo es, de modo que nadie salvo un somalí puede infiltrarse entre «los malos».

En algún lugar entre la maleza, está la embajada británica, como fingiendo no hallarse allí. Y justo en el centro del Campo hay un grupo de alojamientos, bares y comedores donde pasan el tiempo los blancos que no son militares ni diplomáticos. Los barracones son contenedores metálicos de transporte marítimo, los bares tienen mobiliario de plástico desechado, el suministro de cerveza es constante (habría una sublevación sin ella) y la atmósfera, estridente. Dom y yo pasamos unas horas allí y luego, en nuestro jeep alquilado, salimos por la verja vigilada camino de la ciudad. Lo que necesitaba, tal como había explicado, era pasar tiempo en la ciudad de Mogadiscio, adonde iría en una misión clandestina mi agente del Mossad en la novela.

Nuestro chófer somalí fue serpenteando entre los burros, los camellos y las omnipresentes furgonetas conocidas como «técnicas» y se adentró en el corazón del Mogadiscio somalí. Al final llegamos a una calle secundaria en la que había una verja cerrada. Dom obró su magia lingüística y la puerta se abrió lentamente para revelar un patio al que accedimos mientras la verja se cerraba a nuestra espalda. Habíamos llegado al hotel Paz, un nombre encantador, teniendo en cuenta que estaba en una zona de guerra.

Las tropas de la AMISON procuran defender el perímetro exterior de la capital, mientras que, más allá de su anillo de guarniciones fortificadas, el país se encuentra en manos de Al Shabab, que ataca con bastante regularidad. Es ahí donde se producen las bajas. Pero también hay muchos fanáticos yihadistas dentro del cordón. Aparte de eso, están las bandas. No hay policía: su esperanza de vida sería demasiado baja. Como me explicó Dom después de que nos hubiéramos registrado:

—No es tanto que quieran matarlo, aunque los fanáticos podrían hacerlo. El peligro es el secuestro. La mayoría de estas personas viven con un dólar al día, si es que lo tienen. Con esa cara, vale usted dos millones a tocateja. Así que lo que debo evitar es que lo secuestren.

Más tranquilo una vez que lo sabía, dejamos el equipaje en las habitaciones, tirando a espartanas, y volvimos a salir para explorar la auténtica Mog. Solo disponía de dos días, al amanecer del tercer día llegaría de Nairobi el avión comercial turco que partiría de nuevo rumbo al norte hacia Estambul, con un poco de suerte conmigo a bordo.

Y la gira de dos días fue fascinante. Teníamos el jeep con su chófer somalí y nos seguía un segundo jeep con cuatro ugandeses. Estaban contentos de ganar lo suficiente para volver a casa al final de su tiempo de contrato y pasar a ser hombres ricos en sus poblados, con esposas y ganado como correspondía a su nuevo estatus.

Me había fijado en que Dom llevaba algo metálico debajo de la axila izquierda y estaba convencido de que sabía exactamente cómo utilizarlo. Los ugandeses disponían de rifles, aunque no confiaba tanto en su destreza.

Dom nos llevó a la mezquita principal, que no había sido alcanzada por disparos ni bombas a pesar de los veinte años de guerra civil que habían reducido a escombros la mayor parte de la otrora hermosa ciudad colonial de diseño italiano. Vimos solo uno de los dieciséis penosos campos de refugiados donde los desposeídos y los sin techo vivían en una miseria empapada en orina bajo lonas alquitranadas y sacos, y luego fuimos al antiguo puerto pesquero y al barrio portugués.

En un momento dado, encontramos el cruce de carreteras donde el helicóptero estadounidense que aparece la película *Black Hawk derribado* cayó y fue atacado por los combatientes del señor de la guerra Aidid. Murieron allí dieciocho Rangers, así que me pareció adecuado hacer un alto y elevar una plegaria por ellos al Señor. Hasta que el gentío, cada vez más nutrido, empezó a ponerse desagradable y Dom creyó conveniente seguir adelante.

Esa primera noche, estábamos sentados junto al ventanal del hotel saboreando nuestro estofado de camello cuando vimos algo rojo y liviano que surcaba el aire. Comenté que me parecía raro que estuvieran lanzando fuegos artificiales. Dom me dirigió una mirada de lástima y dijo: «Trazadora».

Entonces recordé que en las andanadas de balas trazadoras

solo una de cada seis o siete está iluminada. El resto no se ven. Por fortuna, esas balas iban de izquierda a derecha y no directas contra el cristal.

Aun así, palpé la bala de la suerte que llevo colgada de una cadenita de oro al cuello. Me rozó el pelo un día en Biafra y se alojó en la jamba de la puerta que tenía detrás. Después del tiroteo, la extraje, me la llevé a Londres e hice que la engastaran en una cadena. Aunque no soy especialmente supersticioso, adopté la costumbre de llevarla al cuello al dirigirme a cualquier lugar «violento».

Antes de acostarme, intenté darme una ducha, pero el grifo tenía la potencia y la capacidad de un conejito meando, así que me conformé con una palangana y un paño.

Dejamos la habitación a la mañana siguiente, pasamos parte del día acabando de visitar la ciudad de Mog y nos retiramos al baluarte de Bancroft Camp. Allí al menos tuvimos ocasión de ir a uno de aquellos contenedores metálicos, disfrutar de unas cervezas y olvidarnos del estofado de camello. Aunque quizá fuera de cabra, pero desde luego era denso y nutritivo. Optamos por un bistec importado de todos modos.

A la mañana siguiente, Dom me acompañó a cumplir con las formalidades en el aeropuerto y luego al avión turco. Después regresó a Nairobi con su familia en un pequeño vuelo chárter.

Cuando llegué a casa, tuve una cálida bienvenida.

—Se acabó —me dijo Sandy—. La próxima vez que montes un numerito así, pienso ir a ver a Fiona.

Se refería a una amiga común, la mejor abogada de divorcios de Londres. Pero, por supuesto, no lo decía en serio. Sea como fuere, convine en que esos tiempos se habían terminado y, sin embargo, un año después...

Un sueño hecho realidad

Era un artículo muy pequeño, y la noticia podría haberme pasado inadvertida. En el corazón del condado de Kent, de donde salí mucho tiempo atrás, hay un campo de aviación de hierba llamado Lashenden, justo a las afueras de la bonita población de Headcorn. Lashenden alberga las sedes de varios clubes, incluida una sección del Tiger Club, que reúne a aficionados a pilotar biplanos Tiger Moth, además de un club de paracaidismo acrobático y otro dedicado a los aviones clásicos llamado Aero Legends. El artículo que me llamó la atención decía que Lashenden deseaba modernizar todos sus edificios e instalaciones y buscaba donativos.

Se me ocurrió una idea e hice una llamada; era agosto de 2014. Mencioné el artículo a la voz que respondió y dije que estaba dispuesto a ser muy generoso, pero que tenía una condición. La voz respondió que dudaba que fuera posible, pero que lo preguntaría. Transcurrieron cuatro semanas. El día de mi setenta y seis cumpleaños llegó y quedó atrás. Entonces sonó el teléfono. Se llamaba Andrea.

—¿Está usted libre mañana? —me preguntó—. Va a llegar uno de Duxford.

Conozco la base aérea de la RAF en Duxford; es la sede aeronáutica del Museo Imperial de la Guerra, una colección de aviones de guerra clásicos y dignos de veneración, algunos todavía aptos para el vuelo. Incluido un Spitfire. Yo, naturalmente, estaba libre. Llevaba setenta años libre. Así que conduje hasta allí, aparqué, me registré y esperé. Me dieron un mono de vuelo y una taza de café. Había un problema. La neblina matinal seguía suspendida por encima del Weald of Kent, pero el sol de nuestro veranillo de san Martín la estaba disipando. Allá en Cambridgeshire, donde está situada Duxford, la niebla era peor. ¿Seguiría sonriéndole la suerte al viejo Fred? Lo hizo. La neblina despejó y el avión remontó el vuelo y se desplazó hacia el sur, por encima del Támesis y en dirección a Kent. Aterrizó justo antes del mediodía. Un Spitfire Mark 9, con camuflaje de combate de la RAF verde y marrón. Y era precioso; un icono que en un momento dado había cambiado la historia de Gran Bretaña, de Europa y del mundo. Y lo habían adaptado con una segunda carlinga para un único pasajero.

Rodó hasta la plataforma de estacionamiento, cerca de los barracones a la antigua usanza, y apagó el motor. El piloto, Cliff Spink, un profesional que se gana la vida pilotando aviones de guerra, expiloto de la RAF, por supuesto, se acercó y se presentó. «¿Quién va primero?», preguntó. Había dos donantes a los que habían permitido volar. Yo estaba preparado. Asintió y salimos hacia el sol.

El aparato era tal como lo recordaba desde hacía setenta años cuando, a los cinco, me metieron en una carlinga abierta en el campo de Hawkinge y me hechizaron la potencia y la belleza del Supermarine Spitfire. Las líneas largas y estilizadas, apenas modificadas por la cúpula de plexiglás en forma de burbuja detrás de la carlinga del piloto; las alas elípticas reconocibles en cualquier parte, la genialidad de su diseñador, R. J. Mitchell. La hélice de cuatro aspas, austera en contraste con el cielo de Kent a finales de verano, del mismo azul cerúleo que en el verano de 1944. Fue entonces cuando hice aquel juramento infantil, algún día yo también volaría en un Spitfire.

Uno es mayor y está más agarrotado que mucho tiempo atrás. Me hizo falta un buen empujón para encaramarme al ala, y una vez allí pude acceder a la diminuta carlinga trasera. Unas manos serviciales me colocaron el paracaídas y luego los arneses de seguridad. Recibí unas breves instrucciones sobre cómo saltar en caso necesario. Debía desenganchar los cinturones de seguridad, pero no el arnés del paracaídas. Desprender la cubierta exterior de la cabina, levantarme, girarme, saltar. Naturalmente. Pero eso no va a ocurrir.

Cliff se montó delante y su cabeza desapareció de mi vista. Accioné el adaptador de altura del asiento y ascendí de la caverna a la cúpula en sí. El motor Rolls-Royce Merlin, con sus treinta y siete litros, nada menos, carraspeó una vez, luego bramó y se estabilizó en un gruñido gutural. Cuñas fuera. Un poco más de potencia. Se alejó de los barracones y rodó hasta la pista de despegue. Cliff lo situó a favor del viento e hizo comprobaciones con la torre. Listo para el despegue.

La nota del motor ascendió suavemente del gruñido grave a un bramido iracundo, y el Spitfire se lanzó a través del campo de hierba, bamboleándose sobre los surcos. Luego cesó la vibración, la hierba quedó abajo, clanc, clanc, ruedas arriba con una sacudida hacia delante cuando se desvaneció el impedimento. Cliff lo mantuvo a baja altura sobre el campo mientras cobraba velocidad y luego tiró de la palanca.

Un ascenso furioso hacia aquel cielo azulísimo. Kent fue quedando atrás igual que un mapa desechado en un temporal. A los tres mil pies la voz de Cliff por el intercomunicador: «Es suyo». Levantó las manos a la altura de la cabeza, visibles a través de dos capas de plexiglás, para demostrarlo. Así pues, agarré la palanca de control y lo piloté.

Justo como me habían dado a entender. Ultrasensible al tacto, ansioso, voluntarioso, dispuesto a obedecer antes de que se acabe de dar la orden. Hacía muchísimo tiempo, pero al igual que con la bicicleta, nunca se olvida. Inseguro al principio, luego cada vez con más aplomo. Ladeo, viraje, ascenso, giro, corrección. Ejecuté un viraje de segundo grado a la izquierda y miré abajo.

Allí estaba el Weald of Kent, tal como había estado desde los tiempos de las Cruzadas. Un mosaico de bosques y campos, señoríos y prados, granjas y arroyos, secaderos de lúpulo y huertos, antiquísimos pueblos arracimados en torno al campo de críquet, pubs con vigas de madera, iglesias normandas. El mismo Weald por el que había pedaleado de niño, tal como era en 1940 cuando los Spitfire y los Hurricane se abalanzaban sobre la Luftwaffe atacante. Suficiente para dejar sin habla incluso a un viejo y cínico periodista. Inglaterra, nuestra Inglaterra.

Se terminó enseguida, pero lo había conseguido. La promesa hecha setenta años antes se había cumplido y el sueño del niño se había hecho realidad.

Créditos de las fotografías

Se ha intentado por todos los medios localizar a los titulares de los derechos de reproducción, pero cualquiera que haya sido pasado por alto queda invitado a ponerse en contacto con los editores.

FF: colección del autor.

Los créditos se leen a partir de la esquina superior izquierda en el sentido de las agujas del reloj.

Primer pliego

Spitfire del Escuadrón n.º 91 alineados en Hawkinge, Kent, 5 de mayo de 1942: por cortesía del Museo Imperial de la Guerra/CH5429.

Familia Dewald: FF; Hanna Reitsch con Bozo Komac en los campeonatos alemanes de vuelo sin motor celebrados en Oerlinghausen, Alemania, 31 de julio de 1953: ©TopFoto.co.uk; todas las fotos de la RAF; FF; escuela de Tonbridge desde el aire y Escuela Mayor, escuela de Tonbridge: ambas por cortesía de la escuela de Tonbridge.

Frank Keeler: © Archant Ltd; Doon Campbell en la sala de redacción de Reuters, Fleet Street, Londres, década de 1950: Reuters; periodistas en el escenario del intento de asesinato del presidente Charles de Gaulle, Petit Clamart, 22 de agosto de 1962: Keystone-Francia/Gamma-Keystone a través de Getty Images; Kurt Blecha, secretario de prensa del Politburó en una rueda de prensa en Berlín, 1 de febrero de 1962: Koblenz, Bundesarchiv, Bild 183-90187-0008/fotografía Heinz Junge; coche acribillado del presidente De Gaulle, agosto de 1962: © 1962 Rex Features; guardias en la frontera de Alemania Oriental en Checkpoint Charlie, Berlín, abril de 1963: Ullstein a través de Getty Images; reconstrucción del intento de asesinato, agosto de 1962: Patrice Habans/*Paris Match* a través de Getty Images.

Teniente coronel Yabuku Gowan dando una rueda de prensa, agosto de 1966: Priya Ramrakha/The LIFE Picture Collection/Getty Images; carteles anunciando la amenaza de guerra, Enugu, 9 de junio de 1967: Associated Press; puente de Onitsha, junio de 1969: ©RIA Novosti/TopFoto; FF y el coronel Emeka Ojukwu: David Cairns, *London Daily Express*; coronel Ojukwu en una rueda de prensa durante la guerra: AFP/Getty Images.

David Ben-Gurión en Sde Boker, octubre de 1965: © David Rubinger/Corbis; Ezer Weizman: UA/Israel Sun/REX Shutterstock; hotel Rey David, 22 de julio de 1946: Fox Photos/Getty Images.

Segundo pliego

Niños, Biafra, junio de 1968: David Cairns, *London Daily Express*.

Viaje a Biafra con escolta del ejército, 1968; FF y biafreño, 1968; madre y bebé biafreños, 1968; niño biafreño desnutrido, 1968; todas David Cairns, *London Daily Express*; manifestación, Speaker's Corner, Hyde Park, Londres, 1968: *Evening*

Standard/Getty Images; proyectil, Biafra, 1968: David Cairns, *London Daily Express*.

FF y sus padres; FF e hijos de caza y haciendo submarinismo: todas FF; FF y su mujer, Sandy, en el palacio de Buckingham, Londres, 4 de abril de 1997: Fiona Hanson/Press Association; FF, Carrie Forsyth y su primer hijo, Shane, 14 de junio de 1979: Philip Jackson/Associated Newspapers/Rex; FF, Carrie y su segundo hijo, Stuart, 1979: Mike Forster/Associated Newspapers/Rex.

FF sentado a la máquina de escribir, h. 1970: Hulton Archive/Getty Images; FF y Michael Caine, 14 de febrero de 1986: Mirrorpix; FF en Guinea-Bissau, 4 de marzo de 2009; Associated Press; FF en una firma de ejemplares, Londres, 25 de septiembre de 1972: Wesley/Keystone/Getty Images; Edward Fox y Fred Zinnemann en el plató de *Chacal*, 1973: Snap/Rex.

FF volando, agosto de 2014: todas FF.